D1927032

DIE NACHT
IST KEINES MENSCHEN FREUND

Koppel Holzman

Die Nacht ist keines Menschen Freund

Roman

Europa Verlag Wien · Frankfurt · Zürich

Aus dem Polnischen übersetzt
von I. Zimmermann-Göllheim

Mit einem Nachwort von Hannes Schneider

Umschlaggestaltung und Typographie G. M. Prechtl

Alle Rechte vorbehalten
© 1970 by Europa Verlag Wien
Für den Schutzumschlag wurde das Bild
»Adam massiv« von Rudolf Hausner verwendet
Gesamtherstellung Europa Verlag Wien
Druck Vorwärts Wien
ISBN-3-203-50076-0

Erster Teil

1

Ich wollte Menschen um mich haben, wenigstens ab und zu mußte ich ein paar Worte mit jemand reden. Ich konnte doch nicht ununterbrochen in meinem engen Untermietzimmer sitzen und die Wände anstarren.

Wenn die Sonne schien, ging ich gegen Mittag auf den Graben, das hatte ich mir angewöhnt, seit ich in Wien lebte. Vor dem Espresso *Europe* trieb sich meist Schmil herum, mit ihm konnte ich ein wenig plaudern: ein ewig stichelnder Spaßvogel mit unschuldigen Augen, der sich und die närrische Welt auslacht. Da steht er und schüttelt den Kopf: »Ausgespielt, Karol! Alles gar nix wert!« Mit einer weiten Handbewegung weist er auf sich, mich, die ganze Straße mit dem Gewimmel von Geschäftsleuten und eleganten Spaziergängern. Dann fällt ihm ein modischer Geck auf. Schmil zwinkert mir zu: »Aufgeblasen! Alles nur so, als ob!« Schmil hat nichts, er lebt von der Hand in den Mund, treibt hier ein paar Groschen auf, dort ein paar Groschen. Aber das macht ihn gar nicht kleinlaut. »Na, du hinaufgekommener Hochhinaus«, lacht er dem großen Geschäftsmann ins Gesicht, »bei der Mame daheim bist du auch in Lackschuh gegangen?« Doch niemand kann Schmil etwas übelnehmen. Schon hat er einen Bekannten entdeckt, drüben bei der Konditorei *Aida*, vielleicht läßt der etwas aus? Und wenn nicht, so gibt es doch Spaß! Schmil überquert eilig die Kreuzung. Öfter traf ich auch einen etwas weichlichen Menschen mit glattgeleckter Frisur und zarten Händchen: nicht allzu sympathisch, etwas hochnasig und langweilig, aber besser den als gar keinen. Den lud ich ein in die *Aida* auf eine Tasse Kaffee. Er schilderte dann lang und breit seine Bemühungen, als Naziopfer eine Wiedergutmachung zu bekommen, das ganze umständliche Verfahren, Gesuche, Eingaben, Paragraphen. Und ich hörte geduldig zu. Im Grunde war das ein armer Teufel, lungenkrank, ohne Heim, ohne Freunde.

Oft hielt ich umsonst Ausschau und stand mir beim *Europe* die Füße in den Bauch. Kein Schmil, keiner der flüchtig mit mir bekannten Kaufleute aus der Umgebung, ich meinte, mir trockne die Zunge im Mund aus. Die Touristen trippelten in Herden vorbei. Ich stand ihnen im Weg. Endlich entschloß ich mich, heimzugehen.

Mit dröhnendem *Scholem-alejchem* begrüßte mich oft ein reicher Juwelier, der in der Nähe des *Europe* sein Geschäft hatte; ein strenggläubiger Jude, aber modern, immer fein angezogen, glattrasiert und wohlriechend. Manchmal lud er mich zu sich ein und zeigte mir seine Sammlung jüdischer Kunstschätze: uralte hebräische Bücher, allerlei silberne Leuchter, Tassen, Becher und durchbrochene Lampen. Oder auch Zeichnungen und Gemälde, die den jüdischen Alltag von einst festhielten: schmale Judengäßchen, Händler auf dem Markt, schwarzlockige Kinder, die vor der Haustür spielen. Ich schaute die Bilder an und dachte an meinen Vetter Mundzio.

Auch er hat gemalt. Schon als junger Bursche hatte er eine große Begabung bewiesen. Schmächtig und unauffällig schlich er wie ein magerer gestiefelter Kater durch unser Arbeitslager in der ehemaligen Kaserne, beobachtete alles und prägte sich allerlei Typen und Szenen ein. Nachher saß er auf seiner Pritsche und zeichnete, was er gesehen hatte. Bald erwies er sich auch als trefflicher Karikaturist: Auf kleinen Zetteln skizzierte er alle unsere Verfolger und Antreiber, und dann verschenkte er die Zeichnungen. Er kam fast bis zum Ende durch. Als die Liquidierung der Kaserne drohte, entwischte Mundzio in den Wald und verbarg sich mit anderen Burschen in einem Erdbunker. Einmal verließ ich mein Versteck und suchte Mundzio, ich redete ihm zu, aus dem Wald zu fliehen. Jeden Tag konnte dort die Jagd beginnen. Aber Mundzio wollte die Burschen nicht verlassen. Als der Wald schon brannte, lief ich nochmals hin, ich wollte Mundzio mit Gewalt wegschleppen. Es war zu spät. Die Gestapoleute hatten den Bunker entdeckt und trieben das kleine Grüppchen zur Kaserne zurück. Mundzio hatte einen schweren Hieb abgekriegt und konnte nicht schnell genug gehen. Sie erschossen ihn unterwegs.

Warum habe ich mich nicht früher um ihn gekümmert? In unser Versteck hätte ich ihn mitnehmen müssen, das bißchen Mundzio hätte sich leicht noch hineingezwängt. Jetzt würde er leben und malen. Und von meinem Heim, von meinem untergegangenen Städtchen bliebe ein Andenken übrig.

Der Juwelier hörte eines Tages auf, mich zu bemerken. Ich wunderte mich nicht übermäßig, schließlich hatte ich so etwas öfters erlebt. Um so mehr war ich erstaunt, als er ebenso plötzlich wieder mit breitem Lächeln auf mich zukam: »*Woss macht a Jid?*«

Ich freute mich. Eben hatte ich enttäuscht umkehren wollen, weil ich niemand getroffen hatte. »Kommen Sie, Herr Karol!« rief der Juwelier. »Ich habe einen echten Chagall, den müssen Sie unbedingt ansehen, jetzt gleich!« Ein paar Schritte weiter entschuldigte er sich auf einen Augenblick und ging in eine Delikatessenhandlung. Gleich war er wieder da, wickelte zwei Schinkensemmeln aus und bot mir eine an. »Vielen Dank, aber Sie müssen entschuldigen, ich bin gar nicht hungrig.«
»So was«, brummte er, »und ich habe sie eigens dafür gekauft.« Dann biß er hastig in eine Semmel. Er wollte wohl vertuschen, was ihm so herausgerutscht war. Aber ich hatte genug gehört. Mir war es unerträglich peinlich, im ersten Moment wußte ich nicht, was ich dem Mann sagen sollte. Ich verabschiedete mich schnell, ich wollte ihn nicht mehr vor Augen haben.
Auf dem Heimweg bog ich in den Volksgarten ab. Ich setzte mich auf eine Bank, sah die leuchtenden Rosensträucher an und erholte mich allmählich. Hier ist es gut, ja, hier sollte ich sitzen, statt mich zwischen Leute zu drängen, die auf mich nicht neugierig sind. Nie hätte ich vermutet, daß ich schon so auf dem Hund bin. Natürlich weiß ich, daß der eine oder andere mich für einen abgetakelten Tolpatsch hält, aber daß es so arg mit mir steht? Gewiß, der Herr Juwelier wollte mich nicht kränken, irgendwie achtet er mich sogar, für ihn bin ich ein Schriftsteller: so ein kleiner Schriftsteller, der vor Hunger nicht scheißen kann.
Was geht mich das schon an? Sollen sie doch denken, was sie wollen!
Warum fahre ich nicht nach Warschau? Ich käme für eine Weile unter Leute, die anders auf mich schauen! Ich überzeuge mich selbst, wie es um mein Buch steht, was Matylda mit dem Verlag bespricht, wie weit sie mit der Korrektur ist. Hier hatte das Buch nicht viel Erfolg, vielleicht geht es drüben besser? Schon längst hätte ich mich um das Einreisevisum kümmern sollen. Drüben haben die Leute noch nicht vergessen, wie es damals war. Bücher sind in Polen billig, die jungen Leute lesen viel, sind interessiert. Ich erinnere mich gern an die eifrigen Streitgespräche im Café-Klub des Verlags *Czytelnik.* Junge Literaten und Studenten kamen hin. Überhaupt sah man dort viele interessante Gesichter. Ich habe doch noch ein paar Schilling, wenn ich die in Zloty umwechsle, lebe ich drüben ein paar Monate wie ein Fürst. Drüben finde ich den Professor, meinen alten Freund. Er wird mich wieder einmal untersuchen, das kann nie schaden. Barbara wartet auf mich. Seit einem Jahr hat sie mich nicht gesehen, und immer denkt

sie an mich und hofft, in jedem Brief fragt sie, wann ich endlich komme.
Faul bin ich, stinkfaul. Ihren letzten Brief habe ich nicht einmal beantwortet. Ich muß etwas tun, es muß anders werden zwischen uns beiden. Ich muß mich mehr für sie interessieren, herzlicher sein, mehr Gefühl zeigen. Das Mädchen braucht das. Warum wehre ich mich noch immer, fürchte ich, daß ich sie unglücklich mache? Warum grüble ich so viel? Sie kennt mich, will mich, so wie ich bin! Worauf warte ich noch? Auf das Vergangene? Das kommt nicht wieder. Ich muß mich endlich losreißen aus meiner Einsamkeit, aus meinen Erinnerungen! Ich muß mich zusammennehmen, ich muß selbst versuchen, einem Menschen etwas zu geben. Es kann doch noch alles gut werden. Es hielt mich nicht auf der Stelle. Ich sprang auf und eilte mit großen Schritten weiter.
Ich dachte an die Zeit mit Barbara, an all die Plätze in Warschau, wo ich mit ihr gewesen war. Wo man auch geht, überall steht der riesige Kulturpalast plump und fremd im Panorama. Aber drinnen ist es angenehm, trotz aller prunkvollen Verzierungen, besonders in der Kongreßhalle und im Tanzsaal. Immer spielen ausgezeichnete Orchester, Künstler aus aller Welt treten auf. Ich bin neugierig, ob die Hochhäuser östlich vom Kulturpalast nun bald fertig sind. Oft hatte ich Barbara im Taxi heimgebracht. Wir fuhren am Weichselufer entlang. Barbara wollte mit mir nie viel unter Menschen gehen, aber wo immer sie sich zeigte, folgten ihr bewundernde Blicke. Barbara kümmerte sich nicht darum. Nie sah sie einen anderen auch nur flüchtig an, wenn sie mit mir ging. Sie war stolz und unnahbar, das imponierte mir. Aber was half es? Barbara war meist schweigsam, nichts freute oder interessierte sie besonders. Manchmal lebte sie für ein Weilchen auf. Dann war sie bezaubernd, bald zornig, bald launisch, bald kindlich heiter. Aber dann verstummte sie wieder. Stundenlang konnte sie bei mir im Zimmer sitzen, die Beine übereinandergeschlagen. Sie erregte mich. Aber wollte sie wirklich, daß ich sie in die Arme nahm und liebkoste? Manchmal hatte ich den Eindruck, sie wolle von mir nur bewundert werden! Sie wehrte sich nicht, wenn wir zusammen waren, aber ich spürte kein wirkliches Gefühl, keine wirkliche Innigkeit ... Manchmal ging mir Barbara auf die Nerven, so kühl war sie. Ich geriet in Wut, ich schrie sie an, sie rannte beleidigt davon. Am nächsten Tag kam sie unerwartet wieder. Dann tat sie mir leid, und ich tat mir selber leid. Sie saß da bis spät in die Nacht. Ich wollte Barbara alles erklären und wußte nicht wie. Ich konnte ihr doch nicht sagen: »Du bist gefühllos!« Hatte ich

denn das Recht, ihr Vorwürfe zu machen oder Lehren zu erteilen, wenn ich meiner selbst nicht sicher war und mich wehrte?
Jetzt wird das anders, jetzt weiß ich, was ich zu tun habe. Worauf warte ich noch? Soll ich mich ewig auf dem Graben herumdrükken? Eine ganz andere Welt erwartet mich. Das Reisefieber erfaßte mich, ungeduldig strebte ich nach Hause, als hätte ich sofort den Koffer zu packen. Ich freute mich auf Warschau, auf die Kaffeehäuser, wo die Klavierspieler vertraute Melodien aus der Vorkriegszeit erklingen lassen. Man sitzt dicht gedrängt, diskutiert und scherzt. Täglich gibt es neue Witze.
»Was machen Sie, wenn Polen die Grenze öffnet?« — »Ich steige auf den nächsten Baum, sonst trampelt man mich nieder.«
Die Verkäuferin zum Kunden: »Nein, Sie sind hier falsch: Hier gibt es keine Eier. Kein Fleisch gibt es nebenan.«
Vielleicht blühen heute so üppig nur noch in Warschau die Witze und Anekdoten, die jeden aktuellen Vorfall aufgreifen und sich schnell von Mund zu Mund weitersprechen. In den jüdischen Städtchen und auch in Warschau erzählten früher die Juden einander ihre Späße vom Rebben und der Rebbezen. Kleine Leute, die sich mühsam durchs Leben schlugen, machten sich über das eigene Los lustig. Diese Juden gibt es nicht mehr. Warschau hat das Erbe angetreten. Zu den alten Geschichten kommen immer neue hinzu. Andere kleine Leute lachen jetzt über andere alltägliche Schwierigkeiten. Auf den Warschauer Straßen, in den überfüllten Straßenbahnen, beim Schlangestehen, überall gerät man in irgendeine komische Szene, schnappt eine schlagfertige Bemerkung auf.
Ich mußte lachen: Mir fiel der Betrunkene ein, der eines Abends aus einer Parkanlage an der Weichsel aufgetaucht war. Er pflanzte sich vor mir auf: »Paanie — lieber Herr, kommen Sie mit, wir gehen zu meiner Frau!« Und als ich dankend ablehnte, setzte er mit scheinheiligem Augenaufschlag hinzu: »Sonst erschlägt sie mich heute! Aber wenn wir zu zweit sind ...«
Und erst die Warschauer Chauffeure! Da hat einer ein parkendes Auto gerammt und verhandelt mit dem Milizmann:
»Was, einen Hunderter, Herr Hauptmann? Doch nicht jetzt vor den Feiertagen!«
»Sie zahlen einen Hunderter!«
»Ich sag' Ihnen was, wir machen halb-halb! Ich gebe Ihnen einen Fünfziger!«
»Nein, den Führerschein geben Sie mir!«
»Aber Herr Major, wer wird denn so hart sein? Ich würde Ihnen gern sogar fünfhundert geben, aber erst nach den Feiertagen!«

Von neuem durchlebte ich die in Warschau verbrachten Tage: Alles neu und doch bekannt, als wäre das alte Leben neu erwacht. Die Leute, denen ich dort begegnete, waren irgendwie zugänglicher, gastlicher, obwohl sie unentwegt nörgelten und auf bessere Zeiten warteten. Ich schaute angeregt und neugierig umher wie früher. Überall wurde ich von der Stimmung erfaßt, und überall war Barbara. Eben ging ich von der Buchausstellung weg. Barbara lief mir strahlend entgegen.

Ich bemerkte kaum, wie ich da in frohen Gedanken bis an mein Haustor gelangt war, und eilte durch den Flur und über die paar Stufen zum Lift. Endlich war ich in meinem Zimmer, endlich konnte ich Barbaras letzten Brief aus der Schublade hervorkramen. Ich las ihn wieder und wieder: »Karol, ich brauche Dich. Komm! Jetzt werde ich Dich besser verstehen.«

Ich komme, Barbara, wir beide brauchen einander. Endlich habe ich mich entschlossen, und jetzt wird alles gut.

Barbara war nicht auf dem Bahnhof. Ich rannte durch alle Hallen und Gänge, drängte mich zwischen den Biertrinkern an den Kiosken durch und fühlte mich elend. Die Hitze war kaum zu ertragen, ich hatte eine schlaflose Nacht im stickigen Abteil hinter mir. Vor allen Telephonzellen standen lange Schlangen. Ich wußte nicht mehr, wo mir der Kopf stand. Die liebe Wanda aus dem Polnischen Klub in Wien, die zufällig mit demselben Zug auf Besuch hierhergekommen war, unterbrach schließlich energisch mein zielloses Herumlaufen:

»Komm lieber erst einmal mit zu Tadeusz, dort kannst du dich frischmachen und dann in Ruhe anrufen! Na, der wird Augen machen, wenn er dich sieht!«

Wir nahmen ein Taxi. Tadeusz empfing uns freudig und präsentierte zur Begrüßung ein Fläschchen Wodka. Ich war froh über das Wiedersehen, aber ich war zerstreut und wollte nur schnell zum Telephon. »Entschuldige, ich muß dringend eine Dame anrufen . . .«

»Typisch!« lachte Tadeusz, »kaum ist er angekommen, da macht er uns schon die Damen abspenstig!« Und endlich hielt ich den Hörer in der Hand, endlich kam das Signal, endlich: Barbaras Stimme!

»Ach, Karol? Entschuldige, daß ich nicht am Zug war. Ich wollte ja kommen, aber dann gab es etwas Dringendes im Büro, und ich konnte mich nicht gut freimachen. Meine Chefin . . .«

»Das kannst du ja später erzählen«, antwortete ich und bereute gleich darauf den unfreundlichen Ton, »sag schnell, wann können

wir uns sehen? Café *Warszawianka*? Um acht? Gut. Ich freue mich.«
Wanda mußte Tadeusz inzwischen über meine Lage erzählt haben. Jetzt saß sie da, eine Hand in die Hüfte gestemmt, schelmisch lächelnd wie ein junges Mädchen; wie immer, wenn sie sehr mit sich zufrieden war. Und Tadeusz machte mir mit drolliger Feierlichkeit den Vorschlag, ich solle doch für die ersten Tage auch bei ihm wohnen und mir dann in aller Ruhe eine passende Unterkunft suchen. Er drückte mir mein Gläschen in die Hand, stieß mit mir an und hieß mich willkommen »in diesen heiligen Hallen«.
Ich nahm eine kalte Dusche, zog mich schnell um, und schon war ich unterwegs. Ich wußte gar nicht mehr, ob ich Tadeusz auch deutlich genug gezeigt hatte, wie dankbar ich ihm war. Auch er hatte bei all seiner lauten Lustigkeit irgendwie bedrückt gewirkt. Daß er seine Frau mit keinem Wort erwähnt hatte, fiel mir erst jetzt auf. Gleich dachte ich wieder an Barbara: Sehr begeistert hatte ihre Stimme am Telephon nicht geklungen. Aber das hatte wohl nichts zu bedeuten. Barbara war nicht gekommen, weil sie zu tun gehabt hatte, das war ja begreiflich. Warum also fühlte ich mich verletzt? Warum hatte ich so ungeduldig mit ihr gesprochen? Es war doch alles gut! Meine Stimme überraschte sie, sie konnte es kaum fassen, daß ich wirklich da bin! Armes Mädchen, in meiner Gegenwart fühlte sie sich immer eingeschüchtert und unsicher. Jetzt glaubt sie wohl, ich bin ihr böse. Sie weiß nicht, wie ich mich freue, wie ich den Augenblick des Wiedersehens herbeisehne, wie aufgeregt ich bin.
Sie kam auf mich zu, anmutig in jeder Bewegung. Zusammen betraten wir die Kaffeehausterrasse und fanden einen Tisch in einem ruhigen Winkel. Ich wußte nicht, was ich zuerst sagen sollte. Barbara war ernst und gab einsilbige Antworten. Eine Weile redeten wir vom Wetter. Barbara rauchte eine Zigarette nach der anderen, hastig, nervös. Aber das mußte ja nicht mit mir zusammenhängen. Barbara war vielleicht einfach überarbeitet, und dazu diese entsetzliche Hitze. Aber schön war Barbara, noch viel schöner als im Vorjahr.
Plötzlich war alle meine Unsicherheit verflogen. Ich wunderte mich über mich selbst: Ohne viel Überlegung redete ich mir alles von der Seele, und Barbara war bewegt, sie hörte mich ernst an, die großen, grünen Augen unverwandt auf mich gerichtet. Bald malte ich ihr aus, wie wir zusammen nach Wien fahren würden, sobald sie das Ausreisevisum erhielte. Keine Sorge, sie sollte sich zu nichts verpflichtet fühlen und einfach einmal ein bißchen Ausland sehen.

Wenn sie zurück will, wird sie einfach heimfahren, sie soll alles gut überlegen, sie hat ja noch nicht alles überlegt, voriges Jahr konnte sie meiner nicht sicher sein! Vieles hatte ich falsch gemacht, nun aber war ich — reichlich spät — ein wenig vernünftiger geworden. Aber sie sollte alles gut überlegen. Ein junges Mädchen und ein alter Jude . . .

Sie lachte. Wir schwiegen eine Weile, und dann sagte sie: »Ich freue mich. Ich danke dir, daß du mir das alles gesagt hast. Aber bitte sei nicht bös, ich kann heute nicht so spät heimkommen. Ich muß schon gehen. Wir können uns ja gleich morgen wiedersehen, wenn du willst . . .«

Wir verabredeten, daß sie mich bei Tadeusz abholen solle. Ich gab ihr die Adresse. Barbara strich mir zart über den Arm: »Komm!« Sie ging. Ich blickte ihr nach, und es war, als hätte ich nach langer Krankheit die Krise glücklich überstanden.

Wanda hat Tadeusz in die Stadt gelotst, ich bin mit Barbara allein. Richtig gemütlich war der Abend. Wir würdigten zu viert Wandas Kochkünste, und Tadeusz überbot sich selbst in drolligen Komplimenten, wo ich nur dieses wunderschöne Mädchen aufgetrieben hätte, solche unergründlichen Himmelsaugen hätte er noch nie gesehen, er werde sich mit mir duellieren und so weiter. Er spielte uns sogar eine seiner Klavierkompositionen vor — und doch, am allerdankbarsten bin ich ihm dafür, daß er jetzt fort ist, daß Barbara hier neben mir auf dem Sofa sitzt und niemand uns stört. Ich rücke ganz dicht an sie heran. Kein bißchen braun ist sie, sogar etwas blaß. Fühlt sie sich nicht wohl? Aber ihre Haut ist so frisch und zart, so duftend. Ich schmiege mich dicht an sie, lege den Kopf auf Barbaras Schoß. Sie lächelt auf mich nieder: »Grau wirst du. Aber ich habe das gern.« Sie streichelt mir den Kopf, zärtlich wandern Fingerspitzen mir durchs Haar, berühren flüchtig die Ohren. Ich rücke etwas höher, näher, ich spüre unter dem Kopf Barbaras Schenkel. Ich greife ihr ins lange, seidige Haar, wandere weiter mit unruhigen Händen über ihren Körper. Sie gibt Antwort. Ich richte mich auf, ich presse Barbara an mich, so fest ich kann. Da wird sie leblos und abweisend.

»Barbara! Was hast du?«

»Nichts. Gar nichts. Hör auf.« Sie wendet den Kopf weg, da küsse ich ihren Hals, sie sträubt sich: »Bitte nicht. Ich mag nicht.« Ich werde wild, dränge sie unter mich aufs Sofa.

»Ich mag nicht, hörst du! Bist du verrückt? — Au, du tust mir weh!«

Ich schrecke zurück, als hätte ich mich verbrannt. Ich verziehe mich in den fernsten Winkel, lasse mich in den Lehnstuhl fallen, finde endlich meine Zigaretten in der Westentasche. »Pardon — ich wollte dir nicht nahetreten.«
Sie sitzt da, den Kopf gesenkt. Unter der dünnen Bluse heben sich die Brüste. »Barbara, ich wollte dich doch nicht zwingen, ich war nur so lang nicht bei dir, das ist es ...« Warum gehe ich nicht hin, ziehe sie an mich, mache sie mit schmeichelnden Worten gefügig? Ach, wozu? Wenn sie nicht selbst mit mir zusammen sein will, dann ist es doch nicht das Wahre. Ihr Rock ist hochgerutscht, läßt die Schenkel sehen. Ich drücke zornig die Zigarette aus. Schön dumm stehe ich da, jetzt kann ich wieder den Gleichgültigen spielen, bis Barbara von selbst geschlichen kommt, mich aufmuntern will, mit den Beinchen spielt. Nicht einmal mehr küssen lassen will sie sich. Was soll das Theater?

Seit ich da bin, ist sie trübsinnig. Ich möchte mit ihr essen gehen, aber ins *Grand* will sie nicht, ins *Bristol* auch nicht, und als ich das kleine jüdische Restaurant in der Kredytowa vorschlage, wo es so guten Fisch gibt, da scheint sie mir ins Gesicht springen zu wollen. Schließlich landen wir im nächsten Kaffeehaus. Das Lokal ist klein, düster und verraucht. Und beim Bestellen geht der Tanz von neuem an: Das will sie nicht, das auch nicht. Lebt sie von der Luft? Nur ein Glas Tee bestellt sie.
Ich kann das nicht mehr mit ansehen, sie ist ja nicht aus Bosheit so, sie muß ernste Sorgen haben. Schließlich stelle ich sie zur Rede: »Sag doch, was los ist. Wir finden schon einen Ausweg.«
Sie wühlt mit zitternden Fingern im Handtäschchen, sucht Zigaretten. »Ich wollte dir ja gleich alles erzählen, aber ich kann nicht.«
»Hast du dich daheim zerkracht?«
»Nein.«
»Scherereien im Beruf?«
»Nein, woher denn. Bitte laß das, es ist mir peinlich.«
Aber ich lasse nicht locker. »Brauchst du Geld? Hast du Schulden und weißt nicht, wo du es hernehmen sollst? So was kann doch passieren, kein Grund zur Aufregung, ich geb' dir was, mir geht's gerade gut, so sag doch schon ...«
»Bitte quäl mich nicht. Hör auf.«
»Aha, du bist sauer, weil ich gekommen bin?« Das soll wie ein Scherz klingen. »Du hast einen festen Freund? Macht nichts, ich kann wieder wegfahren.«
»Als wenn das was wäre«, murmelt sie bitter.

»Und wenn ich kopfstehe, ich bin nicht schlau genug. Was kann schon passiert sein? Suchen sie dich? Wollen sie dich einsperren? Kriegst du ein Kind? Mir fällt wirklich nichts mehr ein.«
»Ja.«
»Was heißt ja?« Das Blut steigt mir zu Kopf, mir wird heiß und kalt, alles dreht sich.
»Ja«, stammelt Barbara.
Im nächsten Moment bin ich erstaunlich ruhig. »Gut, ist es eben passiert. Ich will gar nicht wissen, wie. Ich bin ja selbst mit schuld. Warum lasse ich dich so lang allein? Du bist nun einmal zu hübsch, um dich der Leute erwehren zu können. Mach dir keine Vorwürfe, wir bringen das schon in Ordnung, gut, daß ich gekommen bin. Weißt du schon einen Arzt?«
»Zu spät. Ich war beim Arzt ...«
»Was heißt zu spät?«
»Vierter Monat.«
»Ich an deiner Stelle hätte gleich bis zum neunten gewartet! So ein Leichtsinn! Du bist doch kein kleines Kind ...«
»Nicht so laut. Die Leute ...«
Ich sehe mich um. Das Lokal hat sich gefüllt. An der Theke drängt sich eine lustige Gesellschaft. Einer klopft ans Glas, bringt einen Trinkspruch aus, der im Gelächter untergeht. Da höre ich die Worte: »Ich will mein Kind!« Etwas in mir erstarrt. Ich muß mich verhört haben, in meiner Verwirrung — nein, ich spüre ja, mein Kopf ist klarer, als mir lieb sein kann. Sie will ihr Kind, sie will mit diesem anderen zusammenbleiben. Alles ist aus.
»Du liebst ihn?«
»Aber nein, ich habe ihn nur ein einziges Mal gesehen ...«
Mir ist alles gleichgültig, ich weiß nur, ich habe mich zum Teufel zu scheren. Mein Gott. Halb mechanisch frage ich Barbara weiter aus, verhöre sie, peinige sie und höre doch kaum zu, was sie antwortet, irgendeine Geschichte von einem jungen Arzt, der zu ihrer kranken Mutter kam ... Hätte sie das alles nicht für sich behalten können? Barbaras Gesicht ist verändert, verzerrt, verwischt. Der Blick weicht mir unstet aus. Nie hätte ich geglaubt, daß sie so aussehen kann. Der Aschenbecher auf unserem Tisch ist bis oben hin gefüllt. Schon rieselt Asche auf die Tischplatte.
»Sperrstunde, bitte!«
Sie ist hergekommen. Was hat sie mir noch zu sagen? Den ganzen Tag habe ich auf ihren Anruf gewartet, wozu? Um eine Fahrkarte nach Wien hätte ich mich kümmern sollen; machen, daß ich fortkomme.

»Nein, niemand kommt. Tadeusz ist mit Wanda in der Oper, bitte, fang an, ich bin gespannt, was du mir noch zu sagen hast.« Warum spreche ich in diesem Ton mit ihr? Was will ich? Sie erniedrigen? Ins Verhör nehmen?
Sie schweigt.
»Was hast du vor? Vielleicht suchst du noch einen anderen Arzt auf? Oder willst du dir's nicht nehmen lassen? Deine Sache. Ich habe kein Recht, mich einzumischen.«
»Ich weiß nicht. Ich habe etwas Angst vor dem Eingriff. Kennst du denn jemand?« Sie läßt mir keine Zeit, zu antworten. »Zu Hause kann ich nicht mehr bleiben. Und in diesem Büro auch nicht. Ich muß hier heraus!«
»Natürlich. Das verstehe ich. Ich werde dir Pakete schicken, du verkaufst die Sachen, das wird dir über das Ärgste hinweghelfen. Weißt du schon, wohin du übersiedeln willst?«

»Mit dir will ich fahren.«
»Nach Wien? Hm. Das ist nicht so einfach. Was willst du jetzt in deiner Lage in Wien? Das Leben dort ist sehr teuer, mir geht es selbst nicht rosig. Aber wie du meinst. Vielleicht kannst du bei Wanda unterkommen, das wäre immerhin etwas, man findet so schwer ein Zimmer. Aber ich sag' dir im voraus: Ich werde dir helfen. Bis zu deiner Entbindung werde ich mich um alles kümmern, aber weiter mußt du selbst zurechtkommen, das ist dir doch klar? Willst du dortbleiben oder zurückkommen? Entschuldige, das geht mich nichts an. Eines verspreche ich dir: Bis das Kind kommt, werde ich dich nicht im Stich lassen.«
Sie beißt sich auf die Lippen, starrt mich an, ein nie gekanntes Funkeln im Blick: lauernd, herausfordernd, verächtlich?
»Warum antwortest du nicht? Bist du unzufrieden? Was hast du dir denn vorgestellt?« Der Zorn steigt in mir hoch, gleich werde ich ihr ins Gesicht schreien, wie es in mir aussieht. Was will sie denn noch? Was geht mich ihr Kind an? Habe ich ihr das Kind gemacht oder was? Sicher hätte ich, wenn sie von Anfang an mit einem Kind zu mir gekommen wäre, es liebgewonnen wie meines. Klar. Aber sie ließ sich ein Kind anhängen, während ich mich noch abmarterte mit Skrupeln und Zweifeln, ob ich das Recht habe, ein junges Mädchen an mich zu binden. Das steckte also dahinter. Jetzt kommt sie zu mir, weil sie im Dreck sitzt und keinen anderen Ausweg weiß; jetzt rückt sie mit der Wahrheit heraus, weil sie etwas von mir braucht. Soll sie doch samt ihrem Kind . . . Nein!

»Barbara«, sage ich erschüttert, »was kann ich sonst tun? Überleg dir alles gut. Viel Zeit hast du nicht mehr, falls du zum Arzt gehen willst.«
»Ihr seid alle gleich!« überschreit sie mich, mit plötzlich wutverzerrtem Gesicht. »Alle könnt ihr einen nur ausnützen und schön reden, und wenn dann etwas passiert, dreht ihr euch heraus. Ich kenne euch alle!«
Euch alle? Mir dröhnt der Schädel. Und irgend etwas kichert. Ich müßte erst einmal darüber nachdenken. Das habe ich doch schon einmal gehört. Wann war das? Wo?
»Du bist nur gekommen, um mich zu quälen!« kreischt sie.
»Barbara, nimm dich zusammen. Ich will dir doch helfen. Verlang nicht zuviel von mir.«
»Ja, du hilfst mir, so gut bist du, so edel, so mitleidig, so schön stehst du da, und ich bin die letzte Hure.«
»Barbara! Wie redest du denn!«
»Und wie behandelst du mich? Von oben herab. Du wirst helfen, du wirst geben, aber daß ich nur nicht zuviel verlange, soviel bin ich ja nicht wert, ich bin der letzte Dreck. Ich pfeif' auf deine Hilfe, hörst du, ich werde auch ohne dich fertig, du bist genauso gemein wie alle anderen.«
Sie stößt den Sessel um und stürzt davon.
Türen fallen ins Schloß. Ich stehe wie betäubt da. Endlich raffe ich mich auf. Ich renne ihr nach, über den Hof, auf die Straße. »Barbara!« Keine Antwort, nur Finsternis.
So also mußte das alles beginnen.

Ich rief Barbaras Büro an. Sie war nicht zur Arbeit erschienen. In der Wohnung hob niemand ab. Ich versuchte es immer wieder, hoffte auf einen Anruf und wagte mich nicht aus dem Haus, ging nicht einmal aus der nächsten Nähe des Telephons. Einige Male schlich Wanda herein, aber sie spürte meine schlechte Laune und verschwand gleich wieder. Ich setzte mich ans Pianino und begann gedankenlos zu klimpern, unterbrach immer wieder, horchte zum Telephon hin. Nach Tadeusz fragt auch niemand, nach Wanda auch nicht, der Apparat ist wohl kaputt! Nein, das Signal kommt. Noch nichts hatte ich in der Stadt erledigt, ich wußte nicht einmal, wie es um mein Buch stand. Ich beschloß, Matylda zu besuchen, heute noch, das wäre gut, nicht sosehr wegen der Verlagsangelegenheiten, die waren mir im Moment völlig gleichgültig, ich wollte Matylda sehen, ich sehnte mich nach einer freundschaftlichen Plauderei, in der ohne umständliche Floskeln und Erklärungen ganz

von selbst Verständnis und Vertrauen spürbar werden. Oder sollte ich zuerst meinen lieben Professor aufsuchen? Ich hatte mich noch nicht einmal persönlich bei ihm bedankt: Weil er seine guten Beziehungen für mich bemüht hatte, war mir die Einreise sehr erleichtert worden. Ich hatte doch Freunde hier, ich war nicht allein in dieser Stadt.
Lange konnte ich mich nicht aufraffen, lag auf dem Sofa, ging im Zimmer auf und ab, schaute vom Balkon auf den stillen Platz hinunter, wo nebeneinander zwei weiß bestaubte Bäume standen. Kein Blatt regte sich. Wann wird es endlich zu regnen anfangen, verrückt könnte man werden! Und noch immer kein Anruf, und bei Barbara noch immer niemand daheim! Schließlich schaute ich zu Wanda in die Küche, sagte ihr für den Fall eines Anrufs Bescheid, wohin ich gehe, und machte mich auf den Weg zum Professor.

»Sie wagen sich mir überhaupt noch vor die Augen?« So begrüßte mich im Ordinationszimmer mit tönender Baßstimme der Professor. Freudig streckte er mir beide Hände entgegen, im weißen Arztkittel, die Ärmel aufgekrempelt. Erholt und braungebrannt sah er aus, ich machte ihm gleich ein paar Komplimente, die er mit einer drollig verschämten Grimasse abwehrte: »Ach was, Fett habe ich angesetzt, das ist alles. Das Herz will nicht mehr so recht, die Füße schwellen an. *Yn der pischer gejt nischt*«, fügte er jiddisch hinzu und hielt sich gleich die Hand auf den Mund, als dürfe ein so berühmter Mediziner eben nur ganz im geheimen ein paar Wehwehchen haben. »Gehen Sie einstweilen ins Wohnzimmer, mein lieber Junge. Ich komme sofort nach.«
Behaglich räkelte ich mich im weichen Lehnstuhl. Ich fühlte mich wohl, aber gleich fiel mir wieder Barbara ein. Fühlt sie sich so schwer von mir gekränkt, daß sie sich mit ihren Sorgen vor mir verschließt und von mir nichts mehr wissen will? Oder schämt sie sich ihres Wutausbruchs? Sie ist mit den Nerven herunter. Am Ende ist sie gar an irgendeine heimliche Engelmacherin geraten? Aber nein, so leichtsinnig kann sie doch nicht sein. Wahrscheinlich tut sie gar nichts, hat sich irgendwo verkrochen, bedrückt, ratlos.
»Kasia! Wo bleibt die Limonade? Und warum hast du Herrn Karol nichts zum Knabbern hingestellt?« rief der Professor. Er war so leise eingetreten, daß ich ihn nicht bemerkt hatte. Ich sprang auf.
»Bleiben Sie doch sitzen, mein lieber Junge. Nur keine Förmlichkeit, Sie sind hier wie zu Hause. Kasia! Wo steckst du?«

Aus der Küche hörte man schepperndes Klappern von Tellern und Türen, dann erschien eilig, mit rotem Kopf, ein stupsnasiges junges Mädchen und brachte erst die Limonade, dann ein riesiges Tablett mit Obst, Lebkuchen und Keks.
»Tollpatschig ist sie noch, die Kleine«, sagte der Professor, »aber ein braves Mädchen. Sie war zwei Jahre bei den Klosterschwestern, ist noch recht schüchtern, aber sie weiß schon, was sie will. Aber zur Sache, mein Lieber! Sie haben sicherlich noch keine fixe Unterkunft. Kommen Sie doch zu mir! Ich fahre zwar morgen früh nach Zalesie, bleibe übers Wochenende dort und hole meine Frau vom Urlaub ab. Aber das macht nichts. Sie richten sich einstweilen hier häuslich ein, Kasia wird auf Sie schauen, sie kocht gut. Das habe ich ihr schon beigebracht. Nur: Hände weg von der Kleinen, Sie Casanova!« Er drohte mir scherzhaft mit dem Finger: »Das ist noch die reine Unschuld vom Lande!«
Freudig dankte ich dem Professor. Seine väterliche Zuneigung tat mir wohl und rührte mich. Und obendrein wollte ich Tadeusz' Gastfreundschaft nicht länger ausnützen.
Wir saßen noch eine Weile zusammen und plauderten. Ich schaute dem Professor gern beim Reden zu, dem regen Mienenspiel in seinem klugen Gesicht, den ausdrucksvollen Gesten. Erst jetzt bemerkte ich in seiner braunen Hautfarbe und im Weiß der Augäpfel einen ungesund gelblichen Ton und unter den Augen große schlaffe Säcke. Als der alte Herr in seinen Späßen innehielt und sich schwerfällig erhob, wirkte er doch sehr müde und verbraucht.
»Also, ich gehe wieder an die Arbeit, meine Patienten warten.« Er holte tief Luft.
»Haben Sie heute noch viel zu tun?«
»Voraussichtlich bis in die Nacht. Aber Sie werden dann doch da sein? Eine Schachpartie spielen wir unbedingt noch!« Seine Augen leuchteten auf.
»Bitte — einen Augenblick noch, Herr Professor. Ich möchte Sie etwas fragen, eigentlich bitten.«
»Na, wo drückt der Schuh? Aber machen Sie's kurz.«
»Herr Professor, die Sache ist so ... Es ist mir sehr peinlich, aber ...« Ich nahm mich zusammen, der Professor hatte es schließlich eilig: »Ich habe hier ein Mädchen, sie ist schwanger, sie will einen Eingriff vornehmen lassen, ich kenne hier niemanden, könnten Sie mir einen Gynäkologen empfehlen? Vielleicht können Sie einen Ihrer Bekannten anrufen?«
Der Professor dachte eine Weile nach, maß mich mit wachem Blick, lächelte ein wenig. »Gut, gut, das besprechen wir nachher.

Sie ist von hier? Sie war bei Ihnen in Wien? Seit wann besteht die Schwangerschaft?«
»Vierter Monat, glaube ich.«
»Was?« — der Professor kehrte von der Tür um und setzte sich wieder. »Daraus wird nichts. Da kann ich leider nichts für sie tun.«
»Aber ich muß ihr helfen. Ich kümmere mich schon um alles.«
»Ach, du kümmerst dich um alles?« schnaubte der Professor. »Kümmere dich lieber um das Kind! So ein später Eingriff ist nur aus schwerwiegenden medizinischen Gründen zu verantworten. Sie scheinen sich nicht bewußt zu sein, wie riskant und gefährlich das ist! Kann das dem dummen Mädel nicht früher einfallen?« Und er brummte schon wieder freundlicher: »Na, dann haben Sie ja genug Sorgen! Viel Glück!«

Matylda hat ihr Töchterchen schlafen gelegt, jetzt sitzen wir beim Tee in ihrem gemütlichen kleinen Arbeitszimmer. Und ich habe ihr alles erzählt, ich weiß selbst nicht wie.
»Das ist doch schön, daß sie das Kind haben will«, sagte Matylda. »Du mußt ihr helfen.«
»Aber ich will ihr doch helfen. Ich will sie sogar nach Wien mitnehmen. Was kann ich mehr tun?«
»Heiraten sollst du sie. Du sagst selbst, sie ist schön und lieb. Sei nicht so bockig. Schon einmal hast du dir alles verpatzt, damals mit Irma. Du hast sie allein gelassen, bis es zu spät war. Vielleicht war es gar nicht zu spät, nur du hast dich darauf versteift. Wozu? Was hast du davon gehabt? Das Thema zu einem Buch. Und sie? Ist sie glücklich? Aber sie hat jetzt wenigstens ein Heim, eine Familie, und du? Allein bist du. Wie lang willst du dich noch so in der Welt herumtreiben, du bist nicht mehr sechzehn, schaff dir endlich dein eigenes Heim, du wirst sehen, wie schön das ist, du wirst Kinder haben, Karol! Sie wartet auf dich!«
Ich will Matylda unterbrechen, will widersprechen, protestieren. Aber ihre Worte erfüllen mich mit einer tiefen Freude.
»Ich weiß nicht« — antworte ich schließlich — »du sagst selbst, ich bin nicht mehr jung. Dummheiten mache ich noch genug, aber im Grunde habe ich die Nerven nicht mehr, meine Frau hätte es nicht leicht. Ich habe auch nicht mehr ans Heiraten gedacht. Was kann ich Barbara schon bieten?«
»Heiraten sollst du sie. Sofort. Du begreifst nicht, was es für eine Frau bedeutet, wenn sie Mutter wird, wenn in ihrem Leib das Kind wächst. Das ist wunderbar. Das ist das beste und edelste

Erlebnis, das es gibt. Das wiegt mehr als alle Leiden und Enttäuschungen. Du darfst ihr nicht zu dem Eingriff raten. Du darfst das Kind nicht töten. Sie wird dir ewig dankbar sein, wenn du sie jetzt nicht im Stich läßt.«

Mir war leichter ums Herz, ich wußte, was ich zu tun hatte, und ich war sicher, Barbara am nächsten Tag zu finden. Irgend jemand mußte doch wissen, wo sie steckte. Der Weg durch die Stadt zurück zum Professor machte mir Spaß, das weiß überzogene, frisch duftende Bett, das auf mich wartete, machte mir Spaß, und Kasia machte mir Spaß, wie sie mit neugierigem Eifer um mich herumscharwenzelte und immer wieder etwas zu fragen fand: Was sie morgen kochen solle, ob ich noch etwas brauche, zum Essen, zum Lesen ...

Ich legte mich nieder und löschte das Licht, aber ich konnte nicht einschlafen. Es war schwül; die unguten Gedanken und Bilder, die ich eben zurückgedrängt hatte, kamen wieder und quälten mich. Ich machte Licht, und schon guckte Kasia zur Tür herein:

»Brauchen Sie noch etwas für die Nacht? Vielleicht noch Tee?«

»Danke, Kasia, geh nur schlafen. Du bist doch auch müde von der Arbeit.«

»Ach, das bin ich gewohnt. Gute Nacht!« Sie drehte sich um, wippte auf den Zehenspitzen.

»Kasia — wart noch ein bißchen — komm her!«

Sie näherte sich zögernd durch das große Zimmer, die kleinen Brüste stramm herausgereckt, und mit einem Blick, der auf der Hut war.

»Gib mir die Hand. Hab doch keine Angst. Na dann eben nicht.«

Verschämt streckte sie mir das rauhe, abgearbeitete Händchen hin, wollte es gleich wieder wegziehen.

»Bleib doch. Ich beiß' dich nicht«, sagte ich erregt.

»Ach. Sie wollen mich nur zum Narren halten.«

Was wollte ich wirklich? »Also dann gute Nacht, Kasia, es ist schon spät.« Ich strich ihr leicht über die Wange. »Ja, wenn du mir ein Glas Wasser bringen könntest.«

»Oder Tee?« — fragte Kasia, vielleicht ein wenig enttäuscht, aber gleich wieder vergnügt und eifrig — »ich mach' schnell heißen Tee!«

»Nein, danke, ein Glas kaltes Wasser, bitte.«

Gegen Mittag weckte mich Kasia: »Ein Anruf für Sie.« Ich sprang auf. »Wer spricht?« Barbara! Endlich! »Wo warst du die ganze

Zeit? Hab' ich mich gesorgt! Bitte? Was hast du bekommen? Man versteht so schlecht. Die Ausreiseerlaubnis? Herrlich! Jetzt fahren wir! Hallo? Warum sagst du nichts? Ich freue mich so. Sag doch was! Mach dir keine Sorgen, alles wird gut. Hallo?« Nichts. Dann plötzlich ein wildes Aufheulen. Wie ein getroffenes Tier. Dann Stille.

»Barbara! Hörst du mich noch? Wo bist du?« Das Signal zirpte, ich mußte es wohl schon länger gehört haben, nur hatte ich das nicht begriffen und weitergerufen: »Barbara, um Gottes willen, sag was!«

Ich wählte die Nummer ihrer Wohnung: nichts. Im Büro: nichts. Vielleicht war dort schon Schluß. Samstag. Ich zog mich hastig an und lief aus dem Haus. Unten kehrte ich um. Vielleicht würde Barbara nochmals anrufen? Kasia starrte mich entgeistert an. Ich murmelte etwas von einem plötzlichen Todesfall, und sie ließ mich in Ruhe. Den ganzen Tag wartete ich.

Von wo aus hatte Barbara angerufen? Von Freunden? Aus einer Telephonzelle? Oder aus dem Spital. Das war es. O Gott, ich konnte es nicht ausdenken. Ich suchte krampfhaft nach einem Anhaltspunkt, einem Funken Hoffnung, nach einer harmloseren Deutung der Situation. Umsonst, ich sah immer klarer. Gleich anfangs war mir Barbaras gedrückte Stimmung aufgefallen, aber ich hatte mir nicht weiter den Kopf zerbrochen, was Barbara für Sorgen haben könnte. Beleidigt war ich, weil sie nicht mit mir ins Bett wollte! Und sie trug ihr Kind. Was muß sie durchgemacht haben, bevor sie es fertigbrachte, sich mir anzuvertrauen. Sie hoffte auf mich, sie dachte, ich würde sie verstehen und ihr helfen. Und ich, gut, ich versprach zu helfen, aber auf die erbärmlichste Art, mit Einschränkungen, mit Bedingungen, mit festgesetztem Endtermin! Hätte sie etwa auf den Knien betteln sollen, daß ich ihre einzige Rettung sei, daß ich sie nicht verstoße mit ihrem Kind, das sie jetzt schon liebt? Vielleicht macht man in diesem Augenblick ihr Kind tot, und sie schreit, oder man hat ihr das Kind schon genommen, und sie hat mich sprechen gehört und ist nun völlig verzweifelt? »Das ist doch schön, daß sie das Kind haben will. Laß sie nicht im Stich.« Ach, Matylda, ich habe das Kind getötet, ich habe die Mutter getötet.

2

Am nächsten Morgen fühlte ich einen unguten Geschmack im Mund. Noch zweifelte ich, noch machte ich mir etwas vor, noch schob ich es auf, mich zu vergewissern. Es war es also doch.
Ich rief Kasia. »Bitte ruf schnell den Professor an, sag ihm, ich habe eine Magenblutung, er soll bitte das Spital verständigen.«
»Jesus Maria, ich geh' schon.«
Bald kam sie zurück. »Der Herr Professor hat gesagt, er ruft gleich das Spital an, es wird ein Bett bereitstehen. Der Herr Professor wird nach Ihnen sehen, sobald er kann.« Sie trippelte vor meinem Bett auf und ab und wußte nicht, was mit sich anzufangen. »Fühlen Sie sich besser? Vielleicht soll ich Tee machen?«
»Gib mir mein Gewand herüber und hol ein Taxi.«
Ich wagte mich nicht zu rühren. Die Kräfte verließen mich. Durchs Fenster wehte angenehm kühle Luft herein, es mußte in der Nacht geregnet haben. Vögel zwitscherten. Ein neues Geschwür? Wahrscheinlich. Und was nun? Noch einmal operieren war wohl unmöglich!
»Das Taxi steht unten. Ich begleite Sie.«
»Wart, Kasia, hilf mir beim Anziehen.« Nur weg von hier, nur schon dort sein, im Bett liegen ... »Danke, Kasia, dort komme ich allein zurecht, dich wird man nicht einlassen, jetzt läßt man keine Fremden in die Spitäler, wegen der Epidemie in Breslau.«
»Den Portier krieg' ich schon weich. Ich kenn' doch dort alle.«
In der Aufnahmekanzlei hielt ich mich kaum noch auf den Beinen. Ich wurde gleich in ein Zweibettzimmer eingewiesen. Der Kranke neben mir warf sich unruhig hin und her. Ein Arzt fühlte mir den Puls und entnahm eine Blutprobe, später zapfte mir eine Assistentin noch mehr Blut ab. Alles drehte sich, aber übel war mir nicht, das beruhigte mich ein wenig, die Blutung war wohl nicht allzu heftig. Wenn es nur ohne Bluttransfusion abginge, ohne Injektionen, ohne irgend etwas sonst, nur Ruhe wollte ich. Die Augen fielen mir zu. Der Bettnachbar stand immer wieder auf und ging hinaus. Ich war froh, daß ich die Schüssel nicht brauchte. Am Nachmittag hatte der Nachbar den Besuch seiner Frau. Er mußte

Protektion haben. Die beiden unterhielten sich laut und lebhaft. Der Mann berichtete freudig, daß er am Vormittag nur fünfmal Stuhl gehabt hatte und in der Nacht dreimal. Die Frau stimmte eifrig zu: »Siehst du, es wird ja immer besser. Aber jetzt iß doch ein paar Löffel Suppe, schau, ein Stück Huhn habe ich dir mitgebracht, setz dich auf, Liebling, ich richte dir die Kissen.«
Am Abend kam der Professor. »Was machen Sie für Geschichten?« begrüßte er mich. Es war mir unangenehm, daß ich gerade jetzt und hier erkrankt war und dem Professor noch mehr Scherereien machte. Er hatte doch noch einen Tag länger in Zalesie bleiben wollen! Er kontrollierte mir den Puls, behielt meine Hand in der seinen. »Kein Grund zur Sorge«, sagte er nach einer Weile, »ein Gefäß wird geplatzt sein. Die Hauptsache, Sie bleiben ruhig liegen und rühren sich nicht.« In der Tür wandte er sich nochmals um: »Viele Grüße von meiner Frau. Ich schaue morgen wieder vorbei.«
Nach einigen Tagen hörte die Blutung auf. Ich bekam Glukose gespritzt und obendrein Injektionen zur Förderung der Blutgerinnung. Jeden Morgen untersuchte mich der diensthabende Arzt. Das erstemal kam ein älterer Herr mit schon stark gelichtetem Haar, dann erschien ständig eine junge Assistenzärztin, groß, schlank, mit großen dunklen Augen und glatt zurückgekämmtem schwarzem Haar. Ich freute mich an ihrer Schönheit und Güte, und stolz registrierte ich, daß sie mir freundlich zulächelte und manchmal ein wenig länger blieb, als nötig gewesen wäre. Zugleich war es mir jedesmal peinlich, wenn sie mich abhorchte, wenn ich ihr meinen abgemagerten, lädierten Körper präsentieren mußte. Immer noch war ich fiebrig und schläfrig, ich dachte nicht an draußen, dachte überhaupt fast nichts, lag tagelang still und starrte die Wand an. Meinen Zimmergenossen beachtete ich kaum, wechselte kaum ein paar Worte mit ihm. Anfangs ging er mir mit seinem Geseufze, seinem Schlürfen und Schmatzen auf die Nerven, mit seiner lauthals schnatternden Frau. Dann hörte auch das auf, mich zu ärgern, und ich zählte im stillen aufmerksam mit, wie oft er hinaus mußte, und hörte zu, wie er in seiner Nachttischlade wühlte und mit dem Klopapier raschelte.
Eines Tages kam zu Mittag ein Portier zu mir. Er brachte Blumen und einen Zettel:
Es ist meine Schuld. Verzeih mir. Antworte, nur ein Wort, ich flehe dich an. Ich warte. Barbara.
Der Portier unterbrach meine freudigen Gedanken: »Wollen Sie mir eine Antwort mitgeben?« Ich brachte kein Wort heraus, er wollte schon gehen, als ich ihn an der Hand faßte.

»Bitte«, flüsterte ich, »bitte lassen Sie sie ein, nur für einen Augenblick!«
»Das geht nicht.«
»Einen kleinen Moment.«
»Was reden Sie da, ich habe meine Vorschriften.«
Hastig wühlte ich in der Nachttischlade, zog aus der Brieftasche zwei Hunderter, drückte sie ihm in die Hand.
»Sie, ich mach' Sie aufmerksam, dafür kann ich meinen Posten verlieren, das ist strafbar.« Er knitterte die Scheine in der Faust zusammen und machte, daß er fortkam.
Nach einer Weile trat Barbara ins Zimmer. Wir schwiegen beide lang. Sie blieb dicht vor meinem Bett stehen, und ich wagte nicht, ihr in die Augen zu schauen. Nach einiger Zeit, als ich mich ein wenig gesammelt hatte, sagte ich nur schwach: »Schon gut.«
Sie antwortete etwas, aber so leise, daß ich sie nicht verstand. Ich wollte nach ihrem Befinden fragen, ihre Hände fassen und drükken, um ihr und mir selbst Mut zu geben, aber ich brachte es nicht fertig.
»Ich muß gleich wieder gehen.« Nun hörte ich ihre Stimme deutlich.
»Ich habe versprochen, daß ich nur schnell hereinschaue.«
»Ja. Ich weiß. Vorschrift. Noch ein, zwei Tage, dann werde ich hinunter dürfen.«
»Ich werde da sein. Ich werde am Tor warten.«
»Morgen nicht. Aber übermorgen bestimmt.« Ich schaute ihr noch immer nicht ins Gesicht.
»Gut. Ich werde warten. Ich werde dem Portier sagen, er soll dich ans Tor holen.« Sie beugte sich über mich, küßte mich auf die Stirn und ging schnell fort, ohne sich umzusehen.
Am übernächsten Tag benachrichtigte mich der Portier. Mit klopfendem Herzen ging ich den Korridor entlang, vorbei an meist alten, sich mühsam fortschleppenden Menschen in verdrückten rotbraunen Schlafröcken, die aus einer UNRRA-Spende stammten und die Gesichter noch farbloser erscheinen ließen. Ich sah in diesen Leuten mich selbst. Krank, abgemagert, alt, krieche ich die Treppen hinunter. Mit diesem Gesicht soll ich mich Barbara zeigen, mein ganzes Elend ist daraus deutlich abzulesen, sie wird sich meiner schämen müssen. Und wie soll ich Worte finden, sie zu trösten?
Ein lauer Luftzug, ein Duft frischer Blätter rührte mich an, als ich ins Freie trat. Beim nahen Haupttor warteten Leute. Zu beiden Seiten des Tores, in langer Reihe, klammerten sich Kranke am

Zaun fest und unterhielten sich durchs Gitter mit ihren Angehörigen. Von weitem erkannte ich Barbara. Ich winkte ihr zu und suchte den Zaun nach einem ruhigeren Platz ab. Im dunkelblauen Gabardinemantel mit Gürtel erinnerte mich Barbara an Brigitte Bardot in irgendeiner Filmrolle; doch aus nächster Nähe wirkte sie dann wieder ganz anders, mit strengerer Frisur und herbem Profil. Die sonst strahlend grünen Augen schienen heute verschleiert, mit schmerzlichem Ausdruck.

»Blaß bist du«, begrüßte ich sie durchs Gitter, an dem ich mich vorsichtshalber festhielt. »Du solltest ein bißchen wegfahren und dich erholen. Unbedingt.«

»Ja. Aber wie geht es dir?« fragte sie sanft.

»Schon viel besser.«

»Wann darfst du heraus?«

»Ach, das dauert noch. Jetzt gehen die Untersuchungen erst richtig los, ich soll durchleuchtet werden und so.«

Wir schwiegen eine Weile, als wüßten wir beide keine Worte mehr. Ich wollte Barbara unbedingt etwas fragen, aber ich verlor den Mut. Ich blickte umher. Der Himmel war klar, nur im Westen zogen ein paar Wolken auf. Die Kranken sahen aus wie Häftlinge am Gitter. Die Knie knickten mir ein. Wenn ich jetzt umfiele . . ., den Weg zurück müßte man mich tragen. — Krank bin ich, dachte ich über mich voll Ekel, der Magen ist weg, den letzten Rest frißt jetzt wohl ein neues Geschwür, momentan gibt es ja Ruhe, aber es kann jederzeit wieder aufbrechen, und sie, sie ahnt das nicht, ich muß ihr sagen, wie erledigt ich bin, sie macht sich noch etwas vor. Nein, ich bin es, der ihr etwas vormacht, warum lasse ich sie nicht in Ruhe, ich habe ausgespielt, sie soll fortgehen und mich allein lassen, das wird das Beste sein für beide, mit welchem Recht quäle ich sie, hat sie nicht eben ihre eigene Tragödie durchgemacht? Mein Gott. So jung ist sie, und nichts hat sie vom Leben . . .

»Barbara«, stammelte ich, »ich bin das erstemal auf und . . . ich bin es nicht gewohnt . . .«

»Ja, das verstehe ich. Geh lieber. Ich komme ja wieder.«

Noch am selben Abend stürzte sie plötzlich in mein Zimmer. Es war vielleicht schon gegen Mitternacht. Die Lampen waren gelöscht, nur durchs Fenster kam ein Lichtschein.

Aufgeschreckt und noch benommen vom Schlafmittel, rang ich mich mit Mühe zu klaren Gedanken durch.

»Du, Barbara? Wieso? Was ist passiert? Wie kommst du hier herein?«

»Die Seitentür war offen.«
»Ja, aber der Portier? Er muß dich doch gesehen haben, gleich wird er da sein, er sucht dich jetzt sicherlich. Aber sag schon, was ist passiert?«
»Nichts. Nichts Schlimmes. Ich«, sie unterbrach sich, »... ich brauche tausend Zloty.«
»Und das hat nicht bis morgen früh Zeit?« — rief ich wütend — »deshalb mußt du mitten in der Nacht hereingeschneit kommen und mich aufwecken und dir den Portier und das ganze Spital auf den Hals hetzen?«
»Ich fahre morgen nach Sopot.«
Ich dachte nach. »Tut mir leid« — sagte ich dann schon ruhiger, obwohl sich in mir alles sträubte, »ich habe das Geld jetzt nicht. Ich mußte für das Spital zahlen.«
»Ich will fahren. Ich habe schon gepackt. Ich fahre mit meiner Kollegin. Sie wartet unten.«
»Ich kann dir nicht helfen, ich habe es nicht. Verkauf doch was. Damals in dem Paket habe ich dir doch auch zwei Regenmäntel geschickt. Was brauchst du zwei? Verkauf einen, dann hast du genug für die Reise.«
»Solche Geschäfte mache ich nicht.«
Meine Wut wuchs. Mein Schädel dröhnte. Wer hätte das von Barbara gedacht? Auch die Stimme klang ganz anders. Aber es konnte doch nicht sein, daß da nichts Ernsteres dahintersteckte.
»Auch schon Geschäfte«, sagte ich und hielt mich mit aller Kraft zurück, um nicht zu explodieren. »Das ist doch keine Schande. Viele Leute bekommen Pakete und verkaufen, was drin ist.«
»Ich nicht.«
»Ich habe das Geld aber wirklich nicht. Versteh doch, ich weiß nicht einmal jemanden, bei dem ich mir so schnell etwas ausborgen könnte. Jetzt darf mich doch niemand besuchen. Borg dir das Geld doch anderswo aus!«
»Frag den Professor.«
»Was, den Professor soll ich anschnorren?«
»Versuch's doch ...«
Es begann mich zu würgen. »Was willst du von mir?« brüllte ich. »Deshalb bist du hergekommen? Wer hat dich geschickt? Wer wartet unten auf dich? Deine Kollegin, was?«
»Niemand, niemand. Hör auf zu schreien, was hast du?«
»Bitte geh. Ich will dich nicht sehen. Geh ... Hörst du nicht: Du sollst gehen ... Sofort verschwindest du aus diesem Zimmer, oder ich rufe den Portier! Hinaus!«

Erst als sie weg war, kam mir zu Bewußtsein, daß der Kranke im Nebenbett alles mit angehört haben mußte. Ich lauschte angestrengt hinüber, ob er sich bewegte. Das Glucksen und Rumoren in seinem Bauch war deutlich zu hören. Und dann . . . du lieber Gott, jetzt ist es ihm passiert.

Draußen war es grau. Die Bäume im Garten rauschten leise. Dann begann es zu regnen. Trotz allem: hier fühlte ich mich wohl. Jedesmal, wenn ich ins Spital mußte, ergriff mich die Angst, ich würde es nicht mehr lebend verlassen. Nun, da der Zeitpunkt meiner Entlassung allmählich näherrückte, wünschte ich, so lange wie möglich hierzubleiben.
Hier hatte ich Ruhe und ärztliche Hilfe, das Essen schob man mir direkt unter die Nase, hier hatte ich mein eigenes, stets sauber überzogenes Bett. Rund um mich gab es lauter wohlwollende Menschen. Ich lernte Patienten aus anderen Zimmern kennen. Im Lauf des Tages begegnete ich ihnen immer wieder im Korridor, im großen Saal, bei schönem Wetter im Garten. Sie erzählten von sich, langweilten mich manchmal, stöhnten, rissen Witze. Hier hatte ich meinen lieben Professor, der sich um mich kümmerte. Nicht nur er. Ich kannte fast alle Ärzte und Ärztinnen der Abteilung, und alle, ohne Ausnahme, waren freundlich und herzlich — gar nicht zu reden von meiner jungen Ärztin, die mich zu behandeln hatte. Zweimal täglich sah sie nach mir; wenn sie ein wenig freie Zeit hatte, kam sie auch öfter. Manchmal lud sie mich sogar in das Dienstzimmer ein, wenn ihr Chef nicht da war. Vor dem Heimgehen steckte sie den Kopf zur Tür herein und verabschiedete sich von mir. Ach, hier ging es mir herrlich! Ich war in meinem Element. Ich trieb Unsinn, schnitt Grimassen und schaute den jungen Schwesternschülerinnen nach, wenn sie eifrig mit federndem Schritt durch den Korridor eilten. Die tägliche intravenöse Injektion gab mir Schwester Maria. Manchmal stach sie ungeschickt, und es tat ein wenig weh, aber wir lachten beide. Dann schaute ich schnell im anderen Flügel nach, was die Sekretärin des Professors machte. Ich gab vor, den Professor zu suchen, und plauderte eine Weile mit ihr. Gegenüber im Laboratorium wieder arbeitete eine junge Frau, die ein wenig wie eine Chinesin aussah. Sie nahm mir Blut aus dem Finger ab, ich machte ihr Komplimente und bewunderte gleichzeitig ihre hochgewachsene, blonde Kollegin, die am Nebentisch mikroskopierte. Die Frau, die den Lift bediente, besorgte mir Blumen für die Ärztin. Auch die Putzfrauen waren freundlich zu mir. Vor dem Schlafengehen rief mich eine von ihnen in die Küche zum

Teetrinken. Diese alte Frau mit ihren geschwollenen Füßen hatte eine Art, die mich an alte Zeiten erinnerte. Stundenlang konnten wir beisammensitzen und reden. Manchmal, wenn ich in meinem Bett lag, überkam mich die Angst. Aber es genügte, zur Tür hinauszugehen, und schon traf man irgend jemand, und das lenkte ab. Doch nicht immer glückte die Ablenkung. Was mochte Barbara dazu gezwungen haben, damals in der Nacht bei mir einzudringen? Stundenlang mußte sie draußen auf und ab gewandert sein, bevor sie allen Mut zusammennahm und eintrat. Sie ist doch im Grunde schüchtern und sensibel und bestimmt nicht schlecht. Ob sie selber weiß, was sie will? Was macht sie jetzt? Wo ist sie? Verreist? Zwei Wochen nach jener letzten Begegnung erschien sie dann plötzlich. Wir hatten einander nichts zu sagen. Es war, als hätten wir einander niemals nah gekannt. Wir wechselten nichtssagende Worte. Was konnte sie wollen? Sich in ihrem neuen Kostüm zeigen? Sie sah gut aus, sie war schön und doch so fremd. Die Zeit dehnte sich.
Wie anders hatte doch alles begonnen.

Von der Garderobe des Warschauer Kaffeehauses *Szwajcarska* aus betrachte ich den überfüllten Saal. Die Gäste kommen und gehen, lauern auf freie Plätze, sitzen auf hohen Hockern an der Theke, welche die ganze Längsseite des Raumes entlang verläuft. Ich bin hier mit einem Bekannten verabredet, will schon den Mantel abgeben und in den ersten Stock hinaufgehen, wo es ruhiger und gemütlicher ist. Doch das Mädchen im dunkelbraunen Rauhledermantel, das neben mir steht, wendet mir jetzt das Gesicht zu. Sie ist schön. Sie fasziniert mich auf den ersten Blick. Auch sie scheint auf jemand zu warten, schaut immer wieder auf die Uhr.
Ich weiß nicht, was ich mit mir anfangen soll, ich kann sie doch nicht in einem fort anglotzen, ohne mich von der Stelle zu rühren, verdammt, ich habe nicht den Mut, das Mädchen anzureden, ich hätte sofort unter irgendeinem Vorwand mit ihr ins Gespräch kommen müssen, jetzt ist der richtige Moment schon verpaßt, sie wird mich von oben herab behandeln, ich mache mich lächerlich . . . Sie erregt mich immer mehr, ich wünsche mir schon fast, daß derjenige kommt, auf den sie wartet, daß er sie mitnimmt, sie mir aus den Augen schafft. Sie wirkt ungeduldig, gleich wird sie fortgehen! Mich beachtet sie überhaupt nicht. Was stehe ich noch da? Sie wartet doch sicher auf ihren Freund. Oder hat sie gar keinen? Das wäre doch möglich, wie kann man das wissen?

Eben werden zwei Barhocker frei. Sie setzt sich. Der Augenblick ist da. Worauf wartest du, Dummkopf? Daß dir jemand den Platz neben ihr wegschnappt? Das Herz klopft mir heftig. Sie kramt in ihrem Handtäschchen, steckt eine Zigarette zwischen die Lippen, sucht Streichhölzer. Schon bin ich da. »Bitte sehr«, sage ich, greife in die Tasche und habe selber keine Streichhölzer. »Einen Augenblick! Ich hole welche aus der Garderobe!«

Als ich zurückkomme, brennt die Zigarette des Mädchens bereits. Aber der Hocker neben ihr ist zum Glück noch frei! »Gestatten Sie?«

Ich setze mich neben das Mädchen. »Ich schaue Sie schon eine Weile an, ich habe mich einfach nicht getraut, näher zu kommen ... Was mögen Sie von mir denken? Aber das kommt daher, daß Sie mich so außerordentlich tief beeindruckt haben. Sie lachen, aber ich sage die Wahrheit, glauben Sie mir. Ich bin schon länger als drei Wochen in Warschau, aber keine Frau, die ich gesehen habe, könnte sich irgendwie mit Ihnen messen ...«

Sie schaut mich an, lächelt, mit Augen wie grünliche Himmel. »Sie sind schön. Sehr schön«, sage ich und bin glücklich, daß es mir doch gelungen ist, mit ihr ins Gespräch zu kommen.

Sie ist errötet, jetzt lacht sie mit blitzenden Zähnen. Mir scheint, meine Worte haben auf das Mädchen gewirkt, sie will sich nur nichts anmerken lassen. Sie drückt die Zigarette aus, sieht sich im Saal um, läßt sich halb vom Sitz gleiten, als ob sie gehen wollte, lächelt mir doch wieder zu: »Ein Schmeichler sind Sie. Trotzdem: danke für die vielen Komplimente. Ich habe mit Vergnügen zugehört.« Sie schaut auf die Uhr.

»Sie erwarten jemand?«

»Ja, ich hätte mich mit einer Kollegin treffen sollen. Sie kommt wohl nicht mehr. Jetzt gehe ich heim.«

»Warten Sie doch noch ein Weilchen, vielleicht kommt sie doch! Ich bin auch hier verabredet, und mein Bekannter läßt mich aufsitzen, wie es scheint. Aber ich bin ihm nicht böse, ich freue mich, denn so bin ich Ihnen begegnet. Bleiben Sie noch ein wenig, bitte!«

»Nein, wozu, das hat keinen Sinn.«

»Es betrübt mich, daß Sie nicht mehr warten wollen. Ich darf mich Ihnen nicht aufdrängen, und Sie kennen mich gar nicht, aber ich würde mich sehr freuen. Wirklich. Ein bißchen Zeit haben Sie bestimmt noch. Gar nicht lang. Schauen Sie, dort wird ein Tisch frei. Bitte, tun Sie es mir zuliebe! Ich schlage Ihnen ja keinen Abendspaziergang vor ...«

Sie murmelt noch etwas, sie wolle heute nicht allzu spät heimkom-

men. Doch schließlich läßt sie sich überreden: »Aber wirklich nur ganz kurz.« Und wir erwischen noch den freien Tisch.
»Ein sonderbares Gefühl«, sage ich, »ich weiß nicht, wie ich beginnen soll, was zuerst sagen, wonach fragen. Habe ich mich überhaupt schon vorgestellt? . . . Und wie ist Ihr Name, wenn ich fragen darf?«
»Barbara.«
»Das ist schön, er paßt zu Ihnen. Fräulein Barbara. Sonst bringt es mich nie in Verlegenheit, mit einem Mädchen zu plaudern. Nur bei Ihnen. Das war früher genauso, ich meine, in meiner Jugend. Für jedes Mädel habe ich sofort den richtigen Ton parat gehabt, nur nicht für die eine, die ich wirklich gern hatte. Da brachte ich kein vernünftiges Wort heraus. Sie lachen mich schon wieder aus. Ich weiß ja nicht mehr, was ich sagen soll! Ich fürchte, ich werde weiter nur dummes Zeug reden. Wissen Sie, woran ich jetzt denke? Es ist vielleicht nicht gut, wenn man uns hier zusammen sieht.«
»Warum nicht? Wie meinen Sie das?« Ihre Augen weiten sich.
»Ich kann Sie bewundern, kann mich an Ihrem Anblick erfreuen, kann mir selbst vorgaukeln, daß Ihr Lächeln mir persönlich gilt, daß ich noch jung bin. Ich weiß nicht, wer Sie sind. Das ist auch nicht wesentlich. Ich bin dankbar, daß Sie in diesem Augenblick neben mir sitzen. Später werden Sie fortgehen, und wir sehen einander wahrscheinlich nie wieder. Doch dieser Augenblick wird nie verloren sein. Ich werde keines meiner Worte bereuen.«
Von der Zigarette in Barbaras Hand steigt ein feiner weißer Rauchfaden auf. Barbara wartet, bis ich ausgeredet habe, blickt dem Rauch nach, sagt leise: »Sie haben meine Frage noch nicht beantwortet.«
»Ich kann mir vorstellen, was Sie jetzt über mich denken, Fräulein Barbara: ein sentimentaler alter Papa, altmodisch, gefühlvoll. Die Jugend lacht über so einen. Später, wenn Sie fort sind, wenn ich über diese Begegnung nachdenke, dann werde ich vielleicht selbst zu dem Schluß kommen, daß ich mich blamiert habe. Jetzt ist mir das gleichgültig, jetzt fühle ich genau das, was ich sage, und deshalb darf ich es sagen, das ganze dumme Zeug. Früher einmal, da war ich wirklich gefühlvoll, wissen Sie. Na ja, gefühlvoll. Verliebt war ich ununterbrochen, und bei jeder, die in meine Träume paßte, hielt ich mich auf. Unruhig und unbeständig war ich. Ich suchte das Vollkommene. Und auf einmal kam das Vollkommene. Die eine. Kam. Und ging. Das ist schon zwanzig Jahre her, inzwischen habe ich ja aufgehört zu suchen. Aber ich blicke doch noch zurück nach dem, was war, nach diesem Glück, nach dieser Er-

griffenheit: schauen wenigstens, sich erinnern, einen Augenblick lang aufleben.«

Wieder schlägt Barbara in lieblichem Erstaunen die Augen auf.

»Sehen Sie, Fräulein Barbara, und wenn uns die Leute zusammen sehen — was denken die? So ein alter Trottel und das junge Mädchen . . .«

»Sie sind gar nicht alt!« Sie sagt es plötzlich laut, wie in freudiger Überraschung. »Besonders jung bin ich selber nicht mehr.«

»Wie alt sind Sie, wenn ich fragen darf?«

»Dürfen Sie nicht!« lacht sie schelmisch. »Welche Frau wird schon ihr Alter verraten?«

»Sie haben doch noch nichts zu verheimlichen! Zwanzig, stimmt's? Einundzwanzig?«

»Fünfundzwanzig, wenn Sie es unbedingt wissen müssen.«

Hätte ich bloß dieses Thema nicht angeschnitten. Jetzt wird sie natürlich nach meinem Alter fragen. Und davon will ich in diesem Augenblick selber nichts wissen. Aber Barbara will ich auch nicht beschwindeln.

»Und Sie? Wie alt sind Sie?«

»Sie schauen nicht einmal wie fünfundzwanzig aus, Fräulein Barbara. Sehr jung sind Sie. Herrlich jung. Wie alt ich bin? Neunundvierzig.« Ich fühle, wenn ich mich selbst achten will, dann darf ich mich vor diesem Mädchen nicht aufspielen. Vor diesem Mädchen nicht. Und doch hätte ich ihr nur zu gern ein wenig imponiert.

Den Bekannten, mit dem ich verabredet war, hatte ich ganz vergessen, da steht er nun plötzlich vor uns. »Herr Ingenieur Stanczyk — Fräulein Barbara, die Tochter eines meiner ältesten Freunde. Ich habe sie schon gekannt, als sie so klein war«, erkläre ich vorsorglich meinem Bekannten. »Wie die Zeit vergeht! Setz dich doch!« Ich hole einen Sessel herbei.

»Dann werde ich wohl gehen, ich möchte die Herren nicht stören«, sagt Barbara.

»Aber nein, du störst doch nicht, bleib doch! Mit Herrn Stanczyk habe ich nur ein paar Worte zu reden, dann bringe ich dich noch heim, bevor ich zum Zug gehe.«

Stanczyk und ich besprechen unsere Angelegenheit. Dabei muß ich gleich den Professor erwähnen und noch andere Ärzte und Ärztinnen. Ich bin froh, als das vorbei ist. »Ich will mein Buch jetzt auch in Polen herausbringen, aber ich weiß noch nicht, wo. Ich fahre heute noch nach Krakau, Filipowicz erwartet mich, er wird das polnische Manuskript durchsehen.«

Zufrieden registriere ich, daß Barbara mit verstärkter Aufmerksamkeit zuhört. Angenehm ist mir auch, daß mein Gesprächspartner das Mädchen immer wieder mit unverhohlener Bewunderung betrachtet. Schließlich neigt er sein weißes, gutmütiges Gesicht ganz nah zu meinem Ohr, droht mir scherzhaft mit dem Finger: »So eine hübsche junge Dame kennst du und sagst mir gar nichts davon!«
Barbara errötet und senkt die Augen.
Ingenieur Stanczyk hat mir Geld mitgebracht, das er mir schuldete. Umständlich, wohl allzu umständlich, klappe ich meine prall gefüllte Brieftasche auf und verstaue die Scheine ... Nun ist alles besprochen, der Ingenieur verabschiedet sich und geht.
»Sympathisch ist der Ingenieur Stanczyk, nicht wahr?«
»Ja ... sehr ...«
»Sind Sie mir böse, daß ich gesagt habe, wir kennen uns? Und daß ich du zu dir gesagt habe, Barbara?«
»Aber nein! Das verstehe ich doch!«
Gemeinsam verlassen wir das Kaffeehaus. Barbara macht von selbst den Vorschlag, sie werde mich zum Zug begleiten. Ich will ein Taxi anhalten, sie winkt ab: »Gehen wir doch zu Fuß! So ein schöner Abend!«

Ich bin glücklich. Sie führt mich durch stille Seitengassen, ich reiche ihr den Arm, ich fasse ihre Hände, sie schmiegt sich an mich, ich atme den Duft ihres Haars, streichle mit den Lippen ganz zart die Wange, den Nacken. Mitten auf der Straße bleiben wir stehen. »Bitte, komm weiter«, sagt sie so zärtlich, daß ich sie küssen muß. Wir gehen weiter. Aus einem goldgelb verhängten Fenster fällt ein warmer Lichtstrahl auf sie. Ich habe den Arm um sie gelegt, ich denke nach, ob ich die Abreise verschieben und Barbara zu mir einladen soll. Nein, das will ich nicht. Warum? Habe ich Angst, sie zu bereitwillig zu finden? Ich will sie überhaupt nichts fragen, auch nicht nach ihrem Leben, nach ihrem Beruf ... Ich sehe sie nur an, und mir ist leicht ums Herz. Am Bahnhof kaufe ich ihr einen Strauß Rosen. Sie ist bewegt, verbirgt das Gesicht in den Blüten. Als der Zug schon anfährt, ruft sie zu meinem Fenster hinauf: »Kommen Sie bald wieder! Ich warte auf Sie! Ich warte!«
Ein rosenroter Himmel scheint sich mir zu öffnen. Rosen sehe ich und helle Himmelsaugen, die auf mich warten ...
Damals, als wir uns kennenlernten, da hatte Barbara doch nicht gelogen, da war sie nicht raffiniert. Sie kann ja gar nicht lügen,

sie bringt es gar nicht fertig, längere Zeit zu lügen, ohne sich ertappen zu lassen. Und selbst wenn sie raffiniert wäre, was hat sie davon? Es ist wohl besser so, wie es gekommen ist... Ich fragte nach nichts, wonach ich ursprünglich hatte fragen wollen. Ich stand auf und geleitete Barbara ins Treppenhaus. Ich schaute ihr nicht nach, als sie hinunterging. Ja, ja — nach Liebe war dir zumute? Alter Esel!

»Nur schöne Frauen kommen zu Ihnen auf Besuch!« rief Doktor Porembski, der eben des Weges kam, ein kleiner, gedrungener, sehr sympathischer Arzt, den ich von früher her kannte. Er blieb bei mir stehen. »Wie geht's?« Er schnaufte durch die Nase: »Schon besser?«
»Soso, Herr Doktor, danke... Was hat das Röntgen ergeben?«
»Nichts Besonderes, ein paar Schatten halt, vielleicht Verwachsungen, man weiß noch nichts Sicheres, der Herr Professor will noch eine Gastroskopie machen.«
»Ja, das hat er mir auch gesagt. Und was dann, Herr Doktor? Was denken Sie von der Sache?«
»Das wird schon gut, das wird alles gut«, trompetete er durch die Nase und klopfte mir freundlich auf die Schulter.
»Früher konnte ich doch hoffen, daß man mich notfalls operieren würde, aber jetzt? Was soll man da noch wegschneiden?«
»Nicht doch«, näselte er und hängte sich bei mir ein, »der Magen hat sich etwas ausgedehnt.« Wir wanderten zusammen durch den Korridor. Plötzlich blieb der Doktor stehen und erklärte mit vielsagender Geste: »Was soll ich Ihnen erzählen? Sie kennen das doch. Wir wissen uns zu helfen, wenn alles glatt geht, wenn alles so ist, wie es im Büchel steht. Sie wissen ja: Ruhe, keine Aufregungen, Diät, Pulver schlucken, Wismut und so weiter. Wenn das nichts nützt« — er setzte sich wieder in Bewegung —, »oder in Ihrem Fall, wenn das Geschwür wieder zu bluten anfangen sollte, dann operieren wir eben, meistens mit Erfolg. Sie sind freilich ein besonders hartnäckiger Bursche: noch immer zuviel Magensäure...«
»Also, was habe ich zu erwarten?« Ich blieb fest und mußte lächeln. Die Ärzte des Sanatoriums in Tel Aviv fielen mir ein: Wie sie berieten, was sie mit mir machen sollten, eine zweite Resektion oder eine Vagatomie. Einen, um dessen Meinung sich die anderen überhaupt nicht kümmerten, fragte ich, was er mir raten würde. Und dieser als dumm Hingestellte sagte mir: »Ritschratsch an den Magen, das ist das beste für Sie.«

Doktor Porembski blieb vor der Tür eines Zimmers stehen und verabschiedete mich: »Was weiß ich? Man kann ja versuchen, die Sache zu bestrahlen. Ich bin zwar nicht dafür ... Was sagt denn der Professor? Reden Sie doch mit ihm!«
»Darf ich Sie noch etwas fragen, Herr Doktor? Was ist eigentlich mit dem Kranken neben mir los?«
»Krebs. Der arme Kerl leidet sehr. Wir werden ihn operieren, aber viel ist da nicht zu hoffen.«

Der Kranke neben mir wurde tatsächlich von Tag zu Tag schwächer, nur Haut und Knochen waren von ihm übrig, die Nase wurde spitz, in den Augen stand unbeschreibliche Angst. Er konnte nicht mehr auf den Abort hinausgehen, man mußte die Schüssel unter ihn schieben, und zuweilen kam auf sein Klingeln hin die Schwester oder die Putzfrau nicht rasch genug, und der Arme mußte alles unter sich lassen. Manchmal wurde sein Bettzeug mehrmals im Laufe des Tages gewechselt, man lüftete oft, aber ein übler Dunst blieb in der Luft. Schließlich wollte man mich in ein anderes Zimmer einweisen, aber ich lehnte ab. Ich saß nun oft in der Halle, bis ich Kreuzschmerzen spürte. In der Nacht war ich unruhig, wachte auf und trieb mich auf dem Korridor herum oder setzte mich in die Halle und fror im Pyjama und im dünnen Spitalsschlafrock.
Das Besuchsverbot wurde aufgehoben. Tadeusz und Wanda kamen zu mir, brachten Schokolade, Keks, Biskuit. Wanda in ihrer Hilfsbereitschaft wußte gar nicht, was sie noch alles herbeischleppen sollte. Wir saßen in der Halle an einem langen Tisch. Matylda kam mit einem Blumenstrauß, machte mir Mut, heiterte mich auf.
»Dein Buch ist schon in Druck, zuerst hat die Zensur ein bißchen Schwierigkeiten gemacht, aber dann haben sie sich das doch ausreden lassen. Karol, in drei bis vier Wochen wird das Buch schon im Handel sein. Freust du dich?«
Ihre rehbraunen Augen strahlten, sie lächelte mir stolz und glücklich zu.

Auf nüchternen Magen erhielt ich eine Morphiuminjektion. In einer Stunde sollte man mich mit dem Gastroskop untersuchen. Ich hatte diese Prozedur schon vor Jahren einmal durchgemacht, der Kranke wird davon sehr hergenommen, und viel hängt von der geschickten Hand des Arztes ab, der das Gastroskop schnell und glatt in den Magen einzuführen versteht. Man wird von

Entsetzen gepackt, wenn das Metallrohr im Schlund steckt, als zwängten sie einem einen Knüppel durch die Kehle. Schreist du, so zerreißt es dir den Schlund, du kannst höchstens stöhnen. Sie holten mich. Im Röntgenraum warteten schon die Ärzte und die Ordensschwester Gabriela, die während des Eingriffs assistieren sollte. Einer der Ärzte hieß mich den Mund öffnen und sprühte irgendeine Flüssigkeit. Der Schlund fror mir ein, ich spürte die Dumpfheit. Dann kam der Professor. Der Saal wurde verdunkelt, ich mußte mich auf den Tisch legen, man drehte mich auf die linke Seite, den Kopf hatte ich ein wenig zu heben. Der Professor wählte ein Gastroskop, und bevor ich zum Denken kam, war es schon geschickt durch die Speiseröhre eingeführt. So schlimm war das ja gar nicht. Es ließ sich aushalten. Im Saal wurde es völlig still. Ich krallte die Finger um die Tischkante. Das Ende des Geräts glitt im Magen auf und ab, tastete wohl nach der Verbindungsstelle zum Darm. »Noch mehr Luft«, hörte ich den Professor sagen. Der Bauch blähte sich mir auf. Einmal hatte man mir den Magen so sehr mit Luft vollgepumpt, daß ich meinte, er müsse im nächsten Moment platzen. Ich stöhnte. »Gut, Schwester!« rief der Professor. »Finster ist es, nichts zu sehen. Aha«, er redete mit sich selbst, »jetzt klappt es ... die Schleimhaut ... Wie fühlen Sie sich?« Ich nickte, so gut ich konnte; die Schwester hielt meinen Kopf. Der Professor tastete noch ein wenig mit dem Gastroskop hin und her. »Gleich sind wir fertig«, beruhigte er mich. Sein fürsorglicher Ton wirkte lindernd. Was war denn schon? In der Kehle zerrte es, das machte ja nichts. Es ist gut, hätte ich sagen mögen, ihr braucht euch nicht zu beeilen ... Ich atmete etwas krampfhaft, aber ich stöhnte nicht mehr. Sie sollten merken, wie gut ihre Behandlung zu ertragen war. »Bitte sehr, schauen Sie einmal hinein!« Das war Doktor Otrembski, ich erkannte seine Stimme. »Der nächste, bitte, beeilen Sie sich, Frau Kollegin« — kommandierte der Professor —, »und jetzt Sie, Frau Doktor Fiałkowska ...« Alle wollten sehen, wie es in meinem Magen aussah. Aber sie lösten einander schnell ab, sie wollten mich nicht quälen. Dann zog der Professor blitzschnell das Gastroskop heraus. »Fertig«, er strich mir liebevoll über den Kopf.

Man brachte mich ins Bett zurück. Mein Zimmerkamerad war nicht mehr da. Man hatte ihn anscheinend schon in die chirurgische Abteilung überstellt. Ich fühlte mich völlig erschöpft, aber entspannt; das Morphium wirkte.

Schließlich war die Zeit gekommen, ich wurde aus dem Spital entlassen. Und was nun? Wohin sollte ich mich wenden? Wem konnte ich mit diesem Gesicht unter die Augen treten? Ich könnte ja wieder krank werden . . .
Vor dem Spital stieg ich in ein Taxi und machte mich auf die Suche nach einem Hotelzimmer.
Lange Zeit fand sich nichts; im *Grand* waren ein paar teure Appartements frei, man versprach mir, in einigen Tagen werde etwas Einfacheres frei, ich möge doch inzwischen ein Appartement beziehen. Vom Suchen hatte ich genug, das Wetter war abscheulich, und ich fühlte mich müde. Ich zog ein und kam mir in dem geräumigen Zimmer vor wie ein Armer im Frack. Ich überlegte, ob ich abreisen sollte. Doch während meines Spitalsaufenthalts hatte ich meine Aufenthaltsgenehmigung verlängern lassen müssen, daher hatte ich für die volle Gültigkeitsdauer die geforderte Summe pro Tag im voraus einwechseln müssen, und derlei wird nicht rückgängig gemacht. Das polnische Geld, das ich als Honorar für mein Buch erhalten hatte, nützte mir da nichts, ich mußte herausfinden, wo sich der schwarze Markt abspielte, und mußte mir hier westliche Devisen verschaffen. Es regnete ständig, und kalter Wind wehte. Der Professor riet mir, ich solle nicht zu bald abreisen, ich solle erst einmal tüchtig ausruhen. Er verschrieb mir nichts Besonderes, man hatte ja auch im Spital keine besondere Behandlung durchgeführt. Ruhe sei die Hauptsache, hieß es — ein geregeltes, normales Leben.
Ich rief Tadeusz an, fragte, ob er mir einen Übergangsmantel borgen könne. Nein, er hatte nur den, welchen er selbst trug, aber seinen Schafpelz konnte er mir bringen. Der war mir zu groß, und in dem speckigen Leder mit dem Lammfellkragen wirkte ich vollends wie ein Landstreicher, wenn ich mich zwischen den feinen Hotelgästen durchs Foyer drückte. Irgendein Kolchosnik oder sonst ein unheimlicher Typ . . . die Fremden wichen mir lieber aus und schielten nur von fern herüber. Das berührte mich kaum. Ich saß viel in einem Lehnstuhl in der Halle, nicht weit von der Portierloge, und beobachtete, wie die Leute hin und her eilten.
Abends saß ich oft beim Professor. Ich verfiel in Depressionen, und mein munteres Benehmen kostete mich viel Mühe.

War das Frühstück schuld, daß mir übel wurde? Zwei weiche Eier und ein Glas Milch. Ich legte mich aufs Sofa und wartete, ob der ungute Geschmack verginge. Plötzlich faßte mich die

Angst, es sei etwas passiert. Das Herz krampfte sich zusammen, und kalter Schweiß brach mir aus. Schließlich könnte ich doch aufstoßen, dann könnte ich nachsehen, ob Blut kam oder nicht. Aber ich hatte Angst. Ich hatte Angst, und zugleich beobachtete ich mich in dieser Angst — als wollte ich mir genau einprägen, wie man diese Angst fühlt. Welche Kraft ist das, die mich zwingt, die eigenen rasenden Gefühle gleichzeitig genau zu registrieren? Welche Verrücktheit?

Die Angst kannte ich gut. Damals, als die Gestapoleute dicht vor meinem Versteck standen und mich im nächsten Moment entdecken konnten, da hörte ich nur das wilde Klopfen meines Herzens und fürchtete, die da draußen könnten es auch hören. War ich damals fähig, zu gleicher Zeit klar zu denken? Damals wohl nicht. Und jetzt? Was ist das schon für eine Fähigkeit für ein klares Denken! Ein Gedanke taucht auf, flitzt durch den Kopf, und bevor sich etwas daraus entwickeln kann, erlischt er, erstickt in einem schwindelerregenden Gewirr. Ja! Es ist ernst! Oder nicht? Ich stieß auf. So schnell ich konnte, eilte ich in den Waschraum. Galle! Kein Blut, nur Galle! Das ist noch nicht der Tod! Nur Galle. Ich atmete auf.

Ich war so ergriffen, daß ich das Alleinsein nicht mehr aushielt. Die Angst war ja vorbei, aber ich mußte jetzt einfach Menschen rund um mich spüren, ein paar Worte zu jemandem sprechen. Ich kam mir vor wie ein Kind, das gleich zu schreien anfangen wird. Im ersten Moment wollte ich den Professor anrufen, aber dann getraute ich mich nicht. Was sollte ich ihm sagen? Daß mir soeben schlecht war? Oder einfach fragen, was es Neues gibt? Nein, er hätte die Angst herausgehört.

Ich blieb noch eine Weile liegen, dann ging ich die Treppe hinunter, zögerte vor dem Ausgang ins Freie und wandte mich schließlich statt dessen nach rechts, durch eine Glastür, in das Kaffeehaus des Hotels.

Der Saal war hübsch eingerichtet, viel Licht kam durch die großen Fenster herein. Alle Tische waren besetzt, ich sah mich um, wo ich mich dazusetzen konnte. Gleich beim Eingang starrte ein glatzköpfiger, bebrillter Herr in seine Zeitung, am nächsten Tisch saß ein Pärchen, daneben vier nicht mehr junge Damen in angeregtem Gespräch, sie fuchtelten mit ihren Mokkatassen und brachen immer wieder in lautes Gekicher aus. Dicht unter dem Podium für die Musik, das um diese Tageszeit leer stand, saß ein Mädchen allein an einem Tisch. Sie rauchte, trug das Haar zu einem großen Knoten aufgesteckt, hatte träge, gelöste Bewegungen, wirkte auf den ersten Blick nicht übermäßig aufregend. Wartete sie darauf, daß sie jemand ansprach? Ich blieb noch ein wenig beim Eingang stehen, als suchte ich noch immer nach einem Platz. Meinen Zimmerschlüssel schwenkte ich beiläufig in der Hand: Die Kleine mit dem Haarknoten sollte sehen, daß ich nicht von der Straße gekommen war!

Schon saß ich neben ihr. Sie hatte künstliche Wimpern, der Mund war ziegelrot geschminkt. Wir kamen ins Gespräch, ich schimpfte über mein Pech mit dem Wetter und brachte bei dieser Gelegenheit gleich an, daß ich aus Wien gekommen war. Die Kleine hatte schon gehen wollen, jetzt war ihr Interesse erwacht.

»Wissen Sie was? Gehen wir zusammen mittagessen!« Sofort bereute ich meine Worte. Ich hatte auf nichts Appetit, und ich müßte doch wenigstens ein Gläschen Wein mittrinken, wie sieht denn das aus, wenn ich sie einlade und selbst zusehe? Aber nur auf mein schönes Gesicht hin wird sie auch nicht ewig bei mir sitzenbleiben, sie wird fortgehen, ich werde allein sein. Der Ausweg, auf den ich verfiel, kam mir im ersten Moment sehr schlau vor.

»Zu dumm, jetzt hätte ich fast vergessen: Ein Bekannter wird mich in meinem Zimmer aufsuchen, ich muß schnell hinauf, sonst verfehlt er mich.«

»Wird das lang dauern? Ich kann ja hier warten.«

»Wenn es Ihnen nichts ausmacht, dann kommen Sie doch mit hinauf, mein Bekannter kommt gleich, wir gehen dann zu dritt essen.«

»Gut. Gehen Sie voraus, ich komme gleich nach. Welche Nummer?«

»128. Im ersten Stock. Also, wir sehen uns oben.«

»Wohnen Sie aber vornehm!« rief sie beim Eintreten. »Sogar Fernsehen gibt es!« Sie drehte an den Knöpfen. Verstellte sie sich oder war sie wirklich zum erstenmal in einem solchen Appartement? Ziemlich kurze Beine hatte sie, aber was ging das mich an?

»Entschuldigen Sie, daß ich das Jackett ausziehe. Ich lege mich nur einen Moment auf das Sofa, mir tut irgendwie der Kopf weh, ich bin ganz schwindlig.«

»Aber bitte, tun Sie, als ob ich nicht da wäre!«

»Vielleicht wollen Sie einstweilen etwas trinken, Fräulein? Ich läute dem Kellner.«

»Nein, bitte nicht! Ich brauche nichts, ich will nicht, daß mich jemand hier sieht. Sie wissen doch!«

Gar nichts wußte ich. Ich kannte die Bräuche hier nicht. Das

Mädchen sah auch nicht wie eine Professionelle aus, sie dachte wohl: So ein alter Steiger, aber aus Wien, schwerreich, da zahlt es sich schon einmal aus. Ich bedauerte bereits, daß ich sie mitgenommen hatte. Da machte sie schon Miene, zu mir aufs Sofa zu kommen, beeil dich doch nicht so, du Gans, Gesellschaft wollte ich haben, nicht allein sein wollte ich. Was soll das neckische Getue?

Ich wies auf den Stuhl, der drüben beim Tisch stand. »Setzen Sie sich doch. Mein Bekannter sollte schon da sein, warten wir noch ein wenig, er kommt sicherlich gleich.«

»So?« Sie spielte die Erstaunte. »Haben Sie die Tür verriegelt?«

»Wozu?«

»Wenn Ihr Freund kommt, mach' ich schon auf.« Sie wartete meine Antwort nicht ab, sperrte zu und kam zu mir. Was treibt sie denn da? »Nein, mein Kind, das laß nur alles, wie es ist, ich erwarte Besuch.« Sie hatte schon die Schuhe ausgezogen, legte sich neben mich und begann, mich abzutasten. Ich fühlte, wie sich in mir alles umdrehte, und hatte nicht den Mut, das Mädchen zurechtzuweisen. Sie schmiegte sich an mich und schnurrte mit gemachter Zärtlichkeit: »Bös? Warum denn? So ein Böser. Jetzt kommt bestimmt niemand mehr.«

Ich strich ihr übers Haar, übers Gesicht, spürte die rauhe Haut am Hals, zog angewidert die Hand zurück. Plötzlich hatte ich den bekannten Geschmack im Mund. Ich erstarrte.

Klebrige Hände streichelten mir den Hals, die Brust, tasteten abwärts.

»Oh, so ein Seufzer! Was ist denn? Tut der böse Kopf noch so weh?«

Kalter Schweiß brach mir aus. Bitte verschon mich. Unsinn, mir fehlt ja gar nichts, ich habe doch eben vorhin festgestellt, daß ich nicht blute. Aber die Angst blieb. Gegen die Angst half nur eines: Ich mußte mich erregen, ich mußte die ganze Welt vergessen. Ich stellte mir die chinesenäugige Laborantin vor, wie sie mich verführerisch anlächelte. Warum gerade sie? Sie hat gelächelt, weil ich ein Freund des Professors bin ... Ich wollte im glänzend schwarzen Haar der Ärztin wühlen. Hätte die mich aber ausgelacht! Dazu hatte sie mich nicht ins Dienstzimmer eingeladen. Die Kammer der Schwester verschloß ich von innen, sie wehrte sich ... Ich tastete nach den empfindlichen Stellen an dem Mädchenkörper neben mir, ich wollte etwas Lebendiges spüren — aber der Schreck durchfuhr mich, bei starker Anstrengung könnte die kaum erst verkrustete Wunde aufbrechen. Und schlimmer als alles andere war die Furcht davor, mich dem Mädchen unmännlich zu zeigen. Ich schämte mich wie im Spital, wenn die Schwester mir anfangs die Schüssel untergeschoben, mich danach gesäubert hatte: Ein wahres Glück, wenn dies wenigstens die Hände einer alten Klosterfrau taten.

Armes Mädchen, so viel Mühe gibt sie sich. Was denkt sie in diesem Augenblick? Unwillkürlich streichelte ich ihr die Wange.

»Ich zieh' mich nur aus, das ist bequemer«, sagt sie.

Als hätte mich dicht am Herzen etwas gekitzelt. Das war nicht mehr die Angst, sondern irgend etwas in mir barst vor Lachen. Ich sah dieses Mädchen vor mir, aber im weißen Schwesternkittel, wie sie sich an mein Spitalsbett drängt, während ich darin auf der Schüssel liege. Der Gedanke allein, daß mich die Frau reizt, während ich mich zu entleeren habe — das war zuviel für mich, ich biß in den Polster, um nicht laut loszulachen. Ein unsinniges Gelächter, es will mit aller Gewalt heraus, ist nicht zu unterdrücken. Worüber?

Bei der dritten Judenaktion in Borysław hatte man drei Tage lang Juden eingefangen und in Güterwaggons verladen, dann verständigte mich der Anführer meiner Arbeitsbrigade, die Aktion sei aus, Irmas Mutter habe man mitgenommen, sonst sei alles in Ordnung. Irma war mit mir zusammen versteckt, wurde ohnmächtig vor Freude, daß sie heimgehen und gleich die Mutter sehen konnte. Denn von dem Unglück hatte ich nichts gesagt. Ich brachte Irma heim und sagte immer noch nichts, aber den ganzen Weg über erstickte ich fast vor Lachen. Worüber?

»Ich muß ein bißchen aufstehen«, sagte ich zu dem Mädchen. Ich trat ans Fenster und schöpfte tief Luft. Ich blickte auf die Straße hinunter. Es mußte eben erst zu regnen aufgehört haben; fest in ihre Mäntel gewickelt, eilten die Leute über den nassen Asphalt. Vor dem Hotel standen einige Autos. Eben fuhr ein riesiger, schwarzer, wahrscheinlich amerikanischer Straßenkreuzer vor. Gleich eilte der Portier herbei, hielt untertänig die Wagentür auf. Zuerst stieg ein platinblondes junges Ding in weißglänzendem Plastikmantel aus, dann der Herr, der chauffiert hatte, ältlich, graumeliert, in elegantem stahlblauem Anzug. Ich wandte mich um. Im Vorbeigehen nahm ich 200 Zloty aus meiner Rocktasche und steckte das Geld vorsichtig in das Handtäschchen, das auf dem Tisch lag. Das Mädchen mußte dies bemerkt haben, sie fragte, ohne sich nach mir umzudrehen:

»Tun wir denn nichts?«

Ach, du liebes Kind, was marterst du mich denn, was willst du?

Siehst du denn nicht, ich gehöre doch schon auf den Abfallhaufen. »Ach, ich denke, heute nicht«, sagte ich leichthin und glaubte vor unterdrücktem Lachen zu zerplatzen.
Sie erhob sich, sah enttäuscht und gekränkt drein. »Warum haben Sie mich dann hergerufen?« brummte sie.
»Ich bin heute nicht so recht auf der Höhe«, erklärte ich.
Plötzlich heulte sie los. »Sie lachen mich aus, Sie wollen mich nicht, Sie machen sich nur lustig über mich, und ich dachte ...«
Da soll doch der Blitz dreinschlagen.
»Ich fühle mich nicht wohl, glaub mir, ich bin gerade erst aus dem Spi ..., aus dem Haus gegangen, ich muß irgend etwas erwischt haben, das macht wohl dieses Wetter, wir werden uns ja noch öfter sehen, so beruhigen Sie sich doch endlich, vielleicht wollen Sie auf einen Moment in den Waschraum, Ihr ganzes Make-up ist verschmiert.«
»Gar nichts will ich«, trotzte sie, »Sie reden ja jetzt nur so. Sagen Sie mir doch offen ins Gesicht, was Sie von mir halten!«
»Ich halte Sie für ein liebes, anziehendes Mädchen. Sonst hätte ich Sie doch nicht heraufgebeten.«
Sie ging in den Waschraum und kam frisch hergerichtet wieder, mit dunklen Schatten um die Augen, ziegelrotem Mund und hochgetürmtem Haarknoten. Sie schmollte noch ein wenig, aber sie war schon beruhigt. Ich half ihr in den Mantel, sie lächelte mich an, ich lächelte zurück.
Ich war glücklich, als ich endlich allein war.

3

Der Herbst dieses Jahres war widerlich. Ich kehrte an einem düsteren Tag nach Wien zurück. Die naßkalte Luft wirkte beklemmend, schneidender Wind pfiff durch die Straßen. In den ersten Tagen verließ ich mein Zimmer überhaupt nicht, ich hatte auch nirgends hinzugehen. Bald verwischten sich die Tage in der Erinnerung, vermengten sich mit den früheren, genau gleichen, als wäre ich inzwischen nicht fortgewesen, als hätte ich nie einen Grund gehabt, zu verreisen. Nicht einmal durchs Fenster sah ich Menschen. Im schmalen Lichthof bröckelte der Verputz von den Mauern, die Fenster gegenüber blieben immer geschlossen und dunkel. Das war meine Aussicht. Jeden Morgen um die gleiche Zeit gurrten die Tauben, etwas später hörte ich sie auf dem Fenstersims landen, über das Blech trippeln, picken und wieder aufflattern.

Ich ging wieder auf den Graben: auch dort dieselben Gesichter, nichts hatte sich verändert.

Eines Tages, als ich durch die Kärntner Straße ging, begegnete ich dem Bruder Doktor Glasblatts. Klein und unterspickt, doch beweglich, sieht dem Doktor sehr ähnlich. Wenn er auch noch so rothaarig und so unverschämt wäre wie der Doktor, könnte man die beiden miteinander verwechseln. Er begrüßte mich mit überströmender Begeisterung wie einen lang ersehnten Freund:

»Karol! Daß ich dich einmal wiedersehe! Wir haben uns ja schon ewig nicht mehr gesehen! Ich freue mich riesig, komm, gehen wir irgendwo hin, was sollen wir auf der Straße herumstehen? Ich lade dich ein! Keine Widerrede, ich lasse dich jetzt nicht aus, na so was, so ein Zufall, daß wir uns da getroffen haben . . .«

Kaum hatte er zu erzählen oder eigentlich zu jammern begonnen, da wurde mir klar, daß es mit ihm nicht mehr ganz stimmte. Die Augen funkelten fiebrig, und plötzlich brach er in bitteres Gelächter aus.

»Umgebracht haben sie mich, fertiggemacht . . . Warum hat mich mein Bruder nur hierhergelockt? Ach, mein Lieber, mein Allerliebster, was kann er von mir gewollt haben? Allein bin ich hier.

Mutterseelenallein, sag ich dir, ich weiß nicht mehr weiter auf dieser Welt. Was soll ich nur tun, was rätst du mir, du warst doch immer so gescheit? Soll ich nach Polen zurück? Ich habe Angst. Die können mich einsperren, meine Frau ist Polin, sicher hat sie sich schon einen anderen gefunden, wozu braucht sie mich noch? Aber das Kind, so ein süßer kleiner Kerl. Wenn du ihn sehen könntest ... Und er schreibt schon so schöne Briefe, ich muß sie dir einmal zeigen. Ach, wie ich mich nach ihm sehne!«
»Und was meint dein Bruder? Was rät er dir? Schreibt er überhaupt?«
»Ja, er schreibt und schickt mir auch jeden Monat Geld, sonst wäre ich hier schon verreckt. Hast du eine Ahnung, wieviel Miete ich zahlen muß? Und dann noch der Doktor. Ich muß zum Doktor, ich bin krank, was sagst du? Man merkt mir nichts an? Keine Nacht kann ich schlafen.«
Er redete und redete ununterbrochen, der Speichel troff ihm dabei aus dem Mund, es schien, als wolle er sein ganzes Herz ausschütten.
»Er läßt sich hier fast nie sehen. Ein großer Herr ist er geworden, mein Bruder. Er hat sich einen Mercedes gekauft und hält sich einen Chauffeur, ja, ja, mein Freund, das ist nicht so wie bei uns Hungerleidern. Und wer bin ich hier? Ein Niemand, ein Nichts! Niemand kennt mich. Drüben, da war ich jemand, da habe ich etwas gegolten ...«
»Was macht eigentlich deine Wiedergutmachung?« unterbrach ich.
»Und du? Beziehst du eine? Wovon lebst du hier? Wenn mein Bruder nur wollte, könnte er mir das erledigen, er erledigt das doch sonst allen ... Er sagt, ich soll warten, bis so ein neues Gesetz herauskommt. Aber wie kann ich warten? Und meine Frau, mein Kind? Ich werde hier noch verrückt! Du wirst sehen, mich liefern sie noch ins Spital ein ...« Plötzlich schien er sich zu besinnen: »Und du? Was machst du? Wohnst du noch in der Landesgerichtsstraße? Ruf mich doch einmal an, warte, ich schreib' dir meine Telephonnummer auf.« Und dann verabschiedete er sich eilig.

Die Angst vor einer neuerlichen Erkrankung ließ sich nicht vertreiben. Ich fürchtete weniger die Blutung als die Spitalskosten. Für die ersten Tage würde mein Geld reichen, aber was dann? Ich ängstigte mich, bis ich in einer Nacht mit der entsetzlichen Gewißheit erwachte. Ich prüfte meinen Puls, er schlug schneller, das war der Beweis. Ich blutete also! Ich machte Licht und begann mich zitternd und vorsichtig anzuziehen, um für alle Fälle bereit zu sein. Aber ich war so schwindlig, daß ich mich gleich wieder ausstrecken mußte. Mir fiel ein, daß heute Dr. van Dam, der Generalsekretär des Zentralrates der Juden in Deutschland, hier in Wien einen Gastvortrag halten sollte. Assessor Winkel hatte mich einst diesem einflußreichen Funktionär empfohlen, als ich in Bonn meine Chancen auf eine Wiedergutmachung geprüft hatte. Und Dr. van Dam hatte mir sagen lassen, ich möge doch persönlich bei ihm vorsprechen, wenn er wieder nach Wien komme. Das war es, ich mußte ihn aufsuchen, ich mußte trotz allem innerem Widerwillen eine Wiedergutmachung anstreben, was blieb mir anderes übrig? Aber da lag ich, elend, von Fieber geschüttelt, wie sollte ich mich bis ins Hotel *Bristol* schleppen? Draußen wurde es schon hell, ich mußte etwas unternehmen, jemanden um Hilfe bitten, bevor es zu spät war. Glasblatt fiel mir ein, der könnte doch für mich einen Termin vereinbaren, ich müßte nicht blindlings als unerwarteter Bittsteller aufkreuzen, alles wäre leichter. Es gibt nichts Peinlicheres, als wenn man einen Menschen plötzlich mit einer Bitte überfällt.

Im Arbeitslager entfernte ich mich einmal von meiner Kolonne und verpaßte abends die Rückkehr. Und es stand der Tod darauf, wenn ein Jude nach sieben Uhr auf der Straße ertappt wurde. Ganz in der Nähe wohnten Taczyńskis, sie hatten Irma und mich mehrmals versteckt, wenn auf Juden Jagd gemacht wurde, ich hätte dort übernachten können, aber ich schämte mich, unvermutet anzuklopfen. Lieber riskierte ich, daß man mich einfing.

Der Kopf schwirrte mir und die Knie knickten unter mir ein, als ich ins Vorzimmer zum Telephon humpelte. Auf meinen Hilferuf kam Glasblatt sofort atemlos herangeschnauft. »Ach, du Ärmster, was ist mit dir los, wie kann ich dir nur helfen, ach, so ein Unglück!« So viel Mitleid? Oder spielt er ein wenig Theater? Na, mir konnte das egal sein, sofort war er mir zu Hilfe gekommen, der gute Kerl.

Glasblatt rief Dr. van Dam an, wie ich ihn gebeten hatte. Dann aber hörte ich, wie Glasblatt noch eine Nummer wählte. Er jammerte ins Telephon: »So ein guter Mensch ... Sie kennen ihn ja ... Man muß ihn retten, er hat niemand!« Und danach flötet er immer wieder untertänig: »Ja, jawohl, ich verstehe« und so weiter. Er mußte mit einer wichtigen Person reden! Wer hat ihm das geschafft! Es war unerträglich peinlich. Endlich kam er wieder ins Zimmer.

»Dr. van Dam erinnert sich nicht an dich, aber er wird dich in seinem Hotel empfangen, in einer Stunde sollst du dort sein.«
»Du hast aber mit noch wem gesprochen, oder?«
»Hört man das durch?« Der Ärmste sah sich verschreckt im Zimmer um, als wollte er sich vor meiner Frage verkriechen. Ein Schrank war zwar da, außer Tisch, Sessel und Bett das einzige Möbelstück. Aber Glasblatt hätte darin nicht Platz gehabt.
»Er kann dir nicht helfen ...« Glasblatt duckte sich unter meinem Blick — »der ist heute ein hohes Tier, der jagt die Naziverbrecher, so was schickt sich nicht für ihn ...«
»Was schickt sich nicht für ihn?« rief ich und fühlte, wie mir das Blut zu Kopf stieg. »Ich verstehe kein Wort! Was hat er dir gesagt? Warum hast du ihn angerufen, ich habe dich schließlich nicht darum gebeten?«
»Fünfhundert Schilling will er dir geben ...«
»Menschenskind, ich habe genug Geld für das Spital!«
»Wirklich? Na dann Gott sei Dank! Er hat gesagt, ich soll mich an jemand anderen wenden. An wen denn? Andere lassen nicht einmal fünfhundert aus! Aber wenn du Geld hast, dann ist ja alles in Ordnung, dann soll sie alle der Schlag treffen! Einen schäbigen Hunderter geben die her oder auch gar nichts!«
»Warum erzählst du mir das? Bitte hör auf, ich bin nicht neugierig!« Eine Erinnerung stieg mir auf.
Glasblatt setzte sich zu mir aufs Bett, faßte mich an beiden Händen, redete mir zu: »Aber Söhnchen, mach dir nichts draus, spuck darauf, Hauptsache, daß du gesund wirst! Lach doch über das Ganze. Na, lach doch!« Ich lachte. Zwei Verrückte lachten miteinander.
Als ich in ein Taxi stieg, um zum Hotel *Bristol* zu fahren, dachte ich, ich müsse doch im Grunde ein heroisches Naturell haben: Mit blutendem Magengeschwür kümmere ich mich um geschäftliche Angelegenheiten! Ich war richtig stolz auf mich, und zugleich wurde ich während der ganzen Fahrt den Gedanken nicht los, dies sei das letzte Mal, daß ich eine Straße voll Menschen sehe.
Herr Dr. van Dam kam zu mir in die geräumige Halle herunter, ein vornehmer älterer Herr, etwas steif. Er begrüßte mich förmlich. Was ich eigentlich wolle? Ich müsse mich kurz fassen. Er werde schauen, was sich in meiner Angelegenheit tun lasse, er habe schon einmal in einem ähnlichen Fall geholfen, ich solle ihm das aufschreiben. Vom Hotel fuhr ich direkt zum Spital. Das Ergebnis der Stuhlanalyse war positiv.

»Schrecklich mager sind Sie geworden«, sagte Frau Primaria Doktor Leodolter, »wieviel wiegen Sie denn?« Ich hatte in den letzten Tagen sechs Kilo abgenommen und war jetzt 54 Kilo schwer. Nach einer Woche verließ ich das Spital wieder. Es fiel bereits Schnee.

Was sollte ich weiter anfangen? Und wenn ich wieder krank würde? Ich dachte an meine Freunde, an Hilda, Luise, Hermann. Nein, in diesem traurigen Zustand kann ich mich bei ihnen nicht blicken lassen! Und wie könnten sie mir helfen? Sie sind selbst bei jemandem angestellt, ich aber brauche Hilfe von jemandem, der mich bei sich anstellen kann. Kenne ich überhaupt solche Leute? Wen kann ich fragen?

Er saß mir gegenüber, korpulent, rot im Gesicht, lächelnd, sehr sympathisch. Wir plauderten über dies und das. Endlich gab ich mir einen Ruck und äußerte meine Bitte:
»Sagen Sie, könnten Sie mich nicht bei Ihnen beschäftigen? Es ist mir ganz gleich, welche Art von Arbeit ich bekomme, und Sie müßten mir auch nicht viel zahlen, der niedrigste Lohn genügt mir. Wissen Sie, mir geht es hauptsächlich um die Krankenkasse, man fühlt sich einfach sicherer, man kann doch krank werden, und dann hat man das Spital kostenlos. Die Beiträge sind doch nicht hoch?«
»Es tut mir ungemein leid, aber ich muß Ihnen das leider abschlagen. Ich kann nicht. Sie kennen doch meine Verhältnisse. Ich bin nur ein kleiner Geschäftsmann; würde ich Sie anstellen, dann müßte ich gleich mehr Steuer zahlen. Glauben Sie mir, ich bedaure das selbst zutiefst. Wenn ich Ihnen sonst irgendwie behilflich sein kann: Ich bin jederzeit gern dazu bereit.«

Der nächste, zu dem ich ging, wohnte im dritten Stock. Der Aufzug war außer Betrieb, ich kletterte mühsam die Treppe hinauf und mußte alle paar Stufen stehenbleiben. Endlich ... das Vorzimmer, links geht es ins Bad, rechts zur Toilette, dann kommt die Tür zur Küche, dann die ins Dienstbotenzimmer, weiter, Türen links, Türen rechts, Türen; Türen ins Eßzimmer, ins Schlafzimmer, geradeaus geht es in den Salon: Bücherregale, moderner Schreibtisch, moderner Lehnstuhl, Doppelkinn, Bauch. Einleitung wie vorhin: dies und das. Vielleicht eine Tasse Tee? Danke schön. Bitte schön. Und dann zur Sache:
»Sagen Sie, hätten Sie vielleicht irgendeine Arbeit für mich in

Ihrer Fabrik? Ganz gleich, welche. Sie müßten mir auch nicht viel zahlen. Soviel Sie glauben. Mir genügt es. Wissen Sie, mir geht es um die Krankenkasse, man fühlt sich einfach sicherer, man kann doch krank werden, und dann hat man das Spital kostenlos ...«

»Aber natürlich, sehr gern, für Sie, Herr Karol, habe ich immer etwas frei. Im Moment ist es schwierig, aber es wird sich schon etwas finden. Bloß — das Arbeitsamt macht da Schwierigkeiten ... was für einen Paß haben Sie? Tja ... als Ausländer. Sie verstehen. Aber machen Sie sich keine Sorgen, in zwei, drei Monaten sieht das schon wieder ganz anders aus. Verlassen Sie sich drauf, ich werde Sie nicht vergessen.«

Und jetzt Herr ... Schreier:

Ein gemütlicher Herr, kerzengerade spaziert er auf kurzen, dikken Beinen. Wenn man ihm ein Ei auf den Kopf legte, fiele es nicht herunter. Schwarzhaarig, mit sorgfältig gezogenem Seitenscheitel, liebenswürdig, etwas geschwätzig, aber ein gewiegter Geschäftsmann — und Poet dazu. Kaum war ich aus Polen zurückgekommen, da hatte er mich schon angerufen und mir Vorwürfe gemacht, weil ich ihn nicht gleich besucht hatte. Wahrscheinlich wollte er Neuigkeiten aus Polen erfahren. Er stammte aus meiner Gegend, aber ich hatte ihn erst in Wien kennengelernt. Schon so oft hatte er mich eingeladen; es war Zeit, die Einladung endlich anzunehmen. Bei Herrn Schreier könnte ich mehr Glück haben, schließlich komme ich zu ihm nicht vor dem Spital, sondern nach dem Spital. Erst wird er ein wenig hochstapeln, dann ein wenig jammern. Was kümmert mich das, er hat ein gutes Herz. Im gut geschnittenen dunklen Anzug, aufrecht wie ein Pinguin, watschelt er aus seinem Geschäft heraus.

»Was ist denn, was ist denn? Erst gucken Sie so lang durch die Auslage herein, dann drehen Sie sich um und wollen weitergehen! Warum wollen Sie nicht zu mir hereinkommen? Sind Sie böse auf mich?«

»Ich habe Sie nicht gesehen. Ich habe geglaubt, Sie sind nicht da.«

»Sie sind gar nicht nett zu mir«, er dehnte jedes Wort, »warum lassen Sie sich nie anschauen? Ich habe Ihnen doch nichts getan. Ich bin doch Ihr Freund, ich habe mir schon Sorgen um Sie gemacht, auf einen Sprung könnten Sie doch manchmal hereinkommen, ich habe schon alle nach Ihnen gefragt.«

Wir waren allein im Geschäft, die Angestellten waren zum Mittagessen gegangen. Ich sah mich um. Schreier hatte den Laden

umbauen und modern einrichten lassen, alles war auf Hochglanz gebracht. In langen Reihen hingen elegante Mäntel, Kleider, Kostüme. Die Regale voll Strickwaren leuchteten in allen Regenbogenfarben. Auf dem kleinen Schreibtisch in der Ecke stand ein weißes Telephon.
»Hübsch ist Ihr Geschäft geworden«, sagte ich.
»Gefällt es Ihnen? Den ganzen Plan zum Umbau habe ich selbst entworfen.« Er wählte eine Telephonnummer, führte ein wichtiges Gespräch, dann ein zweites, ein drittes ...
Die jungen Verkäuferinnen kamen zurück. Ich mußte lang und breit erfahren, wieviel Herr Schreier in der Stadt gelte, wie sehr verschiedene Fabrikanten mit ihm rechneten. Er ging in seiner Arbeit auf, gab den Mädchen alle möglichen Aufträge, schaute in die Kassa, zog einen Stoß Rechnungen aus der Schreibtischlade und kontrollierte sie, dabei brachte er es fertig, seine tausend dringenden Angelegenheiten für einen Augenblick zu unterbrechen und sich mit großer Hingabe seinem Besucher zu widmen.
»Ist Ihnen zu Hause nicht kalt? Heizen Sie ein? So leichte Socken tragen Sie ... Seien Sie mir nicht böse, Sie sind ja immer gleich beleidigt, aber ich habe doch daheim jede Menge von Socken, fahren wir nachher zu mir, vielleicht einen Anzug, mein Schrank geht über von solchem Zeug, Sie sind freilich dünner als ich, aber man kann das ja beim Schneider umändern lassen, und der Anzug ist wie neu. Haben Sie schon meinen neuen Prospekt gesehen?« Er schob mir ein Heftchen hin, selbst aber deklamierte er:

»*Denk daran auch heuer*
vor der Weihnachtsfeier:
Gut und doch nicht teuer
kaufst du ein bei Schreier.«

»Wer hat denn das gedichtet?« fragte ich.
»Was heißt, wer hat das gedichtet? Das ist von mir selbst. Gefällt es Ihnen nicht?«
»Sie sind ja ein vielseitiges Talent!«
»Ach — das ist ja nichts —, so etwas kann jeder schreiben. Meine Dichtungen kennen Sie ja gar nicht, ich muß Ihnen einmal etwas zu lesen geben.«
»Ist das gedruckt?«
»Ach, was reden Sie da? Die Leute wollen irgendwelche Schweinereien lesen, Pornographie. Wen interessieren heute Sachen über die Okkupation?«

»Schreiben Sie jetzt noch?«
»Ach, wissen Sie, das Geschäft. Manchmal bringe ich noch eine Kleinigkeit zu Papier, aber gegen früher ist das gar nichts. Da habe ich geschrieben, geschrieben. Ich zeige Ihnen einmal was. Aber dieser Slogan, nicht übel, oder? Denk daran auch heuer... vor der Weihnachtsfeier... teuer... Schreier... Denk daran auch heuer...«
Ich dachte schon, er werde nicht mehr aufhören, da läutete das Telephon.
»Ja bitte...« Und mitten im Gespräch befahl er dem Ladenmädchen neben ihm: »Elfi, bringen Sie etwas zum Naschen!« Als das Gespräch aus war, wählte er gleich die nächste Nummer.
Eine Kundin trat ein; Schreiers fetter Körper schnellte elastisch hinter dem Schreibtisch hervor: »Küß' die Hand, gnädige Frau, womit kann ich dienen? Gitta, die Dame wünscht...« Schon war die nächste Dame da, der Laden füllte sich, die Verkäuferinnen kamen nicht nach, Herr Schreier mußte selbst bedienen, eilte hin und her, angelte Mäntel von den Stangen, empfahl und zeigte: »Bitte sehr, gnädige Frau, schlüpfen Sie einmal hinein, ausgezeichnet steht Ihnen das, erstklassiges Material...« Auch zwei junge Leute aus Polen kamen herein; die führte Herr Schreier höchstpersönlich zur Großhandelsabteilung hinüber. Als er mit ihnen zurückkam, sagte ich:
»Ich will Sie nicht länger stören.«
»Wissen Sie was, zwei Häuser weiter ist ein Espresso, bestellen Sie sich einstweilen was, ich komme gleich nach, hier lassen einen die Leute ja doch nicht in Ruhe!«
Er kam nach zehn Minuten. Er bestellte eine kleine Schale Gold, nippte ein wenig, entschuldigte sich auf einen kleinen Moment und verschwand. Er blieb eine halbe Stunde aus. »Sehen Sie«, sagte er, als er sich zu seinem kalten Kaffee setzte, »so geht das den ganzen Tag. Nicht einmal fünf Minuten in Ruhe plaudern kann man, und Sie fragen mich, ob ich schreibe! Wann denn? Am Abend? Ich muß doch auch in die Zeitungen schauen, damit ich eine Ahnung habe, was sich tut auf der Welt, Briefe muß ich beantworten, was glauben Sie, wieviel Post ich bekomme! Jeder raunzt mich an, jedem soll ich antworten, jedem soll ich raten und helfen! Sogar zum Lesen komme ich nur, wenn ich unterwegs bin. Ich fahre immer im Schlafwagen, da komme ich endlich ein wenig zu geistigen Genüssen. Aber Sie reden ja gar nichts, wie geht es Ihnen immer? Zum Friseur sollten Sie gehen, diese langen Haare machen alt. Sie müssen nichts zahlen, mein Friseur

wird Sie schneiden, er ist mir Geld schuldig, ich schicke alle zu ihm.«
»Ich habe Ihnen ja noch gar nicht gratuliert!« lenkte ich ab. »Es stimmt doch, was ich gehört habe? Sie haben ein Juweliergeschäft aufgemacht?«
»Was heißt aufgemacht? Das hab ich schon lang.« Und in gewichtigem Ton fügte er hinzu: »Großes Geschäft macht große Zores.«
Ich lächelte ihm ins Gesicht: »Als ob Sie darüber traurig wären! Sie drängen sich doch zu jedem Geschäft, das Sie nur erwischen!«
»Ach, wissen Sie — zehn Jahre jünger müßte ich sein.« Er geriet plötzlich in Eifer: »Dann hätte ich an jeder Straßenecke einen Laden!«
»Sie gebrauchen doch heute noch Ihre Ellbogen wie ein Junger!« Diese Worte schienen ihm wohlzutun. Seine Haltung straffte sich, die Äuglein funkelten jugendlich. »Sie haben recht«, sagte er, »ich habe noch recht viel Lebenskraft in mir.« Plötzlich sank er in sich zusammen, mit erloschenem Blick flüsterte er: »Ich mußte heute Nacht den Arzt rufen. Das Herz, ich habe geglaubt, ich sterbe.«
»Hat man Ihnen ein EKG gemacht?«
»Gott sei Dank, das Herz ist noch gut, hat er gesagt. Ich muß nur ein paar Kilo abnehmen. Ja, so ist das, mein Freund, ich halte mich zwar noch gut, nicht wahr, das haben Sie doch selbst gesagt. Aber die Zeit steht nicht still. Auf ja und nein erhält man seine Abberufung.« Dazu schaute er so kläglich drein, als wäre sie schon unterwegs.
»Das erwartet doch jeden«, lächelte ich. »Wenigstens davon kann man sich nicht loskaufen.«
Er glotzte mich an, als könne oder wolle er nicht verstehen. »Wie viele Läden haben Sie eigentlich, Herr Schreier? Hätten Sie nicht irgendwo eine Stelle für mich frei?«
Er grinste vorsichtig, im Zweifel, ob ich ihn nicht etwa aufziehen wollte.
»Oder wenn Sie eine neue Filiale aufmachen«, drängte ich, »die könnte ich Ihnen doch führen, ich war doch auch einmal Kaufmann, ich werde doch nicht alles verschwitzt haben.«
»Sie? Sie sind doch nichts mehr fürs Geschäft!« Er betrachtete mich mit nachsichtigem Lächeln. Doch da schien ihm eine Erleuchtung zu kommen, er riß die Augen auf, zielte mit dem Zeigefinger: »Ich hab's! Das ist etwas für Sie! Dazu braucht man keine besondere Vorbildung. Ja, das ist genau das Richtige! Passen Sie auf: Hier ganz in der Nähe ist ein Geschäftslokal frei,

Sie müssen es sich ansehen, ich verhandle schon über zwei Jahre mit den Eigentümern, zuerst wollten sie vermieten, dann haben sie sich's überlegt und wollten nur verkaufen, jetzt wollen sie wieder vermieten. Zehntausend verlangen sie pro Monat, und ich glaube, das zahlt sich aus. Und wissen Sie, was ich dort verkaufen würde? Welchen Artikel? Na, raten Sie mal? Hosen! Herrenhosen, Blue jeans! Die gehen wie die warmen Semmeln. Na, was sagen Sie? Das können Sie doch machen! Man stellt ein Ladenmädchen an, und fertig. Das gefällt Ihnen doch, oder? Ich richte dieses Geschäft eigens für Sie ein! Ein wahres Glück, daß Sie zu mir gekommen sind.«

»Ich danke Ihnen. Ihre Güte bewegt mich zutiefst. Es ist wirklich großartig, daß Sie so menschlich handeln. Bloß: Ich möchte lieber unter Ihnen arbeiten. Nicht selbständig. Irgend etwas Fixes. Zahlen Sie, soviel Sie glauben, mir genügt es. Im übrigen werden Sie ja sehen, wieviel ich tauge, wie die Geschäfte gehen ...«

Seine Miene blieb freundlich und eifrig, hinter seiner Stirn arbeitete es. Wenn er sich einmal mit einer Sache befaßte, ließ er so leicht nicht ab. »Warten Sie, warten Sie.« Energisch rückte er die Kaffeetasse weg und verschränkte die Finger auf dem Tisch, daß es knackte. »Da müssen Sie sich ein wenig gedulden, einen Monat, zwei, aber Sie kennen mich ja: Was ich einmal versprochen habe, das ist mir heilig.«

»Herr Schreier«, sagte ich nach einer Weile, »ich will offen mit Ihnen reden. So lang kann ich nicht mehr warten. Bitte ersparen Sie es mir, lang und breit die Gründe zu diskutieren — es hat sich so ergeben. Ich muß so schnell wie möglich Arbeit bekommen. Wenn Sie nichts für mich haben, dann hat vielleicht jemand von Ihren Bekannten etwas? Sie kennen doch hier so viele Leute.«

»Hören Sie zu. Wissen Sie, wieviel ich meinem Buchhalter zahle?«

»Ach, Herr Schreier, was wäre ich schon für ein Buchhalter? Früher, natürlich, da habe ich das halbwegs gekonnt, im übrigen habe ich gar nicht an geistige Arbeit gedacht. Irgend etwas Fixes. Ich würde sogar als Nachtwächter gehen, als Billeteur im Kino, als Gehilfe in einem Buffet, das ist mir ganz gleich.«

Er schob die Unterlippe vor: »So was! Warum sagen Sie mir das erst jetzt? Ich verschaffe Ihnen etwas, da müssen Sie überhaupt nichts arbeiten. Ich weiß sogar schon, wo. Wie das Kind im Haus wird man Sie halten. Der Mann, zu dem ich Sie schicke, ist mir zu großem Dank verpflichtet. Nein, sagen Sie jetzt gar nichts. Hören Sie zu. Er ist nackt und bloß aus Israel gekommen, ich habe ihm geholfen, ich habe ihm ein Dach über dem Kopf verschafft, ich habe Arbeit für ihn gesucht, anfangs hat er Säcke verladen, heute führt er zwei große Delikatessengeschäfte. Er wird überglücklich sein, daß er sich endlich ein wenig revanchieren kann. Haben Sie eine Ahnung, wieviel ich für diesen Menschen getan habe!« Er sprang auf. »Kommen Sie, wir rufen ihn gleich an!«

Wir kehrten in das Geschäft zurück. Herr Schreier wählte sofort eine Nummer. Er mußte das ganze Telephonbuch im Kopf haben.

»Hier Schreier. Wie geht's, wie steht's? Na, Hauptsache, Sie sind gesund. Ich habe eine Bitte an Sie, und ich bitte Sie, daß Sie mir diese Bitte nicht abschlagen. Ich werde Ihnen das nie vergessen, mir liegt unendlich viel an diesem Menschen, Sie können sich gar nicht vorstellen, wieviel mir an diesem Menschen liegt.« Er wiederholte das noch einige Male in immer gefühlvolleren Tönen, dann erklärte er endlich, worum es gehe: »Sie müssen ihm unbedingt helfen. Sie müssen ihm Arbeit geben. Sie dürfen nicht nein sagen, ich weiß, daß Sie ihn anstellen können! Er kann Ihnen doch irgendwie zur Hand gehen, aufpassen. Er verlangt nur ganz wenig Lohn.« Der Gesprächspartner schien etwas Zustimmendes geäußert zu haben, denn Schreier schob mir den zweiten Hörer hin, damit ich mithören konnte. »Na gut«, kam es aus dem Apparat, »ich werde mir schon etwas einfallen lassen. Schicken Sie ihn her, daß ich ihn mir ansehe. Wie alt ist er?« — »Der Jüngste ist er nicht mehr«, sagte Schreier, »darauf müssen Sie nicht schauen. *A Mizwe* werden Sie haben, wenn Sie einmal gesündigt haben, dann wird es Ihnen vergeben sein, ein gutes Werk tun Sie.« Die Stimme zitterte ihm, und in seine Augen traten Tränen. »Meinem ärgsten Feind wünsche ich nicht, daß er so vom Leben gestraft wird wie er. Der Herr wird es Ihnen lohnen.«

»Z'doke tazil mimowess! Z'doke tazil mimowess« riefen die alten Juden in meiner kleinen Stadt in der Vorkriegszeit, wenn sie hinter dem Sarg gingen und mit den Blechbüchsen klapperten, in die jeder einen Groschen hineinwarf.

»Z'doke tazil mimowess! Almosengeben rettet vom Tode!

»Wie alt sind Sie?«

»Fünfzig.«

»Sie sehen viel älter aus, das ist nicht gut. Können Sie denn noch Säcke anpacken? Man muß das aus den großen Säcken in Kilosäckchen und Halbkilosäckchen umfüllen.«

»Umfüllen kann ich das schon. Abwiegen, aufstellen, aus dem Magazin holen ... Aber schwere Lasten kann ich nicht heben, leider, das muß ich Ihnen im voraus sagen.«
»Na ja«, murmelte er, und zwischen seinen schmalen Lippen wakkelte die schlecht sitzende Zahnprothese, »na ja, das sieht man ja. Sie müssen verstehen, ich bin hier nur angestellt, einmal, zweimal geht das ja, aber etwas Fixes ...«
»Sie haben recht« — sagte ich. »Ich verlange das auch gar nicht. Nur, Herr Schreier hat so etwas erwähnt.«
»Herr Schreier, Herr Schreier«, er schüttelte sich, bis ihm das Gebiß herauszufallen drohte, »wissen Sie nicht, wie der ist? Warum stellt er Sie nicht selbst an, hm? Was sind Sie denn von Beruf?«
»Ich habe keinen festen Beruf ... Ich schreibe ein bißchen.«
»Oh, Sie schreiben? Da können Sie doch in irgendein Büro gehen! Mein lieber Herr! Ich sehe doch, daß ich es mit einem intelligenten Menschen zu tun habe. Ich sage es Ihnen ehrlich: Das hier ist nichts für Sie. Sie sind viel zu empfindlich. Ich rate Ihnen gut: nur in ein Büro ...«

4

Ich bog in die Wiedner Hauptstraße ein, überquerte dann den Karlsplatz, und auf dem Umweg über Kärntner Straße, Graben und Kohlmarkt wandte ich mich langsam nach Hause. Oft ging ich diesen Weg, wenn ich aus der Schwindgasse aus dem polnischen Klub *Strzecha* kam. Diesmal hatte ich wieder den ganzen Tag vergeblich nach Arbeit gesucht. Wie viele Demütigungen. Wäre der Krieg nicht dazwischengekommen, dann stünde ich heute genauso reich da wie diese Leute, vielleicht noch reicher. Schließlich hatte ich schon mit fünfundzwanzig Jahren eine Erdölquelle. Wieviel könnte ich heute haben? Ich vertiefte mich in dumme Träumereien: Mein Vorkriegsvermögen ist mir erhalten geblieben und seit Kriegsausbruch auf das Fünfzigfache angewachsen; eigentlich bin ich noch nicht Millionär, aber ich bin auf dem Weg dazu, ich brauche nur die Hand auszustrecken.
Hinter dem Aufzugsschacht im Haus, in dem ich wohne, ist ein dunkler Winkel, den ganzen Tag lang schaut dort kein Mensch hinein, dort liegen die zehn verschnürten Pakete bereit, in jedem eine Million Dollar. Eigentlich sind sie gar nicht groß, diese Päckchen. Die sortierten und mit Schleifen zusammengefaßten Hundertdollarnoten sind auch nicht schwer, aber wie soll ich die Pakete am hellichten Tag in mein Zimmer hinaufbringen? Es kann mich ja einer sehen, was dann? Ach, es merkt ja keiner, was drin ist, ich kann sagen, daß ich Bücher hinauftrage, die Geldbündel sind in grobes, weißlichgraues Papier verpackt, ganz wie Bücher. Aber wenn es trotzdem jemandem verdächtig vorkommt, daß ich da Pakete aus der dunklen Ecke hervorschleppe? »Sie, was haben Sie da?« wird er fragen. Na, gebe ich ihm eben im Notfall eines von den Päckchen und sage, er soll verschwinden. Muß ich denn unbedingt zehn Millionen besitzen, reichen neun nicht aus? Nein, bin ich verrückt, so kann ich das nicht regeln, der Kerl ist sicher nicht so vorsichtig wie ich, der ich alles bis in die kleinste Einzelheit bedenke. Er wird irgendwo hingehen und anfangen, das Geld hinauszuwerfen, und gleich werden alle sich fragen, woher er auf einmal so viel hat.

Nein, ich warte lieber bis Mitternacht, da riskiere ich nichts, um punkt zwölf gehe ich hinunter und hole zwei Pakete, um eins dann die nächsten, oder vielleicht doch besser alle auf einmal, ich brauche einen zweiten Koffer, unten in der Ecke packe ich die Banknoten ein, ich kann ja eine Kerze mitnehmen, für alle Fälle, obwohl ich glaube, daß ich das auch im Finstern fertigbringe. Aber wenn ein verspäteter Mieter plötzlich Licht macht und mich mit zwei Koffern sieht? Na und? Kann ich nicht mit einem Nachtzug angekommen sein? Den ganzen Tag hatte ich Angst, trieb mich in der Nähe des Hauses herum, und jedesmal, wenn jemand hineinging, schlich ich hinterher und beobachtete jede seiner Bewegungen. Wenn der Betreffende die Aufzugstür aufsperrte, erstarrte ich: Konnte er sich nicht im letzten Moment anders besinnen und hinter den Aufzugsschacht schauen? Ich war unvorsichtig, so konnte ich mich doch leicht verraten. Aber dort hinter dem Aufzug lag doch mein Schatz!
Endlich dämmerte es. Abend. Nacht. Ein Uhr. Zwei Uhr. Alles liegt schon bei mir im Zimmer. Das Herz schlägt mir wie wild. Wo soll ich das Geld verstecken? Unter dem Bett? Die Pakete haben keinen Platz. Im Schrank? Der ist vollgestopft. Ich versperre die Tür. Die Zimmerfrau kann doch hereinkommen. Was sollte sie da mitten in der Nacht? Aber sicher ist sicher. Ich nehme sofort zwei Schlafpulver, denn der Schädel brummt mir zum Zerplatzen. Morgen früh werde ich weiter nachdenken. Mir schwindelt. Ich bin Millionär. Zehn Millionen habe ich. Zehn Millionen.

Es schneite wieder, der leichte Wind trieb mir die Flocken ins Gesicht. Manchmal wehte mir ein stärkerer Windstoß den Mantel auseinander, und die Kälte drang durch den dünnen Anzug. Auf der Kärntner Straße war noch reges Leben; vor den reich ausgestatteten Schaufenstern blieben Passanten stehen, Damen in prächtigen Pelzen promenierten hin und her. Lichtreklamen funkelten in allen Farben. Hier zwischen den hohen Häusern spürte man den Wind nicht so stark und fühlte sich behaglicher. Erst als ich aus der Innenstadt auf den offenen Platz zwischen Volksgarten und Burgtheater kam, mußte ich schneller gehen und den Kopf tief im aufgestellten Mantelkragen vergraben.
Ich wollte nicht an den heutigen Tag denken, der gestrige war auch nicht besser, so sind die Leute eben, wenn einer kommt, der nichts hat.
Ich habe nichts Neues entdeckt.

Im Hausflur schaute ich in den Briefkasten. Ich fand einen Brief von Matylda. Mein Buch war erschienen, die Auflage von zehntausend Stück war innerhalb von zwei Wochen ausverkauft. In den Zeitungen hatte niemand auf das Buch reagiert, außer Stanisław Zieliński, der eine ausführliche und höchst positive Kritik veröffentlicht hatte. Doch hätte ich allen Grund zur Freude, schrieb Matylda, alle seien von dem Buch sehr beeindruckt.

Ich setzte mich im Mantel aufs Bett und las den Brief noch einmal durch. Zieliński! Dieser bekannte Schriftsteller hatte sich schon vorher im Verlag als Rezensent für mein Buch eingesetzt, er war davon überzeugt, und er setzte es durch. Was mochte er wohl für ein Mensch sein? Wie sah er aus? Wie alt war er? Wenn es nur einige wenige Leute gibt, für die mein Buch etwas bedeutet, dann ist es doch nicht ganz sinnlos, daß ich jene grausamen Zeiten überlebt habe. Tausende Menschen lesen jetzt, wie das war...

Ich zog Mantel und Rock aus, in Pullover und Hosen kroch ich unter die Decke, es war sehr kalt. Plötzlich fiel mir Samek aus meiner Stadt ein. Daß ich nicht früher an ihn gedacht hatte! Als ich einmal hier in Wien nach einer Operation im Spital lag, schickte er mir hundert Dollar. Vor dem Krieg hatte uns nicht viel miteinander verbunden, wir gehörten nicht zu derselben Gesellschaft, aber man begegnete einander immer wieder. Manchmal gab ich ihm zwei Zloty, denn es war neue Ware in Borysław eingelangt, wie er sagte. Einmal brauchte er sogar fünf, da wußte ich schon, daß er zum Arzt mußte. Er stammte aus einer armen Familie, arbeitete als Laufbursche in der Firma *Małopolska* und gab alles, was er verdiente, daheim ab, ohne sich ein Taschengeld zu behalten. Nach der Arbeit erschien er meist in seinem ausgebleichten graugrünen Anzug in der Hauptstraße in der Nähe der Konditorei *Corso*, wo sich die Jeunesse dorée versammelte. Die tiefen Falten an der Nasenwurzel entstellten sein junges Gesicht ein wenig, aber er war ein fröhlicher Bursche und machte sich über alle lustig, die mit ihrem Geld protzten, indem er ihnen mit übertriebener Ehrfurcht begegnete. Im Krieg wurde Samek zur russischen Armee eingezogen, erst später zeigte er, was alles in ihm steckte. Er fand sich in jeder Lage zurecht, handelte, saß im Gefängnis, handelte weiter, half anderen, wo er nur konnte. Später traf ich ihn in Israel, er beklagte sich, er halte es in diesem Land nicht aus, er sei ja nicht mehr der Jüngste; ihn reizte das leichtere Leben in Deutschland. Dort arbeitete er in den ersten Jahren mit anderen zusammen, die anderen machten immer grö-

ßere Geschäfte, und er mit seiner Hilfsbereitschaft blieb immer so etwas wie ein Laufbursche. Schließlich machte er sich selbständig und eröffnete ein Nachtlokal, er hatte Erfolg und eröffnete bald ein zweites, bald galt er als schwerreich.
Und meine eigenen Millionen? Ich wollte weiter von ihnen träumen. Aber der Reichtum selbst interessierte mich nicht mehr. Nein, ich werde den heimlichen Wunschtraum langer Jahre wahr machen und mein Buch verfilmen, mit Irma in der Hauptrolle. Habe ich nicht zu lang gewartet, ist es nicht zu spät? Kann Irma noch so schön sein wie damals? Alle, die mit mir die Nazihölle überstanden haben, ziehe ich zur Mitarbeit heran. Wo soll ich drehen? Hier? In Polen? In Israel? Ich baue meine kleine Stadt wieder auf, wie sie vor dem Krieg war — alles muß ganz wirklich sein. Ich mache einen Film, wie er noch nie da war, ein Märchen, Tausendundeine Nacht und noch eine Nacht!

Eigenartig und lieblich war mein Borysław, die kleine Stadt in einer Mulde des Karpatenvorlandes. Die Stadt lag gleichsam am Ende der Welt, denn die Eisenbahnlinie führte nicht mehr weiter, bei uns hörte sie auf. Schaute man nachts aus einiger Entfernung, so meinte man wohl, eine unwirkliche, märchenhafte Erscheinung zu erblicken: Wie ein tief ins Tal herabgesunkenes Stück Sternenhimmel flimmerten und blitzten die unzähligen elektrischen Lampen. Sie hingen überall, an den Häusern, an den Bäumen, sogar über den Wegen durch den Wald, die zu den Ölschächten und Bohrtürmen führten. Auch im Glanz der aufgehenden Sonne breitete sich ein herrliches Bild vor den Blicken aus: Durch das dichte Dunkel des Waldes, den die Köpfe der Öltürme überragten, schimmerte das Weiß irgendeiner Hausmauer wie das eines Feenschlosses.
Im Herzen der Stadt erhob sich eine alte Brücke, unter ihr rieselte das schmutzige, mit Öl vermischte Wasser des Flüßchens. Hier entsprangen die großen Straßen in alle vier Richtungen. Die Hauptstraße führte gegen Mrażnica hin, von dort ging es weiter in die Karpaten. An ihr stand mein Haus, vom Alter gebeugt, windschief, mit schadhaftem Schindeldach. Das Häuschen daneben glich einer eingedrückten Schachtel, dann kam ein zweistöckiges Zinshaus, danach eine hölzerne Bude, ein Laternenpfahl und wieder ein kleines wackeliges Häuschen mit zerkratzter Mauer. Auf der anderen Straßenseite reihten sich schiefwinkelige, verfallene Häuschen aneinander, unregelmäßig, wie ein lückenhaftes Gebiß, und darin Läden, Warenlager. Die Schule stand

etwas eingerückt, durch einen Streifen abgetretenen Rasens von der Straße getrennt; die nächste Mauer war mit Plakaten vollgeklebt; ein schmaler, mit Kies bestreuter Weg zweigte ab zum *Jüdischen Haus* und zur Sägemühle. Weiter unten folgten dann eine Mechanikerwerkstätte und ein leerer Platz; bergauf dagegen, in Richtung Mrażnica, lagen die Häuschen, ins üppige Grün der Büsche und Bäume eingebettet, abseits von der Straße, verstreut, verschwindend klein gegen die riesigen schwarzen Bohrtürme am Horizont. Hütten waren in die Bodenfurchen geduckt wie Pilze; von hier sah man schon die Felder, die mit blühenden Obstgärten abwechselten. Dahinter breiteten sich die Wälder aus.
Von der Brücke weg führte eine andere Straße nach Drohobycz; an ihr wimmelte es von kleinen Läden und Marktbuden. Das alte Gebäude gleich an der Brücke war längst abbruchreif. Der morsche Seitenflügel hing mit seiner komisch zusammengeflickten Veranda über das Flüßchen; ein wahres Wunder, daß ihn die Frühjahrshochwasser nicht wegschwemmten. Links war eine Konditorei. Man konnte sich kaum in ihr umdrehen, so klein war sie. Und weiter — welch bunte Vielfalt von Leuten und Leutchen! Der spindeldürre Schneider Moische, dessen viel zu weite, aufgeblähte Hosen nur mühsam von den Hosenträgern an ihm festgehalten wurden, hatte über seiner Werkstatt, im Souterrain, gegenüber der Konditorei, ein Schild ausgehängt: *London Style*. Dann die alte, runzelige Schmender Pipiczka, sie hatte den ausgebleichten Umhang über den Kopf heraufgezogen und verkaufte in ihrem kleinen Laden Obst und Gemüse. Der bucklige Uhrmacher in seiner Bude beugte sich über ein Uhrwerk, die Lupe vors Auge geklemmt. Und Joime, rosig wie ein Äpfelchen, in Gamaschen und Reithosen, überschüttete einen mit einer Unmenge von Witzen wie mit den Erbsen, die er verkauft. Für jeden seiner Kunden weiß er etwas Neues, etwas Besonderes. Und Gucio! Wer kennt ihn nicht? Mit langem Hals und wohl noch längerer Zunge steht er und preist sein Baumwollzeug an, das im Freien auf einem Brettergestell ausgelegt ist. Weiters Herr Izio, ein Stutzer mit schwarzem Schnurrbärtchen, mit gelber Lederjacke und gelben Stulpstiefeln. Mit seiner Erlaubnis hat dicht vor seinem *Leder-Magazin* die schwarze Ryfka ihren Stand mit Kipfeln und Brezeln aufgestellt: »Zwei geb' ich für einen Groschen! Zwei für einen Groschen!«
Der langnasige Icek in seinen alten Pumphosen lehnte am Ladentisch seines winzigen Geschäftchens; rund um ihn auf Zwiebelsäcken, Mehlsäcken, Kartoffelsäcken sitzen seine Kamera-

den. Die Bude wurde nie leer, der eine oder der andere saß immer da. Wo sollten sie einander auch sonst am hellichten Tag treffen? Der pausbackige Moische machte seine Späße, und man konnte wenigstens tüchtig lachen, wenn es schon sonst nichts zu tun gab. Manchmal steckte einem Icek ein saures Zuckerl oder ein *Stollwerck* zu, am besten schmeckten die Waffeln, man konnte zuerst die oberste Schicht abknabbern und dann von der unteren die Schokoladecreme weglecken. Die Burschen, die sich bei Icek trafen, gehörten der *Hitachduth* an und wollten nach Palästina auswandern. Einige hatten schon die Umschulung durchgemacht, in einem der Nachbarorte, auf Meierhöfen, in Mühlen oder im Sägewerk gearbeitet. Jetzt hatten sie nichts zu tun, boten jedem ihre Dienste als Holzhacker an, bereit, fast umsonst zu arbeiten . . .

Gegenüber, wo die Potok-Straße abbiegt, haben die Droschkenkutscher ihren Standplatz. Lebhaft und untertänig stürzten sich alle zugleich auf den Kunden, wenn einer auftauchte: der kleine, krummbeinige Kutscher Mendel, Tambor der Stotterer, Joine mit dem Spitznamen *Kosak*, der kräftige Awrum, Pietryk mit der schiefsitzenden Schirmmütze, der immer jiddisch sprach, am allerschönsten aber, wenn er fluchte.

Am Brückengeländer lehnten die Lastträger, von Kopf bis Fuß mit Mehl bestäubt, jeder einen dicken Strick um seine verschlissene, vielfach geflickte Jacke gegürtet. Sie sahen gar nicht aus wie Leute, die einen Sack Mehl heben können. Und doch schleppte etwa Jejkały, alt und dürr wie er ist, ganz allein einen großen Schrank auf dem Rücken fort. Man glaubte, der Schrank hätte ihn schon zerquetscht oder verschluckt, aber nein! Das Möbel bewegte sich ja, Meter um Meter schob es sich wackelnd vorwärts.

Auch das Marktgebiet lag nahe bei der Brücke. In den umliegenden Gäßchen hielten an den großen Markttagen die Bauern aus der Umgebung ihre Fuhrwerke an und verkauften die Produkte ihrer Wirtschaften. Dann wimmelte es von Wagen, Fuhrleuten, Pferden. Die Bauern schlossen Geschäfte mit verschiedenen Einzelhändlern ab, welche die erworbenen Kartoffeln, Zwiebeln, Paradeiser und andere Viktualien später weiterverkauften. Kräftige, rotwangige Bäuerinnen saßen neben den hiesigen Standlerinnen und boten an, was sie aus dem Dorf mitgebracht hatten: Eier, Milch, Rahm, Topfen, in grüne Lattichblätter gewickelte Butterstriezel, alles frisch und duftend.

Was für ein Trubel, was für ein Lärm! »Karpfen! Frische Karpfen!« kreischte der stoppelbärtige Joine, er schrie sich heiser und planschte in seinem großen Fischbottich. »Geschenkt! Geschenkt! Das Kilo geb ich für zehn Groschen! Geschenkt! Geschenkt!« schnatterte ein kleiner Straßenjunge mit einem Sack Äpfel. Auch der junge Gucio mit seinen Baumwollzeugen stand da und die aufgequollene Jenta mit ihren gerupften Gänsen. Durch das Gewimmel drängte sich ein bekannter Taschendieb, vor dem man auf der Hut sein mußte: Er bringt es fertig, dir die Brieftasche aus der Hosentasche zu angeln, ohne daß du etwas spürst, oder er öffnet im Gedränge eine Handtasche, nimmt heraus, was ihm gefällt, macht sie wieder zu und ist weg. Auch ein Polizist stieg umher, er sollte für Ordnung sorgen, aber kaum hatte er sich umgedreht, da machte es sich der einäugige Antek schon wieder auf seinem Klappstühlchen bequem: »Der Einser gewinnt, der Zweier verliert!« rief er und zeigte in einer Hand zwei runde Blechmarken her, in der anderen Hand noch eine Blechmarke, warf sie durcheinander, mischte alle drei, wie es schien, auf der Sitzfläche seines Stühlchens: »Der Einser gewinnt, der Zweier verliert, meine Herrschaften! Für fünfzig Groschen — einen Zloty! Für einen Złoty — zwei Złoty! Wer setzt?« Schon hatte sich eine kleine Menschenmenge gesammelt. Einer der Burschen war eingeweiht, er setzte — und gewann. Da hatte schon irgendeinen biederen Provinzler der Spielteufel gepackt, es sah doch so leicht aus, aber sooft der Mann auch auf eine der Marken tippte, nach dem Umdrehen erwies sie sich jedesmal als *Zweier*, es war, als hätten übernatürliche Mächte die Hand im Spiel und wechselten die Plättchen aus. Schließlich gab er es auf. »Das Glück kommt und geht ...«, tröstet Antek scheinheilig, »war es diesmal nichts, das nächste Mal wird es besser gehen! Der Einser gewinnt, meine Herrschaften, der Zweier verliert! Für einen Złoty — zwei Złoty! Für zwei Złoty — vier Złoty!«

Die Juden waren schon lang vor dem Ersten Weltkrieg auf der Suche nach Arbeit und Brot in diese Gegend gelangt und waren geblieben. Doch feste Anstellung fanden sie nur schwer. Vom Staat und im öffentlichen Dienst wurden Juden in der Regel nicht beschäftigt, auch nicht als Hilfsarbeiter. Manche waren in der Erdölindustrie tätig, zumeist als qualifizierte Bürokräfte, aber das war eine verschwindend kleine Anzahl. Unter den 50.000 Einwohnern der Stadt gab es 15.000 Juden, und kaum einige hundert von ihnen waren fix beschäftigte Arbeitnehmer. Dagegen war die Stadt voll von jüdischen Handwerkern, von Schneidern, Schustern, Spenglern und Tischlern. Es gab ihrer viel zu viele, sie saßen die meiste Zeit ohne Arbeit, gaben sich mit geringer Bezahlung zufrieden; überdies handelte es sich bei den meisten Aufträgen, die sie bekamen, um kleine, wenig einträgliche Ausbesserungsarbeiten. So warfen sich viele auf den Handel, was blieb ihnen anderes übrig? Sie suchten *Parnosse*. Ein paar Dutzend sind sogar im Ölgeschäft zu Geld gekommen, es gab auch einige Dutzend wohlhabender Kaufleute — doch die erdrückende Mehrheit bildeten kleine und kleinste Kaufleute, Straßenhändler, Hausierer, wahre Lebenskünstler, die mangels Geld ihre Ware mit Wechseln bezahlten, die sie dann nicht einlösen konnten, da sie das Erhandelte inzwischen verzehrt hatten. Und dennoch lebten sie. Wer bankrottierte — und das waren nicht wenige —, der sank um eine Stufe tiefer und mußte die anderen bedienen, die sich noch über Wasser hielten. Manche wurden Boten, die spezielle Besorgungen erledigten; *Zettel-Führer* nannte man sie im Städtchen. Da war zum Beispiel Chaim, seine schmächtige Gestalt verlor sich in dem langen grauen Mantel, unter der breiten Hutkrempe blitzten die schwarzen Augen hervor, das samtig schwarze Bärtchen war sorgsam gepflegt. Chaim hatte seinen Laden liquidieren müssen. Im Grunde hatte der Laden ihn liquidiert. Geschirr hatte Chaim verkauft, aber das war keine *Parnosse*. Den ganzen Tag saß er zwischen seinen Tellern und Töpfen, und wenn endlich einmal die Tür aufging und eine Kundin eintrat, dann wollte die ein Töpfchen für das Kind. Der eine Nachttopf schien ihr zu groß, der andere zu klein, mit Engelsgeduld stellte Chaim eine ganze Galerie von Töpfchen auf, keines paßte ihr. »Liebe Dame«, riet ihr Chaim zuletzt, als es ihm zu viel wurde, »am besten gehen Sie heim, nehmen ein Metermaß zur Hand und messen dem Kind *doss Techessl,* und dann kommen Sie wieder.« Dann fuhr der kleine Chaim täglich im Morgengrauen mit dem Zug nach Lemberg, spät in der Nacht kam er mit Paketen und Schachteln beladen zurück. Das war gar nicht so einfach, schließlich gab er das Gepäck nicht auf, das wäre zu teuer gekommen, sondern er führte es mit sich, verstaute einen Teil im eigenen Abteil, einen Teil in einem anderen. So eine Fahrt verbrauchte Kräfte und belastete die Nerven. Man mußte mit dem Schaffner auf gutem Fuß stehen, mit dem Fahrdienstleiter, ach, mit wem nicht? Aber was tun? Zu Hause warten Frau und Kinder — und die Kinder gehen ins Gymnasium! Heuer soll der Älteste die Matura ablegen, dann wird er auf die Hochschule fahren, es soll etwas werden aus ihm, am besten ein Doktor.

In den umliegenden Dörfern wohnten fast keine Juden, höchstens eine oder zwei Familien pro Dorf. Eigenen Ackerboden besaßen sie nicht, manchmal hatte einer eine Kuh oder auch zwei. Jeden Morgen zog der kleine Kastner aus dem Dorf Kropywnik seinen Karren mit zwei großen Milchkannen in die Stadt herein, fuhr von Haus zu Haus und schöpfte mit seinem Meßbecher die bestellte Menge Milch in die Töpfe, die von den Hausfrauen auf die Türschwelle gestellt worden waren. Einen halben Liter, einen Liter, manche nahmen sogar zwei Liter. Bei Sonnenaufgang mußte Kastner aufstehen; wenn er wieder in sein Dorf kam, war es finster. Hin- und Rückweg dauern zusammen acht Stunden, und das alles für ein paar Groschen.

Die Juden, die in den kleinen Seitengäßchen wohnten, die Juden von Debry und Łoziny insbesondere, waren die ärmsten. Sie hausten in Bretterbuden oder Lehmhütten, die unregelmäßig über den Hügel verstreut waren, am Flußufer, auf den Sandbänken. An manchen Orten klebte ein Häuschen am anderen, dann wieder schienen sie wahllos hingeworfen, ohne gebahnte Wege dazwischen, ein wahres Labyrinth, irgendwie aus Lehm zusammengepappte Behausungen, die an der Erde klebten wie verfaulte Schwämme, alt und häßlich. Die vermorschten, aus den Angeln gerenkten Türen trugen keine Namen, keine Nummern, waren anonym und alle gleich elend. Bei Regenwetter stapfte man durch tiefen Schlamm zu den Häuschen, die mit dem matschigen Grund verschmolzen.

Oft drängten sich bis zu zehn Personen in einem Wohnraum zusammen, im Sommer erstickten sie fast in dieser Enge, im Winter froren sie. Nur wenige Glückliche hatten sich mit Brennholz eindecken können, die anderen mußten mit dem auskommen, was der Zufall brachte: ein paar Bretter, die sie aus einer alten Planke rissen, von einer Fuhre heruntergeangelte Baumstrünke. Wer es sich leisten konnte, der drehte Schilf zu Knäueln zusammen, begoß diese mit Rohöl und heizte damit.

Die frommen alten Juden verließen ihr Stadtviertel fast nie. Sein Leben lang saß mancher von ihnen auf demselben Fleck und alterte zusammen mit seiner Lehmhütte, die immer mehr zerfiel und immer tiefer in den Boden einsank. Der taube alte Schuster saß in Lumpen gehüllt bei seinem Leisten, trug jahraus, jahrein, sommers und winters dieselben geflickten Stiefel. Sein Gesicht war von lehmiger Farbe, der Bart ergraut und vergilbt, die Augen mußten das Gehör ersetzen, stumpf und glanzlos, verstanden sie doch alles, was man zu dem Schuster sprach. In der Werkstatt lagen Schuhe, Stiefel, Pantoffel herum. Der Zuschneider hatte die Flicken schon angenäht, jetzt mußte man sie einschlagen und mit Stiften befestigen. Über seinen Leisten gebeugt, machte der Schuster die Flicken fest, manchmal brachte man ihm Schuhe zum Doppeln, oder man wollte nur, daß er neue Eisen an die Absätze schlägt. Der taube Schuster arbeitete so den ganzen Tag und bis tief in die Nacht, still und eifrig. Nur gegen Abend unterbrach er sein Werk und begab sich zum Abendgebet in die Synagoge.

In einem anderen Häuschen war eine Backstube. Betrat man sie durch das kleine, dunkle Vorhaus, so mußte man den Kopf einziehen, um nicht an den Türstock zu stoßen. Die Stube war sogar recht geräumig, hatte einen großen Ofen. Beim Tisch in der Mitte des Raumes rührte die alte, runzelige Frau Bukys den Teig in einer großen, eigens zu diesem Zweck bestimmten Schüssel. Der Ehemann hielt sich zwar noch recht rüstig, aber er half der Frau nicht viel bei der Arbeit; gerade, daß er das fertige Gebäck in den Häusern ablieferte. Ansonsten hatte er ja in der Synagoge zu tun, er mußte doch dort auf Ordnung schauen, schließlich war er Schames, und der Schames in der Synagoge ist eine wichtige Person! Die alte Frau Bukys aber war herzkrank und mußte sich mehrmals am Tag neben ihrem Backofen hinlegen, aber lang konnte sie da nicht liegen und ächzen, denn das Backwerk hätte anbrennen können. Am Freitag kamen die Nachbarinnen mit ihren Kuchenformen, in welchen Honigfladen und mürbe Kipfel vorbereitet waren. Die alte Frau Bukys schob alles in den Ofen und buk es. Da stand mit einem Backblech auch ein junges Mädchen und wartete, bis die Reihe an sie kam.

Sie hat etwas runde Schultern und eine dickliche Nase und wirkt doch überaus anziehend, mit sanft strahlenden dunklen Augen und mit herrlichem braunem Haar, das in dichten Flechten bis an die Knie herabfällt. Das ist Sonja, die Schwester von Samek; die ganze Familie wohnt gleich neben der Bäckerei von Frau Bukys. Das Mädchen ist sehr tüchtig, besorgt die meiste Hausarbeit, da die Mutter mit ihrem schweren Rheumatismus nicht mehr viel tun kann. Das Mädchen räumt auf, geht einkaufen, kocht oft allein das Mittagessen für die große Familie, setzt sich dann wieder an die Nähmaschine und verdient ein paar spärliche Groschen mit Heimarbeit, kommt den ganzen Tag nicht zum Ausruhen. Doch abends läuft Sonja ins *Jüdische Haus,* wo neben anderen zionistischen Organisationen die *Gordonia* untergebracht ist. Es gibt viele Veranstaltungen, viel jüdische Jugend betätigt sich hier. An diesem Abend hat Sonja traurige Augen, alle anderen sind

freudig erregt, lebhaft, gesprächig: Heute findet im Saal des *Jüdischen Hauses* eine große Abschiedsfeier statt. Max, Sonjas Verlobter, ist unter Hunderten von Burschen ausgewählt worden, er hat die Genehmigung erhalten, nach Palästina zu fahren. Man tanzt *Hora* und singt, es gibt ein paar Festreden, und wieder umschlingen einander die Tänzer. So geht es die ganze Nacht, bis zum hellen Morgen.
Auf dem kleinen Bahnsteig der Station Borysław finden gar nicht alle Platz, die Max zum Zug begleiten wollen. Jeder möchte sich von ihm verabschieden, seine Kameraden, Verwandten. Die letzten Umarmungen — schon schließt der Schaffner die Waggontür, die Lokomotive pfeift. Die Burschen und Mädchen stehen hoch aufgerichtet, singen die *Hatikwa*. Sonja hat sich von ihrem Liebsten schon verabschiedet, aber jetzt kann sie die Tränen nicht mehr zurückhalten, sie schämt sich ihrer Schwäche, möchte fortgehen, und doch drängt sie sich immer wieder durch die dichte Menschenmenge bis ans Waggonfenster vor, sieht noch einmal das schmale, von hellblonden Locken umrahmte Gesicht, die grünen Augen ... Auch die Mutter von Max weint, eine noch junge Frau mit einem bunten Tuch um den Kopf. Sie wirkt in sich zusammengesunken, gebrochen: Wozu das alles, wohin wird es ihn verschlagen, wird sie ihn wiedersehen? Max an seinem Fenster bemüht sich zu lächeln, und doch merkt man deutlich, wie ergriffen er ist. Der Zug fährt an. In den Gesang der Burschen und Mädchen mischt sich das Rattern der Räder, übertönt ihn. »Leb wohl, mein liebes Kind!« ruft die Mutter mit erstickter Stimme hinter dem Abreisenden drein. Max beugt sich weit aus dem Fenster und winkt mit einem weißen Tüchlein, immer weiter entfernt flattert das winzige weiße Pünktchen.

Die Russen waren abgezogen. Die Deutschen sind einmarschiert. Um die Mittagsstunde verbreitete sich unter der *arischen* Stadtbevölkerung die Nachricht, auf dem Fanto-Platz seien Leichen gefunden worden. Schnell drang die Kunde bis in die entlegensten Stadtteile. Manche sprachen von dreißig Leichen, andere hatten gehört, es wären viel mehr. Wer hat die Leute umgebracht? Was heißt: *wer?* Die Bolschewiken, die Kommunisten! Einer spricht es dann aus: Die Juden! Ja, die Juden, Kommunisten sind sie, Spekulanten sind sie, Diebe, Blutsauger, Mörder; nach Palästina mit ihnen! An die Laterne mit ihnen!
Die verschreckten Juden sahen, wie sich die Stadt mit Bauernknechten aus der Umgebung füllte, die in geschlossenen Trupps

die Straßen durchstreiften. Auf den Gesichtern dieser jungen Burschen lag ein neuer, nie gekannter Ausdruck von Verbissenheit und Fanatismus; und die Juden spürten deutlich, wie sich auf sie und nur auf sie immer bedrohlicher diese finstere Aufmerksamkeit konzentrierte. Sie rechneten damit, daß man über sie herfallen werde. Aufgescheucht, geduckt liefen sie umher und wußten nicht, wo sie sich verstecken sollten. Im Laufen flüsterten sie einander atemlos die schreckliche Neuigkeit zu: Es ist wahr! Im Keller der Bergfachschule hat man die Körper von fünfzig Ermordeten gefunden, viele sind schon identifiziert, Söhne und Töchter hiesiger Polen und Ukrainer. Auch die Leichen zweier Juden sind dort gelegen, aber die hat man gleich weggeschafft, um desto nachhaltiger gegen die *Mordjuden* hetzen zu können. O Gott, was soll aus uns werden?

Um Punkt fünf Uhr begann der Pogrom. Aus allen Gassen, aus allen Winkeln tönte das Weinen und Stöhnen der mißhandelten Juden. *»Byj jewreiw!«* — gröhlte der Pöbel. Die entfesselte Menge drängte durch Gartentüren und über Zäune, stürzte sich auf die jüdischen Häuser, trat die Türen ein, zerschlug die Fenster mit Steinen und Stangen.

In überstürzter Flucht rannten die Juden aufs freie Feld und in die Wälder, andere versteckten sich bei *arischen* Nachbarn, oder in Gräben, Kanälen, Aborten und auf den Dachböden. Einige bastelten sich schnell ein Versteck in der eigenen Wohnung.

Kaum eine halbe Stunde nach dem Ausbruch des Pogroms waren schon die fernsten Stadtteile erfaßt. Überall tauchten plötzlich finstere Typen auf, Abschaum, Auswurf. Doch auch andere, bislang ruhige, loyale Bürger stürzten sich ungehemmt in die Aktion, im Vertrauen auf den Ausnahmezustand, der ihnen Straflosigkeit sicherte. Wie Losungsworte rief man einander Namen und Adressen von Juden zu, bei denen es etwas zu holen gab. Die Menge begnügte sich nicht damit, die jüdischen Männer einzufangen, sondern trieb unter Mißhandlungen ganze Familien aus ihren Häusern und plünderte dann die Wohnungen aus. Die Leute packten ein, was sie erraffen konnten. Säcke hatten sie vorsorglich gleich mitgebracht. Was zu unhandlich war oder womit sie nichts anfangen konnten, das zerstörten sie. Sie zertrampelten die Möbel oder zerschlugen sie mit Äxten, schmetterten die Spiegel gegen die Wände, schlitzten Federbetten und Bilder auf, vernichteten mit besonders großem Eifer die jüdischen Bücher. Die zusammengefangenen Juden wurden durch die Hauptstraße geführt. An jeder Ecke hatten sich kleine Haufen von Schlägern angesammelt. Sooft ein Jude eingebracht wurde, begrüßten sie ihn schon von weitem mit Gegröhl, Pfiffen und ordinären Schimpfworten. Sie stellten das Opfer an die nächste Wand und schlugen mit Stöcken zu. Dann gab ihm die ganze Bande prügelnd und johlend das Geleit bis zum Platz vor der ehemaligen Niederlassung der Firma *Fanto*.

Einige Buben zerren eine weißhaarige Frau mit sich, übertönen mit ihrem schrillen Geheul die Schreie der Alten. Der größte unter den Buben, ein schmieriger Strolch mit einem Ohrfeigengesicht, packt die kleine Frau an den Haaren und zwingt sie zum Laufschritt. »Habt Erbarmen, liebe Kinder«, fleht sie, »ich kann nicht mehr. Erbarmt euch, Leute!«

»Halt's Maul, alte Hexe. Jetzt hast du's für deinen Stalin!«

»Immer fest drauf, Burschen!« brüllt anfeuernd die Meute am Straßenrand.

Ein Bauernwagen fährt vorbei. Dicht davor läuft ein junges Mädchen über die Straße. Dem feisten, rotbackigen Fuhrmann ist sie aufgefallen. »Du, du Komsomolzin«, flucht er, »Judenhur, lausige.« Er strafft die Zügel und jagt dem flüchtenden Mädchen nach. Sie kommt nicht weit. An der nächsten Straßenecke halten zwei Burschen sie fest und drücken sie gegen eine Ladentür. Der Bauer ist heran, er steigt erst gar nicht vom Fuhrwerk, sondern befiehlt den Burschen, Platz zu machen, dann schlägt er im Sitzen mit seiner Peitsche auf das Mädchen los. Jeder Schlag läßt blutige Striemen im Gesicht zurück. Sie schreit nicht, versucht nur, mit dem Arm die Augen zu schützen. Schließlich schwankt sie und stürzt auf den Gehsteig. Jetzt erst springt der Bauer vom Wagen, um sein Opfer aus der Nähe zu betrachten. Das Mädchen regt sich nicht. Die mit Blut durchtränkte Bluse ist ausgerissen und gibt die Brüste frei.

»Da hast du dein Palästina, du Drecksau«, knurrt der Bauer, versetzt der Liegenden einen Tritt ins Kreuz und klettert behende wieder auf seinen Wagen, um weiterzufahren.

In den Mittagsstunden schleppte man sogar schon die Allerärmsten aus Debry und Łoziny herbei. Immer noch gingen die Juden einzeln und in Gruppen, sich unter den Schlägen krümmend, umdrängt von ihren Schindern, zum Fanto-Platz. Tote und Halbtote lagen auf der Straße und in den Höfen.

In dem erschreckenden Krachen der Äxte und Brecheisen, die gegen die Tür schlugen, ergriff den dahinter versteckten Rabbiner von Borysław, Reb Jankały, plötzliche Schwäche. Da zerschellte die Tür, und mit wildem Triumphgeschrei stürzten sich seine Henker auf ihn. Gleich der erste Schlag warf den herzkranken Mann zu Boden. Aber er stand wieder auf, als erfülle ihn mit einemmal neue Kraft. Ohne ein Wort ließ er sich abführen, erhobenen Hauptes, die schwarzen, tiefliegenden Augen ruhig auf die tobende Meute gerichtet. Zwei Strolche zerrten ihn an seinen schwarz geringelten Pejes vorwärts, der Hut flog zu Boden, gab den Blick auf das kleine Samtkäppchen frei. Reb Jankały spürte, wie alle Augen blutrünstig auf ihn gerichtet waren. Sein blasses, durchgeistigtes Gesicht verriet kein Erschrecken, er zuckte mit keinem Muskel, wie man ihn auch stieß und zerrte. Ein Teil der Menge war von seiner mutigen Haltung eingeschüchtert, einige wichen sogar vor ihm zurück. Zwischen seinen Schergen schritt der Rabbiner feierlich, einige Male strahlte sein Blick auf, die Augen weiteten sich, wie um die fern vor ihm blauenden Karpaten zu erfassen, die kleinen Judenhäuschen zu beiden Seiten der Straßen, die traurig aus düsteren Fensterhöhlen blickten, das ganze weite Erdölbecken, das so von Glanz umgeben war, als hätte die Sonne zwischen den Bohrtürmen einen Brand entfacht. Und als der Rabbiner bedachte, daß er nun zum letztenmal der Sonne entgegenging, um Abschied zu nehmen, da fühlte er Stöße und Tritte nicht mehr, wischte den Speichel seiner Henker nicht von der Stirn. Die große Ruhe trat in sein Herz, während er sich mit gesenkten Augen, die Lippen still bewegend, in Gottes Hände gab.

Beim Schultor, mitten auf dem Fanto-Platz, lagen, in aller Gräßlichkeit ihrer Fäulnis ausgebreitet, die gefundenen Leichen. Halb entblößte Juden und Jüdinnen drängten sich in dichtem Gewimmel um die Toten und wuschen sie. Die Luft war voll von Geschrei, Kommandos, Flüchen und Gewimmer. Das eiserne Tor öffnete sich immer wieder, und unter Gebrüll und Gelächter wurden neue Juden auf den Platz getrieben. Es schien, als müßte das Eisengitter nachgeben unter dem Andrang der Schaulustigen. Auch der kleine Chaim wurde zu den Leichenwäschern hereingeworfen. Was er sah, erschütterte ihn dermaßen, daß er eine Weile kein Glied rühren konnte.

»Du Saujud, was stehst du da und gaffst?« Der ukrainische Aufseher schlug ihm den Gewehrkolben ins Gesicht. Dieser Schlag ernüchterte Chaim. Aus der Nase und aus einer Platzwunde zwischen den Brauen rann Blut in seinen feinen schwarzen Bart. Chaim wischte es nicht weg, auch nicht, als es schon über den

Hals ins Hemd hinabrieselte. Mit irrem Blick suchte Chaim in der Menge nach seinen Söhnen, nach der Frau. Mein Gott, hatten sie sich rechtzeitig verstecken können? Der nächste Schlag des Aufsehers wirkte endlich: Chaim griff nach dem nächsten Eimer, in dem ein schmutziger Fetzen lag, beugte sich über eine Leiche und begann zu waschen.

Einige Dutzend junge Leute aus der ukrainischen Elite, durch dunkelgelbe Armbinden gekennzeichnet, beaufsichtigten die Juden bei der Arbeit. Einmal befahlen die Aufseher einer Gruppe von Juden, mit dem Waschen aufzuhören und auf dem Platz zu tanzen. Zwischen den Tänzern schleppte sich auch Reb Jankały, er wankte, es schien, er werde gleich hinstürzen, doch da sprang der dürre Schneider Moische herzu, umfaßte den Rabbiner und tanzte mit ihm ein Solo, mit ganzer Kraft ihn stützend. Neben den beiden hopste halbnackt, nur noch Fetzen am Leib, die mohrenschwarze Klara, ihr nach stolperte Sameks Schwester, dann Gucio vom Baumwollstand, und die Menge am Gittertor raste vor Begeisterung.

Die Tochter eines Bergingenieurs, ein verzärteltes Einzelkind, dem die Eltern noch nicht gestattet hatten, zur Arbeit zu gehen, atmete jetzt beim Waschen der Leichen den Verwesungsgestank ein, tastete blutige, eitrige Wunden ab. Dem Mädchen wurde übel, Nebel trat ihr vor die Augen, sie ließ den Waschfetzen fallen und fühlte, wie sie langsam ins Dunkel versank. »Aufstehen, du Hur, arbeiten!« Ein harter Stiefelabsatz trat nach ihrem Herzen. Das Mädchen stöhnte nur ganz schwach und glitt von der Leiche auf den Boden.

Karol ist schwärmerisch in Irma verliebt und hat in diesem Mittag nur die eine Sorge, ihrer Familie eine kleine Überraschung zu bereiten. Seit Tagen ist die Lage ungewiß und bedrohlich, die Juden wagen sich kaum auf den Markt, und die Bauern mit ihrer Ware meiden die Judenhäuser, Karol kann den Augenblick nutzen und Irmas Angehörigen eine Aufmerksamkeit erweisen: Ein Huhn für den Mittagstisch, das wird Sensation machen! Und Karol wird seine Liebe zu Gesicht bekommen, wird ihr beweisen, daß er an sie denkt, daß er etwas für sie wagt, es geht ja das Gerücht um, die Juden sollen zur Zwangsarbeit eingefangen werden. Er, Karol, mit einer Henne unterm Arm vor der Haustür seiner Angebeteten — besonders entzückt ist Karol ja nicht, wenn er sich diese Situation ausmalt. Und doch wandert er eifrig vor die Stadt, um ein Huhn aufzutreiben. Schon hat er den Vorort Potok durchquert und wendet sich weiter gegen Bania. Merkwürdig ruhig ist es, kein einziger Bekannter kommt des Weges, das kann ein Zufall sein, aber Karol ist doch froh, als er bei einer bekannten Kleinhäuslerin sein Huhn erstanden hat und umkehren kann. Er schreitet zwischen Feldern und blumigen Wiesen dahin, die Heuschrecken zirpen und alle Sorgen und Ängste fallen von ihm ab. Er erinnert sich.

Der lang herbeigesehnte Abend des Studentenkränzchens war da. Karol und seine Kapelle spielten den Studenten zum Tanz auf. Karol legte die Geige weg, bestellte bei seinen Kameraden einen Tango, ging auf Irma zu, die von fröhlicher Jugend umringt war, überwand alle Scheu und bat Irma zum Tanz. Der Traum wurde wahr. Karol hielt Irma im Arm ... »Dieser Tango ist für Sie, Fräulein Irma. Sind Sie mir böse?« Die lieblichen grünen Augen musterten ihn ernst. Er verstummte, und gleich eilte irgendein junger Student herbei, der ihm Irma entführte.

Im Morgengrauen war Karol mit seiner Geige auf dem Heimweg, als plötzlich die Fabrikssirene aufheulte. Im nächsten Augenblick brausten von Westen her Flugzeuge über die Stadt. Aus den Häusern stierten angstvoll verschlafene Gesichter. Krieg! Der Krieg war ausgebrochen. Ob Irma schon davon wußte? Was empfand sie in dieser Stunde? Und ihre Eltern? Statt nach rechts durch das *Karpatische Tor* heimwärts zu gehen, bog Karol nach links ab.

»Guten Morgen, Herr Karol — wir sehen uns ja heute schon zum zweitenmal.« Karol konnte sich nicht sattsehen an Irmas Schönheit, verzückt betrachtete er das ebenmäßige, ovale Gesicht, die grünen, von langen Wimpern beschirmten Augen, den fein geschnittenen Mund, um den ein anmutiges Lächeln huschte, für ihn allein, für Karol, die strahlenden Perlenzähne, die Grübchen in den Wangen: Irma, die Erträumte, immer nur von weitem Verehrte, stand nun vor ihm; nur ihm galten diese freundlichen Worte, nur ihm das liebliche Lächeln. Absurd, aber wahr: Dieser erste Kriegstag wurde zugleich der glücklichste Tag in Karols Leben.

Jäh reißt es Karol aus seinen Träumereien und Erinnerungen heraus: Ein Stein trifft ihn mitten ins Gesicht. Karol erschrickt. Zu spät erkennt er die Gefahr, eine Bande zerlumpter Gassenjungen hat ihn eingekreist, alle schwingen Steine, ein winziges Bürschlein kreischt mit sich überschlagender Stimme: »Ein Jud, ein Jud! Fang ihn ein, schnell!«

Noch hat Karol die Lage nicht völlig erfaßt, da ragt ein baumlanger Bauernbursch vor ihm auf und holt mit dem Stock aus. Gespannt drängen sich die Gassenjungen hinter dem Riesenkerl zusammen. Der Weg ins Feld ist frei. Karol schleudert das Huhn dem Riesen mitten ins Gesicht, schnellt mit der Faust nach, bevor der sich noch gefaßt hat. Dann rennt er wild durchs Feld, rennt aus Leibeskräften und sieht sich nicht um, bis er im Wald angelangt ist. Erst dort schöpft er Atem, blickt um sich ... Da vorn, hinter dem mächtigen Eichenstamm, stecken zwei von den kleinen Lümmeln. Bis hierher sind sie Karol gefolgt, abwechselnd lugen sie hinter dem Baum hervor — der riesige Bauer ist wohl auch schon in der Nähe, oder er wird gleich gelaufen kommen —, Karol flieht weiter, blindlings, atemlos, kämpft sich durch dichtes Unterholz vorwärts, jagt über Gräben und Steilhänge, sieht den Fluß vor sich. Springend, watend, stolpernd durchquert er das ölige Schmutzwasser, völlig erschöpft hält er am anderen Ufer. Hier fühlt er sich sicherer. Die zwei Buben sind nicht mehr zu sehen, haben die mühsame Jagd wohl aufgegeben.

In durchnäßter Kleidung will sich Karol nicht auf der Straße zeigen. Über Feldwege und an den Hinterseiten der Häuser entlang schleicht er auf Umwegen seinem Haus zu. »Da hab' ich Glück gehabt«, denkt er: »Was treib' ich mich aber auch in solchen Gegenden herum? Und was hab' ich jetzt von dem ganzen Ausflug nach Bania? Wenn ich wenigstens ein paar Blumen hätte für Irma.« Aber das kann er ja hier nachholen, er wird hier in der Nähe bei einem Gärtner einen schönen Strauß kaufen. Aber Irmas Eltern? Zur Tür hinauswerfen werden sie Karol mitsamt seinem Blumenstrauß, so ein hergelaufener Windbeutel macht sich an das unschuldige Kind heran, wenn er wenigstens studiert hätte!

Eben will Karol in seine Straße einbiegen, da ist schon wieder etwas los. Ein Volksauflauf drängt sich vor Kaufbergs Lokal, viele hämmern gegen die Tür. Was ist geschehen, was wollen die von Kaufberg? Karol hält den nächsten Passanten an: »Entschuldigen Sie, bitte können Sie mir sagen, was passiert ist?«

»Wo kommen denn Sie her, daß Sie das nicht wissen? Vom Mond?« Der fremde Mensch betrachtet Karol genauer, erkennt wohl den Juden in ihm, flüstert: »Verschwind von da, schnell, bevor sie dich schnappen!«

Karol sieht sich um, sein Herz schlägt wie wild, er spürt, daß ihn die Leute anstarren ...

»Stehenbleiben, du Arschloch!« Drei Bauernknechte halten ihn fest. »Marsch!« kommandiert einer.

»Ich verstehe nicht«, sagt Karol, »das muß ein Mißverständnis sein. Lassen Sie mich in Frieden, ich kenne Sie doch gar nicht.«
»Der kennt uns nicht! Marsch, du Hurenkerl, verstehst du nicht, was ich sage?« Karol erhält einen derben Schlag zwischen die Augen. »Aber das verstehst du, oder nicht, Saujud, elendiger? Wir machen euch alle fertig!«
»Ach ihr — ihr Schweine ...« Karol hebt unwillkürlich die Hände. Er kann nicht weitersprechen, die drei Burschen dreschen von allen Seiten auf ihn ein.
»Auf den Platz mit ihm!« befiehlt plötzlich ein vorübereilender Bauer. »Auf der Straße darf man nicht schlagen!«
Anscheinend sind die drei diesem Menschen Gehorsam schuldig, sie zerren den vor Entsetzen halb bewußtlosen Karol mit sich fort, bespucken und beschimpfen ihn: »Hurensohn, Drecksau, jüdischer Wucherer, verrecken sollst du!« Den Befehl von vorhin haben sie bald vergessen, und Karol erhält unterwegs so viele Schläge, daß er sich kaum mehr auf den Beinen halten kann. Ein Glück für ihn, daß die Kerle nur die bloßen Fäuste zum Zuschlagen haben. Karol versucht, mit dem Arm die Augen zu decken, aber das hilft ihm nichts, von allen Seiten treffen ihn Hiebe und Tritte, er schwankt, die Burschen stoßen einander seinen schlaffen Körper zu, blutiger Nebel tritt vor seine Augen, und doch sieht er ringsum deutlich immer mehr ähnliche Szenen. Flüche, Gelächter, verzweifelte Schreie dringen bis zu ihm.
Die Bande ist am Ziel, wirft den halbtoten Karol mit solcher Wucht gegen das Eisentor, daß er mit dem Gesicht voran am Gitter hängen bleibt. Gleich drängen Neugierige nach, er kann sich nicht rühren. Jenseits des Gittertores geht es entsetzlich zu, der Anblick ist nicht zu ertragen. Da plötzlich sieht er: Zwischen den zerlumpten Juden, die Eimer schleppen und sich über die gräßlich entstellten Leichen beugen, zwischen den jugendlichen Aufsehern, deren manchen Karol aus der Schule oder von Studentenfesten her kennt, steht Irma, und neben ihr krümmt sich mit bloßem Oberkörper ihr Vater, einen Fetzen vom Hemd als Waschlappen gebrauchend, über einen Leichnam. Karols Finger klammern sich krampfhaft an die Gitterstäbe, gleiten immer tiefer und tiefer.

In drei engen Kellerlöchern am Fanto-Platz hat man mehrere hundert halbtote Juden zusammengepfercht. Auch die Opfer des Tages werden dazugeworfen — noch warme, sich langsam zersetzende Leichen. In das Dunkel fällt von Zeit zu Zeit ein Lichtstrahl, wenn die breite eiserne Schiebetür aufgeht und neue Haufen von Toten und Sterbenden hereingestopft werden. Dann stoßen die Henker mit Brechstangen, Knüppeln und Messern in den Menschenknäuel, und wer nahe der Tür zu stehen kam, sucht sich tief unter Leichen und Sterbenden zu vergraben. Viele ersticken so, im Liegen oder im Stehen, unter anderen der Schames Bukys aus Debry, der alte Fleischer, auch Karols Vetter stirbt hier, der junge Dunio, verraten von der Hausbesorgerin, dicht neben ihm sein Freund, den ein Schulkollege an die Henker ausgeliefert hat. An der Wand lehnt zusammengekrümmt Kaufberg, zwei Rippen hat man ihm gebrochen, er versucht, sich für einen Augenblick aufzurichten, das Gedränge preßt ihn nieder. In der Ecke gegenüber steht eingezwängt der kleine Chaim, durch die Trennwände aus Menschen und Steinen will sein sehnsüchtiger Blick ins Freie dringen, zur Frau, zu den Kindern. Mitten im Gewühl ragt aus der Menge Reb Jankały, sterbend spricht er seiner Gemeinde Trost und Mut zu. »Juden«, ruft er »wir sind hier als ein Opfer aus den Kindern Israels, nicht die Menschen können uns richten, sondern allein Gott.«

Es wurde Abend, den Judenschindern blieb nicht mehr viel Zeit: Eine gleich nach dem Einmarsch erlassene Verordnung des deutschen Stadtkommandanten verbot der Bevölkerung bei schwerer Strafe, sich abends nach acht Uhr außer Haus aufzuhalten. Dagegen waren die Plünderer machtlos, doch in ihrem Taumel wollten sie nichts auf den nächsten Morgen verschieben, sie rafften, prügelten und mordeten in gieriger Hast; erst als die Turmuhr acht schlug, stoben sie auseinander in ihre Häuser. Eine motorisierte Polizeistreife brauste durch die Straßen, knallte die liegengebliebenen, noch röchelnden Juden der Reihe nach ab. Das war der sogenannte »*Gnadenschuß*«.
Langsam versank die Sonne. Und es kam die Nacht.

5

Ich streckte die verkrampften Glieder. Erst jetzt fiel mir auf, daß ich angezogen im Bett lag. Draußen graute der Morgen. Ich machte Licht und schrieb einen Brief an Samek. Vielleicht würde er mich einladen und mir in einem seiner Unternehmen Arbeit geben, im Buffet, in der Küche, irgendwo. Meine Krankheit verschwieg ich nicht.
Zwei Tage später rief Samek an, ich solle gleich zu ihm nach Heidelberg kommen. Ich packte alle meine Habseligkeiten in zwei große Koffer und stopfte die alte, aus den Nähten platzende Aktentasche mit Schreibereien voll. Die Geige verpackte ich extra. All das mußte ich nun aus dem Haus schaffen. Panische Angst ergriff mich, wie immer, wenn eine schwere Last zu tragen war: Eine der Narben in meinem Magen könnte aufbrechen! Was hatte ich nicht schon in ähnlichen Fällen aufgeführt! Einmal war ich in eine kleine, sechzig Kilometer von Wien entfernte Sommerfrische gefahren. Herr Schreier hatte sie mir empfohlen, er machte dort im Kurhaus Urlaub und meinte, ich könne dort ein paar Tage richtig ausspannen, ich solle doch kommen, er werde mich vom Zug abholen. Ich fuhr hin, stieg aus: an der Haltestelle kein Schreier und überhaupt keine Menschenseele, auch niemand, der mir gegen Bezahlung den Koffer bis zum Kurhaus hätte tragen können. Ich verlor den Kopf, stieg in den nächsten Gegenzug und fuhr nach Wien zurück.
Diesmal aber ging zum Glück alles glatt. Auf dem Heidelberger Bahnhof wartete Samek, stürzte freudig auf mich zu. Ich hätte ihn wohl kaum erkannt, so sehr hatte er sich verändert. In Sporthemd und Schirmmütze, anscheinend eigens zum Autofahren angezogen, mit rotem Gesicht, dessen Fettpolster die einstigen tiefen Furchen an der Nasenwurzel wieder glattgespannt hatten. Selbst die Nase schien jetzt kleiner zwischen den fleischigen Wangen.
Wir begrüßten einander herzlich. Samek trug eigenhändig meine Koffer durch die neu aufgebaute, marmorglänzende Bahnhofshalle zum Ausgang. Gleich gegenüber, am Anfang einer Allee,

war Sameks Wagen geparkt, ein roter BMW neuesten Baujahrs. Samek verstaute mein Gepäck im Kofferraum, hielt mir die Tür auf, ließ dann den Motor an und grinste mir aufmunternd zu, das kräftige Gebiß entblößend: »Na, wie geht's immer?«
»Gut, aber es könnte besser sein.«
»Was ist denn? Hast du Sorgen?«
»Du siehst gut aus, Samek, jünger als früher«, bemerkte ich schnell. Ich konnte doch nicht gleich nach der Ankunft zu lamentieren anfangen!
Samek lächelte listig: »Ich habe eben eine brave Frau, die schaut auf mich.«
Im Nu waren wir angelangt. Das Tanzlokal lag am anderen Ende der Bahnhofstraße. Die Gegend war erstaunlich ruhig, wenig verbaut, es gab auch nicht viele Läden. Dem Lokal gegenüber lag ein großer leerer Bauplatz.
Samek stellte das Auto vor dem Haus ab. »Komm!« rief er, »schau dir mein Lokal an, nachher gehen wir in den Stock hinauf, dort wirst du wohnen.«
Am Eingang prangte ein Plakat: ein knallrotes Herz auf weißem Grund, dazu die Aufschrift: *Ball der einsamen Herzen.* Wir traten ein. Aus dem Vorraum ging es links in eine kleine Bar mit chromblitzender Theke und hohen Barhockern. Im Hintergrund des Vorraums war die Garderobe; ein breiter, mit einem Spannteppich ausgelegter Gang führte nach rechts zur Saaltür, in deren Nähe ein massiger Klubsessel stand. Wir schritten vom Gang aus seitlich durch eine Tür zum Buffet, von dort in die Küche, wo eine ganze Galerie von Kühlschränken glänzte, einer eigens für Flaschenbier, der nächste für Flaschenweine, einer mit Selchwaren und so weiter. Nun betraten wir den Saal. Samek machte Licht, geleitete mich stolz von einer Sehenswürdigkeit zur anderen, führte mir alle Lichteffekte vor. In der Mitte war die große Tanzfläche; über ihr hingen von der gewölbten Decke prunkvolle Kristalluster, die in allen Regenbogenfarben glitzerten. Ringsum am Rand standen die Tische, jeder mit einem eigenen Lämpchen; die zierlich geschweiften Sessel waren mit Leder gepolstert. An einer Wand erhob sich das Musikpodium, die Wände entlang reihten sich gepolsterte Logen ... Dekorationen ... Lichter ... Gemälde.
»Schön ist dein Lokal«, sagte ich entzückt, »der reinste Kristallpalast!«
Samek schmunzelte geschmeichelt: »Ja, ja, bei Mame und Tate daheim hab ich das nicht gehabt.«

»Und in Jakub Kaufbergs Etablissement hast du das auch nicht gesehen!«
»Stimmt genau!« Und er lacht übers ganze Gesicht. »Ach ja, unser Jakub Kaufberg mit seinem Kürbiskopf! Und sein holdes rinnäugiges Eheweib! Weißt du noch, wie er ihr in der Küche angeschafft hat? Marsch, Resele, mach schnell, einmal heiße Klobassen für den Gelbschnabel da.«
Samek führte mich in den ersten Stock in seine Kanzlei, wie er es nannte, in zwei kleine Räume, deren einer einen Schreibtisch und einen dreitürigen Schrank enthielt, der andere ein Sofa und einen Gasofen. Samek tänzelte um mich herum, hängte meinen Mantel in den Schrank, zeigte mir, wie der Ofen funktionierte, fuhr dann eigens nach Hause und brachte mir eine warme Daunendecke. Aus allen seinen Worten und Regungen sprach aufrichtige Freude darüber, daß ich zu ihm gekommen war.
»Du kannst dich hier einstweilen häuslich niederlassen«, sagte Samek, »ich benütze diese Kanzlei derzeit nicht. Wenn du noch etwas brauchst, dann sag es mir nur.«
Wir plauderten noch lang von den alten Zeiten. Ich war in aufgeräumter Stimmung, auch Samek strahlte die ganze Zeit, taute immer mehr auf, ging ganz aus sich heraus; allen äußeren Änderungen zum Trotz zeigte sich da der Samek von einst, der verschmitzte, hilfsbereite Bursche vom Corso-Eck.
Das Tanzlokal war abends ab acht Uhr geöffnet. Es füllte sich sofort. Eine Empfangsdame in Seide führte die Gäste zu den Plätzen. Sameks Frau erschien, eine schön gewachsene, dunkelblonde, schmallippige Deutsche. Sie trug ein schwarzes Brokatkleid mit tiefem Ausschnitt, dazu ein Perlenkollier und blitzende Ringe. Sie begrüßte mich höflich, doch merkte ich gleich, daß sie nicht allzu entzückt von mir war und mich nur ihrem Mann zuliebe duldete. Samek selbst, in schwarzem Maßanzug und weißem Hemd mit goldenen Manschettenknöpfen, eilte geschäftig umher, war überall zugleich, man merkte, daß er seine Angestellten in eiserner Disziplin hielt.
Die Kellner und Kellnerinnen glitten hin und her wie auf Rädchen, vom Saal zum Buffet, wo sie die Bestellungen an der Kasse registrierten und dann die Zettel an die Buffetdame weitergaben, welche die gewünschten Getränke ausgab. Während die Kellner alles auf den Tabletts verstauten, musterten sie mich neugierig. Ich versuchte, gelöst und einnehmend zu wirken, schließlich waren das meine zukünftigen Kollegen. Samek hatte doch erwähnt, er werde mich vielleicht ans Buffet stellen. Irgendwie brachte ich

keinen heiteren Gesichtsausdruck fertig, ich fühlte, daß ich zwischen diesen Burschen aussah wie ein Leichenbitter auf einer Hochzeit. Ich nahm eine Getränkekarte vom Tisch und studierte sie, bis mir der Kopf rauchte — so viele französische und sonstige Namen, nie im Leben werde ich mir die alle merken können, wie sieht denn das aus, wenn der wartende Kellner mir über die Schulter guckt, und ich suche verzweifelt auf der Karte, wieviel etwas kostet? Am Ende soll ich dann gar noch Cocktails mixen und weiß nicht wie! Was soll ich morgen Samek sagen? Vielleicht in der Küche? Das geht auch nicht. Was hätte ich dort tun sollen. Alles ist genau eingeteilt, jeder Kellner hat seinen Rayon und seine abgezählte Anzahl Flaschen im Kühlschrank, den kalten Imbiß richtet die Buffetdame an.
Vor der Garderobe stellte mich die Empfangsdame, eine selbstbewußte, temperamentvolle Person: »Bleiben Sie länger hier? In Geschäften?« Ich suchte nach einer Antwort, brachte nur ein albernes Lächeln fertig. Wie sollte ich das auch ausdrücken?»Ich möchte hier Küchenjunge werden?« Ich fühlte mich elend.
Samek flitzte vorbei, klopfte mir auf die Schulter: »Na, hast du dich ein bißchen ausgeschlafen?« Gleich war mir wohler zumute. Samek war schwerst beschäftigt, es riß ihn förmlich hin und her durch das ganze Unternehmen, aber sooft er mir begegnete, fand er ein herzliches Wort für mich:
»Kopf hoch. Es wird schon alles gut werden.«

Seit mehr als einer Woche wohnte ich nun bei Samek, und statt mich endlich zusammenzureißen und Mut zu fassen, wurde ich immer trübsinniger. Den ganzen Tag über hatte ich niemand, zu dem ich reden konnte; ein paarmal spazierte ich ein wenig durch das Stadtzentrum, aber die fremde Atmosphäre bedrückte mich, ich saß zumeist im Zimmer und hatte zu nichts Lust. Ich las nichts, beantwortete nicht einmal Briefe. Manchmal griff ich zu meiner Geige, aber dann klopfte gleich die Nachbarin herüber, die bei Samek in der Toilette beschäftigt war und nach der Arbeit schlafen wollte. Ich lag auf dem Sofa und erwartete den Abend, um in menschliche Gesichter zu schauen, um ein wenig plaudern zu können. Irrsinnig konnte ich hier werden.
Doch auch die Ausflüge ins Lokal hinunter mußte ich einschränken: Anfangs interessierte sich Samek für mich, fand immer ein paar Minuten Zeit zu einem Plausch, das freute mich und gab mir den Mut, einen Kellner anzureden oder die Buffetdame. Manchmal hielt ich mich auch an der Garderobe auf. Als Samek

und ich alle gemeinsamen Erinnerungen abgegrast und einander das Wichtigste aus unserem Lebenslauf nach dem Krieg berichtet hatten, wurde ich Samek allmählich langweilig, er klopfte mir nicht mehr auf die Schulter, wurde zunehmend wortkarg. Ich fühlte mich gräßlich, wenn er in mürrischer Stimmung an mir vorbeiging: Mir kam vor, er sehe mich gar nicht oder wolle mich nicht mehr sehen.

In solchen Augenblicken wäre ich gerne in den Erdboden versunken, ich wußte nicht, was ich mit mir anfangen sollte, wo ich mich hintun sollte, um nicht im Weg zu stehen. Es gab ja kein ungenütztes Plätzchen, mein Zimmer konnte ich nicht mehr ertragen. In die Küche konnte ich immerhin gehen, mir Tee bereiten und beim Tisch sitzen, aber wie lang kann man schon in der Küche Tee trinken, ohne daß die ein- und ausflatternden Kellner sich wundern. Ich stellte mich ans Buffet, doch auch hier erschienen ständig die Kellner und beluden ihre Tabletts, wo sollte ich nur hin, um niemanden zu stören. Eng war es hier: Vielleicht stelle ich mich zur Küchentür, seitlich an das Buffet gelehnt? Wenn mich Samek so sieht, wird er denken, daß ich mich an sein Buffetmädchen heranmache. Das hat gerade noch gefehlt, daß sie mir auch noch zulächelt! Ich drückte mich auf den Gang hinaus: Was stehe ich da wie ein Bettelmann? Ich setzte mich in den Klubsessel beim Saaleingang — das war wohl das Dümmste, was ich hatte tun können, hier mußten doch die Gäste vorbei, ein schönes Firmenschild war ich mit meiner hohlwangigen Visage, in meinem schlotternden, altmodischen Anzug mit den breiten Rockaufschlägen. Hätte Samek mich hier ertappt, dann hätte ihn wohl der Schlag getroffen: Einen besseren Platz hat sich der Kerl nicht gefunden, müßte Samek wohl denken, ausgerechnet hier macht er sich breit.

In die Bar konnte ich nicht gut gehen, dort mußte man doch etwas bestellen, und meine Barschaft reichte nicht einmal mehr für einen kleinen Kognak zur Stärkung. Die letzte Mark ging für Zigaretten drauf. Schon am zweiten oder dritten Tag nach meiner Ankunft waren die aus Wien mitgebrachten Vorräte weggeschmolzen. Sameks Angestellte gingen nach der Arbeit auf einen Faschingsball, und Samek redete mir zu, mitzugehen.

»Ein wenig Zerstreuung, neue Gesichter. Du hast doch immer den Kopf voller Mädchen gehabt, das weiß ich noch genau! Schade, daß ich selbst nicht mitkommen kann.«

Ich ging mit. Jeder dieser jungen Angestellten spendierte eine Runde, also mußte ich das doch auch tun. Und jetzt untersuchte ich den Aschenbecher auf der Brüstung der Garderobe. Als sich die Garderobefrau einen Moment lang wegdrehte, um einen Mantel aufzuhängen, und auch sonst niemand schaute, fischte ich mir schnell einen Zigarettenstummel.

So vergingen Tage, Wochen. Ich nahm etwas ab. Morgens brachte mir die Bedienerin das Frühstück aufs Zimmer: zwei Semmeln, ein Ei, ein Eckchen Käse und ein Kännchen Tee. Das reichte nur schlecht bis zum Nachtmahl, das ich meist von Sameks Frau in der Küche bekam. Ich hätte ja Samek aufmerksam machen können, sicherlich hätte er mir auch mehr geben lassen, er geizte doch nicht mit dem Essen. Und was bedeutete schon eine Semmel oder ein Ei in diesem florierenden Großbetrieb. Aber ich schämte mich und sagte nichts, es war ohnedies rührend von Samek, daß er mir so lang Unterkunft und Essen gab, wer würde einen Gast so lang bei sich behalten, noch dazu einen undankbaren und faulen Gast? Samek mag sich erhofft haben, daß ich ihm etwas Arbeit abnehme, und nun sieht er, daß ich zu nichts zu brauchen bin. Er hat ja recht, nicht einmal einen Nagel kann ich richtig einschlagen, nicht einmal das Brot schneide ich mir glatt ab, zwei linke Hände habe ich, keinen ordentlichen Beruf habe ich gelernt, Geige spiele ich nicht schlecht, aber auch das meist aus dem Gedächtnis, und wer braucht schon so etwas?

Daheim war ich ein verzärteltes Muttersöhnchen, alles schob man mir direkt vor die Nase, das Frühstück bekam ich ins Bett. Manchen imponiert es, daß ich ein Buch geschrieben habe, aber doch nicht allen! Mich wundert es nicht, daß Sameks Frau unfreundlich dreinschaut, sooft sie meiner ansichtig wird. Was verbindet Samek schon mit mir? Vor dem Krieg habe ich nicht zu seinem engsten Bekanntenkreis gehört. Ich bedeute ihm gar nichts, ich nütze nur seine Gastfreundschaft aus, ich bin ein Schmarotzer. Höchste Zeit, daß ich von hier verschwinde!

Doch ich blieb. Ich konnte mich nicht entschließen, mir fehlten die Kräfte dazu. Wohin sonst auch mit mir? Hier hatte ich keine Sorgen, hatte ein bequemes Bett im warmen Zimmer, hatte mein Frühstück.

Einmal, als Samek gut gelaunt war, faßte ich Mut und bat ihn, er möge doch seine Partner oder Geschäftsfreunde fragen, ob sie für mich Arbeit hätten. In Heidelberg lebte noch ein Landsmann von uns, Ben, der mit Samek zusammen den Krieg durchgemacht hatte. Nachher hatte Ben vergeblich versucht, in München Fuß zu fassen; schließlich war er nach Heidelberg gekommen, Samek hatte ihn anfangs unterstützt und ihm Geld vorgestreckt, und jetzt besaß auch Ben ein gutgehendes Nachtlokal, wenn es auch kleiner war und weniger elegant als das Sameks. Und dieser Ben brauchte jemanden zum Flascheneinschenken.

Samek saß in dem großen Klubsessel beim Saaleingang und verschnaufte ein wenig. Als ich meine Bitte vorgebracht hatte, senkte Samek den Blick und stimmte ein lautes Gelächter an, das gekünstelt klang.

»Etwas Gescheiteres ist dir nicht eingefallen? Wovon hast du eigentlich in Wien die ganze Zeit gelebt? Von irgend etwas hast du doch leben müssen.«

»Weißt du das nicht? Ich habe ein Buch veröffentlicht. Ein bißchen was hat das schon eingebracht. Nicht viel. Aber doch. Und dann habe ich immer ein wenig geschrieben.«

»Ach, geschrieben hast du?« Er lächelte ironisch: »Geschichten schreibst du! Ein Dichter willst du werden!« Er blickte zur Seite und errötete.

»Ich weiß nicht, worüber du lachst.«

»Aber nein, ich lache ja gar nicht, aber man muß doch von etwas leben.«

»Hör schon auf«, unterbrach ich, »natürlich bin ich kein Dichter, ich habe nie diesen Ehrgeiz gehabt.« Ich wollte noch etwas hinzufügen. Seine Bemerkung hatte mich verletzt, aber was sollte ich da viel reden, er wollte mich ja nicht kränken. Mein Anblick verdarb ihm eben die Stimmung, und da war ihm eben eine spitze Bemerkung herausgerutscht. Ein Spötter war er ja immer gewesen, seit ich ihn kannte, besonders, wenn ihn etwas bedrückte oder verwirrte.

»Gut«, meinte er nach einer Weile, »wenn du willst, werde ich mit Ben reden.«

Ben kam zu Mittag, ein großer, schlanker, gut gekleideter Herr, eine Zeitung in der Rocktasche, lebhaft, beredt. Sameks Frau stellte ein Brathuhn auf den Tisch, zum Dessert Torte und Ananaskompott.

Ben hielt das Gespräch fast allein in Gang, sprach ein fehlerfreies, wohlklingendes Polnisch, zeigte sich auf dem laufenden in allen Angelegenheiten der polnischen Tagespolitik und Kultur. Seine Schwester schicke ihm ständig Zeitungen und Bücher aus Polen. »Die polnische Literatur steht auf bestem europäischen Niveau«, dozierte Ben und bearbeitete vornehm mit Messer und Gabel seine Hühnerkeule, »dein Buch habe ich übrigens auch gelesen, Karol. Sehr eindrucksvoll. Aber warum urteilst du darin so hart über die Wiedergutmachung? Sei mir nicht bös, aber das ist doch Unsinn! Die Juden haben das Recht, von den Deutschen Geld zu nehmen, und selbst wenn manchmal einer ein wenig schwindelt, um die Rente zu bekommen, was zählt das denn schon gegen das enorme Unrecht, das die Juden erlitten haben? Was sie verloren haben, wird dadurch nicht aufgewogen, von der verlorenen Gesundheit ganz zu schweigen! Mit der Kultur hast du natürlich recht, ich finde es auch einfach schockierend, daß die Gesetze das Recht auf Wiedergutmachung von der Zugehörigkeit zum deutschen Sprach- und Kulturkreis abhängig machen. Aber was soll man tun? Du hast doch auch angesucht?«

»Nein«, antwortete ich, »aber davon wollte ich doch in meinem Buch gar nicht reden. Ich habe das Problem allgemeiner behandelt. Ob einer ansucht oder nicht, das muß er doch mit sich selbst ausmachen. Aber wenn du mein Buch aufmerksam gelesen hast ...«

»Er allein will nichts nehmen!« mischte sich Samek ein. »Willst du anders sein als die anderen?«

»Ach, jetzt ist es doch sowieso zu spät. Im übrigen komme ich für den Stichtag nicht in Frage.«

»Aber andere richten sich das. Man muß sich eben bemühen. Tu doch was. Du bist zu faul!« drängte Samek.

»Ach, reden wir von etwas anderem«, sagte ich.

Ben stellte seinen Teller weg und lehnte sich bequem zurück: »Ach ja, richtig, Samek hat mir von deinen Zores erzählt, paß auf! Einige Kilometer von hier ist ein Lokal zu verpachten, gleich bei der amerikanischen Garnison, nicht groß, aber es trägt was. Stell dir das nur vor, die Soldaten ... Mach keine langen Geschichten, such dir einen Teilhaber und steig ein!«

»Ach, was wäre ich heute für ein Unternehmer.« Ich verstummte und winkte ab. Gab es denn keine ruhige, fixe, ordentliche Arbeit für mich? Nur Geschäfte? Und gar ein solches Geschäft ...

An einem Samstag ging ich mit Samek zur Kultusgemeinde. In einer Seitengasse, nicht weit von Sameks Lokal, stand das zweistöckige Haus, in dem außer dem Gemeindesekretariat ein Altersheim und die Synagoge untergebracht waren. In ganz Heidelberg gab es kaum ein paar Dutzend Juden, außer den müden Greisen im Altersheim. Diese Juden hatten kaum Kontakt miteinander, waren vereinsamt in der Stadt. Doch die Kultusgemeinde hatte einen Präsidenten, einen Vizepräsidenten, eine Sekretärin, einen Rabbiner und einen Kantor. Der Herr Präsident hatte

Geburtstag, und außer einigen Gästen aus Mannheim war auch der in der Stadt hoch geachtete Samek eingeladen. Während des Morgengebetes in der Synagoge wurde Samek zu dem ehrenvollen Amt aufgerufen, die *Brachot* — die Sabbatgebete — zu sprechen. Danach bestieg ein junger, glattrasierter Rabbiner in Kaftan und Barett das Podium und verlas eine Talmudstelle; in dem einfachen Saal standen die Stühle in Reihen wie in einem kleinen Theater; Männer und Frauen saßen beisammen, es mochten gegen zwanzig Personen sein.

Nichts erinnerte hier an die alte Synagoge von Borysław, die meinem Haus gerade gegenüber gelegen war, klein, eng, nach Kerzenwachs riechend. Beim *Urn Kaddisch* betete innig der kleine, unscheinbare Kantor in seinem weiten Kittel. Dann klang die sanfte Stimme durch den Raum und erfüllte das Herz mit Schwermut. Die langen Tische waren mit weißen, von Wachsflecken strotzenden Tüchern bedeckt, auf den Bänken dahinter saßen immer dieselben alten Juden. Ich ging durch meine lange, schmale Gasse zwischen den winkeligen Häusern dahin, und bei jedem Schritt begegnete ich einem freundlich lächelnden Menschen. Servus, Rotschädel, was rennst du so schnell? Von der Arbeit weg ...? Mahlzeit, Herr Meister ... Küß die Hand, gnädige Frau ... Ich zog den Hut, wenn der Herr Prokurist in der Kutsche vorbeifuhr: Er pflegte bei mir Tabak und Zigarettenhülsen einzukaufen. Dann wieder trat Reb Schwarz mit zwei riesigen Wassereimern aus einer Hauseinfahrt. »*A git jur*, Reb Schwarz, wie geht's?« Wenn der einmal ins Plaudern kam, dann konnten ihn die Hausfrauen auf den Knien anflehen, er solle das Wasser gleich bringen, das Backwerk brenne schon an. Einen goldenen Rubel konnten sie hinlegen, und Reb Schwarz rührte sich doch nicht vom Fleck, er saß da und rauchte seine lange Pfeife, strich sich den fast ebenso langen Bart und betrachtete gelassen die aufgeregte Hausmutter: »Na, geh mit Gott.«
Ich betrat die Schenke in unserer Gasse. Hier wimmelte es immer von Gästen, von Kutschern, Fuhrleuten, Händlern, Arbeitern. Wer kein Geld fürs Bier hatte, der genoß sein Plauderstündchen eben mit trockener Gurgel.
In der Ecke neben dem Schank saßen die *Starken:* Hersch Joschko, Fischel Stefan, der rote Fuchs. Eben trat Strojsack ein, winzig wie ein Stöpsel und rund wie ein Ei, auf dem Kopf ewig den Strohhut, der ihm den schönen Namen verschafft hatte, einen Spazierstock in der Hand.

»Guten Tag die Herren!« graziös verbeugte sich Strojsack vor den drei Kraftmeiern. »Meine höchste Verehrung!«
»Komm her, Strojsack, trink ein Bier mit uns!« rief der lustige Hersch Joschko.
Auf die Anrede mit seinem Spitznamen warf sich der Kleine in die Brust und krähte wie ein Gockelhahn die drei Riesen an: »Paßt auf, ich geb' euch gleich einen Tritt, daß ihr bis nach Kamtschatka fliegt!« Und alle lachten aus vollem Hals.
Aus einer Seitengasse kam der Rabbi von Komarn. Er war auf einem Auge blind und trug einen abgenützten Kaftan, weiße Strümpfe und um den Hals einen braunen Schal, schritt majestätisch einher. Die Leute erzählten, der Rabbi könne Wunder tun. Mich zupfte er freundschaftlich am Ohr: »Na, du Rotzbub, hol mir vier Sport aus der Trafik.«

Ich erwachte aus meinen Tagträumen, hob den Kopf. Zweistökkige Häuser, eines neben dem anderen, eines wie das andere, keine Seitengäßchen oder Gärtchen trennen sie, nirgends eine Lücke, ein Winkel, eine Krümmung, alle stehen in Reih und Glied. Auf der asphaltierten Straße ist kein Stäubchen Schmutz, obwohl es erst getaut hat. Keiner der Vorübergehenden ist mir bekannt, keiner erinnert mich an etwas, keiner beachtet mich, keiner hat etwas Auffälliges an sich, das sich in mein Gedächtnis einprägen könnte. Auch die Menschen sind für mich hier alle gleich: Alle sind fremd.

Diesmal war Sameks Tanzsaal überfüllt, man mußte zusätzlich Tische und Stühle herbeischaffen, sogar zu dem Klubsessel am Saaleingang wurde ein kleiner Tisch gestellt. Samek hatte alle Hände voll zu tun, kommandierte seine Angestellten hin und her, wies auch persönlich den Gästen Plätze an, da die Empfangsdame allein gar nicht fertig wurde.
Ich war hungrig, der Magen schmerzte; ich hätte dringend ein Nachtmahl benötigt. Doch ich hatte an mich zu halten; so durften mich meine Gastgeber nicht sehen, Sameks Frau müßte denken, daß ich Hunger und Ungeduld absichtlich vor ihr zur Schau trage, daß ich nur auf mein Essen dränge, ohne Rücksicht darauf, wieviel Sameks Frau zu tun hat. Ich drückte mich die Saalwände entlang, bemüht, nicht mit Samek zusammenzutreffen, und beobachtete die Gäste. Zumeist waren es Leute in gesetztem Alter, einzeln oder in Gesellschaft. Die Herren sahen sich eifrig nach Partnerinnen um. Ich bemerkte, daß manche vielsagend

schmunzelten oder einander zuzwinkerten, wenn Samek vorbeiging. Die wenigen jungen Gäste waren weltweit von dem Typus des jungen Deutschen entfernt, der mir aus der Okkupationszeit geläufig war: gestrafft, überheblich, kampflustig, mit blitzenden Augen. Die jungen Leute bei Samek absolvierten ruhig und ernsthaft ihre Tänze; nicht einmal der Boogie brachte sie in Schwung. Das Orchester spielte nun den Tango *La Comparsita.*

In mir regte sich etwas. Schon den ganzen Tag über hatte eine seltsame Stimmung die andere gejagt. Erinnerungen, Empfindungen, Schwermut. Und nun dieser Tango. Vieles lebte auf bei dieser Melodie, auch jener Abend, an dem mich Frau Taczyński aus der Bodenkammer holte: Ich könne schon in den Salon kommen, die Judenverfolgung sei für diesmal zu Ende. Aus dem Radio tönte es auf deutsch: »Und nun spielt unsere Jugendkapelle für die Soldaten an der Front und in der Heimat.« Der Tango *La Comparsita* klang mir entgegen. Was hatte ich damals empfunden, woran dachte ich? Daß ich beschnitten war, daß es doch eine plastische Operation geben mußte, um dieses Kennzeichen zu beseitigen, der modernen Chirurgie müßte das ein leichtes sein. Oder sollte ich mich unter die Erde verkriechen, eine Höhle graben und in ihr das Ende des Krieges abwarten? Oder vielleicht konnte ich irgendwo *arische* Papiere erwerben? Und ich wälzte noch andere Gedanken bei den Klängen dieses Tangos — damals genauso wie nun wieder. Schon als kleiner Junge hatte ich diese Melodie gehört und liebgewonnen: Im *Jüdischen Haus* wurde eine Hochzeit gefeiert. Mit jugendkräftiger Stimme besang der graubärtige Josyf Icek die Braut: »*Kaleniu, Kaleniu, kojdem hachupe wejn-sche, wejn, darfst doch bald zu de Chupe gejn.*« Das Lied war zu Ende, und ergriffen rief Josyf den Musikanten zu: »Und jetzt spielt zum Tanz, Burschen, spielt, bis euch die Saiten springen!« Mandzio Drata und seine Kapelle — zwei Geiger, ein Cellist und ein Trommler — legten los: *La Comparsita.*

Auch den Deutschen hier im Saal müßte dieser Tango vertraut sein, auch sie haben ihn vor dem Krieg gehört, während des Krieges. Welche Erinnerungen mag diese Melodie in ihnen wachrufen? Was für Bilder? Ach, wenn man doch einen Augenblick lang Gedanken lesen könnte!

Samek war damals auch auf jener Hochzeit, ich sehe ihn noch vor mir, wie er mit vor Staunen weit aufgesperrtem Mund in meiner Nähe steht und der Musik lauscht. Bald danach mußte er nach Rußland. Ob er auch an die alten Zeiten denkt, in diesem

Augenblick? Drüben, am anderen Ende des Saales, flitzt er von Tisch zu Tisch, nimmt wahrscheinlich gar nicht mehr wahr, was die Musik spielt, bestrebt, immer noch ein paar Mark zu verdienen und noch ein paar Mark. Früher hat er nie Geld gehabt, war immer das kleine Unterläufel, hat anderen beim Verdienen geholfen. Jetzt ist er an der Reihe, jetzt will er sich für alle Zeiten schadlos halten. Dabei lebt er äußerst sparsam. Geld will er haben, viel Geld. Das hat ihn das Leben gelehrt.
Mir fehlte die Geduld, noch länger hier herumzuschleichen und zu warten, ob sich nicht jemand an ein Nachtmahl für mich erinnere. Habe ich das nötig? Bin ich nicht selbst reich, viel reicher als Samek? Ich eilte aus dem Saal, durch die Küche und dann über die Treppe hinauf in mein Zimmer. Dort ringelte ich mich auf dem Sofa zusammen und schloß die Augen.
Zehn Millionen habe ich, hier bei mir im Schrank. Aber sollte ich den ganzen Tag hier im Zimmer sitzen und mein Vermögen bewachen? Das hat doch keinen Sinn. Am besten, ich trage das Geld in die Bank. Aber welcher Bank soll ich eine solche Summe anvertrauen? Hier in der Stadt geht das gar nicht, das fällt auf, das spricht sich herum, ich schaffe das Geld lieber in die Schweiz, dort fragt keiner, wieso und woher. Aber auch dort gebe ich lieber nicht alles einer einzigen Bank, ich teile es auf, hier zwei Millionen, dort drei; oder vielleicht überweise ich aus der Schweiz einen Teil nach Israel, einen Teil nach Wien. Und den Rest lasse ich mir auf einem offenen Konto liegen? Ganz anders wird man mich ansehen, wenn das Geld aus dem Ausland kommt, koscher werde ich sein, das ist die Hauptsache. Eine großartige Idee. Aber dann wird es wohl das Beste sein, wenn ich mir das ganze Geld aus dem Ausland kommen lasse.
Wenn ich in Wien dann zehn Millionen Dollar habe, dann könnte ich doch gleich selber eine Bank aufmachen. Ja, ich werde Geld verleihen, aber nicht so kleinlich an irgendwelche Privatpersonen, was gäbe das für einen Rebbach, nein, in großem Stil, ganze Konzerne werde ich finanzieren, Industrien, Staaten. Aktien werde ich ausgeben, Firmen gründen, Hotels bauen. Ich selbst werde mich im Hintergrund halten, ich bin nicht für jeden da, nur in besonderen Ausnahmefällen darf jemand bis zu mir vordringen... In mein Büro schaue ich ein- oder zweimal wöchentlich. Ich lasse sofort meinen Bruder aus Israel kommen, vor dem Krieg hat er eine Bank geleitet, er versteht sich darauf, er wird mein Generaldirektor. Und Wiesław soll auch für mich arbeiten, vielleicht mache ich ihn zum Direktorstellvertreter, er

wirkt repräsentativ und Köpfchen hat er auch ... Wer kommt noch in Betracht? Bohrer als Personalchef ... Julek Zielinski ... Das hat ja Zeit, das kann ich später festsetzen, erst einmal muß ich ein Haus kaufen.

Aber warum nicht gleich einen neuen Büropalast errichten, einen ganz hypermodernen Gebäudekomplex, nicht zu groß, nicht zu klein, Wiesław soll mir das alles entwerfen, so einen schönen Auftrag hat er wohl noch nie erhalten, dieser Bau wird ihn weltberühmt machen! Wieviel Angestellte brauche ich? Na, das wird von den Umsätzen abhängen und außerdem davon, ob ich mich hauptsächlich auf das Kreditgeschäft konzentriere oder andere Zweige stärker ausbaue. Alles muß exakt ablaufen wie ein Uhrwerk: ruhig, glatt, korrekt. Aber in der Stadt wird sich sofort von Mund zu Mund die Nachricht verbreiten. Und gleich werden die lieben Bekannten angerückt kommen, zu allererst natürlich Herr Schreier. Ach, wie wird er mit meiner Sekretärin streiten und sich bitter beschweren, daß man ihn nicht gleich zu mir vorläßt, wieso denn das, er als mein alter Freund, der mir immer Gutes getan, der sich für mich aufgeopfert hat. Ich sehe schon, was er für Augen macht, wenn er dann bei mir eintritt. Aber nicht er allein wird bei mir aufkreuzen, auch der sympathische Herr mit dem roten Gesicht kommt gerannt und der mit dem dicken Bauch.

Plötzlich haben sie sich an mich erinnert. Aus aller Welt kommen Leute zu mir, jeder hat irgendein Anliegen, jeder will etwas. Der Herr Direktor wartet im Vorzimmer, der Herr Generaldirektor wartet im Vorzimmer, aber den Herrn Minister kann man nicht gut im Vorzimmer warten lassen. Zum Teufel, warum denn nicht? Der ist auch nur ein Mensch wie jeder andere, ich will ihn nicht sehen, ich will überhaupt niemand sehen, ich habe das alles satt — nichts als Anrufe, Fernschreiben, die Aktien fallen, das Gold steigt, Konferenzen, Besprechungen, Empfänge ... Nein! Genug! Mir reicht's! All das befriedigt mich nicht, das erschöpft mich nur, ich mag gar keine Bank, ich mag diese ganzen Millionen nicht, ich mag nicht den Wohltäter spielen, ich habe schon genug gegeben, ich empfange niemand mehr, ich will auch Samek nicht mehr zeigen, daß ich viel großzügiger sein kann.

Ja, sicher, ich glaube es Ihnen, daß sie eine tolle Sexbombe ist, die Entdeckung des Jahres, die auf der Leinwand Furore machen würde. Aber sparen Sie sich Ihre Worte, ich mache keine Filme mehr, der eine genügt mir ... Laßt mich doch endlich in Ruhe, ich will nicht an die Macht, ich will mich nicht mit aller Welt herumraufen, ich habe dazu nicht mehr die Kraft, diese ganze Welt der Hochfinanz lockt mich nicht, sie geht mir auf die Nerven. Mir genügt eine kleine Wohnung, Ruhe, ein paar gute Bücher. Ich habe so wenig gelesen in meinem Leben. Täglich ein Stück gut gedünstetes Fleisch zu Mittag ... in kleinen Portionen, aber oft und regelmäßig soll ich essen, hat Frau Dr. Leodolter gesagt, der Magen soll nie völlig leer sein ... viel grünen Salat soll ich essen und Karotten, das ist gut für das Blut ...

»Hast du einen Moment Zeit? Ich möchte dich gern um Rat fragen, in einer bestimmten Angelegenheit. Vielleicht könnten wir uns in die Küche setzen?«

»Natürlich, geh nur voraus, ich stehe sofort zur Verfügung«, antwortete mir Samek.

Wir saßen beim Küchentisch, und Samek betrachtete mich interessiert.

»Weißt du, bei *Styria*, das ist der Verlag, der mein Buch in Österreich herausgegeben hat, er hat noch etliche Exemplare übrig. Die möchte ich dem Verlag abkaufen und selbst vertreiben, hier müssen sich doch welche anbringen lassen. Einige könntest wahrscheinlich du verkaufen, falls du dir die Mühe machen wolltest, dann wird sicherlich noch jemand ein paar übernehmen, ich selbst werde gehen, angenehm wird es ja nicht sein, mit dem eigenen Buch zu hausieren, aber was soll ich machen?«

»So was«, unterbrach mich Samek und runzelte die Stirn. Aber gleich heiterte sich sein Gesicht wieder auf: »Natürlich, natürlich verkaufe ich ein paar Bücher für dich, das ist doch klar! Nicht hier, aber in Kaiserslautern, dort habe ich eine Menge Bekannte, und jeder muß mir für das Buch hundert Mark geben!«

»Zwanzig kostet es«, sagte ich und schluckte die Kränkung hinunter, »und um zwanzig werden wir es verkaufen. Aber der Haken an der Sache ist, daß ich erst das Geld auftreiben muß, um die Bücher dem Verlag abzukaufen. Und da habe ich mir gedacht, ich werde zu Jonas fahren.«

»Einen anderen hast du dir nicht gefunden?« ereiferte sich Samek. »Unter den Nazis war er doch Ordner! Er soll viele Leute ausgeliefert haben, heißt es.«

»Ich habe auf seinen Bruder gerechnet, der wohnt doch bei ihm. Kennst du ihn?«

»Und ob«, lachte Samek.

»Versteh mich doch, ich weiß keinen anderen Ausweg.«

Samek rutschte unruhig auf dem Hocker hin und her. »Mach, was du willst«, brummte er endlich, »ich an deiner Stelle würde das nicht tun.«
»Kannst du mir ein paar Mark für die Fahrkarte geben?« fragte ich mit Mühe.
»Aber natürlich. Was sagst du das nicht gleich. Na so was . . .«

6

Ich änderte meinen Plan. Statt sofort Jonas' Bruder aufzusuchen und bei ihm ein paar Mark zu erbetteln, wollte ich zuerst einen anderen Besuch machen, in Düsseldorf, bei einem Anwalt, der mir von früher her bekannt war. Sein Spezialgebiet waren Wiedergutmachungsangelegenheiten. Gewiß konnte er mir einen Rat geben. Vielleicht hatten sich inzwischen die Bedingungen geändert, vielleicht hatte man das Recht auf Wiedergutmachung inzwischen auch jenen Verfolgten zugesprochen, welche den ursprünglichen Voraussetzungen nicht entsprochen hatten?
Bislang hatte ich ja kaum eine Chance für mich gesehen. Polnische Juden hatten lediglich dann das Recht, vom deutschen Staat Wiedergutmachung zu beanspruchen, wenn sie Polen vor einem ins Jahr 1947 fallenden Stichtag verlassen hatten. Ich war aber erst später von dort ausgereist. Doch vielleicht hätten sich längst andere Mittel und Wege für mich finden lassen, wenn ich mich nur entschiedener ins Zeug gelegt hätte? Man hörte doch über nazigeschädigte Landsleute in vergleichbarer Situation, die zuletzt mit ihren Ansprüchen durchgedrungen waren. Doch um den Antrag zu stellen, genügte es nicht, die Verfolgteneigenschaft und das Ausmaß der unter dem Naziregime erlittenen Schäden nachzuweisen. Ebenso wichtig war der Nachweis, daß man vor dem Kriege dem deutschen Sprach- und Kulturkreis angehört hatte. Ich für mein Teil hatte früh die deutsche Sprache erlernt, hatte als Kind jahrelang in Wien gelebt. Später hatte ich in der Handelsschule von Borysław am Deutschunterricht teilgenommen. Und die deutsche Kultur hatte ich zutiefst verehrt. Wie hätte es anders sein können bei einem jungen, musikbegeisterten Menschen, dem sein Musiklehrer die Schätze der deutschen Klassik erschloß? Aber sollte ich deshalb jetzt offiziell und unter Angabe von Zeugen behaupten, daß mir die deutsche Kultur näher als jede andere stehe, daß nur sie mich geformt und beeinflußt habe, daß alles andere unwichtig gewesen sei? Ein solches Bekenntnis wollte und konnte ich nicht ablegen. Und so verschob und verdrängte ich alles, was mit Wiedergutmachung zusammen-

hing. Vor mir selbst redete ich mich darauf aus, die Bedingungen könnten sich ja eines Tages ändern.

Etwa ein Jahr, bevor ich mich nun ratlos auf die Reise anch Düsseldorf machte, hatte ich mich eine Zeitlang intensiver mit dem Gedanken an Wiedergutmachung befaßt. Denn ein Rechtsanwalt, der seine Kanzlei in München hatte, ein Landsmann von mir, hatte damals gemeint, meine Ansprüche könnten vielleicht auch ohne Nachweis der deutschen Kulturzugehörigkeit anerkannt werden, sofern es mir gelänge, meine Angelegenheit direkt der entscheidenden Instanz zu unterbreiten.

Ich erwirkte ein Empfehlungsschreiben an den Arbeitskreis Rechtswesen der SPD-Fraktion im Deutschen Bundestag in Bonn. Im dortigen Sekretariat empfing mich freundlich ein großer, dunkelhaariger, noch sehr junger Beamter, Herr Assessor Winkel.

Ich brachte meine Angelegenheit vor, wie sie mir der Münchner Anwalt samt allen Paragraphen und Bestimmungen mühsam eingepaukt hatte:

»Für mich ist das Bezirksamt für Wiedergutmachung in Koblenz zuständig. Am 1. Oktober 1953 war ich in Israel wohnhaft und israelischer Staatsbürger, also würde mir nur die Haftentschädigung gemäß Paragraph 160 zustehen und keine Entschädigung für erlittenen Gesundheitsschaden. Aber vor kurzem wurde mit Urteil des Bundesgerichtshofes entschieden, daß Verfolgte, die nach der Befreiung innerhalb der Reichsgrenzen von 1937 wohnhaft waren, nicht nach Paragraph 160 des Bundesentschädigungsgesetzes zu behandeln sind, sondern nach Paragraph 4, Absatz 1, Ziffer 1 c. Das heißt, daß solche Verfolgte den Anspruch auf die volle Entschädigung, auch für den Gesundheitsschaden, stellen können, ob sie israelische Staatsbürger sind oder nicht. Der Paragraph 164, der israelische Staatsbürger ausschaltet, betrifft diese Fälle nicht. Das heißt doch, daß man sich auf dieses Urteil des Bundesgerichtshofes berufen und in Koblenz darum ansuchen könnte, meine Sache nicht mehr nach Paragraph 160, sondern nach Paragraph 4, Absatz 1, Ziff. 1 c, zu bearbeiten. Allerdings habe ich gehört, daß solche Anträge derzeit auf Anweisung des Mainzer Landesamtes für Wiedergutmachung zurückgestellt werden. Man ist sich angeblich nicht klar darüber, wie das Urteil des Bundesgerichtshofes auf dem Verwaltungsweg zu realisieren ist.«

Das war dem Assessor neu. Er zeigte sich sofort interessiert und bereit, mir nach Möglichkeit behilflich zu sein. Er erklärte mir, daß sein Vorgesetzter, Herr Dr. Hirsch, leider auf zwei bis drei

Wochen verreist sei; sofort nach dessen Rückkehr würden sie beide meine Sache genau untersuchen und besprechen, ich solle alle meine Unterlagen gleich hier lassen.
Ich schien an die richtige Stelle geraten zu sein. Vielleicht ließ sich meine Sache trotz allem positiv erledigen.
Einige Wochen später erhielt ich einen Brief vom Assessor Winkel, in sehr herzlichem Ton gehalten, aber leider mit enttäuschendem Inhalt. Ich mußte den Brief mehrmals durchlesen, ehe ich mich im Gewirr dieser Paragraphen und Fachausdrücke einigermaßen zurechtfand.
»... Der Bundesgerichtshof hat in einem Urteil vom 17. Oktober 1962 entschieden, daß Fälle wie der Ihre unter den Wortlaut des Paragraphen 4, Abs. 1, Ziff. 1 c des Bundesentschädigungsgesetzes fallen und somit eine volle Entschädigung zu gewähren ist. Die Praxis der Entschädigungsämter ist aber dieser Auffassung des Bundesgerichtshofes nicht gefolgt, mit der Begründung ..., der Gesetzgeber habe offensichtlich übersehen, daß unter den Wortlaut dieses Paragraphen auch Fälle fallen können, die nach dem von ihm befürworteten Territorialitätsprinzip und somit nach seinem Willen nicht darunter fallen sollten ...«
Territorialitätsprinzip? Was sollte das wieder heißen? Nur zu bald wurde mir die Sache klar. Der Assessor schrieb weiter, im neuen Entwurf eines Änderungsgesetzes zum Bundesentschädigungsgesetz sei ein geänderter Wortlaut des Paragraphen 4, Abs. 1, Ziff. 1 c vorgesehen, im Sinne der Verwaltungspraxis, nicht im Sinne jenes Urteils des Bundesgerichtshofes. Der Assessor zitierte aus dem geplanten Wortlaut, daß »ein Anspruch in den Fällen nicht bestehe, in denen der Verfolgte seinen Wohnsitz oder dauernden Aufenthalt erst nach der Beendigung der nationalsozialistischen Gewaltherrschaft in den deutschen Ostgebieten begründet hat und aus diesen Gebieten vor dem 31. Dezember 1952 ausgewandert ist ..., weil es insoweit an einer echten räumlichen Beziehung zum Reichsgebiet oder zum Bundesgebiet fehlt und außerdem eine sachlich nicht gerechtfertigte ungleiche Behandlung gegenüber den übrigen aus den ost- und südosteuropäischen Ländern ausgewanderten Verfolgten entstehen würde«.
Da hatte ich nun das Territorialitätsprinzip! Der Assessor schrieb zwar, diese Neufassung des Gesetzes sei noch nicht endgültig und müsse erst vom Bundestag verabschiedet werden. Doch gleich im Nachsatz folgten seine, des Assessors, Zweifel daran, ob man vom Territorialitätsprinzip werde abweichen wollen, wenn es auch unverkennbar zu Konsequenzen geführt habe, »die

von den Betroffenen mit Recht als große Härten empfunden werden«.
Am Ende seines Briefes hatte der Assessor dennoch ein Fünkchen Hoffnung für mich bereit: Er riet mir, den Antrag auf Unterstützung aus dem sogenannten *Härtefonds* zu stellen. Aus diesem Fonds würden Verfolgten, die sich in unverschuldeter finanzieller Notlage befinden, monatliche Renten ausgezahlt. Der Antrag müsse bei dem für mich zuständigen Bezirksamt in Koblenz gestellt werden. Der Assessor empfahl mir, dort mit Herrn Regierungsrat Neuberg zu sprechen, dem kompetentesten Bearbeiter und Fachmann für solche Fälle.
Ich fuhr nach Koblenz. Herr Regierungsrat Neuberg war schon informiert. Natürlich könne man einen Antrag in Sachen Härtefonds stellen, meinte er, die Rente würde 120 DM monatlich betragen und drei Jahre lang ausgezahlt werden, aber bis dahin müsse ich mich auf eine langwierige, mühsame Erledigung gefaßt machen. Man müsse in einer komplizierten Prozedur die unverschuldete Mittellosigkeit nachweisen, dann werde der Antrag an das Landesamt in Mainz weitergeleitet, dieses habe die endgültige Entscheidung zu treffen. Jedoch sei die Neigung, Renten aus dem Härtefonds zu gewähren, dort nicht allzu groß.
Ich wußte nicht, was ich antworten sollte. 120 DM, das reichte nicht einmal für meine Zimmermiete ...
Die nächste Möglichkeit zeichnete sich ab. Der Herr Regierungsrat erwähnte den *Vertriebenenausweis*, der dazu berechtigte, volle Entschädigung zu beantragen. Jeder Bürgermeister konnte ihn jüdischen Flüchtlingen ausstellen, die in der betreffenden Gemeinde gemeldet waren. Allerdings mußte man Mittel und Nerven haben, Monate oder gar Jahre auf dieses Papier zu warten. Aber was brauchte mich das zu schrecken? Ich konnte diese Möglichkeit nicht ausnutzen, diese schon gar nicht! Wer sollte mich vertrieben haben? Die Polen? Oder die Israelis?
Ich sprach nochmals in Bonn beim Assessor vor. Als ich eintrat, sprang er auf und drückte mir die Hand. Er war sichtlich gespannt, was ich erreicht hatte. »Schade!« rief er am Ende meines Berichts. Und wenn ich auch genau wußte, daß dieser Mann beim besten Willen nicht mehr für mich tun konnte, als er bereits getan hatte: Ich schaute in sein junges, braungebranntes, lebhaft reagierendes Gesicht und redete mir alles von der Seele.
»Da heißt es immer: das Gesetz. Es war auch einmal Gesetz, zu töten. Das heutige Gesetz rechnet es einem als Verdienst an, wenn er sich nicht genau an das einstige Gesetz gehalten hat. In

Kriegsverbrecherprozessen zum Beispiel ist das ein Milderungsgrund. Verstehen Sie mich recht, ich will damit nicht sagen, daß man Gesetze umgehen oder brechen soll. Das wäre ja absurd. Aber vielleicht sollte man mehr auf den Sinn des Gesetzes achten als auf den Buchstaben, gerade bei der Wiedergutmachung, da werden viele Paragraphen sehr unterschiedlich interpretiert, der Spielraum ist breit. Ich war nie dafür, daß die Juden von den Deutschen Geld nehmen.«

»Ich weiß. Das steht ja sogar in Ihrem Buch, und ich habe das verstanden.«

»Jetzt strecke ich selbst die Hand nach dem Geld aus. Und was stellt sich heraus? Ich habe kein Recht darauf. Das Gesetz gilt nicht für mich. Und für viele andere auch nicht. Wiedergutmachung — was heißt das? Daß dieses Gesetz in der edlen Absicht geschaffen wurde, gutzumachen, zu versöhnen, das Leid zu lindern, den Geschädigten zu helfen, besonders den Hilfsbedürftigen. Vielen Juden ist geholfen worden und auch unserem Staat, beim Aufbau. Und dennoch ...«

»Hören Sie zu«, unterbrach mich der Assessor temperamentvoll, »wir wissen selbst, daß es viele Unvollkommenheiten an dem Gesetz gibt. In etwa anderthalb Jahren soll eine neue Regelung in Kraft treten, das sogenannte Schlußgesetz. Ich nehme an, daß es wesentliche Korrekturen bringen und die Mängel beseitigen wird.«

»Anderthalb Jahre. Nicht jeder hält so lang durch.«

»Freilich«, der Assessor wehrte mit beiden Händen ab, »aber bedenken Sie: Als das Gesetz entworfen wurde, ahnte man nicht, welches Ausmaß die Angelegenheit annehmen würde. Niemand hat vermutet, daß so viele Menschen Ansprüche stellen werden. Wissen Sie, daß bereits mehr als dreißig Milliarden Mark ausgezahlt worden sind? Und das Ende ist noch nicht abzusehen.«

»Das ist ja eine gigantische Summe!« rief ich überrascht aus. »Aber mir geht es nicht um die Summe. Ich meine ja gar nicht, daß zuwenig gezahlt wurde, vielleicht war es zuviel, das weiß ich nicht. Mir geht es darum, daß alle gleich behandelt werden sollten. Das wäre gerechter, und einfacher in der Durchführung wäre es auch. Aber das Gesetz bevorzugt die einen auf Kosten der anderen. Einer bekommt viel, der andere wenig, der dritte gar nichts. Alle haben gelitten. Wenn unbedingt eine Unterscheidung nötig ist, dann sollte mehr bekommen, wer mehr gelitten hat. Natürlich läßt sich das nicht abmessen. Aber man könnte zum Beispiel den ehemaligen KZ-Häftlingen mehr geben als denen, die in Freiheit überlebt haben, wenn man das Freiheit nennen will. Aber das Gesetz unterscheidet anders. Da zählt es, was einer vor dem Krieg war, der Bildungsgang, welche Stellung er hatte, ob er reich war. Aber lassen wir das, diese Einstufung kann ich zur Not noch verstehen, obwohl ich sie für falsch halte. Die amtlichen Stellen können sie ganz verschieden auslegen, und die Antragsteller halten sich über Wasser, wie sie können. Aber mich stört etwas anderes.«

»Bitte, sprechen Sie nur, ich höre.«

»Das ist keine Wiedergutmachung, Herr Winkel. Das ist Diskriminierung. Was hat die Zugehörigkeit zur deutschen Kultur damit zu tun, ob einer vom Naziregime verfolgt wurde? Aber nach dem Gesetz hängt das Recht auf Wiedergutmachung von der Zugehörigkeit zum deutschen Kulturkreis ab!«

Darauf antwortete mir der Assessor nicht, er versicherte nur nochmals, er werde weiter nach einer Chance für mich suchen. Ich war ihm dankbar für die Art, wie er mich angehört hatte. Ich wußte nicht, wie er über das Gesetz dachte. Aber ich spürte, er hatte Verständnis dafür, daß ich in meiner Situation so sprach. Und er war mir wohlgesinnt.

Die deutsche Kultur ... Ich war schon im Gehen, da erzählte ich dem Assessor noch schnell einen Witz, der bei meinen jüdischen Bekannten in Wien im Umlauf war:

Ein Jude fährt aus Israel nach Deutschland um die Wiedergutmachung. Er sitzt bequem in der Eisenbahn, packt seine Butterbrote aus, schmatzt genießerisch und duftet gewaltig nach Knoblauch. Sagt im Abteil ein Deutscher zum andern: »Na, der ist völlig unbeleckt von der deutschen Kultur.« Darauf lacht der Jude: »Was brauch ich a deitsche Kultur? Ich hab den Stichtag!«

Den Anwalt, zu dem ich nun fuhr, hatte ich in Wien kennengelernt. Er war mit einer Gruppe polnischer Israel-Auswanderer auf der Durchreise nach Wien gekommen, hatte sich von ihnen getrennt und war geblieben. Schlau und rege wie er war, erfaßte er sofort alle Möglichkeiten, die ihm in seiner neuen Lage offenstanden. Er lief von einer Stelle zur anderen, war rastlos unterwegs, tauchte überall auf, wo er einen Vorteil für sich witterte, am häufigsten in der Umgebung der deutschen Botschaft, wo er bald seine tragische Lebensgeschichte allen bis hinauf zum Botschafter vorgejammert hatte. In seiner kärglichen Freizeit hielt er sich an mich, gedachte unter Tränen seiner verstorbenen Mutter, die er über alles geliebt hatte, und beklagte bei dieser Gelegenheit gleich auch mich mit. Es dauerte nicht lange, und er hatte die österreichische Staatsbürgerschaft. Danach fuhr er gleich nach Düsseldorf und eröffnete dort seine Kanzlei, die sich mit Wiedergutmachungsangelegenheiten befaßte. Ein oder zwei Jahre darauf hörte man, er habe ein Vermögen gemacht.

Er wohnte an der Hauptstraße. Das Haustor war versperrt, man mußte auf einen Knopf neben dem Namensschild drücken. Sofort ertönte die bekannte Stimme durch die Sprechanlage, das Tor sprang auf, der Aufzug brachte mich in den vierten Stock, und dort lief mir der bewegliche, rosige, rothaarige Advokat schon über den Korridor entgegen.

»Willkommen, willkommen! Beim Aufzug empfange ich sonst nur die Rabbiner! Kommen Sie!«

Lächelnd führte er mich in seine elegant eingerichtete Kanzlei. Durch die offene Tür sah man in seine Privatwohnung, einen reich ausgestatteten Salon mit einem Perserteppich, einem Ölgemälde an der Wand, verschiedenen Kristallgläsern und Nippes in der Vitrine, Büchern, einer chinesischen Bodenvase, Plattenspieler, Fernsehapparat und Zimmerpflanzen.

Der Anwalt ließ sich mein Anliegen genau schildern. »Warum kommen Sie jetzt erst zu mir?« brummte er dann und streifte die Asche von seiner Zigarre in das aufgesperrte Maul eines kleinen Messinglöwen, der als Aschenbecher auf dem Tisch stand. »Früher hat man so etwas im Handumdrehen erledigt: eine deutsche Briefmarke, ein deutscher Poststempel, und der Beweis war fertig, daß man derzeit in Deutschland lebt.«

Er geriet in Fahrt, erzählte des langen und breiten, wie geschickt und schlau er die ihm anvertrauten Angelegenheiten vertrete — die sich selbstverständlich schon jahrelang hinzogen.

»Da habe ich einen Fall gehabt«, prahlte er, »den habe ich beim zuständigen Bearbeiter als Geisteskranken hingestellt. Aber da waren noch gewisse Zweifel, man wollte den Burschen nicht voll arbeitsunfähig schreiben. Meinem Klienten dauert inzwischen die Sache zu lang, was tut der Dummkopf? Er geht selbst ins Amt und bittet, man möge seine Sache schnell erledigen, er studiere und wolle heiraten. Da stellt mich doch gleich der Referent zur Rede: Sie, Ihr Mandant ist ja gar nicht so krank, wie Sie sagen, er war da, er hat das und das gesagt, er wirkt überhaupt nicht verrückt. Sag ich drauf: Was? Nicht einmal fertigstudiert hat er noch und will schon heiraten? Und Sie sagen, der Mann ist nicht verrückt?«

Das klang wie die Späße und Anekdoten, die man sich einst in meiner Heimatstadt erzählt hatte, um sich die Zeit zu vertreiben. »Die sagen, ich bin teuer«, setzte der Advokat fort. »Hier«, er tippte sich auf die Stirn und rollte die Augen, »hier muß man's haben, das ist teuer. Was ich fertigbringe, das bringt kein zweiter fertig. Aber vielleicht essen wir ein paar Bissen?« Er sprang auf, statt der berechnenden Miene erschien nun eine mitfühlende und fürsorgliche. »Wollen Sie lieber Tee oder Kaffee? Frischen Schinken hab' ich auch, alles, was Sie nur wollen. Ich lege Ihnen einstweilen eine Platte auf, ja? Sie mögen doch jüdische Melodien? Ich — bis zur Raserei!« Er eilte in die Küche.

Ich sah mich im Zimmer um und bemerkte ein kleines Bild in vergoldetem Rahmen — das Porträt eines bärtigen, patriarchalischen Juden. Ich dachte an Herrn Adam. Der lief mit seiner Wiedergutmachungssache nicht zu den Anwälten.

Herr Adam war wohl einer der letzten aufgeklärten und weisen Juden vom alten Schlag — ein reines Vergnügen, sich mit diesem Mann zu unterhalten. Er hatte den *Cheder* besucht, danach aber hatte er in Amsterdam die Kunstakademie absolviert. Er malte außergewöhnlich gut, auch dann noch, als er sich von den Geschäften erholen wollte. Daheim baute er eine mittelgroße Firma auf, war bei Juden und Polen geachtet und beliebt. Auch nach dem Krieg noch war er als tüchtiger Unternehmer bekannt, er errichtete in Auschwitz eine private Kunstdüngerfabrik. Immer hatte er eine offene Hand und ein offenes Haus für jeden Bedürftigen. Dann kam er nach Österreich, hatte dort aber weniger Glück. Er baute eine Fabrik im Burgenland, machte Bankrott und verarmte völlig. Sein Hausrat wurde gepfändet, nur das Nötigste blieb in der Wohnung. »Geld verloren, gar nichts verloren«, brummte Herr Adam philosophisch und strich sich den Bart, »Mut verloren, alles verloren.« Einmal war ich zufällig zugegen, als ihn wieder einmal die Gerichtsvollzieher aufsuchten. Mit ausgesuchter Höflichkeit bat er sie, Platz zu nehmen. Die beiden glotzten einander an, dann auf den einzigen übriggebliebenen Sessel: Wer von den beiden sollte auf dem Fußboden sitzen? Herr Adam aber wanderte ungerührt zu dem wackeligen Schrank, den man ihm gnädigst gelassen hatte: »Vielleicht einen kleinen Schluck, meine Herren?« Und er förderte eine Flasche und sein einziges, gesprungenes, schmieriges Schnapsgläschen zutage.

»Das wird schon wieder werden«, lächelte Herr Adam, als die beiden weg waren, »sehen Sie nur, meine Schreibmaschine habe ich auch noch. Jetzt erledige ich meine Wiedergutmachung; die ganze Familie wartet darauf. Wollen Sie meinen Lebenslauf hören? Dann nehmen Sie bitte gebührend zur Kenntnis, daß meine Familie aus Deutschland stammt. Was heißt aus Deutschland? Direkt aus Speyer, wo der berühmte Kaiserdom steht. Wissen Sie, was das für die Deutschen bedeutet? Und nicht genug damit, Bronka, meine Frau, hatte einen Großvater, der aus Worms stammte. Noch ein Kaiserdom.«

»So viele Kaiserdome haben Sie aufgetrieben, Herr Adam?«

»Das ist schon gut so, glauben Sie mir. Meine Bronka hat im Lager ein Bein verloren, aber das zählt nicht, deutsche Kultur mußt du haben! Verstehen Sie das? Gut, wenn Sie das verstanden haben, dann finden Sie sich schnell irgendeinen Großpapa von deutscher Herkunft, aber bald, sonst überlegen sich's die Deutschen noch und Sie schauen durch die Finger, Herr Karol! Und laufen Sie nur ja nicht zu den Anwälten; die saugen Ihnen das Blut aus. Die haben am meisten profitiert von der ganzen deutschen Großzügigkeit. Wissen Sie, wieviel so ein Advokat für sich abzwackt? Mindestens zwanzig Prozent und dann noch etwas von der Rente. Seien Sie gescheit, schreiben Sie Ihren Lebenslauf selbst und die Gesuche!«

An wen schreiben? An den lieben Gott? Ich war verbittert. Jeder redet gescheit daher, und ich sitze hier in Düsseldorf und kann nicht einmal mein Hotelzimmer zahlen, ich habe nicht damit gerechnet, daß es so teuer sein wird und daß ich den Advokaten nicht gleich antreffe ... Ein kleines Darlehen würde er mir wohl nicht abschlagen, wenn er so herzlich zu mir ist. Ich fühlte, wie mir der Schweiß ausbrach. Ich werde ihm nicht sagen, wieviel ich brauche, das schickt sich nicht. Ich werde das nur durchblicken lassen.

Der Anwalt kam aus der Küche zurück, balancierte ein Tablett mit Brötchen, einige waren mit Schinken belegt, andere mit Käse; dann schleppte mein Gastgeber Tee heran, Butter, Marmelade, Bananen, Orangen. »Greifen Sie zu! Wenig, aber von Herzen! Und jetzt lege ich Ihnen *Majn jidische Mame* auf!« Seine Augen füllten sich mit Tränen, als die schwermütige, herzergreifende Melodie von der Schallplatte erklang. »Daß meine Mutter das nicht mehr erlebt hat, daß ihr Sohn zu Hab und Gut kommt«, flüsterte er mit bebenden Lippen. Er stand dicht neben mir. Plötzlich verstummte er und erstarrte in leicht vorgebeugter Haltung. Sein Gesicht lief dunkelrot an.

»Ist Ihnen nicht gut?« fragte ich erschrocken.

»Nichts, das ist gar nichts, ein leichter Schwindel.« Er wankte ins Nebenzimmer, holte sich eine Pille und nahm sie mit ein wenig Wasser, dann ließ er sich in den weichen Lehnstuhl beim Schreibtisch fallen, schien sich bald zu erholen und richtete die zuvor gelockerte Krawatte. Das Gesicht nahm wieder seine normale Färbung an.

»Da sehen Sie, wie ich beisammen bin«, greinte er. »Schauen Sie sich meine Wohnung an, gleich werde ich Ihnen alles zeigen, ich habe alles, alles! Und doch nichts! Allein bin ich, zu hohen Blutdruck hab' ich. Eines Tages wird mich der Schlag treffen, und niemand wird da sein, um mir die Augen zuzudrücken!«

Vielleicht war die eben gehörte Melodie schuld, vielleicht auch die Worte über Einsamkeit und Krankheit: Auch mir trübten sich die Augen. Ich saß da, hielt ein Brötchen in der Hand und konnte keinen Bissen mehr hinunterbringen.

»Sie essen ja gar nichts! Essen Sie doch noch was! Mir zuliebe! Ich freue mich so, daß Sie da sind. So viele Jahre haben wir einander nicht gesehen!« Nun hatte er sich wieder beruhigt, ihm fiel ein, seine Sekretärin werde gleich kommen. Er hatte sie ausnahmsweise heute auch für den Nachmittag herbestellt, es gab einige außerordentlich dringende Briefe zu erledigen. »Aber Sie können natürlich noch hierbleiben, Herr Karol!«

Das war wohl der geeignete Moment. Ich versuchte, meine Bitte zu formulieren.

»Ich habe Ihnen noch gar nicht gesagt, daß ich jetzt bei Samek in Heidelberg wohne. Ich habe geglaubt, er könnte mir Arbeit verschaffen, aber das ging eben nicht. Daher werde ich nach Wien zurückkehren müssen. Hier sind die Hotels ziemlich teuer. Darauf war ich nicht vorbereitet.«

Er drückte mir die Hand: »Machen Sie sich nichts draus! Sie haben ein Buch geschrieben. Das ist mehr wert als alles Geld der Erde! Ach, ich beneide Sie! Was habe ich schon von meinem Geld? Mit zwei Mäulern frißt man ja doch nicht. Sie aber, Sie haben sich einer großen Idee geweiht, Sie haben unsere Tragödie verewigt. Von Ihnen wird etwas bleiben nach Ihrem Tode.« Wieder traten ihm Tränen in die Augen. »Ach, meine Mutter, sie ist erlöst, sie ruht in Gottes Schoß . . .«

Ich schleppte mich über irgendeinen Gehsteig und war so verwirrt, daß ich weder bemerkte, wo ich war, noch in welche Richtung ich ging. Wie durch einen Nebel sah ich die Autos dicht an mir vorbeisausen . . . Straßenbahnen . . . eilige Leute . . . Ich fischte

mein Geld aus der Rocktasche und zählte. 28 Mark! Warum, zum Teufel, mußte ich mir heute früh Zigaretten kaufen? Und wer hätte gedacht, daß mir der Anwalt nichts leihen würde? Zum Narren gehalten hat er mich: große Idee, mehr wert als alles Geld. Ich hätte ihm doch antworten sollen: Gut, wenn das so ist, dann geben Sie mir zwei Mark, soviel fehlt mir auf die Fahrkarte nach Heidelberg. Er wäre imstande gewesen und hätte mir mit der Miene eines Wohltäters die zwei Mark gegeben.
Was sollte ich nun anfangen? Im Hotel darum bitten, daß man warte, bis man mir Geld schickt? Nein, dazu habe ich nicht den Mut. Der Hotelier ist zwar sehr höflich und sogar herzlich, er stammt auch aus Polen, aber ich kann ihn nicht bitten, zu warten, und wenn man mich erschlägt, ich kann es nicht. Ich will mich dort gar nicht mehr sehen lassen, ich gehe gar nicht ins Hotel zurück. Plötzlich sehne ich mich nach meinem Zimmer bei Samek. Ruhig liegen, sich nicht rühren, nichts entscheiden müssen, nichts unternehmen. Jede fremde Stadt entsetzt mich, der Lärm, der Straßenverkehr runieren meine Nerven, schon öfter bin ich schleunigst aus einer fremden Stadt geflüchtet, ohne erledigt zu haben, was mich dorthin geführt hatte. Aber damals hatte ich immerhin etwas Geld bei mir, und der Gedanke daran beruhigte mich: Fühlt man sich auf der Straße verloren, so kann man jederzeit in ein Taxi steigen; fühlt man sich heute zu matt, um etwas auszurichten, so sitzt man ruhig im Hotelzimmer und wartet, verlängert eben seinen Aufenthalt um einen Tag. Meist tut man das ja gar nicht, es genügt, zu wissen, daß man die Möglichkeit hätte.
Ich blieb an einer Kreuzung stehen und überlegte, ob ich jemand nach dem Weg zum Bahnhof fragen sollte. Auf der anderen Seite der Straße bemerkte ich eine längliche Rasenfläche, auf der ein erster Hauch von frischem Frühlingsgras schimmerte. Daneben standen zwei Bänke an einer Straßenbahnhaltestelle. Dorthin ging ich. Auf der einen Bank döste ein stoppelbärtiger Greis, bis an die Ohren in seinen alten Mantel gewickelt, in hohen Schnürschuhen. An der Bank lehnte ein Geigenfutteral, das der Alte vorsorglich mit einer Hand festhielt; vor ihm lag sein Hut. Ich setzte mich auf die Bank. Die Luft war kühl, aber trocken, die Sonne schien noch. Ich malte mir aus, wie der Alte auf der Geige spielt, wie die Passanten Geld in seinen Hut werfen ... ein ganzes Häufchen sammelte sich an; manche gaben gar fünfzig Pfennig.
Wenn der Alte aufwacht, könnte ich ihn doch bitten, daß er mich

ein wenig auf seiner Geige spielen läßt? Wenn ich dann nachher um meinen Anteil bitte, ist das doch nur recht und billig? Oder noch besser: Ich kann doch mein Buch auf diese Art verkaufen, tausendmal lieber so als nach der Weise von Samek, der hundert Mark pro Exemplar verlangen wollte! Natürlich! Ich stelle mich an eine Ecke und verkaufe mein Buch selbst, ich lege ein paar Exemplare neben mich auf eine Bank und spiele etwas auf der Geige, damit die Leute aufmerksam werden! Vielleicht bringe ich mir auf Brust und Rücken Plakate an, die man von weitem sieht; in großen Buchstaben schreibe ich den Titel des Buches hin, darunter vielleicht in kleinerer Schrift eine kurze Inhaltsangabe oder vielleicht ein paar besonders erschütternde Stellen — nein, am besten Auszüge aus den Kritiken, die in deutschen und in österreichischen Zeitungen erschienen sind.
Aber ist das erlaubt? Vielleicht braucht man da eine behördliche Bewilligung zum Handel an öffentlichen Plätzen? Oder gar eine Buchhandelskonzession? Lächerlich, man wird mir da doch keine Schwierigkeiten machen! Aber wenn ich Geige spiele? Das steht ein Jude, behängt sich mit Plakaten, spielt Geige und ruft sein Buch aus: ein Verrückter! Öffentliche Ruhestörung! Nein, ich geh lieber still und leise mit meinem Buch umher, bleibe hier ein wenig stehen, dort ein wenig, und frage erst gar nicht um Erlaubnis. Aber wenn mich ein Polizist erwischt, wird er mich verhaften! Na und? Was kann mir Besseres passieren? Sollen sie mich doch einsperren — und so lang wie möglich. Dann muß ich mich nicht darum kümmern, woher ich mein Mittagessen nehme. Alle Sorgen sind mit einem Schlag beseitigt, ich brauche überhaupt nicht mehr nachzudenken, was weiter mit mir geschehen soll, brauche nichts mehr zu riskieren, brauche mich nicht mehr zu schämen — wie einfach ist das! Aber wenn sie mich wieder entlassen? Für unerlaubtes Geigenspiel und für das Handeln mit Büchern behalten die mich doch nur ein paar Tage dort. Wenn ich, sagen wir, etwas gestohlen hätte, dann wäre das etwas anderes. Aber was soll ich stehlen? Und wem? Ach, Blödsinn, da sitze ich und phantasiere Unsinn zusammen, dabei würde ich es doch nicht einmal über mich bringen, den alten Mann da zu bitten, daß er mir auf fünf Minuten seine Geige leiht. Ja, in meinen Phantasien war ich immer schon ein großer Held, aber in Wirklichkeit . . .
Mich schmerzte der Magen. Ich beugte mich etwas vor, und so saß ich dann noch lange.
Plötzlich bemerkte ich, daß ich mit Schaum vor dem Mund

rasend durch die Straßen rannte und immerzu schrie: »Ich hab' ihn umgebracht!« Ich kam aus dem großen Haus an der Hauptstraße, das ich doch geglaubt hatte vor kurzem schon einmal verlassen zu haben. »Polizei! Wo ist die Polizei?« Jemand packte mich am Arm, sofort griffen noch andere zu, faßten mich an Händen, Füßen, Rockaufschlägen, umringten mich von allen Seiten, überschrien einander, wohl um sich selbst Mut zu machen: »Haltet ihn!«

Die Gesichter verschwammen. Wie viele waren es? Wieviel Paar Fäuste hielten mich fest? Eine Sirene heulte auf, ein Streifenwagen hielt, Polizisten zogen mich ins Auto. Zwei hatten mich untergefaßt, ich saß zwischen ihnen, so fuhren wir, die Sirene machte uns den Weg frei, mir dröhnte der Schädel, als bliese die ganze Stadt Alarm. Ich war wie betäubt, dann hörte ich das Kommando zum Aussteigen, jemand stieß mich aus dem Wagen, die Knie knickten mir ein, man zerrte mich in ein Haustor und über irgendwelche Treppen hinauf, irgendwann ließ man mich in einem Zimmer auf einen Stuhl fallen. Mir gegenüber saß an einem Schreibtisch ein Beamter in Zivil, der mich auszufragen begann, in ruhigem, gleichmäßigem Tonfall, der mich zur Raserei brachte. Ich antwortete wahllos, abwechselnd: »Ja« — »Nein« — »Ich habe ihn umgebracht«. Immer wieder traten Leute ins Zimmer, flüsterten dem Mann am Schreibtisch etwas ins Ohr und verschwanden.

Alles drehte sich, immer schneller, das ganze Zimmer samt den vielen Menschen, die plötzlich da waren. Von allen Seiten überhäufte man mich mit Fragen. Ich verstand überhaupt nichts mehr. Was wollen die, warum brüllen sie so, das ist nicht auszuhalten! »Ja« überbrüllte ich alle. »Ich hab ihn umgebracht, und jetzt hört auf, ich kann nicht mehr!« Einer stieß mich, daß ich vom Sessel fiel, ich sagte nichts mehr, schließlich warf man mich in eine Zelle. Ich hörte, wie die Tür knallend ins Schloß fiel. Ich konnte mich nicht mehr rühren, keinerlei Gedanken wollten mir in den Kopf kommen, ich lag auf der Pritsche wie tot. Dann kam doch ein Gedanke, ein winziges warmes Licht: Jetzt ist alles überstanden. Aber da hörte ich draußen Schritte, das galt mir, ich mußte mich gewaltsam sammeln und mir Antworten zurechtlegen, damit man mir endlich glaubte, alles muß genau bedacht werden, keine Frage darf mich verblüffen. Mein Motiv? Ich weiß nicht! Ich versuchte, das Geschehnis zu rekonstruieren. Vergeblich, ich sah nur immer das Gesicht des Anwalts vor mir, die Tränen klebten ihm noch an den weit aufgerissenen Augen.

Mitten in der Nacht holte man mich zum Verhör, der Beamte war der von vorhin, wir waren allein, alles war still, die Schreibtischlampe leuchtete mir direkt ins Gesicht. Der Untersuchende war diesmal viel freundlicher, persönlicher, bot mir eine Zigarette an, fragte mich, woher ich komme, wo ich wohne, woher ich den Anwalt kenne. Dann mußte ich den Hergang genau schildern, und der Beamte machte sich in aller Ruhe Notizen, als handle es sich um nichts Besonderes. Ich erzählte, wie ich zum Anwalt gegangen war, um Rat einzuholen, wie ich dann um ein Darlehen gebeten und er es mir abgeschlagen hatte.

»Wieviel wollten Sie ausborgen?«

»Zweihundert Mark.«

»Und was hat er gesagt?«

»Daß er mir gern gefällig sein würde, aber aus Prinzip kein Geld herleiht.«

»Und weiter?«

»Ich habe irgend etwas zu ihm gesagt, anscheinend etwas Unangenehmes . . .«

»Was haben Sie gesagt? Versuchen Sie sich zu erinnern.«

»Mir kommt vor, ich habe ihm gesagt, daß er ein Schwein ist. Ein Wort gab das andere, wir gerieten aneinander, dann kam ein Stoß und . . .«

»Moment, Moment!« rief der Untersuchungsbeamte eifrig, sein Gesicht blieb im Schatten verborgen. »Wer hat wen gestoßen? Wer hat angefangen? Erzählen Sie das genau!«

»Genau weiß ich das selbst nicht mehr. Ich weiß nur noch, daß ich sehr erregt und wütend war, und dann hat er mich zur Tür geschoben und geschrien: ‚Verschwinden Sie!' Da wußte ich nicht mehr, was ich tat, ich nahm etwas vom Tisch und schlug den Anwalt damit auf den Kopf. Er ist umgefallen und hat sich nicht mehr gerührt. Ich muß ihn mit etwas sehr Schwerem und Scharfem geschlagen haben.«

»Und zwar womit?«

»Daran erinnere ich mich jetzt nicht.«

»Gut. Morgen beim Lokalaugenschein werden Sie mir an Ort und Stelle den Gegenstand zeigen.«

»Entschuldigen Sie: Liegt die Leiche noch dort?«

»Jetzt auf einmal fürchten Sie sich vor der Leiche?«

Lange Zeit wälzte ich mich auf meiner Pritsche. Wenn das so weiterging, würde ich nervlich nicht durchhalten. Am Morgen legte man mir Handschellen an, zwei Polizisten eskortierten mich zur Anwaltskanzlei. Dort warteten bereits einige Leute. Die

Leiche war zum Glück nicht zu sehen. Man nahm mir die Handschellen ab und befahl mir, vorzuführen, wie ich zugeschlagen hatte.
»Stellen Sie sich vor, ich sei der Anwalt«, sagte einer der Anwesenden, ein ziemlich feister Mensch mit stechendem Blick. Ich begann ihn mit Worten und Gesten zu bedrohen, bis ich völlig in meiner Rolle aufging.
»Auf den Kopf haben Sie geschlagen? Wohin genau? Auf die Stirn? Höher? Zeigen Sie mir das.«
»Womit haben Sie zugeschlagen?« mischte sich jemand ein. Eine Weile stand ich verblüfft da: Wohin ich auch schaute, da war einfach nichts so Hartes und Schweres zu sehen.
»Da war doch etwas da«, sagte ich unsicher, »etwas Schweres, auf dem Tisch: ein Stück Metall, ein Briefbeschwerer, ja, dort auf den Papieren war er.«
»Und wo ist er jetzt?« fragte der, welcher zuletzt gesprochen hatte, ein älterer, hohlwangiger Mensch.
»Ich weiß nicht. Er muß hier irgendwo sein. Oder vielleicht habe ich ihn später weggeworfen.«
»Ach, Sie erinnern sich nicht! So, so.«
»Aber das Blut müssen Sie gesehen haben!« rief der Feiste. Ich fühlte, lang würde ich das nicht mehr durchhalten. Was sollte ich antworten? Ja, oder nein?
»Er ist umgefallen und hat sich nicht mehr gerührt. Ich habe ihn ein paarmal geschüttelt, aber er war tot. Ich erschrak und lief weg. Mehr weiß ich nicht.«
Dann hatte ich tagelang Ruhe. Einmal holte man mich zur ärztlichen Untersuchung, und ich bemühte mich, so zurechnungsfähig zu wirken wie irgend möglich. Langsam gewöhnte ich mich an das neue Leben. Ich wunderte mich, daß ich durch die Aufregungen noch keine Magenblutung bekommen hatte. Aber hier fürchtete ich mich nicht vor dem Kranksein, ich war dankbar für jeden ruhigen Tag, den ich allein und ungestört in meiner Zelle verbrachte.
Einmal kam ein Herr mittleren Alters in einem hellen Sportmantel zu mir. Durch die Brillengläser funkelten kluge, lebhafte Augen. Dieser Herr gab mir die Hand und stellte sich vor, aber den Namen verstand ich nicht. »Bitte behalten Sie Platz«, er selbst blieb stehen. »Man hat mir Ihren Fall übertragen. Ich bin Ihr Verteidiger.«
»Aha«, sagte ich und dachte angestrengt nach, wer mir einen Verteidiger bestellt haben könnte. »Ich wollte Sie nur schnell einmal

persönlich kennenlernen. Mit Ihrem Fall habe ich mich schon ein wenig vertraut gemacht. Ich denke«, lächelte er, »mir werden Sie ja die volle Wahrheit sagen. Wie hat sich das abgespielt? Mir als Ihrem Verteidiger müssen Sie alles sagen!«
»Ich habe alles gesagt. Ich habe sonst nichts zu sagen. Wie viele Jahre werde ich bekommen?« fragte ich und erschrak plötzlich maßlos, weil mir die Todesstrafe einfiel.
»Wofür? Für Mord? Sie wollen in den Tod gehen! Nein, mein lieber Herr, daraus wird nichts! Machen Sie kein Theater und erzählen Sie mir aufrichtig, wie das war. So setzen Sie sich doch, beruhigen Sie sich. Mein Tonfall sollte Sie doch nicht verletzen, ich bin eben kein Beichtvater, sondern Verteidiger in Strafsachen.«
»Herr Doktor, ich bin wirklich erschrocken, ich habe schon mehrmals den Tod dicht vor mir gesehen, aber da in der Zelle zu warten und sicher zu wissen, daß es keine Rettung gibt, das wird furchtbar sein.«
»Na, na. Nur keine Aufregung. Ihnen steht das ja nicht bevor.«
»Was heißt: nicht? Ich hab' ihn umgebracht!«
»Jetzt reicht's aber! Sind Sie verrückt, oder tun Sie nur so? Das haben Sie wohl geträumt, daß Sie ihn umgebracht haben!«
»Wohl möglich«, gab ich in höhnischem Tonfall zurück, »und jetzt träume ich wohl, daß ich im Arrest sitze?«
»Schluß mit dem Unfug! Warum behaupten Sie, daß Sie ihn umgebracht haben, obwohl das nicht wahr ist?«
»Ich habe ihn umgebracht.«
»So. Sie haben ihn geschlagen, ja? Fest, sehr fest, mit einem schweren Gegenstand, ja?«
»Ja.«
»Sehr interessant. Wie kommt es dann, daß der Körper des Opfers keinerlei Spuren von Gewaltanwendung zeigt?«
Ich mußte mich an die Wand lehnen, um nicht umzufallen.
»Der Mann hat an hohem Blutdruck gelitten. Die gerichtsmedizinische Untersuchung ergab, daß er an einer Gehirnblutung gestorben ist. Haben Sie mit ihm gestritten?« fragte der Verteidiger nun ruhig und ernst.
»Nein.«
»Die Anklage hat sich bereits ein Bild von dem Fall zurechtgelegt. Nämlich, daß Sie mit dem Vorsatz zu dem Anwalt hingegangen sind, ihn umzubringen. Sie machen sich nur lächerlich mit Ihren Märchen, Sie seien in Wut geraten, hätten nicht gewußt, was Sie tun ...«

»Lächerlich oder nicht«, sagte ich, so fest ich konnte, »das Gegenteil müssen die mir erst beweisen.«
»Leider, lieber Herr, spricht alles für die Theorie der Anklage. Besonders Ihr Buch. Jeder kennt es jetzt, die Zeitungen schreiben, die ganze Stadt spricht von nichts anderem. Und da gibt es doch in Ihrem Buch eine Stelle, da behaupten Sie, daß sich manche an den Wiedergutmachungsverfahren bereichern und an jüdischem Elend fett verdienen. Die Anklage vermutet, daß Sie durch dieses Verbrechen den Protest ausdrücken wollten. Sie müssen zugeben: Das klingt überzeugend. Sie haben den Mord nicht begangen, aber gewollt. Ihr Streit mit dem Advokaten wurde zum Anlaß seines natürlichen Todes. Aber das sahen Sie nicht. Sie sahen nur sich mit dem blutigen Messer in der Hand. Sie sind Hals über Kopf davongelaufen und haben sich unterwegs etwas zusammenphantasiert, wohl nicht, um Ihre Haut zu retten, so naiv sind Sie denn doch nicht, nein, Sie wollten sich selbst weismachen, daß Sie diesen Tod nicht gewollt, sondern nur im Affekt verursacht hätten. Freilich, das sind Spekulationen. Aber Ihr Verhalten liefert dazu nachträglich ein Argument nach dem anderen. Und Recht muß Recht bleiben. Daß Sie ein Naziopfer waren, erleichtert uns die Sache in vielem. Der Arzt, der Sie hier untersucht hat, wird Sie wohl für krank erklären. Sie verstehen, krank, aber harmlos und nicht gewalttätig, für die Umgebung ungefährlich. Dann können Sie nach der Verhandlung heimgehen. Ich habe inzwischen veranlaßt, daß Sie hier ab jetzt Diätkost bekommen. Kopf hoch!«

Ich blickte auf. Der Alte saß noch immer auf der Bank, bloß hielt er jetzt die Geige zwischen den Knien.
»Bitte wissen Sie, wie spät es ist?« fragte ich.
»Moment«, er zog eine dicke, altmodische Uhr aus der Tasche, »zehn nach fünf.«
Ich schaute vor mich hin. Eine Straßenbahn hielt, viele Menschen stiegen aus. Über die Grünfläche hüpfte ein Spatz.
»Ist Ihnen nicht gut?« fragte der Alte.
»Der Magen tut mir ein bißchen weh, aber das vergeht gleich«, ich lächelte dem Alten zu, »Frühling wird es, heute ist es so angenehm im Freien. Sie spielen Geige, wie ich sehe?«
»Wie bitte? Reden Sie etwas lauter, bitte. Ich höre schon schlecht.«
»Sie spielen Geige«, sagte ich laut.
»Lieber Herr, das war einmal. Heute kratze ich nur mehr, die Finger sind schon steif. Nur um ein paar Groschen zu verdienen«,

krächzte er mit heiserer Stimme. »Früher, da habe ich in einem Orchester gespielt. Ach, das waren Zeiten. Was glauben Sie, wie alt ich bin?«
»Was weiß ich. Siebzig sind Sie wohl schon ...«
»Wie?«
»Siebzig!«
»Zweiundachtzig, lieber Herr«, kicherte er.
»Da sind Sie aber noch sehr fesch beisammen!«
»Ja, ja. Ich trinke noch jeden Tag mein Viertel, das tut gut, das hält die alten Knochen noch zusammen. Aber Sie sind nicht von hier, glaub' ich. Woher kommen Sie?« fragte der Alte neugierig.
»Aus Israel.«
»Woher?«
»Aus Israel!«
»Ich verstehe nicht! Wo ist das?« Er hielt die Hand ans Ohr.
»Jude, aus Israel!«
»Aha! Jude sind Sie! Hab' ich auch schon lang keinen getroffen! Vor dem Krieg habe ich hier viele Juden gekannt. Ach, was waren das für Leute! Gute Leute! Ja, die Welt hat sich verändert! Nicht mehr wiederzuerkennen ist die Welt!«
Die Sonne war schon untergegangen, mir wurde allmählich kalt. Zum Glück hatte ich einen warmen Pullover an.
Da kam mir ein Gedanke. »Wisen Sie was«, sagte ich zu dem Alten, »ich möchte gern meinen Pullover verkaufen, mir fehlen ein paar Mark auf die Eisenbahnfahrkarte. Wissen Sie niemanden, der Interesse hätte?« Ich erinnerte mich, daß der Alte schwerhörig war. »Ich will den Pullover verkaufen!« brüllte ich.
»Sie armer Mensch«, sagte der Alte. »Und Sie sind Jude? Na so was! Leider, ich brauche den Pullover nicht.«
»Ich gebe ihn ganz billig! Schauen Sie doch, so ein gutes Stück!« — Ich knöpfte Mantel und Rock auf. — »Fast neu!«
»Ich könnte Ihnen eine Mark geben. Mehr nicht. Und ich brauche Ihren Pullover wirklich nicht.«
Ich zog Mantel und Rock aus.
»Was machen Sie? Sie verkühlen sich!« rief der Alte.
Ich zog schnell den Pullover über den Kopf und schlüpfte wieder in Rock und Mantel. »Verkaufen Sie ihn irgendwo! Sehen Sie, da ist noch das israelische Etikett. Geben Sie mir fünf Mark.«
»Wieviel?«
»Vier Mark!«
»Mein lieber Herr, soviel habe ich nicht. Wirklich, ich hätte es Ihnen gern gegeben. Ich brauche ihn nicht.«

»Geben Sie zwei!«
»Wieviel?«
»Zwei! Zwei Mark! Soviel fehlt mir auf die Fahrkarte!«
»Gut. Schon gut. Ich gebe Ihnen zwei. Aber wem verkaufe ich das?«
»Ziehen Sie ihn selbst an. Der ist leicht seine zehn Mark wert.«
»Wie bitte?«
»Ist es weit zum Bahnhof?«

Der gleichmäßige Takt der Räder lindert allmählich meine Unruhe. Ich habe meinen Fensterplatz im Abteil verlassen und stehe auf dem Korridor. Vielleicht soll ich lieber Schluß machen? Die Waggontür öffnen und kopfüber in diese vorbeisausende Dunkelheit hinabstoßen, alles endlich hinter mir haben? Doch allein die Vorstellung entsetzt mich. Nie hätte ich den Mut, das zu tun. Will ich es überhaupt? Will ich flüchten aus diesem beschissenen Leben, liegt mir denn nichts daran? Ich habe doch oft schon viel schlimmere Situationen erlebt als heute. Und im Abteil, meinem Platz gegenüber, sitzt ein Mädchen und liest. Ich weiß schon, daß ich jetzt nur über sie nachdenken will, nur ihr zusehen, gleichviel, was in ein paar Stunden sein wird.
Ich nehme meinen Platz wieder ein. Neben mir sitzen zwei fröhliche Burschen, sie sprechen französisch, lachen immer wieder hell heraus, dann blickt das Mädchen von seinem Buch auf, wirft die hellen, seidigen Haarsträhnen zurück, die ihr doch wieder ins Gesicht fallen, erriete wohl gern, was die beiden so belustigt, und mit einem leichten Lächeln um die Lippen vertieft sie sich wieder in ihre Lektüre.
»Die Herren möchten sich gern mit Ihnen unterhalten, Fräulein«, sage ich, »aber wahrscheinlich können sie nicht Deutsch. Schade. Sympathische Burschen.«
Das Mädchen sieht mich ein wenig verwundert an. Strahlende, himmelblaue Augen hat sie. Und ihr Blick. Der rührt in mir an etwas Vergangenes, Bekanntes.
Die Franzosen sind ausgestiegen.
»Bitte, mein Fräulein, wo sind wir?« — frage ich.
»Mainz.«
»Ist es noch weit nach Heidelberg?«
»Ungefähr zwei Stunden, glaube ich. Ich weiß es nicht genau, ich steige schon früher aus.«
»Das ist aber schade!«
»Wieso schade?« lacht sie.

»Weil ich dann allein weiterfahren muß. Wir haben zwar nicht miteinander geredet, ich wollte Sie nicht beim Lesen stören, aber angeschaut habe ich Sie. Sie erinnern mich an jemand, an ein sehr schönes Mädchen.«
Sie lächelt. »Danke!«
»Der Gesichtsausdruck, das Lächeln, die Haltung — Sie sind ihr sehr ähnlich. Das Haar hat sie anders getragen, streng aufgesteckt. Und bei Ihnen flattert es so. Es sieht hübsch aus, wenn Sie Ihre Mähne zurückwerfen. Darf ich mich neben Sie setzen?«
»Bitte. Warum nicht?« Sie legt das Buch weg. *Die Blechtrommel.*
»Haben Sie das gelesen?«
»Nein.« Wenn sie jetzt nur nicht anfängt, über Bücher zu reden! Ich wäre erledigt!
»Ich komme in letzter Zeit überhaupt recht wenig zum Lesen«, erkläre ich großspurig, »also, wie lang werde ich noch das Vergnügen haben, mit Ihnen zusammen zu reisen?«
»Drei Viertelstunden etwa. Das ist sowieso noch eine Menge Zeit. Wissen Sie, ich fahre zu einem Erziehertreffen.«
»Was, Erzieherin sind Sie?«
»Kindergärtnerin.«
»Mögen Sie Kinder gern?«
»Was für eine Frage! Natürlich! Sonst hätte ich mir doch nicht diesen Beruf ausgesucht!«
»Sie sehen gar nicht so aus, wie man sich eine Erzieherin vorstellt. Man glaubt immer, die sind nicht so lustig. Und nicht so hübsch. Sie werden doch sicherlich umschwärmt, Fräulein?«
»Von wem? Von den Kindern? Freilich, die haben mich sehr gern. Weil ich sie gern habe. Das spüren sie.«
»Na ja, ich habe eigentlich mehr die Erwachsenen gemeint. Denen gefallen Sie doch auch. Sie müssen ja jedem gefallen!«
»Da sind Sie der erste, der mir so etwas sagt. Schauen Sie mich an, richtig rot geworden bin ich!«
»Es ist aber doch die reine Wahrheit!«
»Sie sind Ausländer, nicht wahr?« lenkt sie ab.
»Merkt man das?«
»Ja, schon, an der Aussprache . . .«
»Ich bin aus Wien, das heißt, ich wohne jetzt in Wien, vorher habe ich in Israel gewohnt, und eigentlich stamme ich aus Polen.«
»Ah, Sie sind Pole?«
»Polnischer Jude.«
»Da habe ich vor kurzem ein Buch gelesen, über die Nazizeit, auch von einem polnischen Juden, er schreibt über seine Stadt,

wie seine Mitbürger ausgerottet worden sind. Das war furchtbar.«
»Wie heißt das Buch?« Ich halte den Atem an.
»Moment, gleich wird es mir einfallen ... Nein, leider, es fällt mir nicht ein. Sagen Sie, hat sich das wirklich alles so abgespielt? Ach — bitte verzeihen Sie mir, ich habe nicht bedacht ...«
»Was? Daß ich Jude bin?«
»Ich hätte daran nicht rühren dürfen. Als Deutsche ...«
»Sie waren doch damals noch gar nicht auf der Welt.«
»Schon. Aber weiß ich, was meine Bekannten damals gemacht haben? Meine Chefin zum Beispiel, die redet immer so sonderbar um den Brei herum, wenn die Rede auf diese Zeiten kommt. Mein Vater ist in Rußland gefallen.«
»Was denken Sie persönlich über die Juden?«
»Persönlich? Ich glaube, ich kenne persönlich gar keine Juden. Ich kenne das nicht, ob jemand Jude ist. Vielleicht sind bei uns in Duisburg gar keine Juden. Alles, was ich über das Thema weiß, habe ich nur irgendwo gehört oder gelesen. Ich möchte ja wissen, wie das damals war, wie es zu diesen Verbrechen kommen konnte, aber die älteren Leute reden meistens nur herum.«
»Was reden sie denn?«
»Na ja, daß man damals so handeln mußte, Befehl ist Befehl, ob man will oder nicht. Bei uns in der Nachbarschaft gibt es sogar einen, der regt sich immer auf und sagt, das ist alles übertrieben, was man über die Judenverfolgungen hört, das haben alles die Zeitungsschmierer erfunden, aber er selbst sei kein Antisemit, sagt er. Ein übler Typ!«
»Bitte, können Sie mir aufrichtig eine Frage beantworten? Was haben Sie empfunden, als ich sagte, daß ich Jude bin?«
»Gar nichts. Ich merke da keinen Unterschied.«
»Der Unterschied existiert aber. Manche betonen immer wieder, daß sie das Geschehene bedauern und sich schämen, vielleicht bedauern sie es auch wirklich und schämen sich. Aber ich habe oft und oft den Eindruck, daß sie innerlich Antisemiten bleiben.«
»Ich bin keine. Meine Kolleginnen und Freunde sind es auch nicht. Und die älteren Leute? Wir wissen so wenig über sie. Wenn ich höre: Jude, dann fallen mir die Gaskammern ein. Wie Sie gesagt haben, daß Sie aus Israel kommen, da habe ich an einen Kibbuz gedacht ... Ich würde gern einmal nach Israel fahren, ich habe so viel von diesem Land gehört.«
»Fahren Sie doch, es wird Ihnen dort sicherlich gefallen.«
»Dort ist man gewiß gegen uns eingestellt, das muß doch so sein,

nach allem, was die Deutschen mit den Juden gemacht haben. Wie war das möglich?«

»Wer weiß, wie Sie selbst sich verhalten hätten, wenn Sie damals gelebt hätten? Mein liebes Fräulein, wir können das nicht mehr weglöschen. Die sind so erzogen worden. Man kann die Leute zu allem erziehen: zum Antisemitismus oder zum Betrügen, zum Handeln, zur Spekulation, zu Kapitalisten, zu Kommunisten — auch zu Mördern. Wenn wir heute den Nationalsozialismus hätten, dann wäre wohl die halbe Menschheit bereits ausgerottet. Andere wären zu Mördern geworden. Vielleicht auch Sie, Fräulein.«

»Vielleicht. Aber ich glaube nicht, auch nicht in der Hitlerzeit. Ich kann es mir nicht vorstellen. Freilich, der Gedanke allein entsetzt mich.«

»Ich kann es mir auch nicht vorstellen. Sie könnten wohl gar nicht anders werden, als Sie sind: aufrichtig und gut. Ich habe das nur so gesagt, weil niemand seiner selbst ganz sicher sein kann.«

Eine Weile ist es still im Abteil. Das Mädchen schaut auf die Uhr.

»Schade, jetzt muß ich bald aussteigen.«

»Sie haben mir nicht gesagt, was Sie von dem Buch halten.«

»Von welchem Buch?«

»Über dieses jüdische Städtchen.«

»Ja, das ist alles sehr traurig. Ich habe viel darüber nachgedacht, zusammen mit meiner Freundin, die mir das Buch geliehen hat. Sehr echt ist das geschrieben. Man merkt, der Autor hat das alles miterlebt und will nichts beschönigen, auch nicht sich selbst ...«

»Ich kenne ihn.«

»Wirklich?«

»Ja, er wohnt jetzt in Wien.«

»Ach, den würde ich auch gern kennen!« Plötzlich ereifert sie sich: »Wenn ich mit ihm einmal reden könnte, dann würde mir wohl vieles klarwerden.«

»Kommen Sie doch einmal nach Wien, dann mache ich Sie mit ihm bekannt!«

»Im Ernst? Das wäre ja prächtig!« Jetzt zappelt und lacht sie wie ein aufgeregtes Kind vor der Geburtstagsüberraschung. »Ich möchte ihn wirklich zu gern kennenlernen. Erzählen Sie mir etwas über ihn. Wie sieht er aus?«

»Ziemlich alt sieht er aus. Ziemlich unscheinbar. Brillen. Stark ergrautes Haar.«

»Mir gefallen graumelierte Herren!« ruft sie lustig.
»Na, na, Fräulein, geben Sie acht! Im übrigen ist das ein kranker Mensch.«
»Hat er Familie?«
»Nein.«
Wir schweigen eine Weile.
»Sie waren noch nie in Wien, Fräulein? Höchste Zeit, daß Sie kommen! Eine wunderbare Stadt. Ich zeige Ihnen alles. Ich stelle Ihnen auch einen Freund von mir vor, der wird ein bißchen auf Sie schauen, ein junger Architekt, Wiesław heißt er; er ist auch aus Polen, ein lieber Kerl, sehr begabt. Und ein hübscher Bursche, er wird Ihnen gefallen!«
»Sie reden ja wie ein Heiratsvermittler!«
»Aber nicht doch! Ein schönes Paar würdet ihr beide zwar wirklich abgeben. Er malt auch sehr interessant. Eine echte Künstlernatur ist das.«
»Und Sie sind ein Reklamegenie!«
»Ich sage die reine Wahrheit und nichts als die Wahrheit! Kommen Sie bald, überzeugen Sie sich selbst! Notieren Sie sich für alle Fälle meine Adresse! Oder nein, noch besser, ich gebe Ihnen die Adresse von Wiesław, er ist leichter zu erreichen, ich bin doch viel unterwegs. Und Sie schreiben mir Ihre Adresse auf, wollen Sie?«
»Wozu?«
»Ich kann sie ihm doch geben. Er kann Ihnen schreiben . . .«
»Gut, warum nicht? Freilich, er soll mir schreiben, ich werde ihm auch schreiben, fein!«
Wir tauschen die Adressen aus.
»Jetzt muß ich mich langsam zusammenpacken«, sagt sie, »ich freue mich, daß ich Sie kennengelernt habe. Sie sind sehr lieb . . . Wissen Sie, vielleicht komme ich wirklich schon heuer im Sommer auf ein paar Tage nach Wien mit meiner Freundin.«
»Kommen Sie, kommen Sie, wir warten! Bei mir im Haus wohnt auch eine deutsche Studentin, aus Stuttgart, Gertrud, sie studiert Musik, Pianistin ist sie, ein sehr nettes Mädchen. Lieben Sie Musik?«
»Freilich! Und den — den Schriftsteller werde ich wirklich kennenlernen? Ich habe noch nie mit einem Schriftsteller gesprochen. Wird der überhaupt reden wollen mit so einer dummen Gans? Wenn ich nur daran denke, bekomme ich Herzklopfen!«
Sie steht auf. Vor Rührung habe ich völlig vergessen, ihr den Koffer aus dem Gepäcksnetz zu heben. Sie dreht mir den Rük-

ken zu, streckt sich, ihr Röckchen rutscht etwas in die Höhe, gibt den Blick auf die zierlichen Kniekehlen frei, spannt sich eng um das feste, schön gewölbte Hinterteil. Zum Verrücktwerden, wie die gebaut ist! Ich muß mit ihr zusammen aussteigen, ich muß ihr zureden, daß sie mit mir nach Heidelberg fährt, zum Glück habe ich ja das Buch bei mir, das zeige ich ihr, das wird Eindruck machen, sie ist ja so naiv, so ehrfürchtig, sie wird alles tun, was ich will, ich muß den Augenblick nutzen, was habe ich ihr nicht gleich gestanden, daß ich der Autor bin, und ihr meine eigene Adresse gegeben? Was geht mich Wiesław an? Habe ich mich geschämt, hatte ich Angst, den guten Eindruck meines Buches zu beeinträchtigen? Lächerlich! Was nächsten Monat sein wird, nächste Woche, das ist mir egal. Der Zauber wird verfliegen, das Mädchen wird fortgehen. Aber jetzt, jetzt...

Ich darf sie nicht fortlassen, ich nehme sie mit in mein Zimmer, Samek soll noch ein paar Mark hergeben, dann fahre ich zu Jonas' Bruder, der gibt mir auch etwas, und ich komme noch am selben Tag wieder, sie wird mich sehnsüchtig erwarten, ich werde sie die ganze Nacht lang lieben und den ganzen Tag, was sie für schöne Lippen hat, Brüste, Beine — ach, sie geht fort, sie will sich nicht einmal anrühren lassen. Schon ist sie in der Tür.

»Also, auf Wiedersehen! Und grüßen Sie den Schriftsteller von mir! Der arme Mensch! So viele Jahre mußte er täglich die Gaskammern von Auschwitz vor sich sehen!«

Wer? Ich war doch nicht in Auschwitz! will ich noch rufen.

Aus. Sie geht. Da steht sie auf dem Bahnsteig.

»Auf Wiedersehen in Wien!« lacht sie. »Ich komme bestimmt.«

Ich glaube, ich ertrage es nicht. Kommen Sie zurück, möchte ich schreien, ich kann jetzt nicht allein bleiben, ich bin Karol, ich habe auch ein Buch geschrieben! Ein Buch! Und die Räder rollen, rattern: ein Buch — ein Buch — ein Buch...

»Na, wie war's?« begrüßt mich Samek mit schwachem Lächeln, ohne mir in die Augen zu sehen. »Hat dir der Bruder unseres lieben Jonas das Geld geliehen?«

»Ich war nicht dort. Ich war in Düsseldorf.«

»Ah — wegen der Wiedergutmachung? Na endlich! Und hast du etwas erledigt?«

»Nein. Es läßt sich nichts machen.«

»Laß dir doch nicht einreden, daß sich nichts machen läßt. Geh lieber zu einem guten Anwalt, der richtet dir das schon, nur keine Angst!«

Oben im Zimmer liegt ein Brief — von Herrn Generalsekretär Dr. Van Dam! Er schreibt mir, es sei möglich, mir zu helfen, da ich ja nun in Deutschland sei; ich solle mich an den Oberrat der Israeliten Badens wenden, und zwar an Herrn Werner Nochman, den Vorsteher der Kultusgemeinde in Karlsruhe.
Der förmliche, unzugängliche Herr Dr. Van Dam hat sich meiner erinnert und will mir helfen. Vielleicht hat auch der Empfehlungsbrief des Gewerkschaftsvorsitzenden Rosenberg gewirkt? An ihn hatte ich mich gewandt, als ich in Wien im Spital lag. Er hatte mir sofort geantwortet, er werde sich mit Dr. Van Dam in Verbindung setzen und mich ihm empfehlen. Gleichviel, ich fahre am besten gleich morgen nach Karlsruhe. Wahrscheinlich wird man mir anbieten, mich bei der Bemühung um einen Vertriebenenausweis zu unterstützen. Oder sollte es noch eine andere Möglichkeit geben? So oder so: Ich muß fahren. Aber woher nehme ich das Fahrgeld? Da fällt mir ein, daß die Buffetdame doch mein Buch kaufen wollte. Ich bringe es ihr ans Buffet, und schon habe ich zwanzig Mark.

In Karlsruhe empfing mich in Nochmans Büro dessen Sekretär, Herr Freind, ein überaus gepflegter Herr in dunklem Anzug. Sofort erzählte er mir, daß er sich die Aufgabe gestellt habe, alle Judenfriedhöfe auf badischem Gebiet herrichten und würdig gestalten zu lassen. Er führte mich in ein schön eingerichtetes Zimmer, in dem an der Wand eine Karte von Baden hing. Stecknadeln mit dicken, schwarzen Köpfen bezeichneten die Orte mit jüdischen Friedhöfen.
»Sehen Sie«, sagte er in kummervollem Ton, »das ist uns geblieben: Gräber.«
Ich dachte an unseren alten Friedhof in Borysław, auf dem auch meine Eltern begraben lagen. Die Grabsteine hatten wie viele andere die Verwüstung durch die Deutschen überstanden. Aber als die Sowjets in der Stadt die Macht übernommen hatten, war der jüdische Friedhof aufgelassen worden. Vielleicht weidet heute das Vieh auf dem Boden, der die Opfer des ersten Borysławer Pogroms aufgenommen hat, oder es steht eine Fabrik darauf.
»Was kann ich für Sie tun?« weckte mich Herr Freind aus meinen Gedanken. Wir gingen wieder in das Büro.
»Ich möchte Sie bitten ... Ich möchte Sie bitten, daß die Herren mein Buch kaufen ...«

Zweiter Teil

1

Das Schiff, welches mich nun nach Israel trug, war neu und luxuriös eingerichtet. Man reiste anders als vor sechzehn Jahren. Damals war der klapprige ausgediente Frachtdampfer bis in den letzten Winkel mit Auswanderern vollgestopft. Man lag ganz unten im Laderaum, in dickem, abgestandenem, stinkendem Dunst, drängte sich auf neben- und übereinandergeschachtelten Pritschen, fast wie zuvor im Häftlingslager.
Diesmal reiste ich in einer hellen, bequemen Kajüte für fünf Personen, mit Bad, Klimaanlage, mit elektrischen Lämpchen über jedem Bett. Ich hatte Ruhe, brauchte mich um nichts zu sorgen, konnte schlafen, faulenzen, über das Deck spazieren. Und endlich hatte ich wieder eigenes Geld in der Tasche. Nach Bezahlung der Überfahrt war mir noch genug verblieben, so daß ich mich nun ohne übermäßige Eile und Unruhe im Lande umsehen konnte. Vielleicht bot sich mir nun trotz allem noch die Chance, eine Existenz aufzubauen. Es war, als hätte ich einen Totozwölfer gemacht, so plötzlich war das gekommen.
Nach meiner Rückkehr aus Heidelberg nach Wien hatte ich längere Zeit versucht, mein Buch unter die Leute zu bringen. Ich ging von einem zum anderen und fragte. Später lernte ich ein junges Mädchen aus Israel kennen, ein graziles, dunkles Geschöpf mit großen, rehbraunen Augen, nach dem sich auf der Straße die Leute umwandten. In Wien hatte sie einen Onkel besucht und Lust bekommen, noch ein wenig länger in Europa zu bleiben. Sie war technische Zeichnerin und hätte sicherlich leicht für ein paar Monate eine Stelle gefunden. Aber nachdem sie mein Buch gelesen hatte, meinte sie, sie wolle lieber für mich arbeiten, mit diesem Buch von Tür zu Tür gehen. Auch sie stammte aus Polen, ihre Eltern hatten ebenso gelitten. Die Leute sollten erfahren, wie das damals war, das sei wichtig. Nein, sie werde sich nicht schämen, in die Häuser zu gehen, das sei keine Schande. Sie machte sich eifrig an die Arbeit und war glücklich, wenn sie an einem Tag mehrere Bücher verkaufen konnte. Manchmal kam sie enttäuscht und niedergeschlagen zurück, irgendwelche vor-

nehme Damen hatten sie verächtlich abgewiesen: Was ist denn das für eine? So ein junges Mädel geht hausieren, aus Israel ist sie, sagt sie; soll lieber etwas Ordentliches arbeiten. Und danach fiel die Tür ins Schloß. Einige Männer lächelten anzüglich und schlugen dem schönen Mädchen einen anderen Handel vor, andere wollten mit ihr auf einen Kaffee gehen. Manche Wiener Juden zeigten Verständnis. Dann strahlte sie: »Frau Tanenbaum hat zwei Bücher genommen!« Einmal bestellte ein Herr sogar zehn Exemplare, zum Verschenken. Aber da kam das Mädchen verstört zurück — mit den Büchern.

Und dann die große Wende! Der Volksbuchverlag nahm mir die restlichen, noch nicht verkauften Exemplare meines Buches ab. Die Verlagsleitung finanzierte sogar den Rückkauf der noch lagernden Exemplare. Wie oft waren mir eitle Hoffnungen gemacht worden; wie viele einflußreiche Leute hatten zuvor schöne Worte für mich gefunden und danach keine Zeit für mich gehabt. Als ich mit dem Scheck in der Hand das Verlagshaus verließ, glaubte ich immer noch zu träumen.

Nun lehnte ich an der Reling und schaute in das ruhige blaue Wasser. Wenn mir vor dem Krieg jemand prophezeit hätte, ich könnte Schriftsteller werden, ich hätte mich halb totgelacht: alles eher als das, sogar Klaviervirtuose oder vielleicht Cowboy; aber daß ich Bücher schreiben würde, daß dies mein Leben ausmachen würde, das und nichts anderes ... Und wie weit ich es damit gebracht hatte: Wie ein Bettler war ich mit meinem Buch von Tür zu Tür gegangen. Ich mußte über mich lächeln. Als ob es das Schlimmste gewesen wäre, mit dem Buch zu hausieren. Es hatte eine Zeit gegeben, da war ich ohne Buch von Tür zu Tür gegangen, damit das Buch erst zum Buch werden könne. In Israel war das ...

Es hatte damit begonnen, daß der Übersetzer, der meinen Text ins Englische übertragen hatte, eines Tages auf die Idee kam, mit dem Manuskript nach Amerika zu fahren. Dort seien Marktlage und Publikumsstimmung günstig, er werde bald einen Verleger finden, ich könne sicher sein, er werde drübenbleiben, bis alles günstig erledigt sei, er verpflichte sich, die Herausgabe schlimmstenfalls selbst zu übernehmen, diese Garantie werde mich wohl beruhigen. Gut. Der Mann wurde mit Reisegeld ausgestattet, nahm für mehrere Monate von seiner Dienststelle Urlaub und fuhr davon. Längere Zeit hörte ich nichts von ihm.

Endlich schrieb er mir, der Verlag sei gefunden, eine renommierte Firma, die über enorme Möglichkeiten und eine wirksame Werbung verfüge. Es sei nicht leicht gewesen, zum Verleger vorzudringen, nun aber sei alles vereinbart, der Vertrag liege zur Unterschrift bereit, und der Verlagsdirektor habe versichert, das Buch werde in überaus gefälliger Ausstattung erscheinen und der Breitenwirkung und Würdigung zugeführt werden, die es verdiene. Allerdings sei *Vontage Press* ein kooperatives Unternehmen, auch der Autor müsse sich finanziell engagieren und bei Vertragsabschluß tausend Dollar erlegen sowie weitere 2600 dann während der Drucklegung.

Mir wurde abwechselnd heiß und kalt, ich glaubte, ich hätte nicht richtig verstanden. Nein, da stand deutlich zu lesen, ich müsse zahlen, andernfalls er, der Übersetzer, unverrichteter Dinge zurückkommen müsse. Was heißt zurückkommen? Ist der Kerl völlig verblödet oder tut er nur so? Was glaubt er eigentlich? Daß ich Geld hätte, nur den Scheck auszustellen brauchte: tausend Dollar, Kleinigkeit, bitte sehr? Der Mensch weiß doch genau, daß ich nichts habe, daß mein Bruder das Häuschen, in dem ich jetzt wohne, mit einer Hypothek belasten mußte, um die Amerikareise zu finanzieren. Der Übersetzer hatte sich doch verpflichtet, drüben die Herausgabe zu erledigen, samt Druckkosten und allem. Als Laufburschen hätte ich ihn nicht benötigt. Aber das war noch nicht alles. Nun berichtete er in aller Unschuld, er habe den Verein der Auswanderer aus Borysław um Hilfe gebeten. Wer hatte ihm das aufgetragen, was wollte er von den Leuten? Geld für mein Buch herausschlagen? Was geht die Leute mein Buch an? Allen Bekannten von einst bin ich ausgewichen, lieber draufgehen als jemanden anbetteln. Aber warum soll ich mich belügen: Nicht das wurmt mich, daß dieser Idiot zu meinen Bekannten betteln gegangen ist, denn davon werde ja ich nicht zum Bettler, ich habe ihn ja nicht geschickt. Aber im Dreck sitze ich, kein Geld habe ich, und das haben sie durch diesen Menschen erfahren. Jetzt tratschen sie dort über mich, und der eine oder der andere wird es mit dem Mitgefühl kriegen: Der arme Karol, das ist aus ihm geworden ...! Na und? Kann ich ihnen das verbieten? Sie haben ja recht, ich werde aus meinem Versteck herauskriechen und die Leute um Hilfe bitten.

Etliche sind mir ja seit längerer Zeit Geld schuldig. Ich habe sie nicht gemahnt, jetzt muß ich es wohl tun. Aber ich will nicht hingehen. Oft kehre ich vor der Tür noch um und wage nicht, anzuklopfen und mein Geld zu verlangen. Das liegt alles schon so lang zurück. Man wird sich fragen, wieso mir das jetzt auf einmal ein-

fällt. Nein, mir steht das nicht mehr zu. Besser noch bitten als mahnen.
Ich kann doch ein paar Leute fragen, die nicht schlecht verdienen. Mein feiner Übersetzer wartet auf das Geld, ich muß mich beeilen, sonst kommt er wirklich noch »unverrichteter Dinge« zurück und alles ist hin.

»... Aber sehr gern, ich freue mich riesig, daß du zu mir gekommen bist, ich habe schon so oft nach dir gefragt. Kommst du nie nach Tel Aviv? Wie geht es deinem Bruder, habt ihr viel Arbeit in der Pension? Ach so, ihr arbeitet nicht mehr zusammen? Wo wohnst du jetzt? Ich weiß überhaupt nichts, du entschuldigst schon, was machst du eigentlich? Ein Buch ...? Ja, schön, aber ... *Tacheles?* Herausgeben willst du dein Buch? Klar. Natürlich, ich helfe dir. Aber, nichts zu danken. Glaubst du, ich habe vergessen, wie du mir früher geholfen hast? Das erzähle ich jedem. Nur, offen gesagt, ich bin im Augenblick völlig blank. Die Rechnungen flattern ins Haus, und der Laden trägt wenig. Aber ich richte das schon, sei unbesorgt, schau morgen vorbei, nein, schau in ein paar Tagen vorbei, dann reden wir darüber. Wohin so eilig? Wart noch ein wenig, ich sperre gleich zu, dann gehen wir zu mir in die Wohnung, meine Frau wird sich über so einen lieben Gast freuen ...«

»... Gut, daß du kommst, ich habe eine gute Nachricht für dich. Ich habe mit einer Kunde von mir gesprochen, eine sehr elegante Dame, sie will dich unbedingt kennenlernen, sie hat dein erstes Buch gelesen, sie hat dich eingeladen, du mußt unbedingt zu ihr gehen. Ich habe ihr ein wenig zu verstehen gegeben, daß du ..., paßt es dir nicht? Sei nicht dumm, du kannst dich auf mich verlassen, ich habe sie schon auf die richtige Art vorbereitet, sie wird dir helfen. Was schadet dir das? Sie wird dich ihrem Mann vorstellen. Du hast keine Ahnung, wie reich der ist. Der ist gerissen, der wittert jede Chance, ein Importkaufmann. Die Frau kauft nur die feinsten Sachen bei mir ein, und einen fabelhaften Wagen hat sie. Aber nicht, daß du glaubst, das sind irgendwelche Neureiche. Intellektuelle sind das. Er interessiert sich sehr für Literatur. Wenn du hingehst, schau dir die Bibliothek an und überhaupt die Wohnung. So eine wünsch ich dir. Tausend Pfund sind für den ein Trinkgeld. Du wirst mir noch danken, ich spüre, da wird was draus. Schau nachher noch vorbei und sag mir, wie es war. Nicht vergessen! Und überhaupt, zeig dich hier öfter.

Wenn du irgendwas brauchst: von Herzen gern, nur heraus mit der Sprache ...«

»Bitte kommen Sie weiter, wir erwarten Sie. Henryk, bitte: unser Herr Schriftsteller. Du erinnerst dich doch an das Buch? Schreckliche Sachen, ich kann das gar nicht lesen. Wenn ich nur anfange, tut mir gleich der Kopf weh. Herr Karol, ich habe dort die ganze Familie verloren ...«
»Bitte, Paulette, laß das. Herr Karol kennt diese Dinge. Machen Sie sichs bequem, Herr Karol. Paulette, würdest du so gut sein und servieren lassen? Haben Sie Williams gelesen? Großartig, nicht wahr? Ein stilistisches Meisterwerk. Sie können doch Englisch? Und dieses Buch, kennen Sie das? Über die Diskriminierung der Juden in Amerika: phänomenal. Hemingway, auch gut. In Amerika erscheinen in letzter Zeit so gute Sachen. Caldwell, Hemingway, Steinbeck ... Leider kommt man so wenig zum Lesen. Immer diese Laufereien. Man fragt sich wozu und für wen? Wir haben schon gesehen, wozu Hitler fähig war, und noch immer hat die Menschheit nichts dazugelernt, hab ich recht, Paulette? Sie müssen unbedingt einmal eigens herkommen, dann erzähle ich Ihnen, was ich mitgemacht habe. Einfach unglaublich. Stoff für ein neues Buch. Ich habe selbst einmal zu schreiben begonnen, dann habe ich es aufgegeben. Mir fehlt die Zeit dazu. Aber Sie haben recht, daß Sie schreiben, man soll über diese Dinge schreiben, nicht wahr, Paulette? Man muß die Leute aufrütteln, sie haben schon begonnen zu vergessen. Lieber Herr, kann man vergessen? Darf man das überhaupt? Ach ja, gut, daß mir das einfällt, da ist einer aus der Schweiz hier, er ist Ihnen etwas ähnlich, er fährt jetzt nach Amerika und könnte Ihnen viel in Ihrer Sache nützen, er wird glücklich sein, Sie kennenzulernen. Er sucht jemand, dem er sein Herz ausschütten kann. Ein kranker Mensch. Ich muß Sie unbedingt mit ihm bekannt machen. Hab ich recht, Paulette?«

Der Schädel dröhnte mir von all diesen Monologen. Ich wollte nirgends mehr hingehen. Ich hatte genug. Von allem. Ich streifte ziellos durch die Straßen, das Gehörte stieg mir wieder auf wie Sodbrennen, mischte sich mit meinen eigenen wirren Gedanken. Diese Laufereien: wozu, für wen? Die Menschheit hat nichts dazugelernt, es ist einer wie der andere.
»Schreibe ich, daß ich ein großes Vermögen hatte und bis heute hohe Einkünfte beziehe, so muß man mich für das Vermögen ent-

schädigen, aber ich bekomme eine kleinere Rente. Schreibe ich, daß ich nichts zum Leben habe, so bekomme ich zwar eine größere Rente, aber man will mir nicht anrechnen, daß ich früher reich war. Wie man's macht, ist's falsch.«
Mitten auf der Straße begann ich laut zu lachen. Beim Nachdenken hatte ich krampfhaft mit der Schulter gezuckt, ganz wie dieser kranke Amerikareisende aus der Schweiz, der mir sein Dilemma mit der Rente geschildert hatte. Und obendrein war er im Prinzip gegen die Wiedergutmachung, wie er mir gesagt hatte. Ein bekannter armer Schuhmacher fiel mir ein. Der Judenrat hatte ihn auf die schwarze Liste gesetzt, auf die Liste derer, die man den Nazihenkern zuerst preiszugeben plante. Um von der Liste gestrichen zu werden, trug er sein letztes Paar Stiefel zum Judenrat und dachte dabei: Ich gebe ihm meine Stiefel, dann werde ich morgen nicht geholt, sondern sterbe vor Hunger. Wie man's macht, ist's falsch.
»Wenn ich Ihr Buch nur zu lesen anfange, Herr Karol, dann tut mir gleich der Kopf weh, ich habe dort alle verloren, ich könnte in der Nacht nicht schlafen ...« Sehr wohl, gnädige Frau, aber die haben dort so manche Nacht nicht geschlafen. »Wiedergutmachung! Na, wieviel rechnet man pro Minute KZ-Haft?« Das hatte wieder der Schweizer gefragt. »In einer Minute sind oft Unzählige umgekommen. Und heute ... Wir selbst, verehrter Herr ...«
Die Zeit drängt, ich gehe einfach zu unserem Komitee, vielleicht verhilft man mir zu einem Bankkredit.
Später erzählte mir jemand, was sich in der Komiteesitzung nach meinem Besuch abgespielt hatte: »Soll doch sein Bruder die Pension verkaufen!« — »Wer hat's ihm geschafft, mit dem Buch nach Amerika zu gehen?« — »Er hat sich verspekuliert, und wir sollen dafür blechen?« Schließlich drohte der Vorsitzende mit dem Rücktritt, falls man mich nicht unterstützen wolle. Jemand schlug vor, eine Liste wohlhabender Landsleute zusammenzustellen, jeder sollte hundert Pfund stiften. Zuletzt einigte man sich auf 25 Pfund, und Mundek, der noch aus der Okkupationszeit mit mir befreundet war, hatte es übernommen, das Geld einzusammeln.
Der Vorsitzende hatte aber zu mir ganz anders geredet: Bürgschaft hatte man mir versprochen und kein Almosen. Also so weit bin ich schon heruntergekommen, daß man glaubt, mich auf diese Art behandeln zu können. Will man mich mit Gewalt zum Bettler machen? Vielleicht redet schon die ganze Stadt darüber, einer

rühmt sich vor dem anderen, daß er gespendet hat? So lasse ich nicht mit mir umspringen, ich gehe zum Vorsitzenden, zum Sekretär, ich verbitte mir das. Weil sie Geld haben, meinen sie, sich alles erlauben zu können? Ich werde keinen Krach schlagen, das steht mir nicht zu. Ruhig und entschieden werde ich verlangen, daß die Sache rückgängig gemacht wird: »Es ist sehr edelmütig von euch, daß ihr mir helfen wollt, aber in dieser Form kann ich die Hilfe nicht akzeptieren. Ich will kein Bettler sein. Ein Nobelbettler, der daheim sitzt, während ein anderer für ihn mit dem Hut geht! Bitte laßt das, ich will überhaupt nichts von euch, ich brauche nichts, ich will meine Ruhe!« Nein, was immer ich sagen würde, es wäre nicht das Richtige, nur weitere Peinlichkeit. Aber zu Mundek kann ich gehen, ihm sagen, es handle sich um ein Mißverständnis, er solle das eingesammelte Geld zurückerstatten.
Ich ging nicht zu Mundek. Nein, ich erwartete ihn ungeduldig: Ist er noch nicht bald fertig? Wieviel kann er schon haben? Es gibt keine andere Möglichkeit, Geld aufzutreiben. Ich war bereits überall, einer schickt mich zum anderen, halten sie mich zum Narren? Das braucht mich nicht zu wundern. Nur keine faulen Ausreden, ich selbst habe längst die Sachlage akzeptiert: Ihr haltet mich für einen Bettler? Gut, dann gebt her! Und wenn ihr darüber reden wollt, dann bitte gefälligst nicht in meiner Gegenwart! Ich hatte mir nur etwas vormachen, nicht an die Wahrheit gemahnt werden wollen. Wie soll ich Mundek in die Augen schauen?
Ich begegnete ihm auf der Treppe zu seiner Wohnung. Er war überrascht, verlegen, wich meinem Blick aus. Wir gingen zusammen auf die Straße, Mundek suchte mühsam die passenden Worte.
»Bitte, mach mir keine Vorwürfe, ich weiß, daß es ein großer Fehler war. Es ist mir furchtbar peinlich, und ich schäme mich für die Leute. Ich wußte, du würdest mir böse sein, sobald du von der Sache erfährst. Ich bin dir ausgewichen. Ich sagte mir: Soll er mich nur verfluchen, und sollen die Leute reden, was sie wollen, das nehme ich gern auf mich, Hauptsache, sein Buch kann erscheinen. Was wissen die schon von deinem Buch? Aber ich kenne es, glaube ich, fast so gut wie du selbst. Und ich wünsche mir so sehnlich wie du, daß es erscheint. Aber, hat dir unser Vorsitzender nicht gesagt, wie es steht? Ich habe ihm doch gleich nachher gesagt, ich wasche meine Hände in Unschuld und ziehe mich von der Sache zurück! Ich will dir gar nicht schildern, wie es mir ergangen ist. Meine Frau beschwört mich, ich solle dir ja

nichts erzählen, das würde dich nur aufregen. Kaum ein paar Leute waren bereit . . .«

»*Chammer!* Rindvieh! Hast du keine Augen im Kopf?« Ein Auto streift mich, mitten auf der Fahrbahn. Zum Glück schlage ich nur leicht mit dem Kopf auf das Pflaster. Schnell springe ich auf: »Entschuldigen Sie vielmals!«
»*Chammer!* Rindvieh! Wenn ich nicht so schnell gebremst hätte, könnte man dich jetzt im Taschentüchel nach Haus tragen! Direkt vor die Räder rennt mir der blöde Hund!« Schimpfend läßt der Fahrer den Motor an, der Wagen zischt davon. Ich starre ihm wie betäubt nach. Dann will ich schnellstens nach Hause, zwänge mich in den Autobus, der überfüllt ist wie gewöhnlich. Der Magen schmerzt mich, der Kopf wird immer schwerer. Mundeks Bericht geht mir nicht aus dem Sinn. Ich schließe die Augen und höre wie vorhin die Bremsen quietschen, das Auto stößt mich nieder, der Fahrer brüllt, sein Mund klappt auf und zu, der schwarze Schnurrbart wackelt darüber, die Hand der Mitfahrerin legt sich dem Mann auf die Schulter . . . ein Goldarmband und rotlackierte Fingernägel. Das Gesicht der Frau habe ich nicht deutlich gesehen. Ob sie erschrocken ist? Langsam beruhige ich mich. Das gleichmäßige Rattern des Autobusses schläfert mich ein.
»Natania!« ruft der Chauffeur.
Ich bin einige Kilometer zu weit gefahren. Eilig steige ich aus und reihe mich in die lange Menschenschlange ein, die auf den Bus in die Gegenrichtung wartet. Plötzlich erinnere ich mich, durchwühle meine Taschen: fünfeinhalb Piaster! Um einen zuwenig. Wo kann ich hier einen ausborgen? Kein Bekannter weit und breit. Wie verhext. Ich habe noch nie so viele wildfremde Gesichter an einer Bushaltestelle gesehen. Also mache ich mich zu Fuß auf den Weg. Nach etwa hundert Meter muß ich stehenbleiben, die Magenschmerzen werden stärker, ich krümme mich zusammen. Jetzt erst bemerke ich, daß ich vorhin beim Sturz das linke Hosenbein zerrissen habe. Die Stirn ist abgeschürft. Der Asphalt glüht unter meinen Füßen. Ich lehne mich an die nächste Hausmauer. Wenn man sich doch hier irgendwo hinlegen könnte! Drüben flimmern die Zitronengärten. Zu weit weg. Soll ich jemand anreden, um einen Piaster bitten? Unmöglich! Oder die Hand ausstrecken, die Augen schließen — einen Piaster, Leute, einen Piaster! Plötzlich knackst irgend etwas in meinem Kopf. Brüllen möchte ich. Einen Piaster! Nie im Leben

komme ich heim ohne diesen Piaster, ich fühle mich krank, ich muß mich hinlegen. Schön schaue ich aus, zerrauft, unrasiert, Schrammen im Gesicht, die Hose zerrissen, das Hemd hängt heraus. Die Leute starren mich an. Die Hand ausstrecken — und mein Piaster wird da sein. Bloß die Augen schließen darf ich nicht. Schauen, heimgehen, das aufschreiben. Bringe ich es fertig, das zu beschreiben? Verstehe ich es überhaupt? Dieses alte Wrack von einem Schweizer habe ich bedauert, mich selbst hätte ich bedauern sollen. Und wer hat besser über wen gelacht: ich über diesen Importschöngeist oder er über mich? Geträumt habe ich, geschrieben habe ich, mich selbst betrogen habe ich, alles habe ich an diese Schreiberei gewendet. Was ist das schon. Und es wird schlimmer kommen, die Schreiberei wird mir schließlich egal sein. Stumpf werde ich weitervegetieren, bis es ganz mit mir aus ist.

Nicht umsinken, mach kein Theater, du hast ja gar keine Magenblutung! Der Puls geht schneller, weil ich mich aufgeregt habe. Aus keinem anderen Grund. So weit ist es noch nicht. Erst vor kurzem hat man mich aus dem Spital entlassen. Zum Hinlegen gibt es hier nichts, also muß ich schauen, daß ich mich irgendwie heimschleppe. An nichts denken, das ist jetzt das Wichtigste. Weiter. Alles Bisherige war Spielerei, das wirkliche Leben kommt jetzt erst; die wirkliche Prüfung, die wirkliche Erniedrigung, die Not, vor der man auf der Flucht ist. Bisher bin ich nicht geflohen, ausgesucht hab ich's mir, den Luxus einer Märtyrerpose habe ich mir geleistet. Jetzt wird's ernst. Ich kann nicht mehr, das Äußerste ist erreicht. Gar nicht wahr! Das habe ich gestern auch gedacht, und vorige Woche. Weiter, etwas unternehmen: Zu den Deutschen gehen und das Geld von ihnen einstecken. An Irma schreiben, sie wird helfen. Nicht toben, nicht schwören, daß ich so was nie tun werde. Ich werde es tun und mich am Ende beruhigen. Oder auch nicht?

»Ihr Übersetzer ist da, ich habe ihn heute früh gesehen. Hallo, wohin laufen Sie, wo brennt's denn?«

»Liebster, bester Herr Karol, ich kann nichts dafür, bitte glauben Sie mir! Ich wollte heim. Es war sinnlos, noch dort zu bleiben. Daheim hat man mich erwartet. Dann haben Sie mir geschrieben, ich soll noch bleiben, das Geld werde kommen. Da habe ich mich gefreut und bin dann gleich zu dem Herrn ins Hotel gegangen, den Sie mir genannt haben. Er hat gesagt, er sei über alles informiert und hat mir eine Adresse gegeben: Dieser

Herr werde alles erledigen. Zu dem ging ich. Und der sagte, ja, er gebe mir, soviel ich wolle, aber ich müsse eine Bankbürgschaft erbringen. Als ob ich ihn dazu gebraucht hätte, mit einer Bürgschaft! Ich ging also wieder zu dem ersten Herrn, um ihm zu sagen, er solle mich nicht zum Narren halten. Aber er war nicht mehr im Hotel, sondern auf zwei Wochen verreist. Was sollte ich tun? Warten? Ich glaube, er hat mir das eigens so ausrichten lassen. Und Sie haben geschrieben ... Sie waren so sicher ...«

Also war alles vergebens gewesen. Aber diese neue Enttäuschung berührt mich kaum noch. Ich wollte mein Taschentuch herausziehen, um mir den Schweiß abzuwischen. Mein Übersetzer mußte die Bewegung falsch gedeutet haben, er zitterte am ganzen Körper und duckte sich, als wollte ich ihn schlagen.

Als die neuerliche Blutung aufgehört hatte, schickten mich die Ärzte des Krankenhauses in Tel Aviv nicht, wie sonst üblich, heim. Man überstellte mich in die psychiatrische Abteilung.

Ich lag auf der Couch, irgendwo hinter meinem Rücken saß ein junger Arzt, ich durfte ihn nicht ansehen. Das gehört zur Behandlung. Der Patient soll die Anwesenheit des Arztes vergessen, den er nicht sieht, und alles aussprechen, was ihn bedrückt. Täglich hatte ich dem Arzt eine Stunde lang etwas vorzuplaudern, ein dummes Gefühl: Man wird nicht gefragt, ich muß frei reden. Ich will ja, aber mir fällt nichts ein.

»Könnten Sie mir nicht irgendwelche konkreten Fragen stellen, Herr Doktor, zu irgendeinem Thema? Es ist mir sehr peinlich, aber ich weiß nicht, worüber ich reden soll: ›Schönes Wetter heute ... Gestern war es nicht auszuhalten ... Leiden Sie auch so unter der Hitze, Herr Doktor? ... Angenehm ist es draußen. Wie die Vögel singen!‹ «

Was soll ich ihm noch sagen? Unsinn rede ich. Das interessiert ihn doch nicht: »Verzeihen Sie mir, aber ich kann mich nicht konzentrieren ...«

Er wartet, ich muß ihm etwas sagen ... Woran denke ich eigentlich jetzt? Ach, wie er mir auf die Nerven geht: »Entschuldigen Sie, Herr Doktor, wie spät ist es eigentlich?«

Er würdigt mich nicht einmal einer Antwort, anscheinend wartet er, was ich noch sagen werde. Was will er eigentlich von mir, warum sitzt er hinter meinem Rücken, was ist das für eine Methode, zum Teufel? Ich werde gleich einschlafen ... Hat Schwester Lora heute Dienst? Gestern hat sie vormittag gearbeitet, vielleicht heute auch, wenn ich hier heraus darf, werde ich sie suchen, vielleicht kommt sie heute auch erst nachmittag; ich will mit ihr plaudern. Wie soll ich anfangen? Sie braucht nicht gleich zu merken, daß sie mir gefällt, ich muß den Gleichgültigen spielen, irgendeinen Vorwand finden ... Will man mein Buch nicht, weil es nicht aktuell ist? Weil es nicht so ist, wie es nach Meinung der Verleger sein sollte? Zuerst hat der Übersetzer versprochen, er werde es notfalls auf eigene Kosten herausbringen, aber als die Verleger es ablehnten, da ... Bei meinem ersten Buch ging alles irgendwie leichter: mehr Fakten, weniger Literatur, vielleicht deshalb. »Mit Blut wollen Sie schreiben, nehmen Sie lieber Tinte, dann wird es lesbarer.« Vielleicht hat der Mensch recht gehabt, der mir das sagte. Zuwenig gelernt habe ich, das ist es. Wie sagte der Doktor gestern? Es hat keinen Sinn, in der Vergangenheit zu leben. Besser wäre es wohl, zu glauben, daß all dies nie gewesen ist. Immer dasselbe von Anfang bis zu Ende wiederkäuen, das muß doch zuletzt üble Folgen haben. »Lieber Herr, Sie sollen sich mit etwas anderem beschäftigen, eine Arbeit finden ... Warum heiraten Sie nicht? Das würde Ihnen guttun, eine Frau, ein Heim, Verantwortung, Pflichten. Wie haben Sie vor dem Krieg gelebt? Sprechen Sie sich aus. Die Wurzel Ihrer Krankheit sitzt nicht im Magen, sondern im Kopf. Das sind neurovegetative Beschwerden, die sich auf den Magen auswirken. Psychosomatisch. Alle Erregungen und Sorgen erschüttern das gesamte Nervensystem, und das genügt, um Krankheiten hervorzurufen. Geschwüre. Wie viele Magenoperationen haben Sie schon hinter sich? Jetzt hat man Ihnen eine Vagatomie gemacht, nicht wahr? Und das hat auch nichts geholfen. Mit dem Messer kann man da nicht helfen. Das Geschwür ist die Folge Ihrer Selbstquälerei, nicht die Ursache Ihrer Leiden.«

»Woran denken Sie?«

»Ach, ich überlege gerade, wie wenig ich in meinem Leben gelernt habe. Ich war stur und faul. Mit Mühe bin ich von einer Schulklasse in die nächste aufgestiegen. Meine Mutter mußte zu den Lehrern laufen und versprechen, daß ich mich bessern werde, bitten mußte sie, eine Nachhilfelehrerin hat sie mir gehalten, und ich habe doch nicht besser gelernt. Ich war ein schwaches Kind, immer nervös. Wenn ich in Zorn geriet, riß ich mein Gewand in Fetzen und drosch auf alles los, was mir unterkam. Am meisten hat es mich in Wut gebracht, daß ich immer gleich geweint habe, ich wollte nicht, ich schämte mich, aber es half nichts. Die Brüder waren älter, haben sich nicht viel mit dem Kleinen abgegeben. Die Mutter hat es schwer gehabt, von früh bis spät geschuftet, der Vater ist jung gestorben, und sie hat allein den Laden und die Uhrmacherwerkstatt weitergeführt. Wenn die Ladenglocke klingelte, lief meine Mutter vom Kochtopf weg und bediente den Kunden. Um die Ware fuhr sie bis nach Krakau, im Waggon eines Lastzuges, um Geld zu sparen. Wenn sie uns Kinder schlafen gelegt hatte, setzte sie sich noch an die Nähmaschine, nähte für uns Kleider, flickte. Unsere Wohnung war finster und feucht, meine Mutter wurde lungenkrank. Der Arzt riet ihr zu einem Aufenthalt in den Bergen, sie borgte sich das Geld und nahm mich mit, die Ruhe und die gute Luft haben ihr gutgetan, aber ich blieb kränklich und nahm kein bißchen zu, die Mutter war schrecklich betrübt, jede Woche ließ sie mich in der Apotheke wiegen, immer waren es 27 Kilo. Endlich strahlte die Mutter vor Freude: 27,50. Es war mir gelungen! Ich hätte nicht gedacht, daß die Kieselsteine, die ich mir in die Taschen gestopft hatte, gleich ein halbes Kilo wogen.

Ich verlor ein Schuljahr und dachte schon, ich würde nie mehr in die Schule müssen. Aber da half kein Geschrei, man schrieb mich wieder in dieselbe Klasse ein. Ich hatte schreckliche Angst. Der Ukrainischlehrer schlug einen mit dem Rohrstock auf die Finger. Das war ja noch auszuhalten, aber in Polnisch und in Geschichte zitterte ich während der ganzen Stunde, aus Angst, gefragt zu werden. Da mußte man Gedichte oder Abschnitte aus Lehrbüchern auswendig lernen, und das brachte ich nicht fertig. Die Lehrer aus diesen Gegenständen schlugen die Schüler nicht, sie schrieben nur die Note Zwei — Nichtgenügend — in das schwarze Notizbuch. Davor hatte ich die meiste Angst. Manchmal versuchte ich, ein Gedicht auswendig zu lernen. Vergeblich. Und wenn nach größter Anstrengung irgend etwas hängengeblieben war, dann entfiel mir alles vor Schreck, sobald ich gefragt wurde. Ich beneidete meinen Nachbarn um seinen Namen, der mit W begann, denn der wurde erst gegen Ende der Stunde aufgerufen. Und dieser Bursche brachte es fertig, die Lektionen auswendig zu lernen, während der Lehrer die übrigen Schüler abfragte.

Wir spielten Verstecken, *Anmäuerln*, Räuber und Gendarm. Immer lief ich, immer war ich unterwegs, rannte durch den Wald, sprang von Stein zu Stein über das Flüßchen, hängte mich an ein Bauernfuhrwerk an, um ein wenig spazierenzufahren, kletterte auf Bäume, raufte mit den Kollegen — was habe ich nicht alles angestellt. Nur nicht an die Schule denken! Schon wenn ich mich zu meinen Büchern setzte, um die Lektion zu lernen, begann ich zu zittern. Samstag nachmittag nahm ich an den Kämpfen teil, die unsere Buben den Buben aus dem Wolanka-Bezirk lieferten. Das Schlachtfeld lag an der Bezirksgrenze, manchmal hagelte es große Feldsteine. Ich als kleiner Knirps war mehr hinter der Front tätig, freilich warf ich auch manchmal einen Stein, aber zumeist schleppte ich Munition herbei, und vor allem brüllte ich laut mit den anderen: Hurra! Einmal erlitten wir eine schwere Niederlage und mußten uns bis zur hebräischen Schule zurückziehen und dort Deckung suchen. Alle Fensterscheiben des Schulhauses wurden zerschlagen, sogar die Polizei intervenierte. Interessieren Sie sich überhaupt für diese Kindereien, Herr Doktor?«

»Erzählen Sie weiter.«

»Mit viel Mühe beendete ich die Grundschule. Mein Bruder Josef wurde Dreher. Der zweite Bruder, Bernard, hatte mit gutem Erfolg die Handelsschule absolviert und erlernte das Uhrmacherhandwerk. Er half der Mutter in der Werkstatt. Nur ich taugte nichts. Die Mutter härmte sich ab: Was soll aus ihm werden? Sie schrieb mich in die Arbeiterschule ein. Dreimal wöchentlich fanden dort Abendkurse statt. Man mußte nicht mühsam die Lektionen lernen. Für die Weiterbildung der jungen Fabrik- und Bergwerkarbeiter genügten diese drei Abende in der Woche. Mir genügten sie auch. Es kränkte mich zwar, daß meine früheren Kollegen jetzt als stolze Gymnasiasten auf mich herabsahen, aber das ließ sich ertragen. Ich hätte ja auch gehen können, meine Mutter hätte sicherlich alles getan, um das Schulgeld aufzubringen, aber wenn ich allein an die Aufnahmsprüfung dachte, wurde mir gleich ganz anders, von dem, was danach gekommen wäre, ganz zu schweigen. Nein, ich wollte nicht ins Gymnasium, lieber spielte ich den ganzen Tag Fußball. Unser Ball sah freilich etwas anders aus als die heutzutage üblichen: eine aus Lumpen zusammengenähte Hülle mit der Blase eines Schafes als Seele. Aber geschossen haben wir damit wunderbar.

Eines Tages verspürte ich während des Spielens plötzlich einen Schmerz rechts in der Hüftgegend, trotzdem spielte ich weiter. Wir lagen in Führung, und dieses Match mußten wir gewinnen. Als ich dann im Harn ein paar Blutstropfen feststellte, war das mein Abschied vom Sport.

Die finanzielle Situation unserer Familie besserte sich. Wir erhielten eine Konzession für den Groß- und Detailhandel mit Tabakwaren. Bernard befaßte sich mit dem Großhandel, die Mutter und ich standen in der Trafik und verkauften Tabak, Zigaretten und Hülsen. Es machte mir Freude, die Kunden zu bedienen, dabei lernte man neue Leute kennen. Aber lang hielt ich es hinter dem Ladentisch nicht aus, ich rannte weg, streifte durch die Straßen und sprach die Mädchen an. Wenn sie die Nase rümpften, schnitt ich Gesichter, und schon lachten die Mädchen. Ich war von Natur sehr schüchtern, doch wollte ich es mir nicht anmerken lassen und begegnete den Mädchen deshalb arrogant und unverschämt. Dieses Komödienspielen hat mich genug Nerven gekostet, aber alle meine Schlauheit und Selbstbeherrschung waren wie weggeblasen, wenn ich mich verliebte.

Das erste Mal hatte ich mich verliebt, als ich sechs Jahre alt war! Meine Auserwählte wohnte an der anderen Straßenseite, und da half keine Ermahnung meiner Mutter, kein Klaps: Ich lief trotz Verbots über die belebte Hauptstraße, ohne auf die Fuhrwerke zu achten. Meine Zusammenkünfte mit dem Mädchen fanden hinter ihrem Haus statt, an der rissigen Abortmauer. Das schmutzige Flüßchen rann dort am Haus vorbei. Abends vor dem Einschlafen wälzte ich mich im Bett hin und her und legte mir die Worte zurecht, die ich am nächsten Tag meiner Liebsten sagen wollte.

Freilich, als ich dann ein großer Bursche war, mußte es gleich eine Studentin sein, in die ich mich verliebte. Sie kam oft an unserer Trafik vorbei und hatte ein süßes Engelsgesicht. Fieberhaft erwartete ich den Mittag: Dann ging nämlich das Mädchen aus dem Gymnasium nach Hause. Immer wieder steckte ich den Kopf aus der Ladentür: Wo bleibt das Mädchen? Kommt sie endlich? Ich will ihr zeigen, daß ich sie liebe, daß ich leide.

Wie glücklich war ich doch im Winter, an den Samstagnachmittagen. Dann ging meine große Liebe mit ihren Freundinnen auf den zugefrorenen Teich bei Sokol Schlittschuh laufen. Auf dem Eis waren die Mädchen nicht wählerisch, jeder Partner war ihnen recht, der ihnen im Eislauf etwas beibringen konnte. Ich aber war fast ein Meister, konnte springen und Schleifen ziehen, ich nahm das Mädchen bei der Hand, und wir glitten miteinander über das Eis. Vom Glück berauscht kehrte ich heim und sehnte mich schon nach dem nächsten Samstag. Wenn nur der Frost anhielt!

Ich nahm allen Mut zusammen und schrieb meiner Angebeteten einen Brief, einen richtigen Liebesbrief. Ich wollte ihr mit meiner poetischen Ader imponieren und suchte aus den Journalen empfindsame Redewendungen zusammen. Der Brief wurde vier Seiten lang. Ich engagierte einen Taferlklaßler als Briefboten. Und als ich keine Antwort erhielt, wagte ich mich nicht mehr in die Nähe des Mädchens. Aber eines Tages stürzte mein kleiner Vertrauter aufgeregt herbei: Die Botschaft war ihren Lohn wert, das Mädchen war allein ins Kino gegangen. Mich hielt es nicht mehr im Laden. Sollte die Mutter allein die Kunden bedienen, ich bezog vor dem Kino Posten. Als das Mädchen herauskam, ging ich ihr nach. In einer stillen Seitengasse wagte ich es, das Mädchen anzusprechen: ›Fräulein Hela! Warum weichen Sie mir aus? Wollen Sie mein Unglück?‹ Zum Teufel, so hatte ich doch gar nicht reden wollen! So weinerliches Zeug. Fräulein Hela starrte mich befremdet an und eilte weiter.

Samstags auf dem Eis klagte ich ihrer Freundin mein Leid, Regina ließ sich alle Qualen meines gebrochenen Herzens schildern, dann reichte sie mir mit sanftem Lächeln beide Hände zum Eistanz. In dieser Nacht träumte ich von Regina.

Sie hatte träumerische himmelblaue Augen. Einmal in der Woche trafen wir uns zu einem Spaziergang in der Nähe ihres Hauses. Schon am Vortag fühlte ich mich wie im Fieber, dieser Tag gehörte ja schon zum morgigen, man müßte sich nur schlafen legen, und schon würde man morgen aufwachen — morgen . . . Und wie sah es erst am Tag der Begegnung selbst in meinem Herzen aus! Beschwingt war ich, Musik war rings um mich her.

In dieser Zeit begann sich meine Krankheit ernsthaft zu entwickeln. Die Schmerzen beim Harnlassen wurden immer stärker, der Hausarzt schickte mich zu einem Spezialisten in den Kurort Truskawiec, der eine Entzündung des rechten Nierenbeckens feststellte. Ich blieb drei Wochen im Sanatorium, man untersuchte mich, indem man mir eine Sonde durch die Harnröhre einführte, ich mußte Mineralbäder nehmen. Der Chef des Sanatoriums hatte seine Praxis in Lemberg, wohin ich einige Wochen nach der Kur zur Kontrolle reiste.

›Glück haben Sie, junger Mann‹, sagte der Arzt und klopfte mir auf die Schulter, ›keine Spur von Eiweiß im Harn, der Sand ist weg, Sie sind völlig geheilt.‹

Noch kein Monat war vergangen, da färbte sich mein Harn wieder rot. Ich fuhr gleich nach Lemberg, diesmal zu einem anderen Arzt, zu dem Urologen Dr. Mehrer. Der untersuchte mich genau, sagte kein Wort und überwies mich an ein Laboratorium zur Harnanalyse. Schließlich wurde ich im Sanatorium des Roten Kreuzes operiert. Als ich aus der Narkose erwachte, fragte ich: ›Was hat man mir gemacht? Ist noch alles da?‹

›Ja, mein Kind, alles ist gut‹, sagte die Mutter und drückte mich sanft in die Kissen zurück. Erst ein Jahr später erfuhr ich, daß man mir die rechte Niere entfernt hatte. Und ich fürchtete, auch die zweite Niere könnte erkranken. In solcher Stimmung mied ich die Menschen, vergrub mich in meinem Zimmer, sogar der Mutter verschwieg ich meine Befürchtungen. Ich hätte ja Harn zur Analyse schicken können, um Gewißheit zu haben, aber eben die Gewißheit fürchtete ich. Ein positives Resultat hätte den sicheren Tod bedeutet.

Aber ich war jung, die zeitweiligen Ängste und Depressionen wichen von mir, ich war gierig nach Eindrücken, ich liebte das Leben, alles interessierte mich, nie wurde mir die Zeit lang. Immer war etwas los, in der Trafik, auf der Straße, beim Friseur, vor der Konditorei *Corso,* wo sich die Jugend traf. Im Gasthaus spielte ich Billard, ins Kino ging ich, ins *Jüdische Haus,* vor die Stadt ... Ich kannte viele Menschen, alle gehörten auf irgendeine Weise zu mir, als wären sie ein Teil meiner selbst. In meinem Bruder Josef fand ich einen Freund. Er fuhr als einer der ersten Auswanderer nach Palästina und trat in einen Kibbuz ein. Er schrieb begeisterte Briefe nach Hause, der schriftliche Kontakt entfremdete uns nicht, sondern brachte uns einander näher. Ungeduldig erwartete ich die Briefe, die regelmäßig alle zwei Wochen eintrafen. Ich antwortete nicht ganz so fleißig, konnte ich mich doch nicht dazu überwinden, mich hinzusetzen und zu schreiben, obwohl mir der Kontakt mit dem Bruder sehr am Herzen lag. Hatte ich mich dann endlich aufgerafft und geschrieben, so fühlte ich mich glücklich und erleichtert. Ich wünschte mir sehnlich, in Palästina bei meinem Bruder zu leben. Einstweilen aber vergnügte ich mich, tanzte, spazierte umher.

Nach Regina kam Genia, dann Nusia. Abends suchten mich oft meine Kollegen auf, und wir musizierten gemeinsam. Als ob das gestern gewesen wäre, sehe ich mein Zimmer vor mir, dessen kleines Fenster dicht über dem Fußboden lag. Zwei Metallbetten mit blitzenden Messingknöpfen, ein Sofa, große Schränke, ein Pianino. Der lange, dunkle Schlojme mit seiner Geige, neben ihm der pausbäckige Schimek mit der Harmonika. Sie spielten allerlei Schlager und jüdische Melodien. Ich lag auf dem Sofa, lauschte. Mein Bruder Bernard hatte den Laden für einen Augenblick allein gelassen, erschien zwischen den Musikanten und imitierte eine Trompete. Vor dem Fenster sammelten sich Nachbarn an, um der Musik zu lauschen.

Ja, Herr Doktor, so ging meine Jugend dahin. Ich war unernst, auch in Geschäften. Ich half zwar der Mutter im Laden, aber ich war ihr keine große Hilfe. Ich befaßte mich mit verschiedenen Nebengeschäften, kurze Zeit hindurch vertrieb ich im Großhandel Zigarettenpapier und Hülsen, dann war ich Inkassant beim reichen Herrn Benjamin, der mir später half, in die Industrie einzusteigen. Ich fuhr nach Krakau und kaufte Feuersteine ein. Aber was ich verdient hatte, gab ich gleich wieder aus — ich wollte nicht die Groschen zusammenkratzen, ich wollte etwas Größeres erledigen, und das gelang mir nicht immer. Einmal fuhr ich in die Sommerfrische Zelemianka und wurde Teilhaber eines kleinen Gasthofes mit Pension. Mich reizte mehr die Neugier, derlei Geschäfte kennenzulernen, als der erwartete Verdienst. Ich nahm Schlojme und Schimek mit, sie sollten den Gästen aufspielen.

Was waren diese beiden doch für Typen! Schlojme redete sich ein, er sei herzkrank. Jeden Groschen trug er zu den Ärzten. ›Borg mir zwei Złoty, drei habe ich in der Tasche, ich will mich vom Doktor Teicher anschauen lassen.‹ Und nach ein paar Tagen: ›Der versteht überhaupt nichts von Medizin, der sagt, mir fehlt gar nichts! Und ich spüre doch schon, wie ich sterbe!‹ Wenn Schlojme Musikstunden geben ging, mußte ihn seine Mutter begleiten und vor dem Haus erwarten. ›Mirele, bist du da? Wo bist du, Mirele?‹ vergewisserte er sich durchs Fenster. Er nannte seine Mutter beim Vornamen.

Im Gegensatz zum mißtrauischen Schlojme war Schimek ein harmloser, leichtgläubiger Mensch. Was man ihm auch erzählte, er nahm es für bare Münze. Schimek hatte einen enormen Bedarf an Präservativen. ›Du, schon dich, sonst ist es bald aus mit dir‹, sagten wir. Schimek lachte und warf sich stolz in die Brust. Einmal kam eine größere Gesellschaft in das Restaurant, die Musikanten wurden früher benötigt als sonst. Ich lief in die Mansarde zu Schimek, um ihn zu holen. Dort hingen alle die Präservative, aufgeblasen wie Luftballons.

Schlojme hingegen hielt sich in seiner Bude verbarrikadiert und wollte niemand einlassen. Ihm drohte der Besuch der Köchin. Und natürlich fühlte sich Schlojme schon wieder todkrank.

›Was ist denn? Warum drückst du schon wieder die Hand ans Herz? Fühlst du dich nicht wohl?‹

›Wasser!‹

›Schnell, Schimek, bring ihm Wasser, er stirbt!‹

›Ha, ha, meschugge ist er, er will Asche ins Wasser haben.‹

›Ja, von solchen Stückchen habe ich schon einmal gehört.‹

Wir streuten ein wenig Asche in das Wasserglas: ›Dein Wasser!‹
›Zischt das Wasser?‹ stöhnte er.
›Nein, Schlojmele, es zischt nicht. Jetzt, jetzt fängt es zu zischen an, Schlojmele!‹
›Ja. Ah — mir ist schon viel besser... viel besser...‹
Unter meinen Obliegenheiten als Gastwirt war es mir die liebste, zur Bahnstation zu wandern und nachzusehen, ob der Abendzug Gäste für mich mitgebracht hatte. Ein ganzer Korso spielte sich da abends um die Station ab. Die Einheimischen waren neugierig, wer ankam, und fast immer gelang es, einen Gast für die Pension zu erwischen. Dies erledigte allerdings mehr mein Kompagnon, während ich nach den Mädchen schaute. Abends wurde getanzt. Schlojme spielte allerlei Tangos, die zu Herzen gingen.
Einige Jahre später wurde ich Miteigentümer des *Kolosseum*-Kinos. Bernard war mittlerweile Titulardirektor einer Bank geworden. Er warf mir vor, ich wolle mich wieder einmal in ein Verlustgeschäft einlassen. Ich war stolz darauf, daß ich nun als Hausherr durch den Kinosaal schreiten konnte, die Eintrittskarten kontrollieren, nachsehen, ob die Besucher auf den richtigen Plätzen saßen. Den unnahbaren jungen Damen hatte ich es nicht vergessen, wie herablassend sie mich behandelt hatten. Früher war ich auf einem der billigsten Plätze gesessen, die vornehmen Fräuleins in den Logen hatten mich keines Blickes gewürdigt. Jetzt war ich der Direktor und tat so, als könnten mir diese Mädchen allesamt gestohlen bleiben.
Ich hatte einen vertrauten Freund, Hermann hieß er: blond, mit blauen Augen, ein ernsthafter, schweigsamer Bursche. Er war in Renata, die Tochter eines Spenglermeisters, verliebt, die einige Klassen Gymnasium hinter sich hatte und als vornehm gelten wollte. Hermann kam aus einer geachteten, aber verarmten Familie, er hätte gern studiert, mußte aber zum Unterhalt der Eltern und Geschwister beitragen. Also arbeitete er im Erdölfeld. Mit neunzehn Jahren war er qualifizierter Bohrhauer. Das Mädchen aber wollte keinen Arbeiter, ihr stand der Sinn nach Höherem. Einmal war ich mit Hermann auf einer Tanzunterhaltung im *Jüdischen Haus.* Auch das Mädchen war dort. Die Burschen, auf die sie Eindruck machen wollte, reagierten nicht, also schaute sie öfters einladend zu Hermann herüber, der recht bedrückt neben mir saß. Ich redete ihm zu, er solle doch hingehen, sie um den nächsten Tanz bitten. Er wollte nicht, sagte er, sie könnte nein sagen. ›Sei kein Esel‹, drängte ich, ›schau doch, sie wirft dir die ganze Zeit zärtliche Blicke zu. Tu was!‹

Sie tanzten, Hermann lächelte selig. Doch schon nach ein paar Drehungen behauptete Renata, sie sei müde, und ließ sich an ihren Platz zu ihren Bekannten zurückbringen. Ich hätte ihr am liebsten einen Skandal gemacht. Sollte ich sie zum Tanz bitten und nach ein paar Schritten einfach stehenlassen, mitten im Saal, unter der Lampe? Nein, das ging nicht, Hermann würde sich nur noch mehr kränken. Aber heimzahlen wollte ich das der Dame, und zwar ausgiebig.
Die Gelegenheit ergab sich bald. Im *Kolosseum* lief das Zugstück der Saison, der Film *Im Zeichen des Kreuzes.* Eine Woche lang hatten wir ihn bereits vor ausverkauftem Haus gezeigt. Wie gewöhnlich gab es gewisse Privilegien und Ermäßigungen an den beiden letzten Tagen; unter anderem hatten Studenten und Abiturienten das Recht, um eine Kategorie besser zu sitzen, als dem bezahlten Eintrittspreis entsprochen hätte. Vor der letzten Vorstellung entdeckte ich Renata im Gedränge an der Kassa. Ich stellte mich neben der Kassierin auf. Einer von Renatas Begleitern verlangte: ›Acht erste Plätze, ermäßigt.‹ — ›Haben Sie Studentenlegitimationen?‹ fragte ich zur Verwunderung der Kassierin. Man kannte doch seine Stammkundschaft. ›Natürlich, alle haben Legitimationen.‹ Gemütlich sah ich nun der Kassierin zu, wie sie acht Karten mit dem Stempel *ermäßigt* versah. Schon wollte sie die Karten durchs Schalterfenster hinausreichen. ›Moment‹, sagte ich da und musterte Renata von oben bis unten, ›ist diese Dame auch Abiturientin? Ich möchte den Ausweis der Dame sehen.‹ Das ganze Grüppchen schaute verlegen drein. Dann spielte sich eine lebhafte Debatte ab.
›So ein Prolet! Gehen wir! Aber, so einer kann dich doch gar nicht beleidigen! Wir wollten doch den Film sehen, warum sollen wir uns hinausekeln lassen? Da haben Sie Ihre ersten Plätze, die können Sie sich an den Hut stecken! Achtmal die billigsten!‹
Ja, Herr Doktor, heute bin ich in Fahrt geraten. Ich rede lauter Unsinn zusammen. Uninteressantes, banales Zeug. Aber eben aus solchen banalen Dingen hat sich mein Leben zusammengesetzt. Soll ich weitersprechen?«
»Danke, für heute genügt es.«
Der rote Markus stand plötzlich vor mir, flüsterte hastig: »Im ganzen Lager suche ich dich, wo hast du denn gesteckt? Hör zu: Du mußt schleunigst abhauen. Auf dem Bahnhof warten Güterwaggons.«
»Was sagst du da? Bist du sicher?«
»Schnell, zum Teufel, in ein, zwei Stunden kann es zu spät sein,

die werden doch massenhaft Wachen rund um das ganze Lager aufstellen, bevor sie zu verladen anfangen. Kapiert?«

Ich rannte auf den Hof hinaus, ich wollte es allen weitersagen, rette sich, wer kann ... Wen soll ich zuerst informieren, ich muß mir das gut überlegen, es gibt Leute, die wären imstande, eine Panik auszulösen, und damit würde die Flucht unmöglich gemacht.

Ich sah mich um: Invalide, Krüppel, abgemagerte Frauen mit fiebrig glänzenden Augen schleppten sich mit ihren Feldgeschirren zur Küche um das Nachtmahl. Vor den ehemaligen Pferdeställen der Kaserne spielten schmutzige, armselige Kinder. An der Latrine drängten sich Leute zusammen, ausgehungert, schweigend, Schatten ähnlicher als Menschen. Das Kasernentor öffnete sich, die Arbeitskolonnen kehrten ins Lager zurück, erschöpft, zum Umfallen müde.

Der alte Reck kam auf mich zu, hohläugig, hohlwangig, Jacke und Hose schlotterten an ihm.

»Wunderbar, daß ich Sie treffe, Herr Karol! Ich habe etwas für Sie! Ein Versteck! Sie suchen doch eines, nicht wahr? Eine gute Gegend, ein sicherer Mann — und er verlangt nicht viel. Ich würde selbst zugreifen, wenn ich nur Geld hätte.«

»Ja, Herr Reck, aber ...« Ich hatte vor, ihm mitzuteilen, was bevorstand. Doch er redete schon weiter.

»Mein Sohn wird Sie hinführen, und ihr schließt den Handel ab. Man wird sich schon einigen können. Und vergessen Sie meine Provision nicht!«

Ein Versteck! Ich dachte nicht mehr an die anderen, an alle diese Menschen, die man vielleicht schon in einer Stunde in Güterwaggons pferchen und zu den Krematorien verfrachten würde. Ich warnte den alten Reck nicht. Ich dachte in diesem Augenblick an Moschko. Ihn wollte ich mitnehmen, er hatte mir versprochen, für mich niederzuschreiben, was er erlebt hatte. Meine Aufzeichnungen, meine Notizen mußte ich retten. Nur schnell fort!

»Gut, Herr Reck«, sagte ich, »schicken Sie mir Ihren Sohn. So schnell wie möglich!«

Ich lief in den zweiten Stock zu Moschko. »Mach dich fertig und red nichts, das Lager soll liquidiert werden, beeil dich, komm!«

»Was sagst du?« Moschko dehnte und reckte sich verschlafen auf seiner Pritsche und begriff kein Wort. Am liebsten hätte ich ihn beim Schopf gepackt, ihn durchgeschüttelt und mit mir fortgeschleift. Aber ich hatte ruhig zu bleiben, wenn die anderen nichts merken sollten. »Komm schon! Steck das Hemd in die Hose, die Jacke ziehst du draußen an!« Moschko war groß, kräftig und geschickt, aber in diesem Augenblick kam er mir so schwerfällig vor wie ein Mehlsack. Ich zog ihn in den Hof hinaus.

An der Latrine wartete ungeduldig, in viel zu großen Stiefeln, der kleine Sigi Reck. Der wußte nicht, was nun bald geschehen sollte. Niemand ahnte etwas. Mir fiel ein, daß ich noch vor zwei Tagen einen Anschlag auf die Gestapoleute geplant hatte, die uns hier bewachten. Über den Hof kam ein Bekannter, Herr Unschuld.

»Wohin so eilig?«

Ich sah sein gelbes Gesicht.

»Kommen Sie, es wird spät«, drängte Sigi.

Moschko neben mir trat von einem Fuß auf den anderen.

»Ich muß etwas erledigen«, sagte ich.

Nach Sigi und Moschko zwängte ich mich durch einen Mauerspalt beim Abtritt. Bald hatten wir das Kasernengelände weit hinter uns. Wir schlichen über Felder in die Gegend der Bohrtürme. Sigi wies den Weg.

»Woran denken Sie?«

Ich zuckte zusammen.

»Ach, Herr Doktor, ich habe ganz vergessen, ich soll ja laut denken, ich habe vergessen, wo ich bin und daß Sie hier sind, entschuldigen Sie. Ich dachte an ein altes Lagererlebnis, das ich in meinem Buch beschreiben möchte.«

»Sie schreiben schon wieder?«

»Ja. Das heißt im Moment nicht. Ich habe mein zweites Buch geschrieben, aber diesmal habe ich Schwierigkeiten, ich finde keinen Verleger, anscheinend ist der Text nicht überzeugend, vielleicht sollte ich ihn nochmals überarbeiten.«

»In Ihrem Zustand sollte man nicht schreiben.«

»Nicht? In welchem Zustand müßte ich denn sein, damit ich schreiben dürfte?«

»Sie sollten sich damit überhaupt nicht beschäftigen. Ihre psychischen Depressionen machen es Ihnen unmöglich, die Wirklichkeit objektiv zu sehen und die Distanz zwischen einst und jetzt zu begreifen.«

»Wer soll sich denn damit beschäftigen? Wer ist Ihrer Meinung nach dazu legitimiert? Ein Mensch mit Distanz? Ein gesunder Mensch? Was heißt das? Der verspürt die Schmerzen nicht unmittelbar, sondern stellt sich vor, wie sie sind. Er wurde nicht getreten, besitzt aber die Fähigkeit, sich in die Rolle des Leidenden hineinzudenken? Glauben Sie, Herr Doktor, daß dieser Außenstehende die Wirklichkeit klarer sieht? Aber ich will nicht, daß mir so ein Gesunder den Weg absteckt, daß er für mich, an meiner Stelle denkt. Herr Doktor, wollen Sie einem Selbstmörder auch Mangel an Distanz vorwerfen?«

»Ich verstehe nicht, wovon Sie reden.«

»Ich weiß, er war nicht Ihr Patient. Noch gestern habe ich mich mit ihm unterhalten. Nichts hätte vermuten lassen, daß er sich am selben Tag umbringen würde. Warum sagen Sie nichts? Wollen Sie über diese Sache mit mir nicht reden?«

»Doch, sprechen Sie weiter.«

»Ich habe ihn gut gekannt. Abends führten wir oft lange Gespräche von Bett zu Bett. Ein unglücklicher Mensch. Zwei Infarkte. Er fürchtete sich vor einem neuen Anfall und hat sehr gelitten. Er war so dankbar, wenn er mit jemandem reden und sich von den düsteren Gedanken ablenken konnte. Zufällig kenne ich dieses Gefühl, diese Angst. Es gibt nichts Schlimmeres. Oft saß er lange Zeit völlig regungslos auf dem Bett, dann plötzlich kam er zu mir herüber und bat mich, etwas zu erzählen, irgend etwas, nur, damit eine menschliche Stimme zu ihm spreche. Das Alleinsein mit seinen Gedanken hielt er nicht aus. Er sehnte sich heim zu seiner Frau und den Kindern. Zum Passahfest erlaubte man ihm endlich, zwei Tage daheim zu verbringen. Da war er wieder im Zwiespalt. Auch vor dem Heimkommen fürchtete er sich, er konnte sich nicht entschließen und grübelte bis zuletzt, ob er gehen sollte oder nicht.

Ich redete ihm zu, die zwei Tage bei der Familie würden ihm guttun. Schon glaubte ich ihn überzeugt zu haben, er zog sich an und ging aus dem Zimmer. Aber zwei Stunden später saß er wieder im Pyjama auf seinem Bett. Aus seinen Augen starrte Verzweiflung. Es stellte sich heraus, daß er noch seine Ärztin um Rat gefragt hatte. Und anstatt ja oder nein zu sagen, hatte sie ihm die Entscheidung überlassen. ›Ganz wie Sie wollen‹, hatte sie gesagt. ›Ich kann aber nicht wollen, ich will gar nichts‹, klagte er mir, ›ich fürchte mich, vor dem Sterben fürchte ich mich und vor dem Leben auch!‹

Er hat das Konzentrationslager durchgemacht, und noch lang nach Kriegsende verfolgten ihn die Alpträume, er sperrte sich im Zimmer ein, und wenn einmal jemand klopfte, glaubte er, es sei die Gestapo. Wie alt kann er etwa gewesen sein, Herr Doktor? Doch noch nicht so alt. Er hinterläßt zwei kleine

Kinder. Liebe Buben. Er hat mir einmal ein Photo von ihnen gezeigt.«
»Und Sie? Sie verspürten nach der Befreiung keine Angst?«
»Nein. Höchstens im Traum, während der ersten Nächte. Viele Überlebende waren damals erschüttert von der Freiheit. Nun erst begriffen sie ganz, was es bedeutete, allein zu sein, kein Heim mehr zu haben, keine Familie. Gar nichts habe ich gefühlt. Ich dachte nicht an das Vergangene, auch nicht an das Künftige, ich konnte mich selbst nicht mehr ertragen, es ekelte mich vor mir selbst und sogar vor meinem Mädchen, das ich liebte und das mit mir die Jahre des Schreckens durchgemacht hatte. Ich war kalt zu ihr, ich schob sie von mir weg, und als ich mich dann zusammenraffte und alles wieder ins reine bringen wollte, war es zu spät. Da hatte ich sie schon verloren.«
»Warum schweigen Sie? Sprechen Sie weiter.«
»Entschuldigen Sie. Ich überlegte nur, ob es mir einzig um die Dokumentation unseres Schicksals ging, als ich gleich nach der Befreiung meine Aufzeichnungen in Buchform zu bringen begann. Wer weiß, vielleicht wollte ich diesem Mädchen imponieren? Es sollte ihr leid tun, daß sie mich verlassen hatte?«
»Nun gut. Das war in Polen, nicht wahr? Und dann?«
»Vielleicht kam ich mit falschen Erwartungen nach Israel. Ich bildete mir ein, wir Überlebenden aus der alten Heimat würden hier eine Gemeinschaft bilden, ein neues Leben aufbauen, ohne das frühere zu vergessen. Es kam anders. Alle sind verstreut. Gleich nach meiner Ankunft traf ich hier einen aus meiner Stadt, der bereits vor dem Weltkrieg nach Palästina ausgewandert war. Ich fühlte mich ungut, da ich zufällig wußte, wie und bei welcher Aktion die Eltern dieses Mannes umgekommen waren. Aber er rührte mit keinem Wort an das Vergangene, er hatte wohl schon genug gehört. Er fragte nur nach meinen Plänen, ob ich vorhätte hierzubleiben und die Fremdenpension meines Bruders auszubauen.
Etliche Landsleute traf ich auf der Straße, andere kamen zum Kartenspielen in den Garten meines Bruders. Manche hatten früher daheim nur den Bergwerksbesitzer in mir gesehen. Als ich dann unter den Sowjets enteignet worden war und einige dieser Leute sich plötzlich als geeichte Kommunisten aufzuspielen begannen, machten sie einen Bogen um mich. Jetzt sehen sie, wie ich mich herumtreibe, ohne fixe Stellung, ohne ins Geschäftsleben einzusteigen. Sie haben mich abgeschrieben. Anfangs waren manche beeindruckt davon, daß ich unsere Erfahrungen

niederschrieb. Sie akzeptierten das als ernsthafte Tätigkeit. Jetzt tun sie es nicht mehr. ›Der Schriftsteller‹, heißt es, ›auch schon ein Schriftsteller!‹ In letzter Zeit habe ich verschiedene Leute gebeten, mir dabei zu helfen, mein Buch herauszubringen. Sie haben nicht direkt abgelehnt. Sie waren sogar herzlich. Aber ohne viel Verständnis. Einem Kaufmann würden sie lieber helfen, selbst wenn er pleite wäre. Der gehört zu ihnen, sie können sich vorstellen, was er anstrebt und welche Probleme er hat. Aber ich bin kein Kaufmann, kein Beamter, und zu den Literaten gehöre ich auch nicht. Was hätte einer wie ich im Schriftstellerverband verloren?«

»Haben Sie denn nirgends Gesellschaft gefunden, die Ihnen zusagt?«

»Ich weiß nicht. Ich habe nicht gesucht oder habe es nicht richtig angefangen. Es fällt mir hier viel schwerer als daheim, mit den Leuten ins Gespräch zu kommen. Meinen Nachbar etwa sehe ich jeden Tag in seinem Hof arbeiten; er züchtet Hühner. Wenn ich grüße, grüßt er zurück, aber irgendwie muffig, ohne Lächeln, und kein weiteres Wort läßt sich aus dem Mann herausquetschen. Dabei will er bestimmt niemand kränken, er stammt aus Deutschland, und die *Jekkes* dort hatten sicher andere Sitten als wir. Mir aber, Herr Doktor, mir geht die Herzlichkeit ab, die es in meiner Stadt gab, der Hof, das Gäßchen, die Nachbarn, das Geschwätz und Gelächter und die Vertraulichkeit, die den Leuten in ihrem harten Alltag wieder Mut macht. Wenn es wenigstens einen allmählichen Übergang gäbe, ein langsames Abgleiten aus dem alten Leben ins neue, wobei irgend etwas bleibt und an früher erinnert, die Sprache, ein Lied, irgendein alter Jude aus der alten Zeit, mag er ein Tölpel sein, aber aus meiner Welt, heimisch, verständlich, ein Gäßchen, ein Friedhof, ein paar Birken, ein Andenken, das weiterwirkt.

Man vergißt und vergißt doch nicht, langsam verschwimmt alles. Wohl jeder wendet sich, wenn er älter wird, wieder den Erlebnissen der Jugend zu. Besonders, wenn einer außer diesen Erlebnissen nichts besitzt. Die neue Zeit mag schöner sein, gerechter, aber mich macht sie nicht lebendiger. Dieses Umspringen überfordert mich. Zu jäh ist das, zu unverständlich. Ja, ich gebe zu, ich bin *a galut Mensch*. Aufgewachsen zwischen einfachen, kleinen Leuten. Die sind dann als erste umgekommen, die gibt es heute nicht mehr. Aus unserem *Highlife* waren dann manche im Judenrat, sie wählten aus, wer früher sterben sollte und wer später. Und das hat ihnen auch nichts geholfen. Aus purem Zu-

fall hat ein kleines Häuflein überlebt. Die heutige *Crème* besteht aus anderen, neu emporgekommenen Großverdienern. Aber haben sich deshalb die Spielregeln geändert? Wird nicht immer noch am meisten geachtet, wer am härtesten ist und im Bedarfsfall, wie man so schön sagt, über Leichen geht?
Hören Sie mir überhaupt zu, Herr Doktor? Es macht mich nervös, daß ich Sie nicht anschauen darf, daß ich nicht sehe, wie Sie meine Worte aufnehmen. Interessiert es Sie überhaupt, was ich rede?«
»Nicht übermäßig. Sie reden immer wieder dasselbe. Hartnäckig sind Sie. Ich rede Ihnen zu, aber Sie wollen mich nicht verstehen. Zum Beispiel die Geschichte mit diesem Paranoiker, Ihrem Bettnachbarn: Sie haben ihn treffend beschrieben, er hat sich selbst das Grab geschaufelt. Und Sie? Was tun Sie? Ich glaube Ihnen gern, daß Sie unter den Nazis viel mitgemacht haben. Wer von uns hat das nicht? Jeder hat jemand von seinen Lieben verloren. Sie haben Ihr Buch geschrieben, haben gesagt, was Sie zu sagen hatten, und jetzt genug davon! Ich weiß nicht, was Sie jetzt schreiben. Aber wenn Sie schreiben, wie Sie reden, dann ist das Buch schlecht. Ich spreche nicht vom literarischen Rang, dafür bin ich nicht kompetent. Aber als Arzt sage ich Ihnen: Das ist krankhaft, das hat keinen Sinn, was soll daran einen Nichtmediziner interessieren?«
»Sie finden also, Herr Doktor, daß alles, was ich tue, keinen Sinn hat? Ich habe mich in eine Sackgasse verrannt? Ich bin nicht normal? Psychisch gestört? Das meinen Sie doch?«
»Philosophieren Sie nicht, leben Sie lieber. Was wollen Sie eigentlich? Den Sinn des Lebens ergründen? Die menschliche Natur ändern? Seien Sie endlich einmal aufrichtig gegen sich selbst! Ihr privates Mißgeschick hat Sie verbittert. Fassen Sie Ihren Zustand endlich als persönliches Versagen auf und nicht als Argument gegen die Weltordnung! Reden Sie sich nicht auf die Schlechtigkeit der Menschen aus, Sie wollen nur Ihre eigenen inadäquaten Reaktionen auf die Umwelt rechtfertigen! Die Menschheit besteht nicht nur aus Blutsaugern und Spekulanten, es gibt genug anständige Menschen, bloß wissen Sie die anscheinend nicht zu finden; wahrscheinlich suchen Sie gar nicht, sonst könnte Ihnen ja Ihr sorgsam zurechtgelegtes Weltbild durcheinanderkommen.
Sie gehen nicht gern dorthin, wo es ruhig ist. Sie wühlen lieber in alten Wunden und versäumen keine Gelegenheit, sich neue zuzufügen. Niemand hat vergessen. Diese Dinge lassen sich nicht

aus dem Herzen auslöschen. Aber wer so denkt wie Sie, der versündigt sich am Leben, an unserem herrlichen Land, an der Freiheit, die wir Juden mit unendlichen Opfern erkauft haben, an der Zukunft unserer Kinder. Das Leben fordert sein Recht. Erinnern Sie sich daran, was Sie während der Okkupation erträumt haben. Heben Sie den Kopf, atmen Sie frei, blicken Sie um sich. Niemand ist hinter Ihnen her, niemand tritt, bespuckt, erniedrigt Sie. Verstehen Sie endlich, daß Sie nun im eigenen Land leben, mit ihren Landsleuten. Wir erarbeiten uns eine hellere Zukunft. Eine prächtige, gesunde Jugend wächst heran. Unsere Väter haben genug Tränen vergossen. Könnten sie heute aus dem Grab aufstehen und uns in Glück und Freiheit sehen — sie wären glücklich mit uns. Statt immerfort dem Vergangenen nachzutrauern — danken Sie lieber dem Himmel, daß Sie davongekommen sind und diese Zeit erleben dürfen. Also, genug für heute.«

»Noch einen Augenblick Geduld, Herr Doktor. Ich bitte Sie darum. Ich bin ganz durcheinander. Warum regen mich Ihre Ratschläge auf, statt mich zu beruhigen? Also: Ich bin verbittert, aus Schwäche, aus Unfähigkeit, zwischen einst und jetzt — wie haben Sie das ausgedrückt? — die richtige Distanz zu finden? Ich versenke mich genüßlich in Selbstquälerei, suche in ihr Befriedigung, ich habe mir eine Philosophie zurechtgelegt, die keine ist, ich schreibe, ohne dazu die nötigsten Voraussetzungen zu besitzen: Abstand und Abgeklärtheit. Und so zerstöre ich mich erfolgreich selbst, so daß man mich immer wieder ins Spital einliefern muß.«

»Kein Wunder, daß man Sie einliefert. Sie sind Ihr eigener Feind. Und Sie wissen das selbst, Sie haben es eben völlig richtig erklärt.«

»Irrtum, Herr Doktor. Weder bin ich verbittert, noch macht es mir besonderes Vergnügen, zu leiden. Ich bin lieber fröhlich. Fragen Sie doch auf der Station nach, wer von allen Patienten der lustigste ist, wer immer lacht und singt und dumme Witze macht. Sie wollen nicht, daß ich von der Vergangenheit rede. Warum? Sie dürfen Ihre Heimat lieben, unser neugewonnenes Land, Ihr Haus, Ihre Familie, und ich darf nicht die Stadt lieben, in der ich geboren bin, und die Mutter, die mir das Leben geschenkt hat? Warum? Weil es das alles nicht mehr gibt, weil nichts davon übriggeblieben ist? Das Leben muß sein Recht erhalten, sagen Sie, und der Tod, Herr Doktor, der Tod nicht? Sie werden ungeduldig, ich stehle Ihnen Ihre kostbare Zeit. Aber morgen kann ich das vielleicht nicht mehr so sagen. Oder ich will nicht. Nur eins noch: Wir sind dem Tod entronnen, aber unsere Nächsten hat er ereilt. Wenn gerade mein Leben so kostbar ist, daß ich dem Himmel danken muß, daß es so und nicht anders kam, wie soll ich dann für dieses Leben danken? Indem ich nicht auf dieses Leben zurückblicke und auf das Leben der anderen, das nur noch in meiner Erinnerung lebt? Indem ich selbst aus meinem Gedächtnis auslösche, was war?

Ich will meine Erinnerungen nicht eintauschen gegen eine vorgekaute Weisheit. Die Menschen, die umgekommen sind, hatten wie ich das Recht, zu überleben. Es fällt mir schwer, gerade mein Leben für etwas übermäßig Sinnvolles zu halten. Aber warum habe ich dann damals nicht aufgegeben, vielmehr alles Erdenkliche versucht, um übrigzubleiben? Was trieb mich an? Blinder Instinkt? Der Gedanke an mein Buch?

Jetzt schreibe ich wieder. Warum? Passen Sie auf, vielleicht ist das gar kein innerer Zwang, der mit meinen Okkupationserlebnissen oder mit krankhaften Gemütszuständen zusammenhängt. Vielleicht will ich einfach ein neues Buch schreiben, besser als die beiden anderen. Vielleicht hat mich der Ehrgeiz gepackt. Ich möchte gern die studierten Leute übertrumpfen, weil mir meine Schulzeit nachhängt, ich habe nichts gelernt, und daher das alles. Hätte ich eine Frau, würde ich vielleicht anders denken. Und wenn ich Geld hätte? Sie haben mich mit meinem Bettnachbarn verglichen. Aber wir haben doch nie von diesen Zeiten geredet. Nur Dummheiten haben wir einander erzählt. Der Mann war froh, daß er jemanden zum Plaudern hatte. Ich auch. Hätte ich ihn alleinlassen sollen, weil er verängstigt war? Weil er mich an andere verängstigte Menschen erinnerte, die ich damals alleingelassen hatte. Schon einmal habe ich mich gedrückt. Soll ich das jetzt wieder tun und immer wieder? Man hat mich hierhergeschickt, damit ich geheilt werde. Die Ärzte wissen selbst nicht, was sie mit mir sollen. Sie raten mir, das Klima zu wechseln, nach Europa zu gehen. Ich werde mich bald von Ihnen verabschieden müssen. Das tut mir leid. Es war ja doch gut, daß ich mit Ihnen sprechen konnte. Ein Glück, daß ich krankenversichert bin. Sonst hätte ich Sie wohl nie kennengelernt. Aber Sie sitzen ja hinter meinem Rücken, ich rede zur Wand. Wenn ich Sie sehen könnte, wenn wir einander während des Gesprächs in die Augen schauen könnten, wäre mir leichter. Wer weiß, vielleicht fehlt mir sonst gar nichts? ... Ich glaube, ich fahre bald nach Österreich. Dort gibt man vielleicht mein Buch heraus. Dort werde ich schreiben. Herr Doktor, wovon wollen Sie mich eigentlich heilen?«

Das Loch, in dem ich mich versteckt hielt, war finster, eng und kalt, ich erstickte fast aus Mangel an frischer Luft, ich deckte mich mit Lumpen zu und hatte nicht einmal Raum, um mich aufzurichten. Ich träumte zuweilen, ich sei in Freiheit, auf einem weichen Sofa oder auf einer Wiese, in frischer Luft.
Solche Bilder flackerten auf, aber ich vermochte sie nicht festzuhalten. Ich war kaum mehr imstande, mir die Freiheit vorzustellen. Manchmal freilich . . .

Das war im Wald. Ich suchte wieder einmal mit den Burschen einen Platz für ein Versteck. Wir wollten uns tief unter dem Erdboden vergraben, endlich zur Ruhe kommen. Da plötzlich fühlte ich mich wie neu belebt, der Druck löste sich. Es duftete nach Harz, nach Blüten — was für ein angenehmes Gefühl! Vor dem Krieg war ich oft durch den Wald gewandert, aber nie hatte ich bedacht, daß dieses freie Umherschweifen im Wald ein besonderes Erlebnis ist. Du kannst ihn kreuz und quer durchstreifen, kannst jeden Baum anfassen, hinaufklettern, dich in den Schatten legen und liegenbleiben, so lang du willst, kannst ins Dickicht eindringen, eine Quelle auffinden. Alles gehört dir, alles nimmst du in dich auf, diese Bäume sind dein, dieser Himmel, diese Luft.
Dann ist es wirklich wieder so gekommen. Und doch . . . Der Doktor hat recht, ich habe vergessen, was ich damals erträumte. Tagtäglich gehe ich an Blumenhandlungen vorbei und komme gar nicht auf den Gedanken, einzutreten. Während der Okkupation träumte ich: Nachher, sobald ich nur hinaus ins Freie dürfte, würde ich zuallererst in einen Garten laufen, alle Blumen abpflücken und die Leute damit überschütten.
Und zu jener Zeit, als ich im Loch lag und manchmal in die Wälder schlich, begann ich mit den Notizen für mein erstes Buch. Die Leute erzählten mir ihre Schicksale, als wüßten sie schon, daß sie selbst nicht überleben sollten. Vielleicht hatte ich ihnen schon zu ihren Lebzeiten den Totenschein ausgestellt. Vielleicht war ich aus dem Lager geflüchtet und hatte mich in diesem Loch verkrochen, nur um den Tod der anderen aufzuschreiben? Ich hörte oft erschütternde Schilderungen, ich begab mich in Gefahr, um Zeuge sein zu können. Was mochte mich dazu getrieben haben: Entsetzen, Schmerz oder der Wunsch, mein Material zu bereichern?

2

In die alte jüdische Melodie aus dem Lautsprecher mischte sich das Plätschern der Meereswellen. Undeutliches Stimmengewirr drang leise bis zu mir. Ich wandte mich vom Wasser ab und musterte mit schläfrigem Blick das Deck. Die meisten Passagiere waren ins Freie gekommen; einige alte Chassiden disputierten laut in der Mitte des Decks, und neben dem plachenbedeckten Rettungsboot hatte sich lärmend ein Touristengrüppchen breitgemacht. Die übrigen Reisenden waren still, gingen langsam auf und ab, hielten manchmal für ein Weilchen inne und wanderten weiter. Eine feierliche Spannung schien sich allmählich zu verbreiten: noch ein paar Stunden, und das Heilige Land sollte sich unseren Blicken zeigen. So mancher unter den Mitreisenden mochte ein Leben lang auf diesen Tag gewartet haben. So hatte ich es mir während der dunklen Jahre in meinen Phantasien ausgemalt, wie ich mit meinen Lieben und mit meinen Bekannten, die sich alle gerettet haben, auf einem Schiff nach Palästina fahre.

Unaufhörlich hatte sich der Kreis meiner Nächsten verkleinert, von Tag zu Tag waren es weniger geworden, aber ich wollte das nicht sehen, wollte nichts davon wissen, stellte im Geiste eine ganz andere Liste zusammen, wer mit mir das Schiff besteigen würde. Je näher die Befreiung schien, desto beharrlicher wurden meine Träume. Nur noch Tage trennten uns von der Freiheit, und nur ein kleines Häuflein in der Kaserne internierter Juden war noch übrig. Im letzten Moment, kaum eine Stunde vor der Befreiung, verlud man diese Leute in Viehwaggons. Ich machte mir weiter etwas vor: Es wird eine Panik ausbrechen, die Leute flüchten in der entstandenen Verwirrung, die Bahnlinien sind unterbrochen, der Transport wird sein Ziel nicht erreichen, wer denkt jetzt noch an die Juden? Oder sie werden Bretter aus dem Waggonboden reißen und ins Freie springen. Ich vertiefte mich in dieses Wunschbild wie in die vorigen, meine Phantasie erweckte schließlich auch Menschen, die längst nicht mehr lebten.

Jetzt sind wir alle zusammen entflohen, gerettet, frei, und alle zusammen fahren wir mit dem Schiff. Ich blickte suchend über die Menge hin. Unsinn! Ich wußte doch genau, daß es hier kein bekanntes Gesicht gab. Mein Blick blieb an einem dunklen, mageren Burschen haften, der sich ganz vorn am Ende des Decks über die Reling beugte. Vom Flimmern des Meeres und des Himmels hob sich die schlaksige, hängeschultrige Gestalt scharf ab, das Gesicht konnte ich nicht sehen. Etwas drängte mich, hinzulaufen und Schlojme von hinten um den Hals zu fallen: Hallo, Schlojmele, rat mal, wer ich bin! Kennst du mich nicht mehr? Na, wer hat immer gesagt, du bist meschugge? Wie geht's dir, was macht das Herz, bleibt es immer noch stehen? Unwillkürlich schaute ich mich um, ob nicht Schlojmes Mirele in der Nähe war ...

Da ging Dwojra und trug ein Kind auf den Armen, wahrscheinlich gehörte es einer der beiden in Decken gehüllten Frauen, die sich gesenkten Hauptes mühsam neben ihr herschleppten. Dwojra hatte den dünnen Frühjahrsmantel an, den ich noch aus der Zeit kannte, als Dwojra in meinem Schuhgeschäft an der Kassa gearbeitet hatte. Ein bescheidenes Mädchen, aber immer lustig und voll Eifer bei der Arbeit. Wulli nannten wir sie, und wenn sie in Eile war, erinnerte ihr Gang wirklich an eine Ente. Jeden blickte das Mädchen offenherzig an. Sie hatte wunderschöne Augen, samtig, dunkel, ausdrucksvoll. Ein paarmal erlaubte ich mir ziemlich anzügliche Scherze, um Dwojra ein wenig zu reizen. Dann wurde sie ganz ernst, bat mich energisch, den Unsinn zu lassen, und errötete. Ich kam häufig in Dwojras Haus, um mit ihrem Bruder zu musizieren. Wenn Schlojme die Geige zur Hand nahm oder wenn wir zusammen auf unseren Geigen improvisierten, dann vergaß Dwojra ihre häusliche Geschäftigkeit, stand still am Fenster und lauschte und blickte träumerisch hinaus auf die verfallenen Häuschen und über Wälder und Hügel zu den fernen Bergen hinüber. *A soj schen is de Liwune*, das war Dwojras Lieblingslied. Da konnte sie nicht anders als singen: leise, sanft und melodisch. Und nun? Was ist mit dem Mädchen geschehen? Und wo nimmt sie nur die Kräfte her, auch noch ein Kind zu schleppen?

Ich kann doch nicht länger untätig zusehen, ich muß ihr zuwinken, ich muß ihr ein Zeichen geben, damit sie mich bemerkt, oder ich müßte selbst gleich in den Boden versinken. Aber ich habe Angst, ich wage mich nicht hinter der Hausecke hervor, die Deutschen könnten mich entdecken und im letzten Moment in den Zug einreihen, der jetzt unter Bewachung zum Bahnhof geführt wird. Viele von den Leuten habe ich gekannt, manche sind in mein Kino gekommen, meist in die ermäßigten Vorstellungen, wenn die billigste Karte 25 Groschen kostete. Hätte ich damals ahnen können, daß in demselben Saal diese Leute einmal warten würden, tagelang, nächtelang, zusammengepfercht, erstickend, bis schließlich jemand kam und sie umbrachte? Vier Wochen dauerte die Menschenjagd, fing man die Juden aus Häusern, Löchern, Verstecken, buchstäblich unterm Erdboden hervor, Alte, Junge, Kinder, und alle warf man ins Kino. Mir selbst drohte während dieser Aktion keine Gefahr, auf meiner Armbinde stand *arbeitsfähig*, ich konnte ruhig sein, ruhiger als vorher und nachher, jetzt hatte man sich auf Arbeitslose und Kranke konzentriert, auf die Armen.

Warum habe ich während dieser Wochen nichts unternommen, um Dwojra aus dem Kino freizubekommen? Schlojme und seine Mutter Mirele sind längst tot, gleich zu Kriegsbeginn sind sie umgekommen. Dwojra blieb allein zurück. Manchmal begegnete ich ihr bei der Zwangsarbeit, elend sah sie aus, mager, aber sie klagte nicht. Als sie an Typhus erkrankte, überstand sie auch das. Seither hatte ich nichts mehr von ihr gehört. Wie war sie bis jetzt durchgekommen? Wo mochte sie sich während der früheren Aktionen versteckt haben? Nun hätte ich ihr helfen können, sogar ohne mich selbst besonders zu gefährden. Um Geld konnte man jemand aus dem Kino freibekommen, um ein einziges Goldstück. Und ich hatte doch noch etwas Gold übrig, das ich noch vor dem Krieg eingekauft hatte, für meine Mutter, um ihr ein ruhiges Alter zu sichern, wenn alle Stricke reißen, wie man so sagt. Die Mutter lebte auch nicht mehr. Und jeden Tag konnte der Krieg aus sein, niemand wußte, was der morgige Tag bringen würde, daß alle das gleiche Los treffen würde, die mit Geld, die ohne Geld, alle.

Neben mir stand, Hand in Hand, ein junges Pärchen. Der Bursche, in Windjacke und *Blue jeans,* schaute durch einen Feldstecher und reichte ihn dann der zierlichen, braungebrannten Partnerin, die ein gelbes Kleid und Sonnenbrillen trug.

»Das ist schon die Insel Kreta. Schau!«

In der Ferne dunkelte etwas undeutlich, wie ein aufsteigender Wolkenstreifen. Würden mich Josef und Bernard am Hafen erwarten? Was macht Bernard? Wie hat er sich in Israel einrichten können, wie hat ihn Josef aufgenommen? Und wie wird mir Josef jetzt begegnen, nach diesen sieben Jahren der Trennung? Wird er zum Hafen kommen?

Als ich zum erstenmal nach dem Weltkrieg zu Josef kam, da konnte ich es nicht verwinden, daß Josef mir entfremdet war. Ich überlegte, woher das kam, vom eigenen Hausstand, von der neuen Umgebung, vom unbefriedigenden Leben oder einfach von der Zeit, die vergangen war — oder war Josef zu müde, hatte Angst, sich mit zusätzlichen Bindungen zu belasten? Aber es konnte doch nicht sein, daß die einstige Vertrautheit geschwunden war, das mußte ein Mißverständnis sein, etwas Vorübergehendes. Doch mit jedem Tag fühlte ich mich noch bedrückter, noch einsamer als vorher in Polen, wo ich wenigstens in der Vorfreude gelebt hatte, in der Hoffnung.

Ich war traurig wie vielleicht nie zuvor, mitten in dieser Ruhe, in der Pension, eben in diesem traulichen Heim, das so viele erholsame Winkel hat, da fühlte ich mich als aufdringlicher Gast, als Schmarotzer. Warum? Schließlich war doch auch ich hier irgendwie beteiligt, auch mir gebührte hier etwas. Vor dem Krieg hatte ich Josef in Israel besucht und ihm ein ziemlich bedeutendes Kapital zur Verfügung gestellt, auch hatten wir gemeinsam einige Parzellen Baugrund gekauft. Wohin war das alles verschwunden? Die Wut stieg in mir auf, aber ich brachte es nicht fertig, Josef daraufhin anzusprechen.

War meine Verbitterung berechtigt? Worum ging es mir eigentlich? Sollte mich das so getroffen haben, daß Josef das Geld verwirtschaftet hatte? Ein Kaufmann war Josef nie gewesen; während sich andere nach dem Weltkrieg aus dem Nichts ein Vermögen geschaffen hatten, verlor Josef das fertige Geld. Er war leichtgläubig, und es gab Leute, die das ausnutzten. Jetzt hat er nur diese Pension, aber die hat er schließlich mit eigenen Händen erbaut, jeder Stein ist mit seinem Schweiß durchtränkt. Und ich war nicht hier gewesen, Josef ist allein mit allem fertig geworden. Wenn wir zusammen hier gearbeitet hätten, wäre es anders zwischen uns gekommen, so aber betrete ich fremd den fertigen Bau, der nicht meine Kräfte aufgezehrt hat. Worüber beschwere ich mich also: daß ich dem Bruder weniger bedeute als früher?

Wie lang kann ein Mensch einem anderen innig vertraut sein, denken wie er, fühlen wie er: ein Jahr lang, zwei, zehn, zwanzig? Der Weltkrieg hatte unseren Kontakt unterbrochen. Und als ich Josef nachher wiedersah, was gab mir das Recht, ihm unsere Entfremdung übelzunehmen? Das Leben hat uns auf sehr verschiedene Weise heimgesucht, uns beiden etwas genommen und beide verändert. Kann man denn von einem Menschen for dern, daß er einen liebt? Man muß diesem Menschen auch etwas geben können. Und was hatte ich Josef zu bieten außer meinen Erinnerungen?

Wirklich nahe kamen wir einander, als Josef nach Palästina ausgewandert war und wir einander Briefe schrieben. Er war damals neunzehn, ich noch nicht sechzehn. Anfangs schrieb er jede Woche nach Hause, später alle vierzehn Tage, und dabei blieb es dann durch all die Jahre bis zum Weltkrieg. Daheim warteten wir sehnsüchtig auf die Briefe, ich und Bernard, am meisten unsere Mutter. Die Post von Josef kam meist am Donnerstag. Dann hielt ich es hinter dem Ladentisch der Trafik nicht mehr aus: gegen Mittag, wenn der Briefträger die Post austrug, konnte ich es nicht erwarten, bis er zu uns kam. Ich ging ihm entgegen, aber ich fragte ihn nicht, vielleicht hatte er gar keinen Brief von Josef ... Ich stand auf der anderen Straßenseite, vor Chaims Geschirrhandlung, und beobachtete, wie der Briefträger die Pańska-Straße herunterkam und ein Haus nach dem anderen betrat. Je näher er herankam, desto mehr wuchs meine Erregung. Ich genoß dieses Gefühl ungeduldiger Spannung, das Warten auf den kleinen, buckligen Briefträger mit seinem Hängeschnurrbart, der Schirmmütze und der großen ledernen Umhängtasche.
Josef beschrieb Erlebnisse, teilte seine Eindrücke mit und schilderte, was rings um ihn vorging, in einer völlig anderen Welt als der mir bekannten. Josefs Leben wurde mir zunehmend wichtiger. Sorgfältig bewahrte ich alle diese Briefe auf, auch die Photos, die Josef von Zeit zu Zeit beilegte, meist kleine, bei verschiedenen Gelegenheiten geknipste Amateuraufnahmen, aber zweimal auch großformatige Bilder, die er eigens beim Photographen hatte machen lassen. Das eine zeigte ihn mit einigen Kollegen aus Borysław, die ich gut kannte. Sie waren ungefähr gleichzeitig mit Josef ausgewandert. Auf dem Bild trugen alle weiße Hemden mit offenem Kragen. Die Gruppe hatte sich wohl eigens für dieses Erinnerungsphoto verabredet: die ersten und für lange Zeit einzigen jungen Leute aus unserer Gegend, die als *Chaluzim* in Palästina Pionierarbeit leisteten. Das zweite Photo zeigte Josef allein: helläugig, schmallippig, sonnverbrannt, das schwarzgelockte Haar hatte er lang wachsen lassen, er trug ein dunkles Hemd und kurze weiße Hosen, die schlanken, wohlgeformten Füße steckten in Holzsandalen.
Das Leben in Palästina war damals und lange Jahre hindurch nicht

leicht, besonders für einen jungen *Chaluz*. Das Gebiet war noch nicht erschlossen, viel Boden lag brach, es gab keine großen Fabriken, und selbst die kleinen Betriebe konnte man an den Fingern abzählen. Die britischen Mandatsbehörden erschwerten den Juden die Einwanderung und erteilten nur eine stark begrenzte Anzahl von Genehmigungen pro Jahr. Freilich, wer ein Kapital von mindestens 5000 Dollar vorweisen konnte, der durfte gleich ins Land. Aber die meisten Anwärter entstammten den besitzlosen Klassen, nur wenige konnten von dieser Möglichkeit Gebrauch machen und legten dann ihr kleines oder größeres Kapital meist in Grundstücken an, die sich für Zitruskulturen eigneten. Der neueingewanderte Chaluz fand in diesen Verhältnissen schwer einen ständigen Arbeitsplatz und mußte froh sein, wenn er ein- bis zweimal in der Woche Arbeit hatte. Am ehesten kam er noch in den *Pardesim*, den Zitruspflanzungen, unter. Aber die Eigentümer, schon länger im Land ansässige Juden, stellten lieber weiterhin Araber ein, da sie den Chaluzim für dieselbe Arbeit mehr hätten zahlen müssen.

»Das sollen Chaluzim sein? Einer hinfälliger als der andere!« rechtfertigte sich wohl so ein Pflanzer, oder er rang theatralisch die Hände: »Nein, das könnte ich nicht mit ansehen, wenn unsere Burschen so schwer arbeiten müßten!«

Aber diese Burschen setzten sich beharrlich durch, drängten sich selbst zur schwersten und schmutzigsten Arbeit, dabei waren das doch meist Muttersöhnchen, kaum der Grundschule, dem *Cheder* oder dem Gymnasium entwachsen und an keinerlei körperliche Anstrengung gewöhnt. Akademiker und Nichtakademiker, Burschen, Mädchen und ältere Leute klopften Steine beim Straßenbau, schleppten Ziegel, arbeiteten als Lastträger in Haifa, dem einzigen Hafen, oder waren Nachtwächter und Straßenkehrer, was noch verhältnismäßig leicht war. Sie legten Sümpfe trokken, insbesondere in der Gegend von Chedera, und holten sich dabei die Malaria. Nichts konnte die Chaluzim abschrecken, die Losung hieß *Kibush-Avodah* — sich die Arbeit erobern, mit blutigem Schweiß, manchmal auch mit den Fäusten: Man besetzte die Zugänge zu den *Pardesim*, es kam zu Schlägereien, die Grundbesitzer riefen die britische Polizei zu Hilfe, aber das half ihnen nicht viel, zuletzt mußten sie nachgeben und eine Anzahl von Juden als Arbeiter aufnehmen. Allmählich und systematisch drangen so die Chaluzim in die Produktion ein, lernten selbständig arbeiten, ergriffen verschiedene Berufe, wurden Maurer, Schlosser, Elektriker, Lastwagenfahrer, Maschinisten und was sonst noch gefragt war. Niemand lernte sie an, sie mußten selbst lernen, zusehen und abschauen, wie man das macht, und dann gleich antreten und es besser machen, um eingestellt zu werden. In den palästinensischen Elektrizitätswerken hatte ihr Begründer, der Ingenieur Ruthenberg, britische Fachleute angestellt, die mit den aus England eingeführten Geräten und Baggermaschinen umgehen konnten und den Bau der Staumauer für das Jordankraftwerk leiten sollten. Aber diese Herren, die auf Schritt und Tritt ihre Überlegenheit zu fühlen gaben, blieben nicht lang auf ihren Arbeitsplätzen und kehrten vor Ablaufen des Vertrages heim. Die jüdischen Arbeiter und Angestellten hatten beschlossen, von einem bestimmten Zeitpunkt an die Engländer zu boykottieren, hörten nicht mehr auf sie, sprachen nicht mehr mit ihnen, setzten sich in der Kantine nicht mehr mit ihnen an einen Tisch. In der Bauleitung brach eine Panik aus: Was sollte werden, wenn die Engländer heimreisten, die Arbeit müßte stillstehen. Aber die Arbeit stand nicht still, die Chaluzim zeigten, daß sie auch allein damit ausgezeichnet fertig wurden.

Achtzehn oder zwanzig Burschen und zwei Mädchen fanden sich zu einer *Kwuza* zusammen und schlugen ihre Zelte in der Sandwüste auf, nicht weit von der bedeutenden Kolonie Petach-Tikvah, wo es die meisten Zitruspflanzungen gab. Jeden Morgen ging das Grüppchen hinüber in die Kolonie und stand dort Schlange vor dem Büro der Arbeitsvermittlung. Meistens fanden einige Arbeit: einer oder zwei konnten etwa im Taglohn Orangen ernten, einen anderen schickte man zum Straßenbau, die übrigen, die ohne Arbeit blieben, kehrten in die Zelte zurück, wuschen die Wäsche, flickten die Zeltplachen, kochten auf der Feldküche, die sie sich schleunigst angeschafft hatten.
So fand etwa Josef einmal zusammen mit ein paar Kameraden Arbeit in einer der größeren Zitrusplantagen. In Reihen aufgestellt, lockerten Juden und Araber mit Spitzhauen die Erde rund um die jungen Bäumchen, alle drei Meter war eines eingesetzt — soweit das Auge reichte. In der ersten und letzten Reihe von Arbeitern hatte der Aufseher nur Araber postiert; er hatte seine Gründe: Die erste Reihe stürmte fast im Laufschritt davon, und wer nachkommen wollte, mußte sich wohl oder übel dem Tempo anpassen, zumal die letzte Reihe nachdrängte. Nach jeder Arbeitsstunde gab es fünf Minuten Pause. Dann konnten Josef und seine Freunde die schweißnassen Leibchen ausziehen und auswringen. Die Araber kauerten fast regungslos daneben, eingehüllt in

ihre langen Gewänder und Kopftücher. Dann ertönte ein Pfiff, und alle hackten weiter, niedergebeugt, manchmal auf den Knien, wenn man gerade dicht am Bäumchen vorbeikam und den herabhängenden Ästen ausweichen mußte. Am Abend konnten sich Josef und seine Freunde kaum noch nach Hause schleppen, im Zeltlager waren sie dann zu müde, um das Nachtmahl zu essen, das die Daheimgebliebenen vorbereitet hatten. Die Angst vor dem nächsten Morgen, an dem die Burschen nochmals zur gleichen Arbeit kommen durften, lastete auf ihrem Schlaf. Würden sie am Morgen überhaupt auf die Beine kommen? Aber bald hielten die Juden mit den Arabern Schritt, bald arbeiteten sie sich in die erste Reihe vor. Wie in einem Wettlauf waren bald die Juden an der Spitze, bald die Araber. Und alle feuerten einander auf Arabisch an: *Jalla, jalla* — schnell, schnell!

Die Mauern des Gebäudes standen schon, nun mußten die Dachplatten aus Beton gegossen werden. Die Burschen wußten, wie schwer diese Arbeit war, aber sie wußten auch, daß sie dafür den doppelten Normallohn erhielten, und waren glücklich, daß man sie ausgewählt hatte. Zwei standen mit Kies und Zement bei der großen metallenen Form. Während der eine Arbeiter aus einem großen Schlauch Wasser in die Form spritzte, mischte der andere — das war Josef — fortwährend mit einer Schaufel den Brei. Ein dritter schaufelte den Beton in Kübel, die er einem Kameraden am Fuß des Gerüstes weitergab, dann wanderten die Kübel von Hand zu Hand bis zum Dach. Josef konnte kaum mehr die Schaufel heben. Der Beton schien zunehmend schwerer zu werden, und zu allem Überfluß blieb die Schaufel immer wieder in der Form hängen. Den Burschen erlahmten schon nach kurzer Zeit die Arme. Wenn man die Kübel zur Abwechslung in die linke Hand nahm, half das auch nicht viel, die ermüdete noch schneller. Die Haut an den Fingern platzte. Einer der Burschen wickelte seine Zeitung um die Hand. Das Papier war bald durchgescheuert. Und dennoch ging es weiter bis zum Abend, nach Kommando: Ho-ruck!
Wenn Josef und seine Freunde überhaupt keine Arbeit fanden, pflückten sie die winzigen Blüten der Akazienbäume ab, die als lebender Zaun rund um die Pflanzungen wuchsen, und verkauften diese Blüten an die Parfumindustrie. Diese Tätigkeit war eine Spielerei im Vergleich zu anderen Arbeiten, wenn auch rings um die begehrten Blüten dorniges Gewächs wucherte, an dem man sich die Finger zerstach. Im Lauf eines Tages bekam man

ein Kilo zusammen, höchstens zwei, und für das Kilo bekam man zwei oder drei Piaster. Das war immer noch besser als gar nichts. Im Winter, während der Regenfälle, faulten die Zeltschnüre, und oft riß in der Nacht ein Sturm den Freunden das Zelt über dem Kopf weg. Aber sie waren so erschöpft, daß sie bis zum Morgen weiterschliefen, durchnäßt, fest eingewickelt in die nassen, löchrigen Plachen. Und doch war das Grüppchen immer fröhlich, angeregt, begeistert. Wenn es drüben in der Kolonie im Volksheim irgendeine Veranstaltung oder einen Vortrag gab, dann mußten sie alle dabei sein, wenn sie auch noch so schwer gearbeitet hatten. Und nach dem Vortrag sangen sie dort und tanzten *Hora*.

»Die Arbeit ist schwer, aber süß, weil das unser eigenes Land ist«, schrieb mir damals Josef, ein junger Romantiker, der schwärmerisch in seine neue Heimat verliebt war. »Es ist schön, zuzusehen, wie die Bäume wachsen, wie die gestern noch grünen Früchte heute einen goldgelben Schimmer haben. Der Himmel ist viel blauer als drüben bei euch, die Sonne wärmer, strahlender. Die Mondnächte sind so hell, daß man ohne Lampe lesen kann.«

Josef schrieb viel und bemühte sich, seine Eindrücke getreu wiederzugeben. Wie schlecht es ihm selbst manchmal ging und wie schwer er es hatte, davon schrieb er nichts. Wie damals der Alltag in Palästina aussah, habe ich erst später erfahren, als ich knapp vor dem Weltkrieg auf Besuch nach Palästina kam, in einer Zeit, als die allerhärtesten Pionierjahre schon überstanden waren. Ich bewunderte die neuen Siedlungen und Städte, jeden Tag lernte ich Neues kennen, das mich entzückte. Die jungen Leute wirkten froh und gelöst, sie waren braungebrannt, von den Strapazen gezeichnet, aber kräftig und gesund. Die Burschen trugen meist kurze Hosen, alle möglichen Hemden und dazu Holzsandalen, die Mädchen hatten dünne Blusen aus billigem Baumwollstoff. Tag für Tag, Schritt für Schritt, Meter für Meter hatten diese Leute die harte Erde erobert, Sumpfland und Sandwüste in blühende Gärten verwandelt.

Dazu brauchte es Ausdauer, Hoffnung und Opferbereitschaft. Und das Geschaffene mußte überdies verteidigt werden, oft überfielen Araber jüdische Siedlungen, steckten sie in Brand und erschlugen die Einwohner, besonders in Gegenden, in denen es nur verstreut jüdische Siedlungen gab, während ringsum in den Sandwüsten nomadisierende Araber lebten. Außerdem gab es immer wieder Schwierigkeiten mit der britischen Obrigkeit, die Tausende von Juden an der Einwanderung hinderte.

Während ich mich bei meinem Bruder in Herzliya aufhielt, beobachtete ich aus nächster Nähe das Leben der Chaluzim, die tagsüber Arbeit annahmen, wo immer sie sich finden ließ, und nachher noch am Bau des eigenen Hauses arbeiteten, wenn man sie für ihre Arbeit bereits mit einem Stück eigenen Bodens entlohnt hatte. Selbst die Luftziegel waren Arbeitslohn. Alte Bretter für die Türen und Fenster ließen sich finden. Wer ein eigenes Haus hatte, und wenn es aus einem einzigen Raum bestand, war ein Krösus. Die meisten Chaluzim hatten sich nur Bretterhütten aufstellen können, andere hatten irgendwo ein kahles Zimmer zu mieten gefunden und mußten das Material auftreiben, das sie benötigten, um die Einrichtung zusammenzubasteln, einen Tisch und Sessel, ein Bett. Wer darüber hinaus irgendein ordentliches Möbelstück besaß, einen Schrank oder einen Lehnstuhl, der konnte mit seiner Luxuswohnung prunken.

Ich empfand es damals peinlich, daß ich soviel besser und bequemer lebte als diese Leute. Sie hatten höhere Ziele, sie bewiesen, was sie wert waren. Und ich? Ich war ein Träumer und Nichtstuer.

Unentwegt beriet ich mit dem Bruder die Einzelheiten meiner endgültigen Übersiedlung, und dabei ließ ich es bewenden. Ich sagte mir selbst, es sei längst die höchste Zeit, aber dann bedachte ich wieder, daß ich alle meine Lieben und Bekannten würde verlassen müssen, das Haus, in dem ich aufgewachsen war, und mir wurde traurig zumute.

Dennoch genoß ich meinen Aufenthalt in Palästina, und Josef tat auch alles, um mir das Leben angenehm zu machen. Er besichtigte mit mir die neuen Ansiedlungen, ging mit mir ans Meer baden, führte mich am Samstag abends ins Café *Gil* zur Tanzunterhaltung. Mittags aßen wir gemeinsam im Gasthaus. Manchmal, wenn Josef nicht arbeiten ging, kochte er selbst daheim ein vorzügliches Mittagessen, das wir in seinem Garten verzehrten. Zum Nachtisch gab es sogar Torte, die Josefs Mädchen, Pera, mir zu Ehren gebacken hatte. Ständig kamen Gäste zu uns, oder wir waren irgendwo eingeladen. Ich wollte vor allem die Leute aus unserer Stadt wiedersehen.

Einige wohnten in der Kolonie: Hesio, der mit mir in die Schule gegangen war und gegenüber gewohnt hatte, wo sein Vater, Herr Hartmann, einen Ausschank hatte. Und Mottel — jeder kannte seine dickliche Frau Mutter und ihren Marktstand gleich neben Hartmanns Haus. Am Seitenweg zum *Jüdischen Haus* hatte Max gewohnt, der schöne Max mit den blonden Locken,

dem ich nun die Grüße seiner Braut Sonja überbrachte. Auch den kleinen Mechele mußte ich besuchen, und nachher fuhr ich zu anderen Bekannten aus Borysław. Ein paar Dutzend Leute aus meiner Stadt lebten in Palästina verstreut. Alle erwarteten mich bereits und freuten sich auf Neuigkeiten aus der alten Heimat. Der langnasige Icek war schon da, und auch seine Freunde, die einst auf den Mehl- und Zwiebelsäcken in seinem Laden den Tag verplaudert hatten. Kalmyn war da, und der pausbäckige Moische und der hinkende Zuschneider Benio. Mit Kalmyn traf ich mich öfter in Tel Aviv, in einem kleinen Kaffeehaus an der Ben-Yehuda-Straße, in dem er Stammgast war.
Ich saß gern mit ihm beisammen und hörte an, wie er mit Humor das palästinensische Leben in den verschiedensten Geschichten und Histörchen schilderte und dabei allerlei Typen nachahmte, die ihm untergekommen waren. In Kalmyns Wiedergabe erhielten auch traurige Situationen einen Schimmer von Heiterkeit. Er war die Fröhlichkeit selber, ihn mußte man einfach gern haben: sein sympathisches, rundes Gesicht, die freie Stirn über Augen, die unverändert herzlich und stets ein wenig spöttisch dreinblicken. Dabei ist Kalmyn ein wenig naiv, vielleicht hat man ihn deshalb nie richtig ernst genommen — aber so naiv, daß er das nicht bemerkt hätte, ist er keineswegs: Wenn einer klugscheißen will, bitte, soll er doch; Kalmyn läßt ihm gern den Vortritt.
Immer war Kalmyn vergnügt, immer lachte er, sein Lachen steckte andere an, und man wußte oft nicht, worüber die Leute mehr lachten: über Kalmyns Witze oder über ihn selbst. Von klein auf hatte er den einen großen Wunsch gehabt, Künstler zu werden, kein großer Künstler. Spielen wollte er, auf der Bühne auftreten. Die kleinen Leute wollen sich schließlich auch sehen lassen, was würde die Welt tun, wenn es keine kleinen Leute gäbe? Über wen würden die Leute lachen?
Als Junge hatte er seine frommen Eltern an den Rand der Verzweiflung gebracht mit solch gottlosen Wünschen und Plänen. Der Vater, ein sehr würdiger, langbärtiger Jude, der in unserer Gemeinde das Schächten betrieb, schickte Kalmyn in den *Cheder* und hieß den Sohn Pejes tragen. Der freilich wollte ein toller Kerl sein und kein altmodischer Duckmäuser, er riß immer wieder aus dem *Cheder* aus und klebte sich die Pejes hinter den Ohren fest, damit man nichts merkte. Dann beim Fußballspiel flatterten ihm die Pejes erst wieder ins Gesicht, und die getauften Mitspieler riefen: »Moischele, zupf dir die Pejkeles!« Eines Tages schnitt sich Kalmyn die Pejes ab. Der Vater tobte, sperrte ihn ein,

um ihn in diesem Zustand niemandem vor die Augen zu lassen, aber Kalmyn entwischte doch wieder. Bald trat er in Laienvorstellungen auf und wo es nur sonst immer ging. Die Eltern waren untröstlich. Der Vater jammerte: »Was soll nur werden aus dem Lumpen? Einen *Purim*-Spieler will er spielen!« Und die Mutter rang die Hände: »Kalmynchen«, flehte sie, »geh doch arbeiten und dreh dich nicht so herum!« Aber die Schwestern waren stolz auf den kleinen Bruder. So gescheit war er, so talentiert, und wie schön konnte er doch Verse sprechen! Und die Brüder versuchten, den strengen Vater zu begütigen: Soll Kalmyn doch nach Palästina gehen, das ist die beste Lösung, dort werden ihm die Flausen schon vergehen, dort wird er den Ernst des Lebens kennenlernen. Und Kalmyn kam nach Palästina, im sechsunddreißiger Jahr, zehn Jahre nach Josef, eigentlich als Gast, zur *Makkabiade*, aber er nutzte die Gelegenheit und blieb gleich im Land. Damals war Kalmyn einunddreißig, mit Ansätzen zu einer Glatze und leicht gerundetem Bäuchlein, aber das beeinträchtigte den sympathischen Eindruck keineswegs und hinderte Kalmyn nicht, Künstler zu werden beziehungsweise mit Künstlern zusammen aufzutreten.
Freilich landeten Kalmyn und seine Truppe nicht gleich auf den großen Bühnen, anfangs spielten sie, wo immer es ging, in Kaffeehäusern, auf flachen Hausdächern und Terrassen. Was machte es schon aus, wo man spielte, wenn man auch nach der Vorstellung nicht einmal ein Pfund pro Person in der Tasche hatte, Hauptsache, man spielte. Zur Zeit meines ersten Aufenthalts in Palästina bearbeiteten Kalmyn und seine Kollegen eben *Motke Ganew* für das Hebräische. Jahre später hat er mir noch mit Vorliebe geschildert, wie er und sein Ensemble mich damals erwartet hätten, als wäre ich der reiche Onkel aus Amerika: »Wir waren doch hungrig wie die Wölf!« Beim Mokka im Café *Ginati* erinnerte sich Kalmyn an die ersten Jahre hier im Land: »Ach, waren das Zeiten. Man hat gelacht und geweint.« Vielleicht ging es ihm nun ein wenig besser, aber solange ich ihn kannte, war und blieb er unbeholfen und arm. Immerhin war er jetzt ein anerkannter Künstler — wer hätte nicht von ihm gehört?
»Ich kann mir jetzt wenigstens einen kleinen Mokka bestellen. So süß wie damals bei meiner Mame ist er ja nicht, aber ich hatte hier schon schlechtere Zeiten. Was heißt schlechtere Zeiten? Laß dir erzählen. Da ging ich zur *Lischkat-Avodah*, hier in der Nähe, an der Hajarkon-Straße, ich zeige dir demnächst das *Rote Haus*. Es ist wohl rot angestrichen, aber eigentlich bekam

es den Namen, weil dort unsere Sozialisten Hof hielten. Also, ich gehe hin. Die fangen an zu fragen und nochmals zu fragen, schon glaubst du, jetzt geben sie dir Arbeit, sagen sie, du sollst Mittwoch wiederkommen, und am Mittwoch sagen sie, du sollst am Sonntag nächster Woche kommen, und am Sonntag heißt es: Kommen Sie morgen wieder. Nu, denkst du und bist schon ruhiger, wenn die *morgen* gesagt haben und nicht *übermorgen*. So werden sie mich morgen sicher zur Arbeit schicken. Die ganze Nacht habe ich kein Auge zugetan, so aufgeregt war ich. Wo treibe ich in der Früh schnell ein Arbeitsgewand auf, woher nehme ich ein paar Piaster fürs Frühstück, ich kann doch nicht mit leerem Magen zu arbeiten anfangen?
In der Früh laufe ich hin wie verrückt, daß ich mich nur nicht verspäte, damit ich als erster am Platz bin, und wie ich hinkomme, geht alles von vorn wieder an: Wie ich heiße, woher ich komme, was ich von Beruf bin. Und wie ich denen alles vorgebetet habe, sagen sie, leider, für Leute aus meinem Fach haben sie keine Verwendung. Was kann ich tun? Ich kann nur weiter hingehen und mich erkundigen. Moment mal, sagen die, du hast gesagt, du kannst Töpfe machen? Was heißt Töpfe, *Chawer*, sag ich, ich bin Schlosser, das habe ich doch schon vorhin gesagt. Schade, sagen die, bei *Metalum* würden sie einen Arbeiter brauchen. Da hab' ich erst begriffen, natürlich: Das kann ich doch auch, das hab' ich schon gemacht, bei all den Laufereien vergißt der Mensch zuletzt, was er eigentlich wirklich gelernt hat, ich bin doch Spezialist für Aluminiumtöpfe. Also, ich bekomme einen Brief ans *Metalum* mit, wieder kann ich die ganze Nacht nicht schlafen, ich hatte schon nicht mehr an das Wunder geglaubt, daß ich Arbeit finde. Wie die Arbeit wohl sein wird?
Der Fabrikant ist ein kleiner dürrer Mensch, er mustert mich von oben bis unten durch seine randlosen Brillen, fragt mich lang und breit aus, bevor er mich an die Maschine läßt. Das war nun auch kein großes Kunststück, sie zu bedienen. Die Maschine hatte eine runde Drehscheibe, auf die steckte man den Topf, und ich stand daneben mit einem Stück Schmirgelpapier, das hielt ich an die kreisenden Töpfe, bis sie ihren Schliff hatten. Sehr gut, sehr schön, eine leichte Arbeit. Als ich mich dann im Hof zum Mittagessen setzte, merkte ich erst, daß sich alles um mich drehte. Die Sonne schien auf das Geschirr, das auf dem Tisch stand. Egal, ob das ein Teller war oder eine Tasse, immer kam es mir vor, ich müßte das mit Schmirgelpapier putzen. Auf der Straße dann, da sah jeder Mensch, jeder Baum, jeder Telegra-

phenmast schon aus wie a Top, alles a Top, im Traum drehten sich in meinem Schädel lauter Tep ... Tep ... Tep.
In wenigen Tagen machten wir so viele Tep, daß sie nicht nur für Tel Aviv, sondern fürs ganze Land gereicht hätten, und das für hübsch ein paar Jahre. Und dann kam der Zahltag, und der Fabrikant gab mir statt der dreißig Piaster Taglohn — das war ausgemacht — nur heiße siebzehn Piaster. Wieso? Was heißt wieso, sagt er, du bist doch gar kein Spezialist, für dreißig Piaster kann ich einen Spezialisten bekommen. So? Ich bin kein Spezialist, sagen Sie. Aber welcher Spezialist macht Ihnen in den paar Tagen so viele Tep?
Man lebte für zehn Piaster im Tag, und wenn man die nicht hatte, dann für fünf. Im Brenner-Haus in der Kantine kostete ein Mittagessen 3.50. Manchmal kaufte ich mir um einen halben Piaster ein arabisches *Falafel,* und das mußte für den ganzen Tag reichen. Wieder suchte ich einige Wochen lang Arbeit, und wie gewöhnlich erschien ich jeden Morgen in der *Lischkat-Avodah.* Ich war dort schon Stammgast, eine bekannte Figur wie der Blinde auf dem Mograbi Square, der jeden anbettelt: Gib, gib einen Piaster, ich bin ein armer alter Rentner!
Damit sie mich endlich loswurden, gaben sie mir einen Brief an die Firma Hofmann. In der Früh geh' ich hin — und was seh' ich? Vor der Tür zur Werkstatt warten schon viere mit den gleichen Briefen. Der Boß kommt heraus und sagt, er braucht nur einen Arbeiter. Er sieht nicht einmal gar so abschreckend aus. Aber alle stehen da wie die Lämmer, nur ich hab' mir im Lauf der Zeit schon ein bißchen *Chuzpe* zugelegt. Anders kommst du ja um, schreien mußt du können, besser schreien als du arbeitest. Also sag' ich: Gut, aber *einen* brauchen Sie — nehmen Sie einen! Er kratzt sich am Kopf: Ja, schön, aber welchen? Weiß ich, ob ihr was könnt? Probieren Sie uns doch aus! Gut, komm mit. Als erstes schafft er mir, einen Haufen alter Eisentrümmer von einem Ende der Werkstatt ans andere zu räumen. Was jetzt? frage ich, sobald ich fertig bin. Jetzt, sagt er, jetzt nimmst du diesen Pinsel und bestreichst das alles tüchtig mit Minium. Ich streiche mit Feuereifer, und dann fragt mich der Meister plötzlich, ob ich auch etwas von Schlosserei verstehe. Ich fühlte mich richtiggehend beleidigt. Was heißt, ob ich verstehe? Ich habe mich doch als Schlosser bei Ihnen vorgestellt! Ja, das schon, aber kannst du auch Löcher bohren? Ich schleife dir schnell den Bohrer zu! Er tat das so ungeschickt, daß ich den Bohrer noch einmal nachschleifen mußte. Was treibst du da! Du

machst das kaputt! schrie mein Chef. Kaputt mache ich das? Schauen Sie nur, wie das jetzt bohrt! Und da bekam er eine enorme Hochachtung vor mir. Mit der Zeit erschien ich ihm dann so vertrauenswürdig, daß ich sogar mit dem Hammer arbeiten durfte. Aber was half das? Als der Großauftrag an Radbeschlägen ausgeführt war, stand ich wieder auf der Straße.

Damals wohnte ich gemeinsam mit zwei Burschen in Untermiete. Als wir einzogen, war das Zimmer völlig leer. Ich besaß damals schon einen Schrank und ein Sofa, der eine Kollege hatte auch ein Sofa, der andere besorgte sich ein Feldbett. Der Zimmerfrau zahlten wir zwei Pfund im Monat. Für drei Leute ist das ja nicht viel, aber nur wenn man's hat. Da blieb oft kein Geld fürs Mittagessen, es reichte gerade auf Suppe und ein Stück Brot. Ein zweites Stück gönnten wir uns oft nicht mehr, wir rechneten mit jedem Groschen: Am nächsten Tag wollten wir schließlich auch leben. In unseren Sofas nisteten sich Wanzen ein. Nichts half, nicht einmal Petroleum, die Viecher kamen immer wieder, eine schreckliche Plage war das. Heute gibt's das nicht mehr, es hat sich das Klima geändert oder was. Dann bekam ich Arbeit in einem *Pardes* in Nes-Zijona. Da dachte ich überhaupt, ich gehe bald drauf, so hat mich diese Arbeit fertiggemacht, so taten mir die Knie weh. Die ganze Nacht mußte ich sie mir massieren. *Zibul Haezim* nannte sich diese Arbeit, oder wenn du's noch gelehrter hören willst, bitte sehr: *Melioration.*

Das sah so aus: Den ganzen Sommer lang kamen Stalldung und menschlicher Kot in eine große Grube, und dazu wurde Wasser geschüttet. Der Dreck löste sich allmählich auf, und es entstand ein fettiger Brei wie zerlassene Butter. Im Winter düngte man damit die Bäumchen. Ein paar Araber schöpften die Jauche aus der Grube in große Behälter, die sie unseren Leuten auf die Schultern luden. Daneben wartete schon so ein kleiner Araber, und wenn alle beladen waren, dann lief er voran und wies den Weg und brüllte dazu: *Hejna, boj hejna.* Versteht sich, daß auch ich diese Scheiße schleppen mußte, ohne mich geht doch so was gar nicht. Na, frag nicht, wie das war. Mir grauste, aber was sollte ich tun? Man mußte aufpassen, wohin einen der Araber führte, der Kerl rannte, als wäre ihm der Teufel auf den Fersen. Manchmal hieß es ganz vorsichtig auf den Knien unter dem Astwerk durchschlüpfen, sonst wärst du mitsamt deinem Behälter ausgerutscht. Und da spürst du nun, wie allmählich die Jauche durchsickert und dir über Brust und Rücken herunterrinnt. Nachher wusch und wusch man an sich herum, aber rich-

tig sauber wurde ich damals wohl nie, immer noch glaubte ich den Gestank zu spüren, obwohl das Zeug dafür, daß es Scheiße war, eigentlich gar nicht so besonders stark stank.
Alle zwei Wochen war Zahltag. Oft reichte das Geld nicht bis zum nächsten Mal. Dann bekam man beim Personalchef einen Gutschein. Für den konnte man im gewerkschaftlichen Lebensmittelladen um einige Piaster einkaufen. Einmal kam dieser *Maskir* nicht, und ich hatte kein Geld fürs Essen. Ich war sehr hungrig, ich hatte seit dem Vortag nichts im Magen, außer ein paar Orangen, was mich noch hungriger machte. Ich mußte einfach etwas in den Magen bekommen und ging in den Gewerkschaftsladen, um den *Makoletnik* zu bitten, mir etwas Eßbares im Wert von ein paar Piaster auf Kredit zu geben, mein *Maskir* müsse gleich mit den Gutscheinen auftauchen, dann würde ich meine Schuld sofort begleichen. Aber der *Makoletnik* wollte nichts auslassen. Ich merkte gleich: Er war aus Galizien. Ich ging an meinen Platz zurück und wartete weiter auf den *Maskir*, aber der Herr Personalchef erschien nicht, und mein Magen knurrte immer mehr. Also ging ich wieder zum Makoletnik, ich flehte ihn an, mir wenigstens für drei Piaster etwas zu geben, ich laufe schließlich nicht weg, aber dieses Arschloch sagte immer nur nein und nein, er kann nichts auf Borg geben, er ist nur Angestellter, er hat seine Vorschriften, ich soll verschwinden.
Da wurde ich böse. ›Du Galizier‹, schrie ich, ›du wirst nicht gleich dran sterben, wenn du mir ein Stück Brot gibst. Gib mir von deinem eigenen, wenn du nicht anders kannst. Auch schon ein Wertgegenstand: ein Stück Brot. Was machst du soviel Getue? Hast du eben im schlimmsten Fall den Verlust, hast du mir ein Stück Brot geschenkt, na und?‹
Nun mischte sich hinter dem Ladentisch die Frau des Galiziers ein und brüllte: ›Was schreist du so, hör auf zu schreien, du hast doch gehört, du bekommst nichts!‹ Das machte mich aber ernsthaft böse: ›Was, ich bekomme nichts, so eine Kleinigkeit, so ein Nichts, ein Stück Brot verweigerst du mir?‹ Ich packte diesen *Nebbich* am Kragen und zog ihn über den Ladentisch. Da begann die Frau zu kreischen: ›Gib ihm, du siehst doch, was das für einer ist, gib ihm, daß er verschwindet!‹ — ›Ja, gib‹, befahl ich, ›einen halben Laib Brot! Und einen Hering, ein paar Tomaten, ein paar Oliven.‹ Ja, Bruder, mit schönen Bitten allein richtest du nichts aus.
Aber das ist noch nicht alles, das Beste kommt erst«, lachte Kalmyn und zog genießerisch an seiner Zigarette. »Am selben Nach-

mittag schau ich zufällig bei Lala vorbei, der ich aus Tel Aviv einen Polster mitgebracht hatte. Während der Arbeit hatte ich ihn im Schuppen des *Pardes* deponiert, jetzt trag' ich den Polster zu Lala. Sie begrüßt mich sehr herzlich, wir sind ja alte Bekannte, noch aus Borysław. Ihr Mann Jossel ist hier *Maskir* bei der Gewerkschaft, aber gar nicht aufgeblasen, im Gegenteil, ein guter Kollege. Und der sagt zu mir: Ich muß noch schnell in den Lebensmittelladen, vielleicht kommst du mit, Kalmyn, dort hat irgendeiner Krach geschlagen, die Burschen glauben, sie sind hier in Tel Aviv und können Krawall machen. Ich sage gar nichts und gehe mit. Gleich in der Tür zeigt der Makoletnik mit dem Finger auf mich: Das war der! Na, du kannst dir Jossels Gesichtsausdruck vorstellen! Kalmyn, sagt er, du *schajlst mir op doss Ponim,* schämst du dich nicht, was bist du nicht zu Lala gegangen und hast von ihr ein halbes Pfund geborgt? Ich bin ihr schon ein halbes Pfund schuldig, sage ich. Na, dann hätte sie dir eben noch ein halbes Pfund geliehen, pfui, Kalmyn, so etwas hätte ich nie von dir gedacht! Ich habe mich aber geschämt, zu Lala zu gehen, sag' ich ihm darauf, muß jeder zu Lala gehen? Er schüttelt den Kopf: Kalmyn, Kalmyn. Was heißt hier Kalmyn, Kalmyn, sag' ich, weißt du, Jossel, du bist kein bißchen anders als dein Makoletnik. Und wenn Lala nicht wäre — sagen wir, hier wohnt gar keine Lala, es hat nie eine Lala gegeben, hier gibt es keine Bekannte von mir, keine Lala, keinen Jossel, was dann?

Danach hatte ich einige Zeit Ruhe, ich arbeitete in der Großgerberei bei Moledet in der Nähe von Jazur, dort wohnten zumeist Tejmaner, ich arbeitete mit Arabern zusammen und einmal...

Aha, fast hätte ich vergessen, vorher war ich noch Flurwächter, ich und noch zwei Burschen gingen mit dem Gewehr und bewachten die *Pardesim.* Stell dir mich mit einem Gewehr vor, noch dazu mit einer uralten, rostigen Doppelflinte, mit der sicherlich einst ein Jäger auf die Entenjagd gegangen war. Einmal stolperte ich, und das Ding ging von selbst los. Frag nicht, gleich war in allen *Pardesim* in der ganzen Gegend der Teufel los, die Leute rannten aufgescheucht umher, schossen in die Luft. Ja, was ich zuvor erzählen wollte: Einmal an einem Sonntag fuhr ich von der Fabrik weg nach Jaffa zum englischen Konsulat, ich wollte meine Papiere in Ordnung bringen, da ich noch immer illegal hier war. Als ich fertig war, stellte ich mich an der Autobushaltestelle nach Jazur an, um zurückzufahren. Da merke ich:

Die Leute starren mich so sonderbar an, flüstern miteinander, zeigen auf mich. Ich schaue: lauter Araber. Der Autobus, in den ich einsteigen wollte, gehörte einer arabischen Kooperative. Ich überlegte, ob ich einsteigen sollte oder nicht? Aber hier zwischen den Arabern stehenbleiben wollte ich schon gar nicht. Es gab immer wieder Schlägereien zwischen Juden und Arabern. Ich zwängte mich zitternd in den Bus. Vielleicht würden sie mich für einen der Ihren halten.

Ich fuhr glücklich bis Jazur, wo ich bei einem arabischen Kaffeehaus aussteigen mußte. Die Gäste an den Tischen betrachteten mich mit unheilvoll funkelnden Augen, murmelten einander in ihrer kehligen Sprache etwas zu — ich hätte schwören mögen, daß von mir die Rede war. Ich hatte bis zur Fabrik noch ein Stück zu Fuß zu gehen. Von Zeit zu Zeit begegneten mir Araber mit Äxten. Ich tat, als sähe ich niemand. Ich hatte einen Taschenfeitel bei mir, den klappte ich auf und hielt ihn unterm Hemd in Bereitschaft, wenn ein Araber herschaute, tat ich, als wollte ich mich auf der Brust kratzen. Mein Herz klopfte wie rasend. Was hätte ich wohl mit meinem Messer gemacht, wenn sich die Bande wirklich auf mich gestürzt hätte? Am liebsten wäre ich gelaufen, aber die Burschen hätten dann geglaubt, ich renne vor ihnen davon und wären erst recht aufmerksam geworden. Wenn nur irgendein Unsriger aufgetaucht wäre. Aber kein einziger kam, es war wie verhext, und die Sonne brannte, ringsherum nichts als Sonne. *Ribojne schel ojlem,* denk ich mir, großer Gott, was hat das zu bedeuten?

Dann kam ich an einigen arabischen Lehmhütten vorbei, nur Wände, ohne Fenster — die Araber machen die Fenster in den Innenhof, damit die Frauen keinen fremden Mann anschauen können. Um die Siedlung liegen Gärten, jeder hat rundherum eine Hecke aus diesen Pflanzen mit den riesigen Blättern, wo am Ende die *Sabras* dran wachsen, so häßliche stachelige Früchte, die nach verfaulten Birnen schmecken. Nun, und bei so einer Hecke stand eben ein Grüppchen von Arabern, wahrscheinlich eine Familie. Wie die Gespenster kamen sie mir vor mit ihren drekkigweißen Tüchern um den Kopf. Die Frauen trugen eine Art von Baumwollstrümpfen ohne Fußteil, die Kinder waren überhaupt barfuß. Ein Haufen Sabrafrüchte lag auf der Erde, und die Araber schabten mit irgendwelchen Besen oder Wedeln die Stacheln von den Früchten. Ich weiß nicht, ob sie die Arbeit unterbrachen, als ich vorbeiging, oder ob mir das nur so vorkam, ich schaute nur flüchtig aus dem Augenwinkel hin. Aber im Rücken

spürte ich schon, wie sich alle, einschließlich der Kinder, gleich auf mich stürzen werden, wie sie mich unter großem Geschrei und Gequietsche verprügeln — mit diesen Besen!
Halbtot vor Schreck kam ich endlich beim Tor meiner Fabrik an. Ein kleiner Araber öffnete mir und schloß gleich hinter mir wieder zu. Alle wunderten sich, daß ich noch lebte. Nun erst erfuhr ich, was alle längst durchs Telephon erfahren hatten: In Jaffa war ein Judenpogrom ausgebrochen, und man hatte dort auf dem Jahrmarkt einige Dutzend Juden erschlagen, ungefähr um die Zeit, als ich in den Autobus eingestiegen war.
Von da an fuhren wir zur Arbeit und zurück mit einer Geleitmannschaft von arabischen Milizleuten. Aber denen trauten wir nicht so recht, und jeder von uns hatte irgendeinen Knüppel bei sich. Die Überfälle häuften sich. Öfter sahen wir an der Landstraße ausgebrannte Autos stehen. Einmal mußten wir mitten auf der Strecke aus dem Bus aussteigen, die Straße war blokkiert, ein umgestürzter Bus lag quer über der Fahrbahn, und eben holte man die Toten und Verletzten heraus. Blutüberströmte junge Mädchen schrien und weinten. Bald sorgten wir selber für unseren Schutz. Jeder von uns hatte eine Waffe erhalten.
Einmal wurde eine Bombe in den Bus geworfen und tötete einige Leute, auch den Mann, der neben mir saß. Isak Speller hieß er und stammte aus Wien. Ich kam wie durch ein Wunder davon. Bewußtlos brachte man mich nach Tel Aviv, ins Hadassa-Spital. Dort lag ich dann wochenlang. Ja, mein Lieber, so war das damals. Als ich endlich wieder halbwegs beisammen war und aus dem Spital heraus durfte, was sah ich, als ich in mein Zimmer kam? Der Schrank war weg, das Sofa auch, nichts als leere Wände! Was war passiert? Meine Wirtin war irgendwohin verreist und hatte vorher den Zins nicht gezahlt. Da räumte der Hausherr ihre Wohnung aus. Und da stand ich nun, obendrein wieder einmal ohne Arbeit ...«

Nach zwei Jahren gemeinsamen Lebens in Petach-Tikvah ging Josefs *Kwuza* auseinander. Die meisten traten in *Kibbuzim* ein, die damals auf Grundstücken der Landkauforganisationen *Keren Kayemeth* und *Keren Hayesod* neu geschaffen wurden, insbesondere in Galil. Es gab *Kibbuzim* verschiedenster weltanschaulicher Richtungen, und Josefs Freunde wählten, was ihnen am besten paßte. Einer ging zu den *Gordonisten,* ein anderer zu *Mizrachi.* Josef trat einem *Kibbuz* von *Hashomer Hazair* bei, in der Nähe

von Gedera. Dort blieb er fünf Jahre lang. Anfangs wohnten die Kibbuzmitglieder in Zelten oder in *Zriw* genannten Bretterhütten, sie besaßen überhaupt nichts und nahmen in der Umgebung Arbeit an. So auch Josef. Ein Photo, das er uns schickte, zeigte ihn, wie er im *Pardes* Orangen erntet, ein zweites zeigte ihn mit anderen jungen Leuten im Magazin, beim Sortieren der Früchte. Auf einem dritten Bild stand er neben der Pumpe beim Brunnenschlagen, dunkelhäutig wie ein Mohr, in kurzer Hose, Ruderleibchen, riesigen Stiefeln und einem großen Strohhut.
Allmählich blühte der *Kibbuz* auf, die jungen Leute machten ihren eigenen Grund urbar und bewirtschafteten ihn. Josefs Briefe wurden zu einem Hymnus auf die Arbeit und den eigenen Boden. Freudig zählte Josef auf, wie viele eigene Hühner der *Kibbuz* schon habe, wie viele Eier diese Hühner legten. Dann kamen einige Kühe hinzu, der *Kibbuz* stellte Butter und Käse her, aber nur die Kinder bekamen davon reichlich zu essen, das meiste ging auf den Markt. Eigenes Gemüse gab es zur Genüge, bald blühten in den Gärten auch schon Obstbäume.
Als Josef dann in die Siedlung Ejn-Wared zog, war er bereits ernster und reifer. Ein neues Viertel entstand, etwa vierzig Familien hatten hier von der *Keren Kayemeth* Land bekommen. Ringsum verstreut lagen arabische Dörfer. Der Boden war sandig, aber kaum war der Frühling vorbei, da grünte es schon in allen Gärten, die man um die neu entstandenen Häuser angelegt hatte. Auch Josef war zu einem Stück Land gekommen und hatte einstweilen einen *Zriw* zusammengenagelt, einen kleinen Hühnerstall gezimmert und Gemüse angebaut. Wir konnten all das auf einem Photo bewundern. Und schon die nächste Aufnahme, die uns Josef schickte, zeigte ihn mit der Kelle vor einer angefangenen Ziegelmauer. »Mein künftiges Häuschen«, hatte Josef auf die Rückseite der Photographie geschrieben. Er arbeitete vom Morgengrauen bis in die Nacht, ein wenig auf dem eigenen Grund, meist aber bei seinem nächsten Nachbarn, mit dem er sich herzlich angefreundet hatte. Sie halfen einander in allem. Wir sahen den großen, breitschultrigen Weissman, wie er sich über den Kalkbottich beugte und umrührte. Stark wie ein Bär sah Weissman aus in seiner fleckigen Leinenhose und dem offenen Hemd, das die behaarte Brust sehen ließ. Weissman lachte über das ganze breite, braungebrannte Gesicht. Er pfiff gern bei der Arbeit, freilich ziemlich falsch, was ihn nicht störte, denn er merkte es gar nicht.
Weissman hatte früher als Josef zu bauen begonnen, nun war er

fast fertig mit seiner Zweizimmerwohnung. Er brauchte nur noch die Wände zu streichen und schon konnte man einziehen.
Am Abend nach der Arbeit plauderten Josef und Weissman noch ein wenig im Garten, müde, aber glücklich und voll Enthusiasmus. Ringsum war es still und leer, es gab noch keine Straßen und kein elektrisches Licht, aber die Nacht war hell. Ganz in der Nähe heulte ein Schakal auf.
Zu Weissmans Hausweihe kam die ganze Siedlung zu Gast. Es gab Huhn, es gab Wein, Weissman hatte alles gut für diesen Tag vorbereitet, die Gäste unterhielten sich prächtig. Schließlich schafften sie die Tische in den Garten hinaus, um im Zimmer mehr Platz zu haben. Sie faßten einander unter und tanzten *Hora*. Bis tief in die Nacht hinein dauerte das Fest. Josef und einige andere Burschen mußten früher fortgehen, sie hatten in dieser Nacht Wachdienst. Immer wieder hörte man in der Umgebung von arabischen Überfällen, man mußte auf der Hut sein. Jeder Wächter hatte am Rand des Siedlungsgebietes eine bestimmte Strecke abzugehen.
Dann arbeitete Weissman bei Josef. Beide freuten sich wie die kleinen Kinder an dem Häuschen, das zusehends wuchs. Schon stand auch bei Josef der Dachstuhl, man mußte Dachziegel kaufen, von Weissman, dem ziemlich viele übriggeblieben waren; den Rest mußte man auf Kredit erwerben. In der letzten Nacht war Weissman auf Grenzwache gewesen, diesmal ging wieder Josef. Doch als er am Morgen zurückkam, sah er, daß Weissmans Haus niedergebrannt worden war, der Freund lag mit zerschmettertem Schädel im Vorhof. Die Täter mußten sich heimlich eingeschlichen haben. Josef, wie vom Schlag gerührt, konnte den Verlust des geliebten Freundes nicht verwinden. Josefs Briefe wurden traurig und bitter: Warum mußte das geschehen, warum? Das Leben erschien Josef völlig unsinnig, nichts machte ihm Freude, er ließ sein Häuschen unvollendet stehen und verließ diese Gegend; nur mit einem Rucksack, einer zusammengerollten Decke und einer Tasche kam er nach Herzliya.
Die Kolonie ist groß, in drei Bezirke eingeteilt. Hier lebten schon einige tausend Juden. Im Zentrum liegen an der Hauptstraße an die zwanzig ebenerdige und einstöckige Häuser mit Läden und Warenlagern. Es gibt ein Kaffeehaus und gegenüber einen Kiosk mit Zeitungen und Getränken. Auch ein Freiluftkino ist da. Die Kolonisten kommen aus ihren Wirtschaften auf Eselskarren ins Zentrum einkaufen. In weitem Umkreis ist Herzliya von *Pardesim* umgeben, die größtenteils Juden aus Amerika gehören,

die zu den ersten Pflanzern in Palästina zählten, einfachen, anständigen Leuten, die mit den Arbeitern gut auskommen. Die Gegend ist relativ ruhig, es gibt kaum seßhafte Araber in der Nähe, nur in Sidni Ali leben einige wenige, aber die sind nicht aggressiv, sondern danken Gott, wenn sie bei Juden Arbeit finden. Es ist schön hier, besonders im Westteil der Kolonie, gegen das Meer zu. Auf einem kleinen Hügel schimmern vereinzelte Häuschen durch das dichte Grün, weiter geht es durch Gemüsegärten und Weidegrund bis ans Strandgebiet. Der würzige Geruch von Orangen liegt in der Luft, besonders gegen Abend. Hier ruht es sich gut, und Arbeit läßt sich auch leichter finden als anderswo, denn immer wieder baut irgend jemand ein Haus. Josef findet auch hier seinen Frieden nicht, verschließt sich vor den Menschen, arbeitet einen Tag hier, den nächsten Tag anderswo und bemüht sich gar nicht übermäßig um Arbeit. Wenn er nur mehr ein paar Groschen hat, dann lebt er ausschließlich von Brot und *Chalwa.* Er übernachtet auf freiem Feld unter seiner Decke oder bei Bekannten in einer Baracke.
Aber Josef ist jung, gesund, das Leben ruft ihn, er ist ja erst fünfundzwanzig. Hier sind seine Freunde aus der alten Heimat. Max hat sich von Anfang an mit Fliesenlegen befaßt, er redet Josef zu, diesen Beruf zu ergreifen, gute Fliesenleger sind sehr gesucht. Josef beginnt ohne viel Eifer, aber bald hat er sich so eingearbeitet, daß kaum ein Haus im dritten Bezirk *(Ejsor Gimmel)* steht, an dessen Fußboden Josef nicht mitgearbeitet hat. Er erhält sogar einen selbständigen Auftrag, er legt eine Großwohnung samt Terrasse mit Steinfliesen aus. Nach drei Monaten ist er fertig. Der Hausherr, ein Amerikaner, entlohnt ihn statt in bar mit einer Parzelle am Meer. Darauf baut Josef später seine Pension, zunächst aber steht nur ein *Zriw* da, in dem Josef die nächsten Jahre wohnt. An den Samstagen sieht er die Leute aus Tel Aviv und aus der Umgebung am Strand ankommen. Dann malt sich Josef im stillen aus, wie er selbst einmal zwei oder drei Zimmer für erholungsuchende Städter hier bauen wird. Die Gegend ist zur Sommerfrische ideal geeignet, und es gibt hier noch keine Herberge für Touristen.

All das erfuhr ich aus Josefs Briefen. Höchste Zeit, daß er selbst einmal zu uns heimkam, um sich ein wenig auszuruhen. Die Mutter und Bernard warteten schon sehnsüchtig. Auch Josef freute sich auf ein Wiedersehen, immer wieder versprach er, so bald wie möglich zu kommen. Einstweilen kamen seine Briefe:

Gestern habe ich einen meiner schönsten Tage erlebt. Die *Haganah* hat uns die Nachricht zukommen lassen, daß aus Konstanza ein Schiff mit illegalen Einwanderern abgefahren ist und sich in der Nähe von Tel Aviv auf dem offenen Meer befindet. Wir warteten am Ufer an den festgesetzten Plätzen. Ihr könnt Euch vorstellen, wie uns das Herz klopfte, als wir in der Nacht die Lichtsignale sahen, die uns das Schiff sandte. Man mußte sehr vorsichtig sein, um die britischen Patrouillen zu täuschen. Auch den Beduinen, die in der Gegend herumstreifen, durften wir nicht auffallen. Sie hätten herausfinden können, was los war, und hätten uns sicherlich angegriffen. Die Chaluzim mußten sehr schnell vom Schiff geholt werden. Wenn ein Boot landete, mußten wir uns sofort um jeden neuen kümmern und ihn irgendwo unterbringen. Einige Burschen schwammen die ganze Strecke bis zu uns herüber. Nach nicht ganz zwei Stunden waren alle Schiffspassagiere bei uns an Land, und sofort zerstreuten wir uns in aller Stille, ohne irgendwelche Spuren zu hinterlassen.

Schließlich sollte ich Josef wiedersehen. Er schickte zuerst einen Brief, daß die Reisevorbereitungen schon im Gange seien, danach ein Telegramm mit der Ankunftszeit. Josef kam mit dem Zug aus Lemberg, ich wartete auf dem Drohobyczer Bahnhof, wo man nach Borysław umsteigen mußte. Ich erkannte Josef gleich, als er mit zwei Koffern und einem Tornister beladen aus dem Zug kletterte. Aber ich rief nicht und lief nicht dem Bruder entgegen, still schlängelte ich mich hinter ihm drein durch die Menge zum anderen Bahnsteig. Ich weiß nicht, ob ich Angst hatte, meine Ergriffenheit zu zeigen, oder ob ich mich noch eine Weile im stillen am Anblick des Bruders freuen wollte, der nun endlich wirklich da war. Oder war ich nicht sicher, ob dieser Mann mit dem dunklen, ernsten Gesicht unter dem schwarzen Barett wirklich Josef war? Wird er mich erkennen?
»Josef! Ich bin's, kennst du mich nicht mehr?« rief ich, als der Bruder bereits im Abteil dabei war, seine Koffer zu verstauen. Daheim begrüßte ihn die Mutter mit Tränen in den Augen, und auch Bernard war merklich bewegt. Bald drängten die Nachbarn herbei, um Josef zu sehen, dann die Leute aus der ganzen Gasse, die halbe Stadt. Von früh bis spät kamen Besucher und wollten etwas über Palästina hören. Josef war das heimatliche Leben nicht mehr gewohnt, diese vielen Beweise von Herzlichkeit und Sympathie verwirrten ihn anfangs, er fühlte sich wie ein Gast aus einer anderen Welt.

Doss is der Cholez fun Palästina! — die Leute zeigten einander Josef auf der Straße, wenn er vorbeikam in seinen kurzen Hosen, Kniestrümpfen, der schwarzen Lederjacke und mit ewig ungekämmtem schwarzem Kraushaar.
»Ihr verwöhnt mich!« sagte er mit verlegenem Lächeln zur Mutter, die eine gebratene Gans auf den Tisch stellte. »Gestern gab es gefüllte Ente, und jetzt wieder das . . .«
»Du mußt ein wenig zunehmen, du siehst schlecht aus«, antwortete die Mutter.
Bernard suchte für den Bruder einen erstklassigen Anzugstoff aus und führte Josef gleich zum Schneider. Ich mußte Josef zunächst mit meinem Schuhladen imponieren, den ich *Jo-Ka* genannt hatte, dann fuhren wir beide mit der Kutsche nach Tustanowice hinaus, wo meine und Bernards Ölgruben *Triumf* lagen. Josef war beeindruckt: »Das alles gehört euch?« Interessiert sah er zu, wie das Rohöl durch das Rohr zur Erdoberfläche hochstieg. Überall gingen wir nun miteinander hin, zur Großmutter nach Mraźnica, wo schon die ganze Verwandtschaft auf Josef wartete: Tanten, Onkel, Vettern, Kusinen. Dann mußten wir zum Schankwirt Hartmann, der tausende Fragen stellte, wie es drüben seinem Hesio gehe. Bei Hartmann waren lauter Bekannte. Die Droschkenkutscher an der Schank klopften Josef auf die Schulter: »Sollst leben, Josele!« Sie kannten ihn von klein auf. Und dann schaute Josef ins *Jüdische Haus*, das ihn für Palästina erzogen hatte. Und alle neuen Attraktionen von Borysław mußten bewundert werden. Ich führte Josef in das neue Dampfbad am anderen Flußufer, wo der schnauzbärtige Reb Srul amtierte: Nach seiner Massage fühlte sich der Mensch wie neugeboren. Jeden Tag war etwas anderes los. Am Sonntag gab es ein Fußballmatch zwischen dem jüdischen Klub *Kadimah* und dem polnischen *Strzelec*. Und auch in das Tanzlokal gleich nebenan mußte ich Josef hineinlotsen. Was wäre denn das, hier gewesen zu sein und Jakub Kaufbergs *Night Club* nicht gesehen zu haben? »Aus den Hosen bist du drausgewachsen drüben in Palästina«, krittelte der kürbisköpfige, ewig witzelnde Kaufberg. In der Loge saßen zwei Tänzerinnen und warfen uns einladende Blicke zu. »Karol, du verdirbst mich!« lachte Josef.
An den Abenden verschwand Josef in aller Stille aus dem Haus. Immer traf er sich mit Mädchen, sie liefen ihm nur so nach. Kein Wunder, er war hübsch, sportlich und, was die Hauptsache war, er kam aus Palästina! Wenn er zurück war, plauderten wir noch die lange Nacht durch oder hörten alte polnische Schlager

aus dem Koffergrammophon, das ich ihm gekauft hatte. Noch war er da, und schon empfand ich, wie sehr er mir nachher fehlen würde.
Gleich nach seiner Abreise beantragte ich bei der britischen Botschaft mein Palästina-Visum, um Josef zu besuchen. Ich war vermögend; ein anderer hätte es schwerer gehabt: Außer einer Kaution von 1800 Złoty verlangten die Briten noch den Nachweis ständiger Berufstätigkeit in einem soliden und florierenden Unternehmen.
Nach meinem dreimonatigen Besuch in Palästina war ich begeistert von dem Leben dort und fest entschlossen, schnellstens zu übersiedeln, um so mehr, als die Zeichen der Zeit unübersehbar wurden. Die ganze Welt, insbesondere die jüdische, horchte auf bei den Drohungen Hitlers. Daheim stimmte man zwar meinem Vorschlag zu, wir sollten alle nach Palästina gehen, aber ich ließ es an der nötigen Entschlußkraft und Energie fehlen, den Vorsatz auch gleich auszuführen. Die Mutter litt, wenn sie daran dachte, nun ihre Freunde und Verwandten verlassen zu müssen. Auch Bernard konnte sich nicht so schnell entschließen, er war hier ein geachteter Bankdirektor, hatte vor kurzem erst geheiratet und sich mit seiner Emma eine neue Wohnung eingerichtet. »Nur langsam, es brennt ja nicht«, sagte er, »das geht doch nicht so überhapps. Wie willst du den Schuhhandel und die Grube liquidieren? Alles wirst du verlieren.«
Ich war machtlos und liebte doch selbst meine Stadt mit meinen Freunden und Nachbarn über alles. Ich verrannte mich in Phantasien: Wir mieten ein rumänisches Schiffchen in Konstanza, alle unsere Freunde steigen ein, und wer immer will, Hermann, Schimek, Imek und sein Vater, Schlojme mit seiner Schwester Dwojra und seiner Mirele, die Leute aus unserer Straße, der kleine Chaim und die Mädchen. Und alle schmuggeln wir uns nach Palästina ein. Hier leben ohnedies die meisten in Armut, sollen sie doch mit mir fahren.

Von diesem Schiff habe ich später oft geträumt, wenn auch unter anderen äußeren Umständen. Das Träumen war bequem, und ich erledigte nichts, obwohl ich die Lage ernst nahm. Ich schrieb an Josef um Hilfe: »Komm, laß deinen Bau stehen, später bringen wir das miteinander ein. Komm her, hilf mir, die Mutter und Bernard zu beeinflussen. Auf dich hören sie mehr. Die Zeit drängt, man braucht nur Radio zu hören. Wer weiß, was die nächsten Tage bringen?«

Die nächsten Tage geschah nichts, auch nicht die nächsten Wochen. Die Welt schien sich an Hitlers Säbelrasseln gewöhnt zu haben. Josef aber erfüllte meine Bitte.

Es war ein herrlicher Sommer. Wieder spazierten wir gemeinsam durch die sonnigen Gäßchen unserer Stadt, von schönen Hoffnungen erfüllt. Meinen Anteil am Kino hatte ich bereits günstig abstoßen können, das übrige würde sich wohl auch allmählich liquidieren lassen. Inzwischen nutzten wir das schöne Wetter, an jedem Wochenende machten wir Ausflüge, bald nach Kropywnik, um im Fluß zu baden, bald in die Waldberge um Zelemianka. Dann kam Emmas Schwester Mania mit, oft auch Imek. Komisch war dieser kleine Kommis mit steifem Kragen und riesigem Reisekoffer. Man dachte, weiß Gott, was der Kerl mit sich schleppt, und dann war im Koffer nichts als ein Hemd zum Wechseln und eine neue Krawatte. Ein andermal nahmen wir am Sonntagnachmittag einen Wagen und fuhren mit der Mutter in den Kurort Truskawiec, einige wenige Kilometer. Die Mutter strahlte, als sie dort an Josefs Arm über den Korso promenierte. Die ganze elegante Welt ließ sich dort sehen, die Kurkapelle spielte in ihrem Pavillon zwischen Blumenbeeten und von Ruhebänken gesäumten Kieswegen für die Spaziergänger einen feschen Marsch.

Das heitere Wetter hielt an, man konnte die letzten Sommertage genießen. Diesmal fuhren Josef, Emma und ich nach Jaremcze. Die beiden waren noch nie in dieser Gegend gewesen, und ich wollte ihnen zeigen, wie schön hier die Berge sind, besonders gegen Worochta hin. Wir nahmen Zimmer im *Majestic*, es war wunderbar, die Luft duftete nach Jasmin an diesem heiteren Morgen, den wir zu dritt auf der Terrasse der Pension verbrachten, den Plan für diesen Tag zurechtlegend. Da erreichte uns die Nachricht, daß zwischen Deutschland und Polen der Krieg ausgebrochen war.

Zwei Wochen, nur zwei Wochen darauf, flüchteten Josef und ich mit nichts als einigen Goldmünzen in der Rocktasche zusammen mit anderen Juden in aller Früh aus Borysław auf die rumänische Grenze zu. Bei Stryj, nur etwa fünfundzwanzig Kilometer von Borysław entfernt, hielt ich mit Josef an, bei irgendeinem Bauernhof. Weiter konnte ich nicht, ich würde Josef nur zur Last fallen, ich will heim, wie konnte ich in dieser Zeit die Mutter allein lassen?

»Geh weiter, Josef, du mußt weiter, ich kehre um, ich habe nicht Kraft genug, so weit zu gehen.«

Die Füße knickten unter mir ein, und das Kreuz schmerzte gräßlich, als ich mich heimwärts schleppte. Längst war es Nacht. Ich ging über einen verlassenen Feldweg. In der Ferne knäuelten sich schwarze Wolken am geröteten Himmel. Da brannte meine Stadt.

Bernard hat den Einberufungsbefehl der Roten Armee erhalten und nahm von uns Abschied. Die Mutter konnte sich vom Sohn nicht trennen, immer wieder umarmte sie ihn, faßte seine Hände, bat ihn, gut auf sich achtzugeben, gab ihm hundert Ratschläge, und als es Bernard schon eilig hatte und endlich loszukommen versuchte, brach sie wieder in Tränen aus, klammerte sich an seine Hand und ließ nicht los. Ich konnte diese Szene nicht mit ansehen und ging auf den Hof hinaus. Nach einer Weile kam Bernard, blaß, mit geschwollenen Stirnadern. »Ich bitte dich, geh zur Mutter hinein!« rief er mir zu und kein Wort weiter, was brauchte es da auch Worte. Und mit federndem Schritt überquerte er schnell den Hof und bog in die Seitengasse ein. Die Mutter stand in der Küche in einer Ecke und starrte zum Fenster hinaus, als erhoffte sie sich, Bernard werde noch einmal umkehren. Die wirren Haarsträhnen schienen mir weißer als sonst, die Furchen im Gesicht vertieft; so stand die Mutter, klein und gebeugt, schaute ins Leere und stöhnte zuweilen auf: »Mein Bub, werde ich dich noch wiedersehen?«

Dreiundzwanzig Jahre sind es nun her, daß ich mein Heim verloren habe. Kaum zu glauben, wie schnell diese Jahre vergangen sind, man merkt gar nichts und weg sind sie. Freilich, die ersten Jahre, die der Okkupation, die flogen nicht so schnell vorbei, die dehnten sich scheinbar unendlich. Heute fällt es einem schwer, sich bewußtzumachen, wie das wirklich war, die Situation im einzelnen nachzufühlen. Die Bilder verblassen, verwischen sich, langsam vergißt man, hört selbst schon auf zu glauben, daß all dies möglich war und wirklich geschehen ist. Und nur der Traum bringt manchmal die Bilder in voller Deutlichkeit wieder, verzerrt freilich und zeitlich verschoben — aber der Druck, der einem das Herz zusammenpreßt, ist derselbe wie damals, es ist die gleiche unbeschreibliche, mit nichts in der Welt vergleichbare Angst. Letzte Nacht habe ich sie wieder erlebt. Dabei hatte ich mich in bester, ein wenig gefühlsduseliger Stimmung schlafen gelegt: Auf dem gedeckten Abendtisch war eine große Torte für mich gestanden, mit der Aufschrift *Happy Birthday to You.* Seit vielen Jahren hatte niemand an meinen Geburtstag gedacht, nicht einmal ich selber, aber hier auf dem Schiff war es Brauch, daß Reisende, die während der Überfahrt Geburtstag hatten, auf Kosten der Schiffahrtslinie bewirtet wurden.

Im Traum stehe ich daheim hinter dem Ladentisch unserer Trafik. Die Hände werden mir schwer, als wollten sie abfallen, während ich den Kunden ein Päckchen Tabak reiche oder aus den im Regal aufgereihten Hunderterpackungen die gewünschte Anzahl Zigaretten herauskrame. Draußen ist es mild und freundlich, gemütliche Spaziergänger schieben sich an unserer Ladentür vorbei, Droschken rattern über das Pflaster. Unser Laden wird nicht leer, er schwirrt von vergnügten polnischen und jiddischen Gesprächen, ein Gast drückt dem anderen die Klinke in die Hand. Und jetzt erinnere ich mich, was bevorsteht: Heute nach Ladenschluß sollen alle Juden eingefangen und verladen werden. Wie konnte ich das vergessen? Wo ist Bernard? Ich muß ihn finden und ihm sagen, was los ist, vielleicht fällt ihm irgendein Versteck ein? Die Tür von der Küche ins Zimmer mit der Kredenz verstellen? Ich selbst könnte mich in den Winkel zwischen Ofen und Wand quetschen, ich müßte dort Platz haben, ich bin mager. Oder ist die Rumpelkammer besser? Wir vergraben uns in einem Berg von Gerümpel und Brennholz. Nein, dort erwischt man uns sofort. Der Dachboden ist auch nichts. Eine Verschalung im Warenlager sollte man machen und dahinter in den Hohlraum kriechen, aber das braucht Zeit, wer bringt das jetzt fertig? Die Mutter sitzt mit zufriedener Miene an der großen feuerfesten Kasse, die noch aus der Zeit der Uhrmacherwerkstatt stammt; wenn viele Kunden auf einmal kommen, steht die Mutter auf und hilft, sie zu bedienen; sie ahnt nicht, was uns droht.

Gegenüber hat sich der alte Rechter vor der Kellertür auf einer umgestülpten Kiste niedergelassen, sonnt sich und liest eine jiddische Zeitung. Der kleine Chaim lehnt gelangweilt in seiner Ladentür, pfeift und beobachtet die Straße. Eben hat sich Rojsele an irgendeinen Passanten gehängt und sucht ihn mit emsiger Beredsamkeit in ihren Galanteriewarenladen hineinzulotsen. Das blöde Weib soll doch lieber schleunigst verschwinden und sich verkriechen, so gut sie kann, mit ihrer typisch jüdischen Visage! Aber sie weiß ja nicht, was los ist, keiner von allen weiß es, nur ich allein, ich muß die Leute warnen. Aber ich kann nicht, ich bin wie festgenagelt: Hände, Füße, Zunge, alles wie Blei. Die Mutter wickelt zwei Päckchen feinsten Tabaks und eine Schachtel *Herbewo*-Hülsen in ein Papier. Ich hab's, ich werde Herrn Rennefort bitten, daß er die Mutter zu sich nach Hause mitnimmt, bei einem gebürtigen Deutschen wird man doch sicherlich nicht nach Juden suchen. Wohl ist er immer zänkisch, weil er taub ist, aber ein grundanständiger Mensch, er wird uns helfen. Ich gebe ihm auf fünfzig Złoty heraus, er verstaut die Banknoten sorgsam in der Brieftasche und steckt das Kleingeld in die Geldbörse. Aber ich bringe immer noch kein Wort heraus, ich würge daran, es erstickt mich, die Mutter macht aufgeregt irgendwelche Zeichen zur Ladentür hinaus, und von jetzt ab überstürzt sich alles in irrem Tempo.

Der kleine Chaim und irgendein ölverschmierter Arbeiter von der Straße packen mich und schleifen mich durch das Warenlager ins Zimmer. Ich will mich losreißen, ich will erklären, worum es geht, mir fehlt ja nichts. Aber die Worte verquellen in meiner Kehle, ich lalle nur, dann bin ich im Bett, und unser Hausarzt beugt sich über mich. Ich muß ihm ins Ohr flüstern, er soll mit der Droschke, die ihn hergebracht hat und unten wartet, nicht zu sich nach Hause fahren, sondern zurück in die Ambulanz der Krankenkasse. Im weißen Kittel, mit der Maske vor dem Gesicht, wird man ihn nicht erkennen. Statt der Sprache sprüht aus meinem Mund wie aus einem Siphon unter Druck ein dikker Wasserstrahl. Der Arzt schüttelt sich, wischt mit dem Taschentuch die Brille sauber, sieht mich an. Ich weiß nicht, ob er mir das übelnimmt oder sich nur wundert. Mir ist das entsetzlich peinlich, ich spanne alle Kräfte an, um endlich die Situation zu erklären — und wieder schießt ein Wasserstrahl aus meinem Mund.

Draußen dunkelt es, die Leute schleichen vorbei wie in Nebelschwaden, und ich stehe im Gäßchen hinter unserem Haus, die Angst sprengt mir das Herz in der Brust, ich wage es nicht, die Gasse zu überqueren; von drüben aber gelangt man leichter zwischen den Häuschen, durch Torwege und Hinterhöfe und dann über die Felder nach Tustanowice. Dort, als es endlich geschafft ist, erwartet mich in meiner Grube einer unserer Bohrmeister, pferdegesichtig, in öldurchtränktem Gewand, und zeigt mir das Reservoir, in das ich kriechen soll. Er setzt die Bohrmaschine in Gang. Lautes Pochen ertönt. Bernard steht vor dem Loch und sieht interessiert zu, wie das ins Rohr eingeführte Seil in die Tiefe hinabläuft. Ich möchte ja an sich auch gern sehen, wie das Rohöl aufzusteigen beginnt, aber das dauert zu lang, so lang kann man nicht warten, jeden Moment können die blauuniformierten Polizisten eintreffen, die auf der Straße die Leute zur Ausweisleistung anhalten. Alle halbwegs wichtigen Punkte der

Stadt haben sie schon umstellt. Sie warten nur auf den Befehl. In unserem Laden geht das Licht an. Ich, draußen, ringle mich entsetzt zusammen, ziehe den Kopf ein, um nichts zu sehen, den Schrei der Mutter nicht zu hören, aber da erscheint die Mutter selbst auf der Schwelle, allein, die Stange in der Hand, um den Rolladen herabzulassen. Ich will brüllen, will die Mutter erreichen, ihr zurufen, sie soll sofort in den Laden zurück und das Licht löschen, ich stoße alle Luft aus den Lungen, keuche, bis ich platze, und kein Laut, dafür bläht es mich auf, als hätte ich Luft geschluckt, bauchig hänge ich kopfunter in der Luft, zapple, will mit Finger- und Zehenspitzen festen Grund zu fassen kriegen, um mich ankrallen zu können — nichts! Da steht ein Telegraphenmast kaum ein Meter von mir entfernt, den erwische ich auch nicht.

Ich erwachte jäh in entsetzlicher Angst. Im ersten Moment konnte ich mich nicht zurechtfinden. Wo war ich? Ich wagte mich kaum zu bewegen, vorsichtig tastete ich meinen Körper ab und stellte schließlich erleichtert fest, daß ich alles geträumt hatte. Die Augen wollten mir wieder zufallen, aber ich wußte, wenn ich nun einschliefe, würde ich schrecklich weiterträumen. Ich stand auf. Draußen rauschte das Meer. Langsam klärte sich mein Bewußtsein: Ich war auf dem Schiff, in meiner Kabine, ringsum schliefen meine Bettnachbarn. Ich machte Licht über meinem Bett und saß noch eine Weile zusammengekrümmt da, dann tappte ich auf dem Sessel nach meinen Kleidern, zog mich an und ging an Deck. Hier war es still. Am entgegengesetzten Ende schlich ein einsamer Schatten. Gedämpftes Licht drang aus den oberen Kajüten und den wenigen Decklaternen. Das Meer war schwarz, anschwellendes und abklingendes Tosen der anschlagenden Wogen dröhnte mir in den Ohren. Ich stand an der Treppe zum obersten Deck, auf dem ein kleines Schwimmbecken lag, wo die Passagiere sich morgens immer in den Liegestühlen sonnten. Leichter Wind blies mir ins Genick. Ich fror, und es verlangte mich nach dem Bett. Gern hätte ich jetzt mit jemandem gesprochen, um mich wachzuhalten und nicht allein zu sein. Schwarze Wolken hatten den Himmel überzogen, der Wind pfiff und legte sich dann für eine Weile.

Und im schwarzen Wald zu beiden Seiten meines Weges stob der Schnee von den mächtigen Buchen und Föhren. Ich wagte nicht, zur Seite oder hinter mich zu blicken, jede feinste Bewegung meiner Füße im weichen Schnee schien mir ein endlos polterndes Echo auszulösen. Am Ende des Waldweges standen Soldaten mit tief in die Stirn gedrückten Helmen und mit Maschinengewehren. Schießen sie oder umringen sie mich und fangen mich lebend? Bleischwere Füße trugen mich weiter. Die aus dem Schnee ragenden Baumstrünke hatte ich nun hinter mir. Da, neues Entsetzen: Von beiden Seiten sprangen Leute auf den Weg heraus, näherten sich, bahnten sich einen Pfad, und ich schritt direkt auf sie zu. Dann entfernten sich die zuckenden Schatten, lösten sich im Dunkel auf. Ich hob den Kopf.

Das junge Pärchen stand nicht mehr neben mir an der Reling, auch sonst waren nur mehr wenige Leute an Deck. Die Insel Kreta hatten wir längst hinter uns. Soweit das Auge reichte, nur blauer Himmel und die spiegelglatte Wasserfläche, durch die das Schiff mit kaum merklichem Zittern eine schaumige Furche zog.

Ja, es war gefährlich, ans Ende der Stadt zu den Hütten zu gehen, wo Emma, die Frau meines Bruders Bernard, mit ihrer Schwester Mania Unterschlupf gefunden hatte. Meist ging ich in sehr dunklen Nächten hin. Aber vor den jungen Frauen durfte ich nicht zeigen, daß ich Angst hatte, die lebten doch selbst in Angst und Schrecken und brauchten Aufmunterung. Außer mir hatten Emma und Mania niemand. Bernard war irgendwo tief in Rußland. Wenn ich die beiden in ihrem Schlupfwinkel aufsuchte, wußten sie in ihrer freudigen Überraschung gar nicht, was alles sie mir zuliebe tun sollten. Mania füllte ein Lavoir mit Waschwasser für mich, massierte mir den Rücken, Emma kochte mir Tee. Wir saßen in der Küche, bei dicht verdunkeltem Fenster, auf Pferdedecken, die Mania auf dem Fußboden für mich zum Schlafen ausgebreitet hatte. Aber niemand von uns schlief in diesen Nächten. Die Schwestern überschütteten mich mit Fragen: Was war draußen in der Welt los, würde es noch lang dauern, was gab es in der Stadt, wurden *arische* Häuser durchsucht? Der schwache Schein der Petroleumfunzel fiel auf die bleichen, um die Augen von dunklen Ringen gezeichneten Gesichter der Schwestern, die in diesem Raum schon seit Monaten hausten.
Die Burschen aus der Lagerkaserne erwarteten mich am verabredeten Platz hinter dem Bergwerk *Pionier;* wenn ich erschien, drückten sie mir herzlich die Hand. Immer wartete jemand auf mich. Und den riskanten Weg zu Irma lohnte mir überreich schon der Augenblick, wenn ich beim Eintreten das überglück-

liche Aufleuchten im Gesicht des Mädchens sah, das mich erwartete. »Steck einen Finger unter der Decke hervor, das erfrischt dich ein wenig.« Das liebe Mädchen; sie quälte sich selbst ab in dem stickigen Loch, und um mich sorgte sie sich. Neben ihr lag ihre Schwester Anka, mit entsetzten, gequälten Rehaugen schauten sie verstört um sich. Ihr zu Füßen schlief der kleine Willi, und daneben lag Moschko. Arme Anka, ihr Mann ist tot. Der schwerkranke Bronek wollte ihr nicht länger zur Last fallen, wollte nicht, daß Frau und Kind um seinetwillen die Flucht aus der Stadt versäumten. Da hat er sich aufgehängt, und Anka versteckte sich hier mit dem Kleinen.

In der Lagerkaserne hatten wir jeden Moment zu befürchten, man werde das Gebäude umstellen und uns abtransportieren. Morgens gingen wir in geschlossener Gruppe zur Arbeit. Wir hatten im Walde den Boden für geplante Schächte und Bohrtürme einzuebnen, die Hände taten mir weh: »Geh schon, du Waschlappen, marsch ins Gebüsch, versteck dich, wir holen dich schon, wenn es Zeit ist, umzukehren!« Das war Fischel. Die guten Burschen, wie oft versteckten sie mich während der Arbeit und arbeiteten für mich mit. Abends stand ich zwischen den anderen Schlange, um Suppe zu fassen. Nachts auf den Pritschen ächzte jemand im Schlaf, jemand regte sich, fuhr auf.

Wie war ich eigentlich nach der Befreiung zurechtgekommen? Ich kann doch gar nicht in Einsamkeit leben! Zuerst war Polen, dann Israel und danach sieben Jahre lang Wien . . .

3

In den ersten Monaten fühlte ich mich vollkommen verloren in dieser großen Stadt, nicht einmal die Straßenbahnlinien konnte ich auseinanderhalten. Überhaupt, fremde Städte bedrücken und verwirren mich. Hätte ich nicht zufällig Frau Hilda kennengelernt, wer weiß, ob ich nicht Hals über Kopf nach Israel zurückgekehrt wäre. Sie aber, eine kleine feingliedrige Dame von semitischem Typ, mit großen, sprechenden schwarzen Augen, Mutter zweier heranwachsender Töchter und in der Kulturredaktion einer Wiener Tageszeitung tätig, hatte einen Teil meines Manuskriptes durchgelesen und ermutigte mich, weiterzuschreiben, sie werde mir behilflich sein und den Text ins Deutsche übersetzen. Diese selbstlose, enthusiastische Bereitschaft zur Zusammenarbeit beglückte und ermunterte mich, hatte doch, bevor ich Frau Hilda begegnet war, alles trist und schwierig ausgesehen.

Gleich nach der Ankunft mietete ich ein Zimmer in einem kleineren Hotel in der Innenstadt, das mir Bekannte noch in Israel empfohlen hatten und das viel von Juden aufgesucht wurde. Mein Zimmer lag im dritten Stock, war klein und gemütlich, mit Zentralheizung. Bei dem kalten märzlichen Regenwetter kroch ich öfter den ganzen Tag nicht aus dem Bett. Allenfalls suchte ich den im gleichen Stockwerk untergebrachten Klubraum des Hotels auf. Gleich daneben lag das Büro, in dem ich manchmal dem tizianrot dauergewellten älteren Fräulein ein wenig Gesellschaft leistete, das hier Buchhaltung, Kassa und den Telephondienst erledigte. Morgens brachte mir das Stubenmädchen das Frühstück aufs Zimmer. Ich freundete mich mit dem Mädchen an; sie kochte mir heimlich, so daß die Chefin nichts merkte, die Haferflocken, die ich nebenan beim Gemischtwarenhändler einkaufte — meine Hauptmahlzeit. Luise war ein fröhliches, liebenswürdiges Mädchen. Mit ihrer sorgsam gebügelten schwarzen Schürze und dem weißen Häubchen auf dem kurzen Haar sah sie sehr anziehend aus. Ich freute mich, wenn sie morgens bei mir eintrat, lächelnd, mit strahlenden graugrünen

Augen. Und gleich fühlte ich mich behaglicher, wenn tagsüber vom Korridor her das Surren des Staubsaugers anzeigte, daß sie in der Nähe war. Aber ewig konnte ich hier nicht hocken bleiben, das ließen meine Finanzen nicht zu. Es war höchste Zeit, ein Privatquartier zu suchen.

Das war gar nicht so einfach, und ich wußte vorerst gar nicht, wie ich das anstellen sollte. Was hätte ich nicht dafür gegeben, hier jemand zu kennen, der in seinem Bekanntenkreis eine Gelegenheit gewußt und mich irgendeiner Familie empfohlen hätte. So aber fiel ich zunächst einmal einem Wohnungsbüro zum Opfer, wo man im voraus bezahlen mußte und sich dann, mit einer langen Liste brauchbarer und unbrauchbarer Adressen ausgestattet, erst recht allein auf die Suche machen durfte. Tagelang, wochenlang kann man so vergebens von einer der angegebenen Wohnungen zur anderen laufen, und selbst wenn dort wirklich ein Zimmer zu vermieten wäre, fragt es sich erst, wie man dem Wohnungsinhaber zu Gesicht steht. Ideal wäre ja ein Quartier bei berufstätigen Leuten gewesen oder dort, wo man mehrere Zimmer vermietet und die Untermieter eindeutig festgelegte Rechte haben. Zumeist bekam ich es jedoch mit alten Beamtenwitwen zu tun, die allein zwei, drei und manchmal auch mehr Zimmer bewohnten.

Die Frau, bei der ich schließlich einzog, hatte sich wohl früher nur in sogenannten besten Kreisen bewegt, jedenfalls ließen Ton und Benehmen dies durchblicken. Ein wenig komisch wirkte die alte Dame: ein handgestricktes rotes Umhängtuch um die fröstelnden Schultern, auf dem Kopf eine Art Mütze, unter der die Lockenwickler hervorstanden, dicke Schichten Hautcreme in dem faltigen, von violetten Äderchen durchzogenen Gesicht — und dazu eine Menge Schmuck, am Hals, an den Armen, den Ohren, wo es eben ging, allem Anschein nach echte Stücke, Überbleibsel aus der alten Monarchie. Um ein Haar hätte mich die Dame gar nicht aufgenommen; als sie merkte, daß sie mit einem Juden zu tun hatte, setzte sie eine frostige Miene auf und begann herumzureden, sie werde es sich noch überlegen, sie werde mich verständigen, anrufen, ich hätte doch sicherlich Telephon, eigentlich vermiete sie ja überhaupt nicht, nur hie und da, in besonderen Fällen und nur an Personen, die aus ihren Kreisen bestens empfohlen wurden. »Man muß doch wissen, wen man unter sein Dach aufnimmt, nicht wahr?« Ich sagte, ich sei der und der, schreibe, mein Bruder betreibe in Israel eine Pension, es gebe Leute, die mich kennen, man könne sich nach mir erkundigen, und im übrigen könne die gnädige Frau mir ja jederzeit kündigen, wenn ich ihr nicht zusage.

Zuletzt ließ sie sich gütigst erweichen. Natürlich, was sie selbst betreffe, so habe sie vor dem Krieg viele jüdische Bekannte gehabt, sehr gebildete Leute. Würdevoll erhob sie sich aus ihrem Lehnstuhl und zeigte mir das Zimmer. Es war groß, altmodisch möbliert, mit einem Kachelofen, wirkte es auf mich leblos und monströs, als habe es seit einer Ewigkeit kein Mensch betreten. Dabei war es eigentlich schön, mir gefallen ja solche alte stilvolle Möbel, aber konnte man darin auch wohnen? Aber ich mußte wohl zufrieden sein, denn wo fände ich etwas anderes? Die Frau Hofrat führte mich durch ihre große Wohnung. Überall das gleiche, alles war vollgeräumt mit verschiedenstem Zierat aus dem vorigen Jahrhundert und zum Teil noch älterem. »Und das ist das Bad. Sie können es zweimal in der Woche benützen, Montag und Freitag, abends zwischen sieben und acht Uhr. Aber bitte: sparsam mit dem Wasser.« Und dann die Küche. Die durfte ich benutzen, selbstverständlich nicht das Geschirr, ich ginge doch wahrscheinlich ohnedies zeitig morgens aus dem Haus? Nein? Aber bitte: keine Besuche zu Hause. Und das ist die Toilette.

Ich merkte gleich, das war nichts Rechtes hier, doch statt zu danken und meinerseits zu versprechen, ich würde es mir noch überlegen und anrufen, zog ich mein Geld aus der Tasche und zahlte für einen Monat im voraus. Irgendwie wird das schon gehen, was wollte ich eigentlich? Meine Zimmerwirtin war sparsam, gestattete mir nur zweimal in der Woche das Bad zu benützen. Na und? Mußte ich alle Tage baden? Hatte ich daheim alle Tage gebadet? Selbst wenn ich nur einmal in der Woche baden dürfte, ich würde auch das überstehen. Gäste habe ich sowieso keine, und in der Küche herumzuwirtschaften, habe ich nie vorgehabt. Also ist alles in bester Ordnung. Ich muß mich nur eingewöhnen, meine Zimmerwirtin kennt mich nicht und ist etwas zugeknöpft, in ein paar Tagen wird sich das geben, sie wird mich kennenlernen und ein wenig auftauen, und im übrigen, was geht das mich an, wie sie ist. Ich bin nicht mit ihr verheiratet, paßt es mir hier nicht, so sitze ich meinen Monat ab und suche mir dann etwas anderes.

Eine Woche verging, ohne daß ich mich eingewöhnte, im Gegenteil, ich fühlte mich immer mehr eingeengt. Wenn ich in der Küche mein Teewasser aufstellte, war gleich die Frau Hofrat da, um sich zu überzeugen, daß ich von ihrem Geschirr wirklich nichts angerührt hatte. Und wenn ich mich im Badezimmer wusch, war sie in der Nähe und horchte, ob ich nicht vielleicht doch badete. Ich stand früh auf und machte selbst das Bett: Sie hatte immer noch etwas auszubessern. Das Zimmer wäre verraucht. »Sie rauchen zuviel, das ist nicht gesund. Gehen Sie nicht ein wenig spazieren?« Also ging ich spazieren und kam mittags wieder. Das war aber schlecht, denn nun erschien sie alle paar Minuten, im Schlafrock, mit diesen ewigen eingedrehten Löckchen und der Mütze. Zwischen eins und vier wolle sie ihre Ruhe haben, bitte nicht so laut. Ich ging nur noch auf den Zehenspitzen bis zur Wohnungstür, um ja nicht mit ihr zusammenzutreffen, die wie ein Schatten das düstere Vorzimmer bewachte. Aber auf die Toilette mußte ich doch. Und dann rauschte die Spülung, und alles war wieder umsonst. Das Zimmer hielt ich so sauber, wie ich nur konnte, jedes überflüssige Stück Papier warf ich sofort in den Papierkorb, den Aschenbecher leerte ich immer aus, ich tat alles, damit die Frau Hofrat keinen Grund zur Klage hätte. Aber was kann man gegen die Zerstreutheit: Da hatte ich wieder einmal keine Zündhölzer und holte mir welche aus der Küche. Schon erschien ihr Kopf im Türspalt: »Das ist die zweite Schachtel in dieser Woche!« Nicht daß die Frau Hofrat zänkisch oder bösartig gewesen wäre: Sie hielt nur auf Ordnung.

Um nicht überzuschnappen, flüchtete ich noch vor der Zeit aus diesem Hauswesen. Meine neue Wirtin war etwa fünfzig Jahre alt. Sie wirkte ein wenig hilflos, ein wenig verschlafen, aber wenn sie ins Reden kam — und sie redete gern —, dann wurde ihr pausbäckiges Gesicht richtig sympathisch. Sie erzählte von ihrem Mann, und wie schwer sie es nun nach seinem Tod hatte. Sie war sehr gefällig, fragte manchmal, ob sie mir etwas vom Kaufmann mitnehmen solle, bat mich auch manchmal auf ein Schälchen Tee zu sich. Bei solchem Anlaß schaute sie etwas mehr auf sich, frisierte sich sorgfältig, puderte die Nase, schnürte sich wohl auch ein wenig. Dann saßen wir gemütlich in den weichen Polstersesseln und plauderten. Meine Wirtin mußte dann wieder ein wenig jammern: »Heutzutage ist es ja nicht leicht, zu wirtschaften, es gibt tausend Dinge zu erledigen, und wenn man allein ist, ja, Herr Karol, hat man es halt schwer ... Und Sie? Warum heiraten Sie eigentlich nicht? Sie sind doch noch ein junger Mann.« Da mußte ich dann wohl auch mit einem Kompliment herausrücken — sollte die gute Frau ihre Freude haben.

Manchmal stellte sie ein Sträußchen Blumen in mein sauber aufgeräumtes Zimmer. Sie dachte auch immer daran, meine Wäsche zum Waschen zu geben; einmal war ich direkt gerührt, als ich

entdeckte, daß an meinem Hemdärmel wieder ein Knopf angenäht war. Wie eine Mutter sorgte diese Frau für mich. Einmal brachte ich ihr eine Bonbonniere mit. Einmal gab es einen guten Film unten im Kino, sagte meine Wirtin, den wolle sie gern sehen. Es wäre unschicklich gewesen, sie nicht einzuladen. Auf dem Heimweg sprach sie dann kein Wort, sie seufzte nur. Es hatte geregnet, die Straßen waren glitschig. An der Kreuzung bot ich meiner Wirtin den Arm, damit sie auf ihren hohen Stöckeln nicht ausrutschte. »Ach, Herr Karol, wenn Sie wüßten ...« Wenn ich was wüßte? Ich wußte gar nichts, ich konnte nur ahnen. Das aber reichte mir, mir wurde unbehaglich zumute, ich wollte schon meine Sachen zusammenpacken und verschwinden. Aber das ging auch wieder nicht, ich wollte die gute Frau doch nicht verletzen, und überhaupt, bin ich irre, so Hals über Kopf die Flucht zu ergreifen? Meiner Wirtin wagte ich nicht mehr ins Gesicht zu sehen. Ich begann, lange Spaziergänge zu machen. Ich fror, und der Magen tat weh. Sollte ich mich den ganzen Tag im Freien herumtreiben?
»Ach, bei diesem Wetter müssen Sie den ganzen Tag herumlaufen, Sie Ärmster, Sie müssen ja halb erfroren sein. Kommen Sie, trinken Sie einen warmen Tee, das wird Ihnen gut tun ...«

Schließlich fand ich das Zimmer bei Frau Doktor S. Dies verdankte ich einem Herrn namens Bohrer, dem ich Grüße aus der Heimat zu bestellen hatte und mit dem ich mich vom ersten Augenblick an gut verstand. Er war ein bescheidener, sehr hilfsbereiter Mann, in seinem sanften Gesicht und den dunkelbraunen Augen waren noch Spuren jener Leidensjahre zu sehen.
Es erwies sich, daß Bohrer die Okkupationszeit in Drohobycz verbracht hatte, wenige Kilometer von meiner Stadt entfernt. Er stammte aus dem Städtchen Rudki, sein Vater war gräflicher Gutsverwalter gewesen, und er selbst hatte vor dem Krieg als Buchhalter in der Mühle gearbeitet. Während des ersten Pogroms floh er nach Drohobycz und blieb dort bis zum Kriegsende. Anfangs arbeitete er beim Straßenbau. Als dann alle Juden von ihren Arbeitsplätzen entfernt wurden, hätte Bohrer wohl auch gehen müssen. Aber seine nichtjüdischen Arbeitskameraden setzten sich bei der Direktion geschlossen für ihn ein. Später wurde er zu Arbeitsleistungen für die Wehrmacht angefordert und hielt sich auch dort ziemlich lang, weil er flink und gewissenhaft arbeitete. Wie er das nur durchzustehen vermochte, er, der nie zuvor körperlich gearbeitet hatte und nicht allzu kräftig war, eher

schmächtig, mit zarten Händen, ist unverständlich. Er mußte von früh bis in die Nacht, ohne Pause, schwere Säcke schleppen oder wohl hundertmal am Tag mit Wassereimern hin und her laufen, Holz hacken, die Fußböden der Diensträume scheuern. Und dabei lebte er nur von wäßriger Suppe, ohne Brot. Noch schwerer arbeitete er dann im Lager an der Jan-Straße, wo die Gestapo amtierte. Dort wurde er Installateurgehilfe, Maler, Anstreicher und anderes, mußte aber auch den Garten umgraben, Unkraut jäten, die schweren Suppenkessel aus der Küche in die Kantine schleppen. Oft setzte es Prügel, einmal wurde er von einem Aufseher blutig geschlagen. Aber er beklagte sich nie. Immer weniger Juden blieben übrig, immer wieder wurde *gesiebt*, zuletzt ging das Kommando daran, die letzten zur Bedienung der Gestapo arbeitenden Juden zu liquidieren. Von Bohrers sechsunddreißig Arbeitskameraden blieben noch zehn übrig, dann fünf, drei, bis es ihm gelang, zu fliehen und sich zu verstecken. »Ich weiß selbst nicht, durch welches Wunder ich davongekommen bin«, sagte er mir einmal.

Als ich Bohrer fragte, ob er kein Zimmer für mich wüßte, da führte er mich gleich selbst bei Frau Doktor S. ein.

Mein neues Zimmer in der Landesgerichtsstraße war ein schmaler Schlauch von einem Kabinett und wirkte mit dem Sofa, dem Schrank, dem Tischlein und den beiden Stühlen schrecklich angeräumt, man konnte sich kaum umdrehen. Das Fenster ging auf einen winzigen Lichthof hinaus, und um das kleine Stück Himmel zu sehen, mußte man sich hinausbeugen und den Hals verrenken. Aber ich war glücklich, daß ich dieses Zimmer bekommen hatte: Hier hatte ich endlich Ruhe und mußte nicht unentwegt davor zittern, eine Vermieterin auf dem Hals zu haben, mit Vorwürfen oder dem Gegenteil. Meine neue Wirtin drängte sich überhaupt nicht auf, sie war die meiste Zeit außer Haus, bei ihrer Arbeit im Spital. Allmählich fand ich heraus, daß sie eine bewundernswerte Frau war. Sie hatte verhältnismäßig spät studiert. Schon zu Anfang des Krieges hatte sie Zimmer vermietet, um sich und ihr Töchterchen durchzubringen, mit der Zeit fand eine bunt zusammengewürfelte Gesellschaft in diesen Räumen Unterschlupf, ein Pole mit Gattin, ein Jude und eine Zigeunerin. Selbst in den allerschlimmsten Jahren warf Frau S. diese Leute nicht auf die Straße und drängte auch nicht auf schnelle Zahlung der Miete. Sie saß damals meist in Decken gehüllt auf einem Faltstühlchen in der Küche und lernte unerschütterlich ihre Skripten auswendig, blind und taub für alles andere.

Ich arbeitete nun an meinem Buch, vergaß sogar die Sorgen wegen meiner Magenschmerzen, die immer stärker wurden. Jeden Morgen eilte ich mit den vorbereiteten Texten in die Praterstraße zu Frau Hilda. Ich fühlte mich voll Arbeitseifer und irgendwie geschmeichelt, wenn sie mir lächelnd die Tür öffnete und mich ins Wohnzimmer geleitete. Nett war es hier, warm. Ein weicher Teppich bedeckte den Fußboden. In der Ecke neben dem Bücherregal stand eine große Bodenvase mit Schilfkolben. Auf dem Tisch wartete die Schreibmaschine. »Fangen wir an oder soll ich noch schnell einen Tee machen?« fragte Frau Hilda. Wir arbeiteten meist von neun bis zwölf, dann mußten wir abbrechen, denn Frau Hilda hatte noch einiges im Haushalt zu erledigen, bevor sie in ihre Redaktion ging, wo sie von zwei bis acht Uhr abends zu tun hatte. Im wesentlichen war dann mein Text fertig, ich sah ihn nochmals durch, stellte um, korrigierte, ergänzte. Frau Hilda hatte mit mir eine schwierige, zweifache Arbeit: Ich diktierte polnisch aus den losen Blättern meines Konzeptes, die so bekritzelt waren, daß nur ich selbst sie entziffern konnte. Und erst wenn das betreffende Bruchstück getippt war, machte sich Frau Hilda an die Übersetzung. Diese Frau hatte eine Engelsgeduld und grenzenloses Verständnis. Oft unterbrach sie mich, wenn etwas unklar oder zu allgemein oder einfach schlecht formuliert war, und ich mußte genau erklären, worum es mir ginge. Oft feilten wir gemeinsam lang an einem Satz, und wenn mir schon die Geduld reißen wollte, dann spürte ich aus Frau Hildas Worten und Blicken unbeirrbares Vertrauen, Hilfsbereitschaft und sachliches Interesse am Gelingen der Arbeit. Gleich fand ich wieder Ruhe und neuen Arbeitseifer und schämte mich meiner Faxen.

Vorher, während des Schreibens, machte ich mich unter größten Ängsten an den Entwurf jeder neuen Episode, jede schien mir die schwierigste zu sein, die unmöglich gelingen konnte. Ich hatte zu wenig Worte, vieles verstand ich nicht so wiederzugeben, wie ich es fühlte und begriff, oft wußte ich eine Sache nicht einmal beim Namen zu nennen. Ein Wald etwa kann bei mir aus Eichen, Buchen oder Föhren bestehen. Wie all diese anderen Bäume und Gewächse heißen, davon habe ich keine Ahnung. Mit solchem Rüstzeug soll man die vielfältige Wirklichkeit zu erfassen versuchen? Ich erwähnte in meinem Buch etwas von diesen Schwierigkeiten, aber nur beiläufig, denn ich schämte mich, das einzugestehen. Und überhaupt, wen interessiert das schon, das sind meine privaten Probleme, ich muß schon selbst sehen, daß ich damit fertig werde. Ein Geständnis ist keine Rechtfertigung. Man könnte dann höchstens denken: Wer hat's ihm geschafft? Aber es gab größere Schwierigkeiten als diese technischen. Da hatte ich etwas beschrieben, mehr oder weniger gut, ich wußte es nicht, aber doch verständlich. Nur ich selber verstand noch immer nicht, warum das alles so gekommen war, wie ich es erlebt habe und zu beschreiben versuchte. Ich habe mich selbst nicht verstanden, während die Dinge geschehen waren, und auch dann während des Schreibens nicht, und heute, wenn ich mich an das Geschehene erinnere und das gedruckte Buch vor mir habe, verstehe ich noch immer nicht.

Warum ließ ich Irma fortgehen, statt daß ich mich gefreut hätte, daß wir leben, daß wir endlich frei waren, beisammen und uns keine Gefahr mehr drohte; statt glücklich zu sein und zu versuchen, nun das Mädchen für alle überstandenen Leiden zu entschädigen, ihr Leben zu versüßen, bei ihr zu bleiben, für sie da zu sein, mit ihr spazierenzugehen, mit ihr unter Leute zu gehen, zu tanzen, fröhlich zu sein? Davon hatte ich vorher geträumt: für Irma, mit Irma leben. Die ersehnte Freiheit war da. Und was war geschehen? Was war der Grund, daß ich Irma von mir stieß? War sie mir wirklich die ganze Zeit über allzu nahe gekommen. Und hatte ich gerade das nicht zu ertragen vermocht? Waren wir einander fremd geworden? Auch das ist möglich. Oder war ich mir selbst fremd, ohne Verlangen, ohne Energie, ohne Freude am Leben in der neugewonnenen, aber leergewordenen Welt.
Mein Haus stand nicht mehr. Man hatte es während des Krieges niedergerissen, der Hof war leer, die Häuser und Häuschen ringsum verlassen, die Straßen wie ausgestorben. Von den Meinen war niemand mehr übrig. Das Häuschen der Großmutter stand noch, aber auch dort sah es trostlos aus. Im verwüsteten Garten war ein einziger Baum übriggeblieben, die geknickten Äste hingen leblos herab. Von Türen und Fenstern waren leere Löcher geblieben, im Inneren des Häuschens war der Fußboden aufgerissen, die Wände abgekratzt, der Herd war eingestürzt. Auf dem glitschigen Lehmboden, zwischen Abfällen, modernden Lumpen, Haufen schimmliger alter Bücher und Zeitungen, lagen noch ein paar Photographien, eine davon, auf der sich ein großer feuchter Fleck weiterfraß, zeigte noch deutlich meine Familie versammelt: in der Mitte saß die Großmutter im Lehnstuhl, ringsum standen die Tanten, Karolina, Klara, Fajga, dahinter Onkel Icio, Onkel Max, Onkel Chaim, ganz vorn kauerten Chaims Kinder, Bronek, Salcia.

An den Abenden ging ich damals zur alten Frau Baum und schrieb mit, was sie über ihre Erlebnisse in der Lagerkaserne berichtete. Manchmal saß ich bis spät in die Nacht dort. Wenn ich heimkam, empfing mich Irma mit vorwurfsvollem Blick. Es war beschämend, daß ich mir eingestehen mußte: Irma wirkte nicht mehr auf mich. Es war, als ob sie keine Frau wäre. Ich wich ihr aus, ich sah mich anderswo nach etwas Weiblichem um, was man nehmen konnte, schnell nehmen, ohne sonst etwas dazutun zu müssen. Ich kam ungern heim, das Bett schreckte mich ab, Irmas Nähe, dieser heiße Körper: ihn nur nicht anfassen müssen, nicht umarmen.

Als ich dies beschrieb, wurde mir abwechselnd heiß und kalt, ich wollte es nicht wahrhaben, ungeschehen machen, widerrufen, diesen Zeitraum anders ausfüllen. Es war jedoch geschehen und nicht mehr zu ändern. Ich habe damals nie bedacht, wie jung Irma war, daß sie doch auch etwas vom Leben haben sollte. Hatte sie denn gelebt? Vier Jahre lang im geschlossenen Raum eingesperrt und dann wieder allein und wieder im geschlossenen Raum.

Sie wurde mager. Um die grünen Augen bildeten sich dunkle Ringe. Elend sah sie aus, aber gerade dadurch noch feiner, zerbrechlicher, edler. Stundenlang konnte sie stehen und inbrünstig warten, das Gesicht dem Fenster zugewandt.

Dies alles sah ich damals nicht, ich wollte es nicht sehen. Ich wollte sie loswerden, freikommen von ihr, freikommen von meiner Liebe, die nur Qual war und schlechtes Gewissen, von ihr davonlaufen, vor mir davonlaufen, mich noch tiefer in die Einsamkeit vergraben, mir das Leben noch mehr verekeln, noch etwas von dem verwüsten, was an mir vielleicht noch lebendig war. So sah das aus.

Und wenn ich nun, da all dies längst geschehen war, Irma schildern wollte, war ich oft nicht imstande, sie bildhaft vor mir zu sehen, in letzter Zeit ging es mir öfter so, ich konnte mir Irmas Gesicht nicht vorstellen. Im Kino, in Filmen mit Elizabeth Taylor oder Ingrid Bergman, überraschte mich manchmal eine Momentaufnahme, eine Geste, ein Reflex, der ganz wie bei Irma war, besonders wenn ich die Bergman sah, deren Gesichtszüge denen Irmas überhaupt nicht ähnelten. Irma hatte ein ovales Gesicht, eine niedere Stirn, ein kleines Näschen, an der Spitze ganz leicht gebogen, fast unmerklich, die Lippen waren üppig, doch edel geschwungen, alles, alles war vollkommen durchgeformt und harmonisch.

Einmal, auf der Straße in Tel Aviv, bemerkte ich in der Menge eine Frau, die Irma ähnlich sah. Das Herz pochte mir heftig, und ich eilte ihr nach, überholte sie, um ihr Gesicht aus nächster Nähe noch einmal zu sehen, sie hatte dunkel strahlende, tiefliegende, leicht umwölkte Augen, war sehr schön, erinnerte nicht an Irma. Und immer wieder hatte ich mir Irma vorgestellt. Im Spital in Tel Hashomer lag ich auf dem Wägelchen vor dem Operationssaal und wartete, bis man mich hineinschieben und drinnen auf den Tisch legen würde. Neben mir stand eine ganz junge Schwester, eine Jemenitin mit mattgoldener Haut, und strich mir über Gesicht und Hände, um mir Mut zu machen. Ich hatte keine Spur von Angst und wünschte mir, dieser Augenblick möge noch ein Weilchen andauern. Ich lächelte ein wenig und schaute der kleinen Schwester direkt in die großen, kohlschwarzen, scheuen Augen, die sich über mir öffneten und schlossen.

Ich bog mit Irma in die Seitengasse ein, die zum Judenrat führte; in einem der Amtszimmer hatten wir die Brotkarten für Irmas Familie zu besorgen. Der Krieg hatte kaum erst begonnen, das Wetter war herrlich, Irma trug eine dunkle Sonnenbrille und einen weißen, von einem schwarzen Gürtel zusammengehaltenen Staubmantel, erhobenen Hauptes schritt sie leichtfüßig dahin wie ein junges Reh. Dies war unser erster Spaziergang zu zweit, ich war glücklich, daß es mir vergönnt war, neben Irma zu gehen. Ihre Eltern waren gar nicht erbaut von meinen Bemühungen um sie, aber jetzt herrschten außergewöhnliche Zustände. Es war riskant für eine Jüdin, auf der Straße gesehen zu werden, man konnte zur Zwangsarbeit eingefangen oder vom Gehsteig hinuntergestoßen und verprügelt werden. Ein jüdischer Begleiter konnte Irma davor freilich nicht schützen, da ihm dasselbe drohte, ihm sogar noch mehr. Dennoch war man bei Irma daheim ruhiger, wenn sie nicht allein unterwegs war.
Auf dem Rückweg, außen herum über die Feldwege, bat ich Irma, die Sonnenbrille abzunehmen. Mir zuckte das Herz in freudigem Krampf zusammen, als mich in voller Sonne die schönsten Augen anstrahlten, die ich in meinem Leben gesehen habe, grau und grün schimmernd, von langen Wimpern umrahmt.
Als nach dem Krieg die Umsiedlungen aus der Ukraine nach Schlesien begannen, fuhr Irmas Schwester Anka mit einem der ersten Repatriierungstransporte aus Borysław fort. Nach dem tragischen Tod ihres Mannes hatte sie in einer neuen Ehe Trost gefunden und war glücklich. In begeisterten Briefen redete sie

Irma zu, sie solle alles liegen und stehen lassen und schleunigst zu ihr kommen. Ankas Gatte war zum Direktor einer chemischen Fabrik in der Nähe von Katowice ernannt worden, eine schöne Villa und ein Dienstwagen standen ihm zur Verfügung. Allgemein hörte man, daß den Ankömmlingen aus dem Osten vollkommen eingerichtete Wohnungen, die früher Deutschen gehört hatten, zugewiesen würden. Irma entschloß sich, zu fahren, was nicht weiter erstaunlich war. Ich sagte mir, daß ich mich doch darüber freuen sollte, endlich würde ich frei sein, würde schlafen können, so lange ich nur wollte, faulenzen, den Mädchen nachlaufen. Endlich würde ich den Kopf frei haben und nicht immer die paar Groschen auftreiben müssen, die Irma braucht, um uns ein Mittagessen zu kochen. Nun würde ich bei Emma und Mania essen. Oder nein, die hatten selbst nicht genug, ich wollte kein Schmarotzer sein, was brauche ich groß zu Mittag essen, Brot oder ein paar Kartoffeln genügen auch, Hauptsache, Irma ist weg, und ich bin niemand Rechenschaft schuldig, und was ich mache, geht niemand etwas an.

Aber ich freute mich überhaupt nicht. Ich war erschüttert, daß ich Irma nicht einmal eine Spur von Interesse oder Gefühl zeigen konnte. Als sie sich noch nicht entschlossen hatte, da hatte ich ihr selbst zugeredet, abzureisen: Bei ihrer Schwester würde sie sich erholen, würde es lustiger haben, und ich käme ja bald nach. Ich trug meinen Mantel zum Schneider und ließ einen für Irma daraus machen. Vorher hatte sie nur den alten, schwarzen, von meiner Mutter hinterlassenen Mantel gehabt. Ich kaufte noch ein paar Kleinigkeiten und bereitete alles für die Reise vor, aber erst als sich Irma wirklich auf den Weg machte, wurde mir voll bewußt, was das bedeutete, und es tat mir leid, daß wir uns trennten. Ich wollte Irma etwas Liebes sagen, aber in mir war alles leer. Ich wollte nicht Zärtlichkeit heucheln, aber ich wäre selbst dazu nicht in der Lage gewesen. Dennoch, wenn Irma jetzt irgendwelche Gefahren gedroht hätten, wäre ich zu ihr gestanden, und wenn es ein Leben lang hätte dauern sollen, ich hätte alles für sie getan, dessen war ich ganz sicher. Aber jetzt brauchte Irma diesen Schutz nicht, sie war ein freier Mensch in Freiheit, was sollte sie mit dieser Art Liebe anfangen, die doch keine war. Nein, ich habe mich nicht gefreut. Wir standen einander gegenüber, verwirrt und traurig. Dann ging sie. Und ich ließ sie gehen. Wollte ich etwa sie verstoßen, damit mein Bild von ihr unzerstört blieb, damit ich mir selbst meinen einzigen Schatz bewahren

konnte, den ich durch die Finsternis hindurchgerettet hatte, dieses Erleben, diese Liebe, diese Irma, wie ich sie gekannt und im Herzen getragen hatte, diesen Lebensdurst, das Feuer, den Schrei, das Leiden, dieses leuchtende Lächeln, wenn ich plötzlich ins Versteck zu ihr kam, ihre Hingabe und meinen Traum? Sollte ich danach dieses geliebte Gesicht sehen und feststellen müssen, daß diese Augen mich nicht mehr erregten, das Lächeln mir nur noch auf die Nerven ging? Wogegen wehrte ich mich: gegen den Alpdruck der Okkupationszeit, die Finsternis, gegen die alten Lumpen, die Irma noch immer trug und die noch immer nach Erde und muffigem Bunker stanken? Oder war es vielmehr das Heutige, die Schönheit des neuen Tages, die von den eben vergangenen Greueln unberührt blieb und mir eben deshalb unwirklich erscheint, zu der ich keine Beziehung habe, die mir unerträglich scheint, mir, so wie ich geworden bin?
Ich war angewidert von dieser trügerisch heilen Welt, von mir selber, von meiner Beziehung zu Irma. Man war von den Toten auferstanden und wunderte sich, daß die Welt inzwischen die ganze Zeit über weitergelebt hatte. Oder sollte alles ganz anders sein? Wie sollte man das begreifen, entwirren, in eine endgültige Formel fassen. Wie sollte ich wissen, ob ich die Wahrheit schreibe? Ach was, schreiben, zum Teufel gehen soll die ganze Schreiberei, das ganze Buch, ich bin nicht Dostojewski. Wenn ich selbst, für mich ganz allein wüßte, was mich getrieben hat, dann wäre ich schon zufrieden. Jedes Kind weiß doch, was ihm Freude macht und was es bedrückt. Freilich, als Kind, da habe ich das auch gewußt, aber heute zerbreche ich mir den Kopf darüber, was gestern war, und schreibe es auf, und gestern habe ich von dem geschrieben, was vorgestern war, und morgen — ja, was wird morgen sein?

Damals lag vor mir auf dem Tisch ein Brief, der die Worte enthielt: »Karol, ich warte auf Dich. Komm, ich flehe Dich an, komm so bald wie möglich!«

Ich lebte auf, als wäre ich aus langem Schlaf erwacht, und fühlte, wie mir das Herz klopfte. Irma hatte mich nicht verlassen und nicht aufgegeben, trotz allem, womit ich sie gekränkt hatte, wartete sie auf mich. Ihr Glaube an mich war stärker als jedes andere Gefühl: Was für ein wunderbares Mädchen, nie werde ich ihrer wert sein. Ich fahre zu ihr, um ihr zu sagen, wie leid mir alles tut. Und dann werde ich gehen, das wird das Beste sein.

Irma, ich bin stolz auf dich, ich bin glücklich, ich liebe dich, du kannst dir gar nicht vorstellen, wie ich dich liebe. Aber du hast ja selbst gesehen, wie ich bin, und es ist wohl besser, wenn ich gehe, ich würde dein Leben ruinieren. Aber ich will, daß du glücklich wirst. Ich bin nicht der Richtige für dich, ich bin egoistisch, hysterisch. Solche Monologe richtete ich im Geist an Irma, ich schrieb ihr lange, offenherzige Briefe, bat sie, sich nicht mehr gebunden zu fühlen, sie sei frei. Irma aber wollte diese Freiheit nicht. Im letzten Brief schrieb Irma:

»Habe ich diese Freiheit verlangt? Deine große Geste akzeptiere ich nicht, zumindest so lang nicht, bis Du mir selbst, persönlich ins Gesicht sagst, daß Du mich nicht willst. Ich werde Dir nicht mehr schreiben; dieser Brief ist der letzte. Ich will Dir nur eines sagen: Auch jetzt noch, nach allem, was ich durchgemacht habe, ist mir jedes Wort von Dir teuer, ich sehne mich nach Dir und bin glücklich, wenn ich mit jemandem über Dich sprechen kann. Laß mich nicht länger allein. Komm endlich. Komm.«

Ich war in fieberhafter Erregung, stürzte mich in alle möglichen Geschäftchen, wollte schnell noch etwas Geld verdienen, um dann mit Irma auf Einkaufsbummel gehen zu können. Die teuersten Sachen sollte sie sich aussuchen können. Die Welt freute mich wieder. Überall in ihr war Irma. In den letzten Tagen vor der Abreise hielt ich es vor Ungeduld kaum noch aus. Endlich war ich an der Reihe und konnte in einen Repatriantenzug einsteigen. Bis Gleiwitz dauerte die Reise im vollgestopften Güterwaggon drei Wochen. Von dort fuhr ich dann nach Ligota, wo Ankas Villa stand. Endlich, endlich war ich an Ort und Stelle. Irma erwartete mich auf dem Bahnhof. Sie hatte nichts mehr mit dem Mädchen gemeinsam, das mit mir die Jahre der Finsternis erlebt hatte, und nicht einmal mit der Irma, von der ich mich vor ein paar Monaten verabschiedet hatte. Eine faszinierend schöne, elegante Frau, selbstsicher, gelassen, in einem gutgeschnittenen dunkelgrünen Kostüm und hübschen gelben Stiefelchen, die bis knapp unters Knie reichten. Wir begrüßten einander kühl.
Sofort erfaßte ich die Situation. Also die Geschichte, die man mir gleich nach meiner Ankunft in Gleiwitz zugetragen hatte, stimmte. Irma hatte jemand, in Breslau, und fuhr den Burschen oft besuchen. So war das. Warum hatte sie mir nichts von der Sache geschrieben? Warum verschwieg sie mir nun die Wahrheit?

Wir setzten uns in Ankas Salon. Auf dem Fußboden lag ein Perserteppich. Der Kristalluster gab grelles Licht. Szene und Rollen waren nun vertauscht: Nicht ich beherbergte Anka mit dem Kind und Irma in einem finsteren Loch, jetzt empfingen sie mich im Salon. Irma saß mir gegenüber, die Beine übereinandergeschlagen, verlegen wie ich, doch auch sie wollte sich nichts anmerken lassen und rauchte eine Zigarette nach der anderen. Irma redete irgend etwas, die Leute hätten ihr erzählt, wie ich den Mädchen nachsteige, ihr bereitete das Kummer, sie hatte gemeint, ich habe sie schon völlig vergessen, sie hatte gewartet, lang gewartet. Konnte man denn ewig in Ungewißheit leben — und allein?
Ich machte mir nicht einmal die Mühe, ihren Worten genau zu folgen. Es war doch egal, was sie sagte, vielleicht hatte sie recht, vielleicht auch nicht.
Eine Stunde etwa war ich dort geblieben, vielleicht auch zwei, nicht länger. Seither mußte ich ziellos durch die Straßen geschlendert sein. Warum war ich nicht länger bei ihr geblieben, vielleicht hätte sich noch alles geändert? Wieder einmal habe ich alles verkehrt angefangen. Ich hätte mir nicht anmerken lassen sollen, daß ich etwas wußte oder vermutete, das hätte sie eingeschüchtert und sie hätte es nicht gewagt, selbst von der Sache anzufangen. Ich hätte Irma einfach in die Arme nehmen müssen, sie fest an mich drücken, zärtlich und herzlich sein müssen, so als wenn nichts wäre, ihre Schönheit bewundern, ihre elegante Aufmachung, besonders die entzückenden dunkelgelben Stiefelchen, die sich so weich an die Beine schmiegten. Ich begann mich selber zu verspotten: Na? Das wurmt dich, daß nicht du ihr diese Stiefelchen spendiert hast, und diese Wut hat dich ganz wild nach ihr gemacht, du wolltest sie doch haben, genau jetzt und gerade mit diesen Stiefelchen, bis zum Platzen gierig warst du nach ihr, nehmen hättest du sie sollen und sei es mit Gewalt, anfangs hätte sie das schockiert, wahrscheinlich hätte sie sich auch gewehrt, aber dann — dann hätte sie dich geliebt, Menschenskind, das ist doch ein normales, gesundes Mädchen, gesund und schön, und du, was tust du?

Als ich mich dann schließlich auf dem Bahnhof wiederfand, wußte ich selbst nicht, wie ich hingekommen war, auch nicht, ob es noch dieselbe Nacht war.
Eines Tages, als ich eben von Frau Hilda kam, fand ich an meiner Wohnungstür ein Kärtchen: Ich solle so bald wie möglich im

Hotel *Royal*, Zimmer Nr. 137 erscheinen. Da ich zufällig wußte, wo dieses Hotel ist, ging ich gleich hin.
»Daß du nur endlich da bist! Schon drei Tage lang versuche ich dich zu finden. War das ein Krampf, bis ich endlich jemanden fand, der deine Adresse kennt!«
Edi umarmte mich und drückte mir dann lang und herzlich die Hand. Ich suchte in seinem Gesicht etwas Vertrautes zu entdekken, was mir nicht gleich gelang. Die festen, regelmäßigen Gesichtszüge, die ich kannte, verschwanden jetzt zwischen Fettpolstern, das blonde Haar war stark gelichtet, aber die energischen Bewegungen und der kluge, lebhafte Blick der kleinen grauen Augen hatten sich kaum verändert. Wie viele Jahre lang mochten wir einander nicht gesehen haben? Fünfzehn? Eigens um mich wiederzusehen, hatte Edi hier in Wien Station gemacht. Man hörte über ihn, daß er in São Paulo, wohin es ihn schließlich verschlagen hatte, zu einem enormen Vermögen gekommen war. Überhaupt war er für die Überlebenden von Borysław eine fast sagenhafte Gestalt. Ich kannte seine Kriegserlebnisse, die keinen schlechten Abenteuerroman abgeben würden. In deutscher Offiziersuniform und mit einem gefälschten deutschen Urlaubsschein drückte er sich knapp hinter der Front herum. Meist fuhr er mit der Bahn zur Front und von der Front wieder zurück. Zweimal wurde er erwischt, als Jude entlarvt und konnte, todgeweiht, entwischen. Ein kaltblütiger Bursche war das, er riskierte es sogar einmal, nach Hause zu kommen und seine Familie zu besuchen. Vor dem Krieg war Edi niemand besonders aufgefallen, ein junger Pflastertreter wie andere auch, der sich in unserer *Jeunesse dorée* keinerlei besonderen Ruhm erwarb, weder als Frauenheld noch als *Starker,* und nach Geld gerochen hatte er schon gar nicht. Ein feiner Kerl, sagte man von ihm, und nicht auf den Kopf gefallen. Aber was alles in ihm steckte, das vermutete niemand.
Nach dem Krieg heiratete Edi eine schöne Frau aus einer der vornehmsten Familien des Städtchens. Kurze Zeit führte er mit mir zusammen einen Laden in Bielawa, aber bald verschwand mein Teilhaber über die grüne Grenze und ließ sich in Wien nieder. Auch dort hielt es ihn nicht lang, er zog nach München, später nach Paris. Er wußte im rechten Augenblick etwas zu riskieren, steckte voll Ideen und verstand sich jeder Lebenslage anzupassen und seine Schlüsse daraus zu ziehen.
»Was stehst du herum? Setz dich doch, komm, gib deinen Mantel her!«

Allzu wohl fühlte ich mich nicht in meiner Haut, trotz der Wiedersehensfreude konnte ich mir vorstellen, was Edi von mir dachte, wie ich da abgemagert und schäbig in meinem fadenscheinigen Mantel, im abgetragenen, spiegelnden Anzug vor ihm stand. Er hatte einen alten Kumpan wiedersehen wollen, der in der Jugend alles mögliche mit ihm zusammen erlebt hatte und mit ihm oft Jakub Kaufbergs *Nachtcafé* besucht hatte. Damals konnte Edi nichts springen lassen, jetzt aber wollte er mich sicherlich zum Essen einladen und dann in irgendein Nachtlokal, mit dem sich Kaufbergs Etablissement nie hätte messen können, von den alten Zeiten reden, von den Mädchen, ein wenig angeben. Aber so, was soll er da groß angeben, vor wem, vor einer Figur wie mir? Ich setzte mich in dem luxuriös eingerichteten Hotelzimmer an das Tischlein beim Fenster. Auf der grünlichen Tischdecke lagen Zeitungen, Bücher, stand eine Flasche Kognak.
»Fett bist du geworden, Bruder.«
»Ach ja, der Teufel hol's«, er klopfte sich auf den Speckbauch, »ich esse zuviel, ich soll nicht soviel essen, voriges Jahr hatte ich schon einen Herzinfarkt.«
»Dann gib aber acht auf dich.«
»Ach was«, er schüttelte den Kopf, »man lebt nur einmal, was soll ich mir über später Sorgen machen? Trinken wir lieber einen.«
»Danke, Edi, ich nicht. Ich darf nicht.«
»Na trink schon, einer wird dir nichts schaden, und dann gehen wir gleich was essen. Und jetzt erzähl einmal. Grau wirst du, mein Lieber, aber im Gesicht hast du dich nicht sehr verändert, ich komme gerade aus Israel, habe mich auch nach den Unsrigen umgeschaut, es ist kaum jemand aus Borysław zu finden, drei, vier habe ich entdeckt und die nicht aus unserer Generation. Vor dem Krieg hab' ich sie kaum gekannt. Bei Samek in Heidelberg war ich, dem geht es gut, bist du in Kontakt mit ihm? Und was machst du? Du hast noch immer nichts gesagt.«
»Ich? Gar nichts . . . , ich schreibe ein wenig.«
»Du schreibst!« rief er, stellte sein Glas weg und griff sich an den Kopf: »Ja, ich habe schon gehört, daß du schreibst, du hast wohl einen Vogel, na so was, schreibt der noch immer, tut überhaupt nichts, als daß er schreibt! Wie ich das gehört habe, da dachte ich, mich trifft der Schlag, ich habe dir doch schon in Bielawa gesagt, laß das, das hat keinen Sinn! Und? Wer hat recht gehabt? Was hast du gehabt von dieser ganzen *Erde ohne Gott*? Geld? Ansehen? Kannst du überhaupt schreiben? Ist das dein Fach?«

Ich schaute ihn an und wußte nicht, was ich antworten sollte, diese Predigt anzuhören, war nicht allzu angenehm, aber ich fühlte keinerlei Zorn gegen Edi. Schließlich hatte er mich ja nicht mühsam gesucht, um sich über mich lustig zu machen, wie dies viele hinter meinem Rücken taten. Er wollte nicht mich herabsetzen, sondern nur die Schreiberei, die seiner Meinung nach nichts wert war und mir nichts Gutes bringen konnte. Er wollte mir eben zeigen, daß ich mich damit in seinen Augen nur lächerlich machte, wollte an meine gesunde Vernunft und meine Eitelkeit appellieren. Es hatte keinen Sinn, zu widersprechen und meine Ziele und Beweggründe anzuführen, im übrigen: welche Beweggründe?
»Hör einmal, Edi, das ist nicht ganz so, wie du sagst. Die *Erde ohne Gott* war freilich keine Sensation, ist nicht übersetzt worden, aber man hat sie doch gelesen, viele Leute kennen sie. Ich behaupte ja nicht, daß sie gut geschrieben ist, aber sie muß ja nicht deshalb unbemerkt geblieben sein, weil sie schlecht ist. Der Stoff allein hätte doch ziehen müssen, ich habe die Sache einfach nicht geschickt genug aufgezogen und mich zuwenig um die Reklame und den Erfolg umgeschaut.«
»Ach, hör auf, hör auf, ich bin nicht neugierig«, unterbrach er mich erregt.
»Im übrigen«, überschrie ich ihn, »was hätte ich machen sollen? Geschäfte? Ich habe schon vor dem Krieg Geschäfte gemacht, und in Palästina erwartete mich ein Vermögen.«
»Sooo?« sagte er gedehnt: »Und was war mit diesem Vermögen? Ich dachte, daß du, ich meine, als wir alle noch grüne Jungen waren und überhaupt noch nicht wußten, was ein Geschäft ist und an welchem Ende man es anfaßt, da hattest du schon ein Kino und Ölquellen. Ich habe geglaubt, ich werde nach dem Krieg bei dir Nachhilfestunden nehmen können, wie man zu Geld kommt. Ich wollte doch damals, daß du mit mir aus Polen fortgehst, aber du, du wolltest nicht, nein, schreiben wolltest du, Bücher veröffentlichen. Also gut, manchmal setzt man sich irgendeinen Blödsinn in den Kopf. Aber wenn man dann sieht, daß das nicht geht, dann läßt man es doch schleunigst bleiben. Aber du, was machst du, du machst das nächste Buch. Was willst du denn? Daß sie dir ein Denkmal aufstellen? Einen Dreck werden sie dir aufstellen!«
Mit Mühe beherrschte ich mich. »Schau«, sagte ich, »es klappt eben nicht immer alles, was man will. Ich war viel krank.«
»Vor dem Krieg warst du auch krank«, entgegnete Edi unerbitt-

lich, »aber im Kopf warst du damals noch gesund! Und wenn du krank bist, hast du erst recht an deine Sicherheit zu denken und dir endlich etwas zu erwirtschaften, glaubst du, ich habe nichts zu sagen? Wer weiß, vielleicht schreibe ich auch einmal meine Erlebnisse nieder, und die werden garantiert interessanter sein als deine. Aber daß ich deshalb die Welt rings um mich vergesse und in dieser Schreiberei das wichtigste Ziel meines Lebens sehe ... Nein. Was schreibst du denn eigentlich für Offenbarungen? Worüber?«

»Worüber soll ich schon schreiben? Die Okkupation ...«

»Die Okku ...«, er schnaufte und ließ sich auf das Bett fallen, »also weißt du, jetzt reicht's mir! Schade um jedes Wort, das man zu dir redet, nein, unterbrich mich nicht, ich habe dein blödes Gefasel satt, meine Nerven sind mir zu schade dafür. Gehen wir lieber ein wenig spazieren, und reden wir von etwas anderem. Na so was, die Okkupation, die Okkupation, wer soll denn das lesen, die Leute wollen dieses alte Zeug nicht aufwärmen, sie haben genug davon. Und weißt du, wieviel zu diesem Thema schon erschienen ist, was für ausgezeichnete Sachen, hast du die gelesen? Siehst du! Aber ich habe sie gelesen! Allen Ernstes, du bist nicht gesund. Diese *Erde ohne Gott* ist ja noch zu verzeihen, obwohl ich weiterhin der Ansicht bin, daß das der größte Fehler deines Lebens war, aber bitte, das war gleich nach dem Krieg, ein Dokument mehr. Aber jetzt? Immer dasselbe, immer im Kreis herum, das ist doch eine fixe Idee, du solltest zum Arzt gehen!«

Ich fühlte, wie mir das Blut zu Kopf stieg, dabei wußte ich nicht recht herauszufinden, was mich wirklich getroffen hatte. Hat er mir eine bittere Wahrheit ins Gesicht gesagt, die ich längst hätte wissen müssen und nur nicht wahrhaben wollte? Oder war es das Gegenteil, habe ich meine Wahrheit und muß wieder einmal einsehen, daß ich unfähig bin, mit ihr durchzudringen, sie irgendeinem Menschen überzeugend darzubieten? Oder handelt es sich überhaupt um etwas anderes?

»Hör zu, Edi, du willst, daß ich Geschäfte mache. Aber vielleicht eigne ich mich längst nicht mehr fürs Geschäft, ich weiß nicht, ob ich früher daheim dazu geeignet war, aber da hat sich Bernard hinter mich gestellt und Herr Benjamin, du hast ihn doch gekannt, ich glaube, der war der reichste Mensch in unserer Stadt, der hat mich unterstützt, da konnte ich leicht Geschäfte machen, das war doch Getue und kein Geschäft. Und wozu ich jetzt noch taugen soll, das weiß ich selbst nicht. Ich bin nicht gerissen genug für die heutige Zeit, ich verstehe es nicht, mich gut

zu verkaufen, und im übrigen habe ich kein Kapital, um etwas Neues anzufangen. Also was soll das Gerede. Aber im Grunde genommen hast du natürlich recht, ich müßte etwas machen, schon länger als zwei Jahre sitze ich hier herum.«
»Hast du um Wiedergutmachung angesucht? Nicht? Hätte ich mir ja denken können. Das nicht, jenes nicht«, er musterte mich mit bedauerndem Blick wie einen hoffnungslosen Fall, »jeder Taugenichts hat sich irgendwie zu helfen gewußt und lebt, und du? Selbst wenn du ein Puff aufmachst, so ist das immer noch besser als deine ewige Scheiß-Schreiberei!«
Besser, als ein armer Teufel zu sein, meinst du wohl, dachte ich. Merkwürdig, daß ich es überhaupt noch wage, den Leuten ins Gesicht zu sehen und nicht vor Scham in die Erde versinke.

4

Erst vor zwei Monaten hatte ich das Spital verlassen, und schon wieder einmal mußte mich die Rettung abholen. Das begann langsam unheimlich zu werden. Bisher hatte ich nach jeder Magenblutung wenigstens ein Jahr Ruhe gehabt. Frau Primaria Doktor Leodolter, die bis jetzt eine Operation für vermeidbar gehalten hatte, erklärte nun, man müsse operieren, das Risiko sei zu groß, als daß man noch länger warten könne, beim nächstenmal könnte es etwa einen Magendurchbruch geben, und ehe man dann noch Zeit hätte, mich bis zum Operationstisch zu schaffen, wäre ich schon verblutet. Die Entscheidung der Primaria überraschte mich nicht allzusehr, ich fühlte mich sogar beruhigt, sie dachte für mich, entschied für mich, ich hatte volles Vertrauen zu ihr. Bislang hatte ich in der Furcht gelebt, und nun war es eben soweit, das ließ sich sogar leichter ertragen als das ständige bange Warten und die Ungewißheit. Immer war ich krank gewesen, von klein auf, und ich hatte mich an die Krankheit gewöhnt, Vergnügen ist das ja keines, und weh tut es auch, aber was will man, anscheinend war ich so zur Welt gekommen, ich hätte trotzdem mit niemandem getauscht.

Und nun lag ich als Kranker zwischen anderen Kranken, aber ich war voll Hoffnung. Man überstellte mich aus dem Sophienspital ins Allgemeine Krankenhaus; Professor Wenzel, einer der besten Chirurgen Wiens, sollte mich operieren. Im Grunde verdankte ich all diese Fürsorge dem Chefarzt der Krankenkasse in Wien. Bei der Abreise aus meinem israelischen Wohnort Herzliya hatte mir der Bürgermeister einen Empfehlungsbrief an Doktor Tuchmann mitgegeben. Er empfing mich sehr herzlich, und wann immer ich in seine Sprechstunden in die Mariahilfer Straße kam, stets begrüßte er mich heiter und humorvoll, und nicht nur mich. Alle, die zu ihm um Rat kamen, hörte er geduldig an, und allen half er. Er war als Mensch mit Herz stadtbekannt.

Ich lag im großen Krankensaal, in einem von sechzehn Betten; vor der Operation sollte ich nochmals durchuntersucht werden. Meine Freunde besuchten mich, und ich war zufrieden: Mein

Buch war bereits in Druck. Lang hatte ich warten und suchen müssen, schließlich hatte sich ein Verleger gefunden. Die Korrekturfahnen, die mir die Druckerei geschickt hatte, brachte mir Fräulein Gertrud ins Spital, eine Musikstudentin aus Stuttgart, die wie ich bei Frau Doktor S. wohnte. Das war ein schlankes, sehr intelligentes und bescheidenes Mädchen. Ich freute mich immer, wenn ich in meinem Zimmer schrieb und die klassischen Etüden zu mir herüberklangen, die Gertrud auf dem Klavier übte. Als sie mir die Fahnen brachte, erwies sich, daß sie meinen Text durchgelesen hatte. Über ihre Meinung zum Inhalt des Buches wolle sie jetzt nicht reden, sagte sie, das könnten wir ja nach meiner Genesung einmal in Ruhe tun. Aber unwillkürlich kam Gertrud während dieses Besuchs noch mehrmals auf das Thema zurück, so, als wolle sie aus meinem eigenen Mund nochmals bestätigt hören, daß sich damals in Borysław alles wirklich so zugetragen hatte: War denn so etwas möglich?

»Wissen Sie was, Gertrud«, sagte ich halb im Scherz, halb von meinem plötzlichen Einfall fasziniert, »Sie haben mir doch so von Paris vorgeschwärmt, Französisch können Sie auch, und Sie kennen viele Leute dort: Wollen Sie nicht nach Paris fahren und einen Verleger für mein Buch suchen?«

Das war nur so geredet, nie hätte ich gedacht, daß sie einwilligen würde. Zwei Tage später fuhr sie nach Paris.

Am Abend nach diesem Besuch rasierte mir ein Krankenwärter die Brust, ich hatte ein Bad zu nehmen, in der Nacht erhielt ich eine beruhigende Injektion, am Morgen erwachte ich in plötzlicher panischer Angst vor dem Operiertwerden. Ich hatte Halsschmerzen, aber vielleicht bildete ich mir das nur ein.

»Schwester! Ich fühle mich nicht wohl, mir tut der Hals weh!«

Professor Wenzel kam und schaute nach. Wirklich waren die Mandeln gerötet, und er mußte die Operation ein paar Tage aufschieben. Bereits mittags begann ich das zu bedauern. Ich hätte alles jetzt schon hinter mir haben können, und nun hatte ich die ganze Aufregung wieder vor mir. Was hatte ich nur? Ich hatte mich doch sonst nie vor einer Operation gefürchtet, sollte man nur in mich hineinschneiden, was machte das schon aus? Und ich würde doch auch diesmal nichts spüren und während der ganzen Operation friedlich schlafen. Drei Tage später, in der Nacht vor dem neuen Operationstermin, begann ich trocken zu husten, ich mußte mich verkühlt haben, Fieber hatte ich auch. Ich fühlte mich nicht wohl. Aber der Tag begann, die Patienten krochen aus den Betten, die Krankenträger erschienen, ich holte tief Luft und legte mich auf das Wägelchen. Im Operationssaal war alle meine Angst verschwunden. Die Assistentin stach die Nadel in meine Hand, der Professor und seine Suite erschienen, und über mir hörte ich die Stimme von Frau Doktor Leodolter, da fühlte ich mich leichter.

Ich erwachte auf dem Wägelchen. Im Kopf drehte sich mir alles, und ich hatte entsetzliche Schmerzen. Es fiel mir schwer, die Augen zu öffnen. Dann lag ich schon im Bett. Halb im Schlaf hörte ich den Oberarzt zu jemand sagen, daß man mir fast den ganzen Magen entfernt hatte. Ich versuchte zu horchen, was der Arzt noch sagte, aber eigentlich wollte ich gar nichts hören, nichts wissen und nichts mehr spüren, nur einschlafen. Mittags in der Besuchszeit kamen alle, Wanda, Bohrer, Luise, Frau Hilda, Wiesław. Sie wagten sich nicht nahe heran, niemand sagte ein Wort. Ich wollte lächeln und brachte es nicht fertig.

Die Sonne stand hoch. Vom Meer her wehte eine leichte Brise. Auf dem Deck wurde es wieder lebendig. In der Ferne schimmerten die Berge Zions. In einer Stunde sollten wir im Hafen von Haifa anlegen.

Es war einer der schönsten Tage in meinem Leben gewesen, als mir der Verlag aus Graz die elegant gebundenen Belegexemplare meines Buches zuschickte und ich am selben Tag von einem Pariser Verlag den Vertrag über die französische Ausgabe erhielt. Ich stand in meinem Zimmer und blätterte immer wieder das Buch durch. Es wollte mir nicht in den Sinn, daß dies wirklich mein Buch war. Dann las ich wieder den Brief aus Paris durch. Darin stand, daß mir gleichzeitig mit dem Vertrag sechshundert Dollar Vorschuß überwiesen würden. Gertrud war nicht vergeblich nach Paris gefahren, hatte sich nicht umsonst für meine Arbeit eingesetzt. Ich hielt es in meinen vier Wänden nicht mehr aus, eilte durch die Stadt, und sie schien mir erst heute all ihre Schönheit zu offenbaren, die prunkvolle Harmonie der Paläste, die bunten Parks, die Innenstadt mit winkligen Gäßchen und eleganten Schaufenstern. Die Menschen auf der Straße wirkten auf mich heiterer, vertrauter, am liebsten wäre ich dem erstbesten Vorübergehenden um den Hals gefallen. Das Sonnenlicht drang kristallen durch das Laub der Parkbäume und fiel auf die große Rasenfläche; ich mußte hinter dem Ball herlaufen, den ein kleines Kind, ohne zu zielen, durch die Gegend warf. Laut herausschreien wollte ich meine Freude: Mein Buch ist erschienen, in Paris werden sie es auch drucken, alle Welt wird es lesen.

Damals wußte ich noch nicht, daß die Welt es nicht lesen würde, daß der Pariser Verlag ohne Angabe von Gründen den Vertrag brechen und das Buch nicht herausgeben würde. Ich hatte nicht geahnt, daß der anfängliche Rummel um die deutschsprachige Ausgabe, die Empfehlungen, Auszeichnungen, die vielfach enthusiastischen Pressestimmen und ebenso das allgemeine Interesse sich nur zu bald verlieren sollten. Noch stand nicht fest, daß ich jahrelang für dieses Buch würde kämpfen müssen, zuletzt von Haus zu Haus damit hausieren gehen. Ich schmiedete große Pläne; und mit dem Geld, das ich aus Frankreich erhalten hatte, konnte ich meinen langgehegten Wunsch erfüllen und meinen Bruder Bernard wiedersehen, der 1960 aus Rußland nach Polen zurückgekehrt war und nun schon seit mehr als einem Jahr in Gleiwitz wohnte. In jedem Brief fragte Bernard, wann ich ihn endlich besuchen käme. Längere Zeit hatte ich mich vergeblich um das polnische Einreisevisum bemüht, doch schließlich ließ der Warschauer Professor, mein väterlicher Freund aus den ersten in Polen verbrachten Nachkriegsjahren, seine vielfältigen Beziehungen für mich spielen, und das half.

Bernard war kleiner als ich, aber breit und kräftig gebaut. Er hatte es in seinem Leben nie leicht gehabt, weder vor dem Krieg noch nachher. Während ich in meiner Jugend mich austobte, Vergnügungen suchte und mich in verschiedenen Kurorten herumtrieb, arbeitete Bernard unermüdlich und versagte sich selbst den kleinsten Luxus. Ein Jahr vor Kriegsausbruch hatte er geheiratet. Aber sein Glück währte nur kurz, er mußte zur sowjetischen Armee einrücken. In Rußland hatte er Schweres mitzumachen, davon erfuhr ich unmittelbar nach der Befreiung. Man ertappte ihn beim illegalen Verkauf von ein paar Päckchen Tee. Bernard wurde zu sieben Jahren Zwangsarbeit verurteilt und mußte diese Strafe im fernen Kasachstan verbüßen. Als er endlich entlassen wurde, nahm er in Kasachstan Arbeit an und begann sich um die Ausreiseerlaubnis nach Polen zu bemühen. Er lebte nur dem Augenblick entgegen, da er endlich wieder mit seiner Emma vereint sein würde, die in Borysław wie durch ein Wunder die Okkupation überstanden hatte und nun in Polen lebte. Aber Bernard sollte seine Frau nicht wiedersehen: Noch während er mit den Ausreiseformalitäten beschäftigt war, starb sie. Als er dies erfahren hatte, dachte er nicht mehr an die Ausreise. Er kehrte nach Borysław zurück und lebte zurückgezogen ohne Hoffnung. Außerhalb der Arbeitszeit wollte er keinen Menschen sehen, er wollte nur in seiner Heimatstadt sterben. Doch da

lernte er Syma kennen, die dann seine zweite Frau wurde. In den Zeiten der schwersten Krisen stand sie ihm bei, gab ihm Hoffnung und neuen Lebensmut. Schließlich reisten die beiden mit ihrem kleinen Töchterchen nach Polen aus.
Kaum war ich in Gleiwitz aus dem Zug geklettert, da sah ich sie alle drei schon am Bahnsteig stehen. Bernard war schneeweiß geworden. Er hielt nervös nach mir Ausschau. Neben ihm standen seine schöne, viel jüngere Frau, die ich nach einem Photo gleich erkannte, und die grünäugige kleine Rina mit dicken Zöpfen.
»Hört doch auf zu suchen, da bin ich ja!«

Sie wohnten in einem Seitengäßchen an der Peripherie, in zwei kleinen, nett eingerichteten Zimmern. Das vordere war die gute Stube. Bernard und Syma waren sehr lieb zu mir, immer besorgt, daß ich mich bei ihnen wohlfühlen möge. Syma kochte für mich extra Diätkost und freute sich, wenn ich ihr sagte, wie gut es mir schmeckte. Das Kind wich den ganzen Tag lang nicht von meiner Seite. Ich mußte Rina allerlei Märchen erzählen, mit ihr spielen, ihre Puppe bewundern und dabei sein, wenn diese Puppe abends schlafen gelegt und morgens wieder aufgeweckt wurde. Zu dumm, ich hätte doch Rina aus Wien eine Puppe mitbringen können, da gab es sogar welche, die gehen konnten. Aber jetzt war es zu spät.
Am Abend drängten sich eine Menge Gäste in der Stube. Sie saßen, wo es nur ging, beim Tisch, auf dem Bett, auf der Truhe. Außer einem aus Warschau stammenden Ehepaar, mit dem sich Bernard und Syma hier angefreundet hatten, waren alle Repatrianten aus Rußland wie mein Bruder, wohl die allerletzten, die von dort ausgereist waren: Männer im Alter von vierzig bis fünfzig Jahren, mit verwitterten Gesichtern und schwieligen Händen, in abgetragenen Anzügen noch von drüben. Die Frauen trugen billige Baumwollkleider oder grellfarbige Pullover vom Trödelmarkt, meist Jüdinnen aus Rußland, temperamentvolle Geschöpfe mit erfrischend einfachem, herzlichem Benehmen. Syma reichte den Gästen Tee und stellte Keks und Konfekt auf den Tisch. Alle wollten von mir wissen, wie das Leben drüben im *Westen* sei. Diese Leute hatten ein schweres Leben hinter sich. Vor vielen Jahren hatte es sie aus ihren Heimstätten ins tiefste Rußland verschlagen, wo sie eine bittere Schule hatten durchmachen müssen. Sie härteten sich ab und lebten sich ein, wurden vertraut mit den einfachen und aufrichtigen Menschen ringsum, erlernten ihre Sprache und nahmen ihre Gewohnheiten an. Und

doch waren sie in dem fremden Land allein, sehnten sich nach der Heimat, nach der Familie. Vielleicht war doch noch jemand am Leben geblieben.

Von den letzten Repatrianten, die jetzt erst eingereist waren, blieben manche in Oberschlesien wohnen, die meisten in Niederschlesien, sie richteten sich in der Regel für einen ganz kurzen Aufenthalt ein. Es hätte keinen Sinn gehabt, wenn sie in ihre Geburtsorte zurückgekehrt wären; sie hatten dort niemand, dort gab es keine Juden mehr. Doch auch in Gleiwitz oder in der Umgebung konnten sich diese Leute nicht heimisch fühlen. Wer Verwandte in den Vereinigten Staaten oder in Kanada hatte, wartete auf eine Einladung von drüben; die meisten hatten um die Ausreise nach Israel angesucht. Einige waren unentschlossen, wollten noch zuwarten. Das wäre ja doch eine große Umstellung, und außerdem: Wo gehörten sie eigentlich hin? Wo waren sie gleichberechtigt? Wo konnten sie in Ruhe ihre Kinder aufziehen, ohne befürchten zu müssen, daß diese eines Tages für ihre Abstammung zu büßen hatten?

»Wie ist das bei euch in Israel? Kann man sich dort einrichten? Erzählen Sie, Sie kennen sich doch dort aus!«

»Mach dir keine Sorgen«, beruhigte der neben mir sitzende Nuchym gleichmütig seine um einen Kopf größere Frau, »das wird schon irgendwie werden. Wir schlagen uns schon durch. *Nje propadjom!*«

Dieser Nuchym war ein Typ aus der versunkenen jüdischen Welt; von Haus aus ein *Melamed,* hatte er in Rußland die Schneiderei erlernt und sich notfalls auch als Feldscher betätigt. Kaum hatten diese Leute sich hier niedergelassen, kaum hatten sie ihre alten Habseligkeiten aus Rußland hier ausgepackt, schon begannen die Vorbereitungen für die nächste Reise: der Jude, ein ewiger Wanderer. Aber diese neuen Reisevorbereitungen dauerten Monate. Die Leute wußten wohl, daß sie in Israel hart würden arbeiten müssen, um noch einmal von Grund auf eine Existenz aufzubauen. Sie wußten: Dies war ihre letzte Station, dort würden sie endlich bleiben und sich eine Zukunft schaffen; vielleicht lag ihnen gerade deshalb so viel daran, nicht mit leeren Taschen dort anzukommen. Sie taten, was sie konnten, um hier noch schnell Geld zu verdienen und sich ein paar Groschen zu ersparen, nahmen jede Arbeit an, kombinierten, handelten, verkauften alles bis auf das Nötigste und deckten sich ein mit Dingen, die in Israel von Nutzen sein konnten, durchstöberten tagelang die

Kommissionsläden, erwarben Artikel, die sie drüben zu verkaufen hofften, nur um in den ersten Wochen im neuen Land unabhängig zu sein. Diese Vorbereitungen verbrauchten viel Energie und Geduld. Nicht jeder hielt das durch. So mancher verlor die Nerven und resignierte aus Furcht vor neuen Strapazen, bevor die Kiste für die Reise fertiggepackt war.

»Was glauben Sie, Herr Karol, werden wir das schaffen? Die Anstrengungen, das Klima und überhaupt. Gerade ältere Leute sollen doch drüben oft keine Arbeit finden. Leute, die in Polen geachtet waren, gebildete Leute, Fachleute. Und in Israel wollte man sie höchstens als Schwerarbeiter einsetzen, schaute schief, wenn sie auftauchten: Was kann denn der Alte noch leisten? Und selbst Leute, die sich drüben einen guten Posten und eine Wohnung erwirtschaftet haben, sind doch oft enttäuscht, hört man. Sie wollen weg, nach Amerika, nach Kanada, und wenn sich irgendeine Chance ergibt, fahren sie.«

»*Men fort*«, brummte Nuchym philosophisch, »ihr kennt ja die *Majsse:* Da fahren übers Meer zwei Schiffe voll Juden, eines nach Israel, das zweite von Israel fort. Und wie sie auf hoher See aneinander vorbeifahren, da stehen alle diese Juden an der Reling, und jeder deutet denen vom anderen Schiff — *so!*« Er tippte sich an die Stirn: *Meschugge.*

»So schlimm ist das gar nicht«, sagte ich, »heute haben es die Neueinwanderer viel leichter als, sagen wir, im fünfziger Jahr. Damals waren sie in Lagern zusammengepfercht und mußten eine Ewigkeit warten. Jetzt findet einer eher seinen Platz. Natürlich, nicht jedem gelingt es sofort, es kommen schließlich Juden aus aller Welt, aus Marokko, Tunesien, Persien, fast schwarze, ganz schwarze, und alle müssen untergebracht und angepaßt werden. Man kann allerlei kritisieren, und doch ist Unglaubliches geleistet worden. Ihr müßtet sehen, wie viele schöne neue Siedlungen in den letzten Jahren gewachsen sind, Schulen, modernste Spitäler. Glaubt mir, mit einem schiefen Gesicht läßt sich das nicht abtun!«

»Hilft die *Sochnut* den Neueinwanderern? Wie? Wohin muß man sich wenden?«

Fragen über Fragen. Alle waren sie neugierig, angeregt, besorgt. Nur Frau Henia, die Dame aus Warschau, saß inmitten des Geschnatters ruhig, lächelnd und aufmerksam zuhörend neben ihrem Mann, einem grobknochigen, grauhaarigen, aber jugendlich und energisch aussehenden Slawen. Syma erzählte mir später über die beiden, daß Herr Roman seine spätere Frau die Okku-

pationszeit über versteckt gehalten hatte. Auch sonst hatte er den Juden geholfen, wo er nur konnte. Vor kurzem hatten die beiden mit dem Gedanken gespielt, nach Israel zu gehen. Und zwar war er es gewesen, der darauf gedrängt hatte, der Kinder wegen, um ganz sicher zu gehen, daß sie später keine Schwierigkeiten wegen ihrer Abstammung hätten. Die Frau aber hatte um keinen Preis einwilligen wollen: Hier war ihre Heimat, anderswo hätte sie sich tief unglücklich gefühlt, und sie glaubte an eine vernünftige, menschliche Zukunft: Es könne doch in einem zivilisierten Land nicht nochmals dazu kommen, daß man Kinder verfolgt, bloß weil die Mutter Jüdin ist.
Herr Roman erzählte von der letzten großen Auswanderungswelle, ab 1957, nach dem *polnischen Oktober*. Dreißig- bis vierzigtausend Juden reisten damals nach Israel aus. Eine ähnliche Welle hatte es 1950 gegeben, danach wurde niemand mehr aus dem Land gelassen, eben bis 1956. Alle, die wollten, durften hinaus. Es war wie eine Epidemie. Da reisten nicht nur Leute, die seit Jahren auf diese Chance gewartet hatten, sondern auch andere, die ihre polnische Heimat liebten und nie vorgehabt hatten, das Land zu verlassen, unter ihnen überzeugte Kommunisten. Denn kaum waren die Stalinisten abserviert, kaum hatte sich der Druck von oben gelockert und die Leute wagten freier zu atmen, da gab es in der Öffentlichkeit die verschiedensten Meinungen und Richtungen wieder, die vorher unterdrückt worden waren: nicht nur fortschrittliche Gedanken, auch den Antisemitismus. Wieder kam es zu rassistischer Hetze, eher unterschwellig, es gab Schwierigkeiten im Beruf, Sticheleien, anonyme Drohbriefe: *Marsch ab nach Palästina, sonst . . .* Dazu kamen Warnungen sogenannter Wohlmeinender, schiefe Blicke, gleichsam verwundert: Was, Sie sind noch hier? Vielleicht waren die Juden überempfindlich, ließen sich zu sehr von Einzelfällen Angst und Mißtrauen einjagen. Schließlich verurteilte die Regierung scharf diese rassistische Stimmungsmache, und auch aus der Bevölkerung gab es genug ermutigende Stimmen, aber was half das, wer kannte sich noch aus?
Es sprach sich herum, wie viele Juden in Schwierigkeiten geraten waren. Viele hatten ihre Stellung verloren. Freilich, manche hatten nichts Besseres verdient, gewöhnliche stalinistische Bürokraten, Schnüffler, die sich hinter Parteidirektiven verschanzt und anstatt wirklicher Leistung ihre Mitarbeiter terrorisiert hatten. Nun bestimmte der Betriebsrat, wer die Leitung übernehmen sollte. Es wehte eben ein frischer Wind, sagte Herr Roman sehn-

süchtig. Und einen dieser Apparatschiks, Herr Roman kannte ihn persönlich, hatte die Belegschaft einfach auf einen Schubkarren gesetzt und zum Fabrikstor hinausgefahren. Aber vielfach wußte die verdummte Masse nicht recht, was sie wollte, ließ sich von Nationalisten oder Karrieremachern, die ihre Gelegenheit nutzten, aufhetzen. Und es wurden auch anständige Mitarbeiter und Vorgesetzte ausgebootet, bloß weil sie Juden waren. Manche von ihnen hatten im Krieg für ein demokratisches Polen gekämpft.

Auch jüdische Wissenschaftler hatten Schwierigkeiten. Es gab genug kleine Tricks und seelische Grausamkeiten, um die Juden aus dem Land zu ekeln, ohne gegen ein Gesetz zu verstoßen. Vor dem Krieg hat es erklärte Antisemiten gegeben. Heute will sich keiner so nennen lassen: Aus purem Zufall sind es immer wieder Juden, denen man das Leben sauer macht. Und unter den Juden verbreitete sich die Angst. Wollte einer schlau sein und aus den offiziellen Stellungnahmen heraushören, was die Zukunft bringen würde, so kannte er sich dann erst recht nicht aus. Die Parteiführung hatte sich damals offiziell voll und ganz hinter die Juden gestellt, aber ein entscheidendes Machtwort wurde nicht gesprochen, gleichviel, ob sich die da oben zu schwach, nicht dazu berechtigt fühlten oder einfach unschlüssig waren. Die Partei appellierte an die Juden, durchzuhalten, bis das Kesseltreiben von selbst wieder abflaue. Doch im gleichen Atemzug hieß es: Tut, was euch das Herz diktiert, wir halten euch nicht zurück.

Im übrigen wußten viele Auswanderer selbst nicht genau, was den Ausschlag gab. Einer steckte den anderen an, trotz aller Nachrichten von Verwandten und Bekannten, die drüben in Israel auch nicht auf Rosen gebettet waren. Viele Leute reisten erst einmal als Touristen nach Israel, sahen sich um, erforschten ihre Aussichten, diskutierten, fragten Bekannte aus, bildeten ihre eigene Meinung über israelische Zustände — und kehrten genauso unentschlossen zurück, wie sie fortgefahren waren. Sie fragten einander wieder um Rat, schrieben wieder lange Briefe an Bekannte. Einer wollte dem anderen die Verantwortung für den Entschluß aufbürden. Bei vielen war schließlich der Gedanke an die Kinder entscheidend. Irgendein Vorfall weckte den alten Schrecken: Das Kind kam weinend nach Hause, Spielkameraden hatten es verspottet ... Itzig, Moischele ... »Mama, was ist ein Jud?«

Die Gäste waren gegangen. Syma räumte das Geschirr vom Tisch. Bernard saß regungslos da, sorgenvoll, obwohl er es sich nicht anmerken lassen wollte.

»Schön langsam müssen wir anfangen, alles für die Reise herzurichten«, sagte er endlich ohne Enthusiasmus. »Die Ausreisegenehmigung ist uns ja sicher. Aber weiß ich, ob es richtig war, darum anzusuchen? Du hast uns ja auch in deinem Brief dazu geraten, und da haben wir uns entschlossen.«
»Und recht habt ihr gehabt!« Ich wollte ihn aufmuntern, obwohl ich selbst nicht sicher war. »Was zerbrichst du dir noch den Kopf?«
Längst hatte ich bemerkt, daß Bernard seine frühere Energie und Lebhaftigkeit eingebüßt hatte. Oft versank er in dumpfes Brüten, seine Augen weiteten sich, und der Blick wurde ganz starr, wie eingefroren. Das beunruhigte und erschreckte mich.
»Ich finde, du solltest jetzt ausruhen«, sagte ich, »warum solltest du für die paar Monate Arbeit annehmen? Was würdest du schon groß verdienen? Warum fahrt ihr nicht alle drei ein wenig in die Berge? In Israel könnt ihr euch den Luxus nicht so bald leisten.«
»Wer hat jetzt den Kopf dazu?« meinte Syma, die eben aus der Küche zurückkam und sich zu uns setzte, »in Borysław hätten wir bleiben sollen, das habe ich Bernard schon oft gesagt. Schau dir deinen Bruder an, Karol. Ist er noch derselbe wie früher? Dort hatten wir unsere eigene Wohnung, konnten uns menschenwürdig einrichten, Bernard war angesehen, Hauptbuchhalter, jeder hielt etwas auf ihn, man brauchte ihn, nie hätte man ihm gekündigt, so einen tüchtigen Buchhalter hätten sie doch kein zweitesmal gefunden. Warum mußten wir wegfahren? Für die paar Jahre, die wir noch leben?«
Ich dachte an Bernards Erzählungen über Borysław. Alle die alten baufälligen Häuschen hatte man niedergerissen, auch die hebräische Schule und das *Jüdische Haus;* an seiner Stelle ist heute ein großer Park. Auch die Synagogen sind abgetragen worden, nur die größten und besterhaltenen hat man zu Volksbildungshäusern umgestaltet. Am Jom-Kippur-Tag war Bernard zu Fuß die zwölf Kilometer bis Drohobycz gegangen, um dort in einer der übriggebliebenen Synagogen zu beten. Von 15.000 Juden, die einst in Borysław gewohnt hatten, waren noch fünf dort. Bernard war der letzte, der wegfuhr. Nein, ich wollte nicht über dieses heutige Borysław nachdenken, das nichts mehr mit meiner kleinen Stadt gemeinsam hatte.
»Wenn du nicht nach Israel willst«, sagte ich zu Syma, »dann bleibt doch hier. Vielleicht ziehe ich dann zu euch nach Gleiwitz, was meinst du, Bernard? Aber in Israel ist Josef, dort sind

Freunde aus der Vorkriegszeit, und ich komme natürlich sofort auch wieder hin, wenn ihr dort seid. Aber macht, was ihr wollt, ich will euch nicht dreinreden. Das Leben ist dort schwieriger als hier, wo Bernard leicht eine Stelle finden kann. Ihr könnt es euch ja noch überlegen, es jagt euch ja keiner.«
»Syma hat recht, ich habe die Kraft nicht mehr.«
Bernards hellgrüne Augen betrachteten mich mit entwaffnender Aufrichtigkeit. Jung sah er in diesem Augenblick aus, kein Fältchen im Gesicht, und doch . . .
»Nein, hier bleibe ich nicht!« rief Syma. »Ich will nicht erleben, daß mir das Kind beschimpft wird und weinend aus der Schule kommt!«
»Aber heute besagt das doch nichts mehr«, versuchte ich Syma zu überzeugen, »selbst wenn hie und da noch hinter deinem Rükken jemand spottet, was kann dir das anhaben? Das sind Einzelfälle, Überbleibsel aus finsteren Zeiten. Das Judenproblem hat sich doch hier von selbst erledigt. Es stimmt doch, was Herr Roman gesagt hat: Die Partei will gar nicht, daß die Juden ausreisen. Die Erlaubnis bekommen sie, das schon, aber glücklich sind die da oben darüber nicht. Polen ist mit dem Judentum verbunden, aber es gibt kaum noch Juden hier. Weißt du, Syma, wie viele hier vor dem Krieg lebten? Mehr als drei Millionen. Und jetzt? Ich denke, nicht mehr als 20.000. Viele fühlen sich als Polen, die Kinder wissen oft gar nichts von ihrer jüdischen Abstammung. Aber auch viele alte, ermattete, kranke Menschen wollen hierbleiben. Was soll jetzt noch schiefgehen? Im Gegenteil, die Regierung bemüht sich auf ihre Weise, die jüdische Kultur am Leben zu erhalten. Es gibt ein jüdisches Theater, jüdische Presse, jüdische Klubs. Warst du vielleicht einmal in einem solchen Klub, Bernard? Geht jemand hin?«

Ich ging durch die Sieges-Straße, die ich vor fünfzehn Jahren gekannt hatte, und sah mich angeregt um. Sie schien mir fremd, obwohl ich doch dieselben grauen Gebäude sah, dieselben ärmlichen Schaufenster und die Straßenbahnen, die so leise wie dazumal dahinglitten. Die Straße war belebter als einst, fremde Gesichter und doch irgendwie bekannt. Diese Arbeiter, diese eher nachlässig gekleideten Männer und die Mädchen, die bescheiden, aber mit einem gewissen Schick und Geschmack hergerichtet waren, alle diese Leute erinnerten in ihren Bewegungen, ihren Blicken, ihrem Tonfall an andere Zeiten. Ja, das waren Leute aus meiner einstigen Heimatgegend. In der Nähe des Café *Agawa* spürte ich die feuchte, frische Luft aus der Seitengasse, wo ein Bach floß. Ich wollte schon in die Straße *Dolne Wały* einbiegen, um das Haus anzuschauen, in dem ich einst gewohnt hatte, da begegnete ich an der Ecke einem alten Stammkunden meines einstigen Tabakladens. Ich erkannte ihn sofort, obwohl er nun völlig kahlköpfig war und ziemlich mager und kränklich aussah. Doch er hielt sich noch kerzengerade und schritt schnell und geschmeidig dahin.

»Sie kennen mich wohl nicht mehr, Herr Direktor?« sagte ich in freudiger Erregung.
»Nein. Wer sind Sie? Moment mal, Moment mal ... Herr Karol, nicht wahr? Herr Karol aus Borysław. Was machen denn Sie hier?«
Wir schüttelten einander lange die Hände, überrascht und ergriffen. Ich lud meinen Landsmann in das Kaffeehaus ein. Als ich hier früher gewohnt hatte, war ich gern in dieses Lokal gegangen, hatte mich unter die zahlreichen Gäste gemischt und versucht, durch nichts aufzufallen. Damals machte ich eine schwere Krise durch, das war gleich nach der Trennung von Irma, bald darauf heiratete sie und wanderte nach Amerika aus. Auch die anderen, die während der Okkupation mit mir zusammen gewesen waren, verlor ich aus den Augen, alle gingen fort. Moschko fuhr nach Israel. Emma starb. Mania fuhr nach Australien. Anka übersiedelte nach Warschau. Und die übrigen Bekannten waren allesamt irgendwohin verschwunden. Damals schrieb ich meine *Erde ohne Gott*.
Mein einstiger Kunde wirkte ziemlich nervös und bedrückt, obwohl ihn jetzt die Freude belebte, einen Landsmann getroffen zu haben. Er rauchte pausenlos.
»Was gibt es bei Ihnen Neues, Herr Direktor?« fragte ich. »Ich habe Sie gleich erkannt. Wann haben wir uns zuletzt gesehen? Ich glaube, das war noch vor dem Krieg. Wie die Zeit vergeht.«
»Ich erinnere mich noch gut an Ihre Mutter, wie sie hinter dem Ladentisch stand, und an Ihren Bruder Bernard.«
»Er ist hier«, unterbrach ich, »bei ihm bin ich ja eben hier auf Besuch. Er ist aus Rußland zurückgekommen.«
»Ach! Ich habe Ihren Bruder gut gekannt, sicherlich erinnert er sich noch an mich, ich war ziemlich oft bei ihm in der Bank, bitte grüßen Sie ihn recht herzlich von mir. Ja, ja«, trübselig rührte er in seiner Kaffeetasse, »das waren noch andere Zeiten!«
»Was machen Sie denn jetzt, wenn ich fragen darf, Herr Direk-

tor? Haben Sie das Fach gewechselt? Hier gibt es ja keine Ölquellen.«
»Ich bin schon pensioniert. Das wundert Sie wohl? Ich war zuletzt krank, aber von dieser Pension kann man ja nicht leben, achthundert Złoty bekomme ich im Monat, da muß ich schon schauen, daß ich etwas dazuverdiene.«
Ich hätte gern gefragt, auf welche Weise er das tat, doch das schickte sich wohl nicht. Aber er begann selbst zu erzählen:
»Ich habe schon alles mögliche versucht, Kinderspielzeug habe ich gebastelt, Kaninchen gezüchtet. Mein Nachbar hatte eine bessere Idee, der pflanzte Veilchen in seinem Garten und das Geschäft ging gut, aber jetzt macht ihm das jeder nach, und aus ist es mit der Herrlichkeit. Hier gibt es nicht viele Blumenhandlungen, wissen Sie. Gut, wenn einer Verwandte in Amerika hat, die ihm manchmal ein Päckchen mit Sachen zum Verkaufen schicken, aber ich habe niemand, und da ist das Pensionistendasein eben nicht so einfach. Ja, ja, mein lieber Herr Karol, nicht nur ihr Juden habt eure Heimat und eure einstige Welt verloren, ich will das natürlich nicht vergleichen, was sind meine Scherereien gegen die jüdische Tragödie, aber leicht fällt es mir jetzt darum auch nicht. Ich hatte meine Arbeit, meine Bekannten, ich war geachtet, hatte ein eigenes Häuschen, Sie erinnern sich doch . . . Und jetzt, jetzt gelte ich eben nichts mehr, auf die Jungen hört man nicht und auf die Alten schon gar nicht, die Alten sollen gehen, wir sind auf dem Aussterbeetat, eine neue Welt ist entstanden . . .«
Ich unterbrach ihn, denn mir fielen die Taczyńskis ein, die mich während mehrerer Aktionen bei sich versteckt hatten, und ich fragte, ob der Herr Direktor nicht zufällig etwas von ihnen wußte.
»Freilich, die sind nach Zabrze gezogen. Der alte Herr Ingenieur ist sehr krank, und die Frau führt einen Zeitungskiosk. Sie würden sie nicht wiedererkennen, so sehr ist sie gealtert. Was war das doch für eine schöne Frau.«
Ich wurde traurig und machte mir Vorwürfe, daß ich nicht gleich an die Taczyńskis gedacht hatte. Was war ich nur für ein Mensch? Ich verdanke ihnen doch mein Leben!

Das Schiff näherte sich dem Hafen. Schon sah man deutlich in Weiß, Grün und Braun das Gebirge Karmel herüberleuchten. Auf dem Meer glitten Motorboote. Ich stand noch immer an derselben Stelle, auf die Reling gestützt, den Kopf gesenkt, und erwachte allmählich aus meinen Gedanken und Erinnerungen.

Sollte all das nie gewesen sein? Sollte es gewesen und schön gewesen sein? Was machte das für einen Unterschied? So oder so: Es war vorbei.

Durch den Lautsprecher wurden die Reisenden aufgerufen, sich zum Aussteigen bereitzumachen. Ich fühlte, wie ich in fiebrige Erregung geriet. Gleich sollte ich meine beiden Brüder sehen. Vom Schiff aus wurde ein Steg zum Ufer hin ausgelegt, und die ersten Passagiere, welche die Paßkontrolle schon hinter sich hatten, gingen an Land. Von der anderen Seite des Decks sah ich hinter einem Drahtgitter neben dem Zollgebäude eine Gruppe wartender Leute stehen, die gekommen waren, ihre Verwandten und Bekannten abzuholen. Bald entdeckte ich Josef und Bernard, beide in weißen kurzärmligen Hemden. Bernards weißes Haar glitzerte in der Sonne. Ich wollte schon den Arm heben und öffnete den Mund zu einem lauten, freudigen Gruß, da bemerkte ich, daß Bernard, wenn er sich bewegte, die Arme steif abgewinkelt und regungslos dicht am Körper hielt. Ruckartig und steif bewegte er sich — wie ein Nachtwandler, mit dem Blick, der mir damals aufgefallen war. Mein Gott, was ist geschehen, wie lange ist er schon so?

Dritter Teil

1

3ernard hatte sich gewünscht, in Israel mit mir zusammen zu wohnen, sobald ich nachkäme; er wollte gleich eine entsprechend große Wohnung beziehen. Damit kam es freilich anders, als er es ich erträumt hatte. Er mußte warten, bis ihm die *Sochnut* über-aupt eine Wohnung zuteilte. Für die ersten Monate kam er mit Frau und Kind bei Josef unter, in einem kleinen Zimmer in des-en Pension. Besonders Syma fühlte sich dort beengt und un-glücklich, sie konnte nicht ordentlich ihre Sachen auspacken, nicht elbst kochen, waschen und wirtschaften. So griff Bernard freudig u, als er eine Kleinwohnung haben konnte, nicht weit von Josef, ber näher zur Stadt, in der Weizmann-Siedlung. Die drei über-iedelten schnell. Sie füllten die beiden kleinen Räume mit den Möbeln aus Gleiwitz. Die noch in Rußland vollgepackte Kiste erstellte den Balkon, der nach hinten auf ein großes Feld hin-usging. In dieser Enge hatte es Syma verstanden, ein nettes, be-agliches Heim zu schaffen.

ernard fand sich nur schwer in die neuen Lebensbedingungen. Gleich nach der Ankunft begann er Hebräischkurse zu besuchen. Neueinwanderer brauchen die Sprachkenntnisse dringend, um eimisch zu werden und Arbeit zu finden, besonders wenn man vie Bernard unbedingt auf eine Arbeitsmöglichkeit im eigenen ach angewiesen ist. Aber das *Iwrit* wollte ihm nicht in den Kopf. Ein Glück, daß Bernard noch von daheim her die jüdischen uchstaben kannte und im *Jüdischen Haus* von Borysław ein aar Brocken *Iwrit* erlernt hatte.

Nach langem Suchen und Herumlaufen fand er endlich einen osten als Buchhalter in einer Baufirma. Bernard hatte nicht nehr die Energie von einst. Und daß er nicht genügend Iwrit er-rnt hatte, um sich mühelos verständlich zu machen, das nahm m alles Selbstvertrauen. Aber wenigstens durch Gewissenhaftig-eit und Sachkenntnis wollte er seine Arbeitgeber zufriedenstel-n. Aber was half das? Immer öfter ertappte er sich in letzter eit bei irgendwelchen Gedächtnislücken. Er stand vom Schreib-sch auf, um etwas aus dem Aktenschrank zu holen, und vergaß unterwegs, was er gewollt hatte. Er blieb abends länger im Büro, denn er hatte fast immer Rückstände aufzuarbeiten. Schließlich mußte er seine Rechnungen mit nach Hause nehmen. Es hatten sich Fehler eingeschlichen, und er fand sie nicht heraus. Alles schien richtig, und am Schluß stimmte es dann doch nicht. Wo steckte der Fehler? Wenn man das nur jemandem zum Nachrechnen geben könnte. Aber wem? Was würde Syma von ihm denken? Er, Bernard, der Superbuchhalter, der berühmte und gesuchte Spezialist für komplizierte Bilanzen — er konnte nicht einmal mehr ein paar Posten zusammenzählen? Früher hatte er fünfstellige Zahlen im Kopf multipliziert. Bernards Gesicht war von Erschöpfung und Bedrängnis gezeichnet, mühsam hielten die steifen Finger den Bleistift. Er wehrte sich gegen die Erkenntnis, daß sein Nervensystem zerrüttet, daß er an Schüttellähmung erkrankt war, an der Parkinsonschen Krankheit. Er hatte es lange nicht bemerkt, daß er beim Gehen die Arme steif hielt. Er begriff es erst, als ihn jemand darauf aufmerksam machte.

Auch Josef war stark gealtert. Zwar suchte er sich noch gerade zu halten und war immer in Bewegung, aber man merkte, daß er verbraucht war. Er klagte über Kreuzschmerzen, die Füße versagten, oft hatte er Schwächeanfälle. Am schlechtesten fühlte er sich im Winter, wenn die Pension geschlossen war, ständig ta ihm irgend etwas weh, und eine Verkühlung folgte auf die andere Aber im Bett hält es Josef nicht lang aus, es läßt ihm keine Ruhe er muß sich rühren, er muß arbeiten, es scheint, daß er nicht mehr ohne Arbeit leben kann. Immer findet sich etwas zu tun im Häuschen, im Garten, am meisten in der Pension, die drüben jenseits der Hauptstraße liegt, nahe am Meer. Josef werkt hie fortwährend, repariert, bessert aus, baut um, reißt Zwischen wände nieder und richtet andere auf, so daß noch ein Bad Plat findet, noch ein Einbauschrank. Arbeiten, die Josef nicht selbs planen und durchführen kann, gibt es gar nicht. Von den Grund mauern bis zum Dach ist so gut wie alles das Werk seiner Hände er hat selbst gemauert, selbst die Holzwände aufgeführt, er ha ausgemalt, selbst die Fußbodenfliesen gelegt, selbst aus großen roh behauenen Steinblöcken die Vortreppe gebaut. Wieviel Präzision, wieviel Phantasie ist an jede Einzelheit gewendet: etw an diese Trennwände auf der Terrasse, zwischen den Ausgänge der einzelnen Zimmer, die hölzernen Gitterzäune, dicht vo Schlinggewächsen umrankt, die bis ins üppige Weinlaub an de Hausmauer hinüberwachsen. Auch im Garten hat Josef alle selbst gemacht, alle Bäumchen gesetzt, die jetzt schon hera

gewachsen sind und viel Schatten geben, alle Beete angelegt, alle Blumen gepflanzt. Alles paßt an seinen Platz, auch das kleine herzförmige, mit Kieseln ausgelegte Goldfischbecken, die aus Rohr geflochtene Sitzbank, der Pingpongtisch.
Wirklich schön ist diese kleine Pension mit ihrem Garten. Sie hat wohl nur zehn Zimmer, aber für den Betrieb wären eigentlich mehr Arbeitskräfte nötig, als Josef sich leisten kann. Er muß mit einer Gehilfin in der Küche auskommen, wo seine Frau Pera wirtschaftet, und mit einem Stubenmädchen. Nur am Samstagmorgen kommt der kleine Moischele und hilft Klappstühle und Tische aus dem Schuppen tragen und vor der Terrasse zwischen den Bäumen aufstellen. An den Samstagvormittagen kommen gewöhnlich viele Gäste, meist aus Tel Aviv, bestellen etwas zum Trinken und spielen Karten in der frischen Luft.
Zu Ostern, wenn die Saison beginnt, sind alle Zimmer bei Josef schon im voraus bestellt. Er muß sich entsprechend vorbereiten, mit Lebensmitteln eindecken, sorgsam rechnet er mit Pera aus, wieviel Fleisch einzukaufen ist und welches, wieviel Fisch, welches Gemüse, Obst und noch vieles andere, was er eigens aus der Stadt holen muß. Und dann hat er erst recht alle Hände voll zu tun, übernimmt das frische Bettzeug aus der Wäscherei, sortiert es, gibt dem Stubenmädchen die entsprechende Anzahl aus, überprüft jedes Zimmer, ob wirklich alles in Ordnung ist, ob die Gardinen sauber sind, ob das Warmwasser läuft. Dann grast er mit dem Rasenmäher den Garten ab, rupft die bereits verblühten Blumen aus, und plötzlich fällt ihm ein, daß er noch jemand anzurufen hat. Was ist noch alles schnell zu erledigen?
Wenn dann die Gäste eintreffen, geht es erst richtig los: Josef deckt die Tische im Speisezimmer, Josef serviert, Josef ist Empfangschef, Kellner und überhaupt Mädchen für alles, wie er das nennt. Für einen einzelnen Menschen ist das ein bißchen viel, und nicht immer gibt es einem die innere Befriedigung für die Mühe. Zuweilen kommen Gäste, denen man nichts recht machen kann, und wenn man sich zerreißt. An allem haben sie etwas auszusetzen und bilden sich noch etwas ein darauf. Josef wirkt zumeist beherrscht und geduldig, obwohl er im Grunde sehr jähzornig ist. Hält er es dann nicht mehr aus, dann muß er dem Kerl die Meinung sagen, soll er zum Teufel gehen. Wenn Josef aber spürt, daß die Gäste sich bei ihm wohl fühlen, wenn sein Werk bewundert wird, dann strahlt er, alle Frische und Spannkraft scheint für einen Moment in ihn zurückzukehren. Schlechte Laune läßt er zuweilen in der Küche an Pera und dem Mädchen aus, schimpft,

daß dort ewig nichts vorwärtsgehe. Er selbst schafft alles blitzschnell. Morgens muß das Frühstück vorbereitet sein, bevor die ersten Gäste aufstehen. Um Punkt eins schlägt Josef den Gong zum Mittagessen. Zwischen vier und sechs serviert er den Gästen auf der Terrasse die Jause. Das Nachtmahl, wieder mit dem Gongschlag angezeigt, ist um sieben. Schwer wie ein Stein fällt Josef nach jedem Arbeitstag ins Bett.
Nach Ostern wird es ruhiger, bis zum Sommer hat die Pension nur wenige Gäste.
Die sommerliche Hochsaison wird allerdings von Jahr zu Jahr schwächer. Heutzutage sind die Leute anspruchsvoll, suchen Abwechslung, viele verbringen den Urlaub im Ausland. Und die Touristen aus Übersee ziehen die großen, komfortablen Stadthotels vor. Für Josef haben die mageren Jahre begonnen. Ungeduldig, wenn keine Gäste kommen, abgehetzt, wenn welche kommen, mit sich selbst im Streit, so findet Josef keine Ruhe. Höchste Zeit, daß er sich aus diesem Geschäft zurückzieht, zu alt ist er, er kann diesen Betrieb nicht mehr führen, eigentlich liegt ihm so etwas überhaupt nicht — um die Gäste herumschwänzeln, das ist nichts für ihn. Und jetzt müßte einer ja jeden Tag eine neue Attraktion anbieten. Nein, er kann nicht mehr, er hat es satt. Im Vorjahr waren zwei Ärzte da, die wollten die Pension pachten und ein Heim für Körperbehinderte daraus machen, hätte er doch eingewilligt, dann hätte er endlich Ruhe. Oder soll er verkaufen? Er inseriert gleich in den nächsten Tagen in der Zeitung, sicherlich wird jemand Interesse haben!
»Was meinst du dazu, Pera? Ach, hast du schon jemals zugehört, wenn ich was sage?«
Genauso hatte Josef lamentiert und Pläne geschmiedet, bevor ich aus Israel nach Wien übersiedelte. Überhaupt hat sich Josefs Lebensweise seither nur wenig verändert. Er sorgt weiterhin für seine Gäste, und wenn er keine hat, dann findet er sich irgendeine Arbeit im Haus. Nur ermüdet er jetzt viel schneller, streckt sich in einem der beiden Liegestühle aus, die er jeden Morgen samt einigen Tischen und Stühlen in den Garten stellt, nahe beim Eingang zum Buffet. Und halb verschlafen springt Josef eilig auf, wenn ein Gast erscheint. Von früh bis spät schaut er auf seinen Betrieb; ob etwas zu tun ist oder nicht, Josef nimmt sich keine Zeit für sich selbst. Fragt man ihn, warum er nicht manchmal abends ein wenig fortgeht, so antwortet er, daß er niemand hat, der ihn inzwischen in der Pension vertreten könnte. Monatelang, oft jahrelang hat er seine alten Freunde und Bekannten

nicht mehr gesehen. Langsam gewöhnt er sich jede Geselligkeit ab. Das Haus, die Familie sind seine ganze Welt. Er und Pera ergänzen einander außergewöhnlich gut, und sie sind völlig aufeinander eingespielt. Pera hält sich noch gut, und wenn es nötig ist, kann sie so schwer arbeiten wie er. In der Saison werden ihr die Hände steif, die Gelenke schwellen an. Aber sie beklagt sich nicht, schließlich weiß sie, wie schwer es Josef hat, und sie weiß ihn auch zu behandeln, sie kennt seinen Charakter, seine Eigenarten und Schwächen. Es sieht aus, als hätte Josefs Zuneigung jetzt im Alter noch weiter zugenommen. Wenn er in die Stadt fährt, um etwas zu erledigen, und sich verspätet hat, dann ruft er unterwegs gleich seine Frau an, damit sie sich nicht ängstigt. Die Kinder, Eliezer und Dalia, sind das ganze Glück der beiden, für die Kinder leben sie und opfern sich auf. Eliezer ist nun schon ein erwachsener Mann, kräftig, ruhig und immer fröhlich, von Beruf Fernsehtechniker. Er ist eben zur beruflichen Weiterbildung nach Amerika gereist. Dalia leistet jetzt ihren Wehrdienst ab. Sie übernachtet bei den Eltern; jeden Abend, wenn sie von ihrer Einheit kommt, schaut sie auch auf einen Sprung in die Pension. Seit ich Dalia zuletzt gesehen habe, ist sie zu einem schönen, reifen Mädchen herangewachsen. Braungebrannt, geschmeidig, mit vollen Lippen und Stupsnase, in der Khakiuniform, mit dem dunkelblauen Käppi mit angeheftetem Abzeichen sieht sie bezaubernd aus. Pera läuft gleich in die Küche, um etwas Gutes zum Essen zu machen, Dalia erzählt angeregt über ihren Tag und fragt, was es Neues gibt. Josef strahlt.
Manchmal bringt Dalia ihren Freund mit, meist an Samstagen. Dann kommt er aus Haifa heim, wo er an der Technik studiert. Harry heißt er, ein großer, auffallend hübscher Bursche mit üppigen schwarzen Locken, dem man bei aller Natürlichkeit seine gute Kinderstube anmerkt. Er und Dalia sind ein schönes Paar. Sie singen gern, Dalia mit ihrer vollen Altstimme freilich viel schöner als er, aber dafür kann Harry auf der Gitarre begleiten. Mit unerschöpflichem Temperament wechseln sie zwischen flotten Schlagern und schwermütigen hebräischen Melodien und dann plötzlich zur Beatmusik.
Ich fühle mich hier nicht übermäßig wohl. Gewiß, ich kann mich nicht beklagen, Josef tut alles für mich, er hat mich vom Hafen abgeholt, hat mir ein Zimmer in der Pension eingeräumt, gibt mir reichlich zu essen. Aber zu einem vertraulichen Gespräch ist es noch nicht gekommen. Josef hat auch nicht viel nach meinem Leben während der letzten Jahre gefragt. Ich weiß nicht, was er

denkt, wie er mit Pera über mich redet. Ich fühle mich etwas gehemmt, Josef schaut immer so sorgenvoll drein, meint er etwa, daß er mich jetzt wieder am Hals hat und erhalten muß, wie schon einmal, vor Jahren? Soll ich lieber eine andere Unterkunft suchen, damit er sieht, daß ich nicht auf ihn angewiesen bin? Aber das könnte ihn kränken. Bin ich dazu übers Meer gekommen, daß ich mich hier von Josef fernhalte, als ob ich ihm nachtragen wollte, daß wir uns vor Jahren nicht gut verstanden hatten?

Jetzt nehme ich diese Dinge doch längst nicht mehr so tragisch. Ich bin wohl selbst schuld, daß ich mich hier nicht besser fühle. Man muß die Leute nehmen, wie sie sind. Josef, Irma, Moschko, und die anderen. Das sind normale Menschen: Wenn sie nicht besser sind als die übrigen, so doch gewiß nicht schlechter. Also gut, ich muß mich endlich anpassen und zufrieden sein mit dem, was mir zuteil wird. Wenn ich Liebe will, so muß ich das als Liebe anerkennen, was ich bekomme, damit ich nicht vereinsame in den paar Jahren, die ich zu leben habe.

Aus der Kolonie Herzliya ist eine größere Stadt geworden, seit ich sie zuletzt gesehen habe. Manche Gegenden erkenne ich nicht wieder, besonders das Zentrum hat sich verändert. Zwar stehen noch einige alte, baufällige Häuser, aber Neubauten überwiegen. Zwischen ihnen ragt ein noch unfertiges Hochhaus auf. In der Umgebung, in der es früher nur Zitruspflanzungen gab, stehen jetzt ganze neue Wohnviertel. Und in Ejsor Gimmel, auf dem Hügel, wo früher nur einzelne Häuschen im Grün standen, reiht sich jetzt entlang der neuen, bereits bis Kvar Schmarjahu asphaltierten Straße eine Villa neben die andere, alle einstöckig, jede in einem anderen Baustil, mit spitzem, schrägem oder flachem Dach, mit glatten oder verzierten Fassaden, mit Verputz oder Backsteinmauern, die neuesten Villen ohne vorstehenden Balkon und mit eingebauten Jalousien statt der Fensterläden. Die Fensterstöcke sind in die Mauer eingelassen, je nach Wetter ist die Scheibe im Fenster, ein Netz oder nur die dunkelgrüne oder dunkelbraune, wie ein Harmonikabalg gefaltete Jalousie.

Jenseits des Hügels und der Straße von Tel Aviv nach Haifa geht die Stadt weiter, bildet hier einen abgeschlossenen Stadtteil aus: Pituach. Das ist schon nahe am Meer. Inmitten von dichtem Grün liegen noch modernere und pompösere Villen als auf dem Hügel. Hier wohnen meist große Geschäftsleute, die in Tel Aviv tätig sind. Manche Villen haben flache Dächer, die in der Sonne metallisch blitzen, große Terrassen mit allerlei Aufputz, mit Mosaikbelag, bunten Plastikmöbeln, Figuren; eingefriedet ist das Ganze mit Hecken oder mit niedrigen Zäunen wie für Puppenhäuser. Manchmal stehen wirklich kleine Puppenhäuschen am Eingang — als Briefkasten; alles wie auf einem Abziehbild: Schächtelchen, Schmuckkästchen, Schnickschnack. Still ist es hier. Kein Mensch weit und breit. Vor jeder Villa ein chromblitzendes Auto. Und ein Rassehund liegt an der Haustür. Er bellt nicht, bewegt sich nicht, schläft, wie alles andere auch.

Ich kam vom Strand zurück, es war schon gegen Abend, aber die Sonne brannte noch immer. Erst in Josefs schattigem Pensionsgarten atmete ich auf. Einige Gäste waren da. Ein junger Mann döste auf einer Bank unter einer Zypresse, zwischen den Blumenbeeten. Näher beim Haus saßen vier heftig diskutierende Herren um einen Tisch. Ich schritt zwischen den Eukalyptusbäumen durch und wollte über die Terrasse ins Haus, da sah ich aus der Nähe, daß zwei von den vieren alte Bekannte waren: Hesio und Mottel. Aber ich wollte sie nicht stören, vielleicht hatten sie etwas Wichtiges zu besprechen. Ich setzte mich auf die Terrasse und beobachtete die Gruppe aus der Ferne. Die gehörten sicherlich alle zum Gemeinderat der Stadt Herzliya; Josef hatte mir doch erzählt, daß Hesio, der sich jetzt auf Hebräisch Zwi nannte, gute Chancen hatte, als *Mapai*-Kandidat für das Bürgermeisteramt nominiert zu werden.
Hesio hatte also Karriere gemacht. Gebieterisch gestikulierte er dort drüben beim Tisch und wackelte mit dem großen Kopf auf dem kurzen Körper. Schon bei uns daheim hatte er sich als Politiker betätigt, er war damals begeisterter *Gordonist* und avancierte bald zum lokalen Parteichef. In Palästina mußte er anfangs schwere körperliche Arbeit verrichten, aber er war zu schwach dafür, und schließlich hatte er ja noch seinen Kopf. Hesio wurde Gewerkschaftsfunktionär, in der *Histadruth*, konsequent arbeitete er sich in die Höhe, bis er zur nächsten Umgebung Ben Gurions gehörte. Eine Zeitlang leitete Hesio sogar die Redaktion der Zeitung *Hador*. Nun freilich war die *Mapai* gespalten, die Mehrheit stand hinter dem Premier Levi Eshkol, in Herzliya so gut wie anderswo. Der große Ben-Gurion-Mann Hesio war bestimmt in einer kniffligen Lage, einerseits wollten sie ihn zum Kandidaten, andererseits doch wieder nicht. Wer weiß, ob ihm die dort drüben am Gartentisch nicht zuredeten, sich auf die andere Seite zu schlagen? Das Gespräch erhitzte sich immer mehr,

einer überbrüllte den anderen, aber von meinem Platz aus verstand ich nur abgerissene Worte. Am ruhigsten wirkte noch Hesio-Zwi. Der hatte eben Routine, den konnte so leicht nichts erschüttern. Er hatte den Kopf zurückgeworfen, saß etwas steif da, als wollte er alles von sich abprallen lassen, was die anderen gegen ihn anredeten. Neben ihm saß Mottel, das genaue Gegenteil, lang, krummnasig, mit kleinen, lebhaft umherblickenden Augen. Die spiegelblanke Glatze war umkränzt von einer wegstehenden Mähne à la Ben Gurion. Auch Mottel war ein alter *Mapai*-Mann und *Maskir* im örtlichen Arbeitsamt. Freilich war er nicht so gebildet und gewiegt wie Hesio, der ihn von oben herab behandelte, aber er stellte auch etwas dar, hatte auch etwas zu reden in dieser Stadt — und nahm dabei das Maul recht voll. Zwi durfte ihn nicht unterschätzen.

Als junger Bursche hatte Mottel zusammen mit Josef und Bernard im Fußballklub *Kadimah* gespielt. Dann sah man Mottel, wie er auf dem Spielfeld hinter dem Ball drein rannte, aber außerdem sah man auch Mottels Brüder auf der Zuschauertribüne — so viele waren es, daß sie allein eine Fußballmannschaft hätten aufstellen können. Über dreißig Jahre war das nun schon her. Mottel hatte mich erblickt und verließ auf ein Weilchen seine drei Gesprächspartner.

»Was, du bist hier, Karol? Wo wohnst du eigentlich jetzt, und was treibst du?«

Als ich Bericht erstattet hatte, rief Mottel: »*Schojn genig mit di Zizess in drojssn!*«

Ich mußte lächeln: Die frommen, *Pejes* tragenden Juden, die ihre Mauern nie verlassen hatten und nichts gekannt hatten als ihre Synagoge, die waren im Kaftan gegangen, und genau nach dem Gebot hatten unter dem Kaftan weiße Bändchen hervorgeguckt, die sogenannten *Zizess*. In den alten Zeiten hatte mich Mottel ähnlich begrüßt, ungehobelt und gutmütig.

Hesio hatte sich viel mehr verändert. Als ich ihn, meinen Spielkameraden und Mitschüler, in seiner Redaktion unter seinem neuen Namen glücklich aufgetrieben hatte, sagte er seiner Sekretärin, er wolle zehn Minuten lang nicht gestört werden, und dann fragte er höflich, was es Neues gebe. Eigentlich interessierte es ihn gar nicht, was ich da redete, er hatte gelernt, die Welt von einer höheren Warte aus zu betrachten. Ja, ja, er weiß, wie das im Krieg war, gleich nach der Befreiung war er in Deutschland, hat die KZ besichtigt, hat mit Leuten gesprochen, die davongekommen sind. Was damals in Borysław war, hat er auch gehört, er kennt das alles, auch in Amerika war er mit Ben Gurion, als dieser dort auf Staatsbesuch weilte. Und jetzt tauchen hier Leute aus Borysław auf, die er, Zwi, überhaupt nicht gekannt hat, jeder will was, der eine einen Posten, der andere eine Wohnung. Natürlich, man hilft, wo man kann, aber er, Zwi, kann sich doch nicht dauernd mit all diesem Kleinkram belasten, es gibt Wichtigeres zu tun, man muß die Neueinwanderer eingliedern, neue Fachkräfte schulen, bauen, für die Zukunft vorsorgen. »Du entschuldigst schon, aber du hast da den Überblick nicht, du siehst das nicht realistisch. Unsinn! Was heißt, die Leute haben sich verändert? Was schadet das schon, daß es hier Parteien und Cliquen gibt, daß sie miteinander herumstreiten? Wo in der Welt ist das anders? Zu König Salomons Zeiten hat man auch schon politisiert. Im Grunde haben doch alle das gleiche Ziel: unser Land zu erhalten und zu gestalten. Man muß das sachlich sehen.«

2

Seit ich mich erinnern kann, standen immer um die Mittagszeit beim Eingang des Cafés *Noga* in Tel Aviv allerlei Musiker. Die meisten waren ohne Arbeit und konnten sich oft keine Konsumation im Kaffeehaus leisten, also spielte sich der Stammtisch unter freiem Himmel ab. Die Musiker unterhielten sich und warteten, ob nicht jemand erschien und sie engagierte. Die ganze Stadt wußte, daß sie hier zu finden waren, und wenn jemand ein Tanzorchester brauchte oder Leute, die zur Hochzeit aufspielten, dann kam er hierher und holte sich welche.

Auf der Kaffeehausterrasse saßen verschiedene Künstler und Nichtkünstler, zumeist jedoch Leute, die irgend etwas mit Kunst zu tun hatten, Sänger, Musiker, Tänzer, Pantomimen, Jongleure, verschiedene Impresarios und auch Tänzerinnen aus Nachtlokalen. Seit meinem letzten Aufenthalt in Israel hatte sich hier viel verändert, viele neue Gesichter waren aufgetaucht, die junge, *eingeborene* Generation, viele Neueinwanderer aus den verschiedensten Ländern, Burschen mit Pilzkopf, schwarzäugige Mädchen in *Blue jeans,* einige schöne Orientalinnen mit glitzerndem Halsschmuck. Da schwirrte es wie in einem Bienenstock, kaum verstand man sein eigenes Wort. Ich zwängte mich zwischen den dicht beisammenstehenden Tischen zum Saal durch. Dort war es ruhiger. Das war der ständige Treffpunkt von jüdischen Schauspielern alter Schule, die miteinander jiddisch sprachen und in jiddischen Theatern auftraten. In einer düsteren Ecke saß Kalmyn und spielte Schach mit einem bärtigen Mann, den ich nicht kannte.

»Ja wer kommt denn da?« rief Kalmyn und zeigte mit dem Finger auf mich. »Die Leute haben mir schon gesagt . . .«

»Was denn, daß ich tot bin?« Ich drückte ihm herzlich die Hand. Immer, wenn ich Kalmyn begegnete, war es, als hätten wir uns gestern erst zuletzt gesehen. Dabei lagen lange Jahre zwischen unserer Bekanntschaft in Borysław und meinem ersten Palästinabesuch knapp vor dem Weltkrieg. Und dann sah ich Kalmyn erst zehn Jahre danach wieder, als Palästina eben zum Staat Israel geworden war. Damals steckte die staatliche Organisation noch in den Kinderschuhen, und das merkte man besonders in der Wirtschaft. Im Land herrschte Krise — oder Prosperity, wie man's nimmt oder, genauer gesagt, wie man sich's richtete —, in jedem Fall aber ein gewaltiges Durcheinander. Der Dollar stieg unentwegt, weil die Preise der Waren stiegen, an denen Mangel herrschte, und die enorm verdienenden Kaufleute Dollars kauften, da sie einstweilen keine Waren kaufen konnten. Und die Kaufleute erhöhten die Preise weiter und pfiffen auf die staatliche Kontrolle. Ein Paar Schuhe, das am Morgen fünf Pfund gekostet hatte, kostete am Abend zehn. Die Leute suchten ihr Geld loszuwerden, kauften völlig unnötige oder wertlose Gegenstände. Der Staat teilte den Fabriken, Werkstätten und Großhandelsfirmen die Rohstoffe und Waren zu und setzte die Verkaufspreise fest. Aber der Großteil der eingetroffenen Materialien und Artikel verflüchtigte sich sofort zu Wucherpreisen im Schleichhandel.

Eben damals trafen viele Neueinwanderer aus verschiedenen Ländern ein. Nach der Landung mußten alle zunächst in Shaar Haalija die Quarantäne durchmachen. Dann hausten sie zu zehnt oder mehr zusammen in einer der Bretterbuden im Lager, Leute aus Polen, Deutschland, der Tschechoslowakei, Tunis, Marokko, Persien, aus dem Orient, viele, sehr verschiedene, mit einer Frau, mit mehreren Frauen, mit Dutzenden von Kindern. Die *Sochnut* konnte unmöglich alle sofort unterbringen. Täglich gab es Krach und Szenen im *Sochnut*-Büro an der Alija-Straße. Die einen Neueinwanderer verlangten Zuweisungsscheine für Wohnungen, die anderen wollten nicht in die Gegenden ziehen, in die man sie schickte, mitten in die Negev-Wüste, wo es nichts als Sand gab.

Auch Kalmyn hatte noch keine ordentliche Wohnung, obwohl er schon so viele Jahre im Land lebte. Er hauste in irgendeinem *Zriw* am Stadtrand von Tel Aviv, dabei hatte sich Kalmyn inzwischen eine Familie zugelegt und hatte zwei Kinder. Die Kinder wollten Brot, und die Frau sagte den ganzen Tag: »Kalmyn, gib!« Zum Glück hatte sie Humor. »Kalmyn, du Zwillingsmacher«, sagte sie, »wie lang sollen wir uns noch in diesem *Zriw* braten lassen?« Und Kalmyn ging zur *Sochnut* um eine Zuweisung. *A nechtige Tug* — er sei schließlich kein Neueinwanderer, hieß es.

»Und weil ich nicht mehr neu bin, brauchen meine Frau und meine Kinder kein Dach über dem Kopf!« sagte Kalmyn, immer der alte Kalmyn mit seinen Erzählungen. »Die *Sochnut*, Bruder, das ist nicht die gute alte *Lischkat-Avodah*, wo man sich ausgekannt hat und überhaupt wie zu Haus war, zwei Zimmerchen, zwei, drei Beamte und fertig. Aber jetzt, in diesem großen Haus mit den vielen Büros, wie soll man da wissen, wo man am besten anklopft und wen man fragen soll? Aber ich habe ja das Glück gepachtet. Auf dem Korridor fragte ich einen *Sochnut*-Beamten, der eben vorbeiging, ob er nicht wisse, wann und wo der Soundso amtiert, man hat mich an ihn verwiesen, bezüglich einer Wohnung. Wohl möglich, sagt dieser Mensch, einen gestutzten Schnurrbart hat er und auf dem Kopf irgendein Mützchen, wohl möglich, aber der Kollege Soundso ist heute nicht da, kommen Sie ein andermal wieder. Gut, ich kam wieder, denen ist das ja wurst, wie oft ich den Weg mache, schließlich geh' ich auf meinen Füßen und nicht auf ihren. Und wieder steht dieser Mensch auf dem Korridor. Und sagt mir, ich hätte leider Pech, denn der Mann, den ich benötigte, wäre eben auf Urlaub gegangen und käme erst in zwei Wochen zurück. Da merkte ich schon, allein würde ich nie zum Zug kommen, also bat ich einen vom Theater, der Beziehungen hat und es versteht, sich Respekt zu verschaffen. Er ging gleich mit mir hin, fragte nicht erst lang und fand gleich die richtige Stelle. Und wer, glaubst du, saß dort hinter dem Schreibtisch? Mein Freund vom Korridor, dieser Scheißer mit dem Schnurrbart und dem Mützchen!«

Damals sah ich Kalmyn fast täglich. In Josefs Haus fühlte ich mich nicht wohl, ich war soviel wie möglich in Tel Aviv und schaute um die Mittagszeit ins Café *Ginati,* dort gefiel es mir, dort war ich unter Leuten, und dort residierte damals Kalmyn. Oft kam auch Mandaly, der später mein erstes Buch ins Hebräische übersetzt hat, ein kleines Männchen mit nur noch zwei Zähnen im Mund, mit einem steifen Bein und einer Seele voll Weisheit. Die bekannten Humoristen Gronowski und Fischer saßen auch oft in dieser Runde und noch viele andere Leute. Die meisten kannte ich nicht namentlich, aber ich war mitten drin in dieser fröhlichen Atmosphäre; die Späße und Anekdoten nahmen kein Ende.

»Passen Sie auf. Da fährt einer aus Israel nach Amerika, und man hat ihm gesagt, in dem und dem Geschäft muß man unbedingt etwas heraushandeln: Wenn das Paar Schuhe mit zehn Dollar angeschrieben ist, soll er fünf dafür geben. Gut, er macht es so. Wie der Kaufmann erfährt, daß sein Kunde aus Israel kommt, da sagt er: ›Ja dann zahlen Sie mir gar nichts für die Schuhe.‹ — ›O. K.‹, sagt der Israeli und reckt zwei Finger hoch, ›also dann zwei Paar.‹«

»Unser großer Schauspieler — na, ihr wißt schon wer —, also der spaziert da neulich mit einer dollarschweren Amerikanerin über den Strand und will sie partout zu einem Abenteuer überreden. ›Oho, Sie sind an der falschen Adresse‹, kichert die kokette Person, ›mich kann man für Geld nicht kaufen!‹ — ›Aber meine Dame‹, antwortete er, ›wer hat denn von Geld geredet?‹«

Die jiddischen Schauspieler und insbesondere die Direktoren jiddischer Theater machten damals schwere Zeiten durch. Die Regierung hatte die merkwürdige Vorschrift erlassen, daß man keine jiddischen Stücke spielen dürfe. Verschiedene hebräisch-nationale Gruppen bewarfen die jiddischen Künstler während der Vorstellung mit allerlei Abfällen, manchmal flogen auch Steine auf die Bühne, und den Text übertönte das Gegröhl: *Iwrit! Rak Iwrit!* (Nur Hebräisch.) Und die Sicherheitsorgane duldeten und unterstützten die Exzesse und nutzten eifrig jeden Anlaß, um die Vorstellung abzubrechen und den Saal zu sperren. Aber viele Leute kamen eigens von weither, um *a jiddisch Wort* im Theater zu hören. »Laßt uns fertigspielen, und dann erst sperrt mich ein!« bat der Leiter des Ensembles, Rinzler. Man sperrte ihn ein und ließ ihn später wieder frei, und er spielte mit seiner Truppe weiter und achtete nicht darauf, was ihm drohte. Erst viel später änderten sich die Zustände, Rinzler gewann seinen Prozeß in letzter höchster Instanz, und das jiddische Theater wurde wieder behördlich gestattet.

Kalmyn freilich konnte in jiddischer und in hebräischer Sprache spielen — ganz nach Wunsch. Manche Obergescheite behaupteten freilich, auf Hebräisch gelinge ihm nichts so gut wie der jiddische Akzent und umgekehrt. Einmal fragte ein Witzbold, worum es eigentlich in seiner neuen Rolle gehe. Darauf antwortete Kalmyn: »Was heißt — um was es geht? Um *Parnosse.*« Das stimmte auch, Kalmyn mußte seine Frau und seine Zwillinge erhalten. Doch war er bestimmt kein schlechter Schauspieler, denn von Zeit zu Zeit engagierten ihn die besten Ensembles, damit er den *Chasn* (Vorsänger) spielte oder den *Batlen* — Tölpel, der es nie zu was bringt. Kalmyn war gerade für solche Rollen wie geschaffen. Oft reiste das Ensemble auch zu Gastspielen in die Provinz und mußte sämtliche Requisiten mitnehmen. Dann montierte Kalmyn in seinem *Zriw* trotz aller Proteste der Gattin den kirschrot und ocker gestreiften Vorhang ab, für einen halben Bühnenvorhang reichte das im Notfall. Man muß wissen, daß dieser Vorhang in Kalmyns Hütte die Stelle eines Daches vertrat, von innen, denn von außen lagen noch ein paar pechverschmierte Pappdeckel auf der Hütte, damit nicht allzuviel Regen eindrang.

»Was heißt Dach?« sagte Kalmyn. »Hab' ich das Recht auf ein Dach über dem Kopf? Wenn ich ein Dach hätte, wie es sich gehört, so würde das heißen, daß ich schon in einem Haus wohne und nach dem Buchstaben des Gesetzes drin wohnenbleiben muß!«

Doch endlich schlug auch Kalmyns Viertelstunde, wie man so sagt. Er mußte nicht länger bei den Theatern um das Engagement für eine kleine Nebenrolle anstehen. Nun war er selbständig, mehr als das, er war populär. Das heißt, weniger er selbst als sein Partner oder sie alle beide, Kalmyn und Zakaszanski, eigentlich: *Zakaszanski und Kalmyn*, das unzertrennliche Paar, das beste Duo, so etwas wie Stan Laurel und Oliver Hardy. Ständig traten sie im Café *Karabelnik* auf. Kalmyn war wirklich ein ähnlicher Typ wie Hardy, abgesehen von Melone und Schnurrbärtchen. Der Partner freilich hatte nichts mit Laurel gemeinsam, er war viel älter, und überhaupt hatte er eine Visage wie ein Mops, ewig brummig und grantig, aber nur dem Anschein nach, eigentlich war er ein Weiser und Spötter mit gutem Herzen und ewig *a Kapzan*. Und was bleibt dem *Kapzan* im Leben übrig, zuweilen muß er sich über diese feinen und tüchtigen Leute lustig machen.

Schon zu Lebzeiten war Zakaszanski eine Legende: Man erzählte über ihn unzählige wahre oder erfundene Histörchen — und nun sah ich ihn selbst. Neben ihm spielte Kalmyn die zweite Geige, das tat Kalmyn keinen Abbruch, Zakaszanski war schließlich schon vor dem Ersten Weltkrieg mit Erfolg auf den Bühnen von Berlin aufgetreten, und Kalmyn konnte noch viel von dem alten Komödianten lernen. Zakaszanski hatte nun anzuschaffen, er führte Regie, er setzte fest, was sie spielen sollten, er verhandelte mit den Leuten, die ins *Ginati* kamen und die beiden engagieren wollten. Er war immer einer der ersten Gäste in diesem Café, er erschien in aller Früh, kaum daß das Lokal aufgesperrt hatte.

»Was wünschen Sie?« fragt der Kellner, der hier neu ist und die Stammgäste und ihre Gewohnheiten noch nicht kennt. Zakaszanski, der eben die Morgenzeitung vor sich ausgebreitet hat, sagt: »Eine Portion Ruhe, bitte!« Der Kellner schleicht mit dummem Gesicht ans Buffet zu seinem Chef und weist mit dem Kopf nach dem boshaften Mops dort drüben. Der Lokalbesitzer lacht in sich hinein, er weiß schließlich, daß Zakaszanski so zeitig nie etwas bestellt. »Fragen Sie ihn noch einmal«, sagt der Lokalbesitzer mit pfiffigem Augenzwinkern. Der Kellner hat noch nicht begriffen, daß er hier ins Stammlokal der Komödianten geraten ist und daß sein Chef auch nicht der schlechteste Komödiant ist. Der Kellner will es diesem alten Spinner schon zeigen. Er ist nicht der Trottel, für den man ihn hier zu halten scheint. Der Kellner wappnet seinen Arm mit einer blitzblanken Serviette, nähert sich dem Gast und verbeugt sich untertänig: »Darf ich Sie jetzt bedienen, mein Herr?« — »Aber selbstverständlich«, flötet Zakaszanski hinter der Zeitung und hebt königlich das möpserne Haupt, »bitte machen Sie sauber den Tisch!« Er wartet die Reaktion des Kellners nicht ab, sondern ruft zu seinen Bekannten hinüber, die inzwischen an einem der Nebentische Platz genommen haben:

»Ja, ja, man muß verlassen das Land, es ist aufgestanden eine eigene *Medinath Israel*. Sagt doch selbst«, schimpft er weiter quer durchs Lokal, »es ist doch unerhört: Überall in aller Welt stehen die Theater auf der Stelle, und nur der Zirkus fährt im Kreis herum, und hier ist es umgekehrt!« Dann erblickt er Kalmyn und ruft ihn gleich zu sich: »Du wirst heute spielen dem Schneider, und nachher gibst du dem *Pedler* (Hausierer), und ich spiele dem *Rebben*, und nachher gibt der kleine Karolek seine Tanznummer. Und morgen spielst du dem *Rebben* und ich dem *Pedler*, und Karolek wird zusätzlich geben dem Kellner da.«

Im Saal erscheint der kleine Karolek, geputzt, geschniegelt und duftend wie immer, mit messerscharfer Bügelfalte an den abgetragenen Hosen. Gleich kommt er zum Stammtisch seines Prinzipals.

»Karolek«, sagt Zakaszanski, »du hast morgen eine neue Rolle. Als Kellner wirst du auftreten.«

Karolek schaut erstaunt drein: »Ich kann doch nicht *Iwrit!*«

»Tut nichts«, erklärt Zakaszanski, »du hast nur ein Wort zu sagen. Sprich mir nach: *Bywakasha* — Sie wünschen?«

»Nein, Herr Zakaszanski«, sträubt sich der Junge, »ich bin Tänzer, ich kann nicht Komödie spielen.«

»Ja was sollen wir da tun?« brummt Zakaszanski. »Was meinst du, Kalmyn?« Kalmyn strahlt wie der Mond. Er sagt gar nichts.

Zakaszanski sieht, daß draußen an der Autobushaltestelle der gefeierte Erste Held des hebräischen Nationaltheaters *Habima* steht.

»Was meinst du, Kalmyn, sollen wir den für diese Rolle engagieren? Schau her, Karolek! Siehst du dort drüben auf der anderen Straßenseite den Herrn im karierten Hemd? Sei so gut und geh

hinüber und frag ihn, ob er nicht morgen bei Zakaszanski auftreten will!«
Karolek hat keine Ahnung, folgsam geht er und fragt. Meskin vom *Habima* versteht kein Wort. Was für ein Zakaszanski, wer ist Zakaszanski, so einen kennt er nicht.
Karolek kommt verdattert zurück und stottert: »Er hat gesagt, er kennt Sie nicht.«
»So hat er gesagt?« ruft der alte Stänkerer im Ton höchster Entrüstung, »dann sage ihm, daß er ist ein großer Dreck und kein Artist, wenn er nicht weiß, wer ist Zakaszanski!«
Nach der Vorstellung wird verrechnet. Als Zakaszanski und Kalmyn die Ausgaben abgezogen haben, bleiben 15 Pfund Reingewinn.
»Wir geben Karolek zwei Pfund«, sagt Zakaszanski zu Kalmyn. Kalmyn will protestieren, aber er stottert: »Zwei Pfund, Herr Zakaszanski?«
»Das ist er doch wert! Ein guter Künstler!«
»Genau, genau«, greift Kalmyn eifrig auf, »das finde ich auch! Geben Sie ihm fünf, daß er nicht klagen kann!«
»Ein Dreck ist er und kein Künstler, daß du es weißt. Ein gewöhnlicher Tänzer. Die Künstler — das sind wir: Zakaszanski und Kalmyn. Aber wenn du meinst, Kalmyn, daß fünfzehn, geteilt in drei Teile, gleich fünf ist, ja, dann bin ich natürlich einverstanden!«
Und Karolek erhält fünf.

»Zwei Kuni Lemel«, »Papierene Kinder«, »Tewje der Milchmann«, »Moische Melamed« — täglich liest man in der fremdsprachigen Presse Israels, in Zeitungen auf polnisch, jiddisch, rumänisch, ungarisch verschiedene Werbeanzeigen für jiddisches Theater. In riesigen Lettern sind die auf Gastspiel gekommenen Hauptdarsteller angekündigt. Noch nie hat es so viele jiddische Theater gegeben wie jetzt, in prächtigster Ausstattung bereisen sie das ganze Land, manchmal geben sie am gleichen Tag mehrere Vorstellungen in verschiedenen Ortschaften. Die lokalen Impresarios lassen ständig neue, alte *Gastrollogen*, wie es im Theaterjargon dort heißt, aus aller Welt kommen — aus der kleinen, übriggebliebenen und immer mehr zusammenschmelzenden Gruppe von großen jiddischen Komikern der zwanziger und der dreißiger Jahre. Gern besuchen sie Israel, in ihren Ländern haben sie ja kaum mehr Arbeit, es gibt höchstens noch in Argentinien und in den USA ein paar ständige jiddische Theater. Alles kon-

zentriert sich jetzt in Israel, die Zuschauerräume sind überfüllt, alle paar Wochen wechselt das Programm.
Das Stammlokal der jiddischen Schauspieler in Tel Aviv ist nun das Café *Noga*. Wenn ich mich im düsteren, immer verdunkelten Saal umsehe, finde ich die sorglose, übermütige Stimmung aus dem *Ginati* nicht wieder. Einige der alten Bekannten sind noch da, aber jetzt sind sie schon stark gealtert, und ihre Gesichter sind gezeichnet. Der kleine, wie ein Bückling ausgedörrte Argaman ist freilich noch derselbe Schelm wie einst. Man glaubt, er könne sich kaum noch bewegen, und doch taucht er alle paar Minuten an einem anderen Tisch zum Plausch auf, begrüßt schnell Lala, auf der Bühne Spezialistin für zänkische Weiber, eilt dann weiter — »Bye, bye« —, weil er am anderen Ende des Lokals ein hübsches Mädchen entdeckt hat, klopft schnell den bekannten Sawicz auf die Schulter, dann hält er sich nur eine Sekunde lang bei Motke auf, der einmal ein großer Star war. »Du warst — ich war auch ... ha, ha, schreib auf, daß du warst ...« Auch Fräulein Adele war einmal, jetzt sitzt sie allein am Tisch und redet mit sich allein, während sie das Kaffeetäßchen an die Lippen führt. Eine berühmte Künstlerin war sie, sogar ein eigenes Theater für Kinder hat sie geleitet. Frau Litau, die dort drüben mit einigen Schauspielern zusammensitzt, ist vielleicht noch älter, aber sie hält sich hervorragend. Sie ist aus Südafrika auf Gastspiel gekommen. Durch den Saal flitzt der Kellner, der *schwarze Josia*, jetzt ist er schon graumeliert, aber er springt wie ein Junger, er erinnert sich an die alten Zeiten und kennt alle diese Gäste in- und auswendig, eifrig blickt er umher, ob niemand etwas zum Trinken bestellt.
In der Eingangstür erscheint ein bekannter Komiker aus Amerika, immer sieht er aus wie aus dem Schachterl, in feinst gebügeltem erstklassigem Hemd und trotz der Hitze mit einer modischen Krawatte. Jeden begrüßt er und bleckt die Zähne: »How do you do?« Schade, daß es hier keinen Zakaszanski mehr gibt — dieser Mops hätte dem den Daumen gezeigt und in stolzem Englisch erwidert: »Oh — fine!« An der Tür zur Terrasse sitzt ein junger »Beatle« mit langem Haar, hingebungsvoll musiziert er, das heißt, er klopft im Takt mit den Händen auf die Tischplatte und mit den Füßen auf den Steinboden und läßt sich durch nichts ablenken.
»Wenn du im Zuschauerraum zwischen den weißen Schöpfen einen schwarzen siehst«, lacht der Schauspieler Kirschenbaum, der sich neben Kalmyn gesetzt hat und beim Schachspielen

kiebitzt, »dann weißt du, der ist gefärbt! Jetzt kommen noch Leute, alte Leute, und Touristen, für die das eine Attraktion ist. Aber in ein paar Jahren — Schluß! Kein Mensch mehr, für den man spielen kann — und keiner, der spielen kann! Die alten jüdischen Schauspieler sterben aus, junge wachsen fast nicht nach, wer lernt heute noch ordentlich Jiddisch? Jetzt ist es, als ob vor dem Erlöschen das jiddische Leben auf der Bühne noch einmal allen Glanz zeigen wollte, alle farbigen Bräuche, alle Musik und allen Witz. Es gibt noch ein paar jiddische Künstler von vor dem Weltkrieg, meist aus Polen. In letzter Zeit sind etliche aus Rumänien gekommen, auch aus Ungarn, Leute, die sich noch ans alte Leben erinnern. Auf der Bühne singen sie: *Oj, wi nemt men a bissele Parnosse?* Wieviel Humor und Gelächter — und wieviel Herz, wieviel Wahrheit ist in diesem ewigen jüdischen *Kapzan!* Die jüdischen Künstler, die so einen *Kapzan* spielten, haben selbst ihr Lebtag mit der Not gekämpft und sind knapp am Verhungern vorbeigerutscht. Noch hier im Land haben sie jahrelang Not gelitten. Die ganze Truppe samt dem Prinzipal mußte zusammensteuern, damit man den Vorschuß auf die Saalmiete hatte. Auch für die Dekoration mußte man zusammensteuern, irgendwelche Lumpen und Fetzen von daheim herbeischleppen und Kostüme daraus schneidern. Und nach der Vorstellung wurde gerecht geteilt, was in der Kasse war. Falls etwas drin war. Oft war nichts drin, und man mußte in eigener Regie wenigstens die paar Groschen auftreiben, um den Lastträger zu bezahlen, der die Kulissen schleppen geholfen hatte und der jetzt mit seinen riesigen Fäusten drohte. Was den Saaleigentümer betrifft, der den Rest der Miete nach der Vorstellung zu bekommen hatte, da konnte man sich irgendwo verstecken oder einfach flüchten.«

Und dann hatte man eine neue *Majsse* zum Erzählen. Jetzt noch erzählte oft an irgendeinem dieser Kaffeehaustische der eine oder andere Schauspieler seine Abenteuer von gestern — oder die von vorgestern wie jetzt eben Kirschenbaum, *Kirschenbaum der Malach-Hamowess,* das war sein Spitzname im Konzentrationslager. Denn vielleicht war er nur deshalb am Leben geblieben, weil er damals so schön die Geschichte vom *Malach-Hamowess,* dem Todesengel, rezitiert hatte. Jedenfalls fand dadurch der Hauptsturmführer Gefallen an ihm und ließ ihn von Zeit zu Zeit aus Langeweile rufen.

»Sag mal, du Malach-Hamowess«, fragte der Deutsche, »wenn du so schöne Geschichten erzählen kannst, dann bist du ein gescheiter Jud, dann sag mir jetzt, wer den Krieg gewinnen wird, unser Führer oder diese beschissenen Engländer?«

»Mir wurde ganz schwach vor Entsetzen«, erinnerte sich Kirschenbaum mit so ausdrucksvoller Gestik, daß wir die ganze Szene miterlebten, »was soll ich antworten? Wenn ich ihn nicht zufriedenstelle, kann er mich erschießen lassen wie nichts. Ich weiß nicht, woher mir die Offenbarung kam, als ich schon den sicheren Tod vor Augen sah. Ich schlug die Hacken zusammen, stand habtacht und schnarrte: ›Wer zuletzt lacht, der lacht am besten‹ und fügte hinzu: ›Das hat gesagt der große Bismarck!‹ — ›Gut gesagt!‹ lachte der sein besoffenes Lachen und klopfte mit seinem Stöckchen auf meine Schulter. In der Nacht auf der Pritsche fuhr ich plötzlich hoch und kam fast um vor Angst, die ganze Nacht wälzte ich mich dann schlaflos hin und her: ob nicht endlich der Deutsche mich abholen ließ, weil es auch ihm inzwischen aufgefallen sein mußte, daß Bismarck das nie im Leben gesagt haben konnte!«

Auch Kalmyn ist alt geworden, das merke ich erst jetzt, als wir gemeinsam das Lokal verlassen. Mühsam, schleifend, setzt er einen Fuß vor den anderen. Seit einigen Jahren tritt Kalmyn nicht mehr auf, seit dem Tod von Zakaszanski ging alles bergab, hie und da erinnert sich noch jemand an Kalmyn und lädt ihn zu *Bar-Mizwe* ein, oder Josef bittet ihn, zu *Passah* den *Seder* zu halten. Aber zum Glück hat Kalmyn eine fixe Stellung gefunden, er paßt über Nacht auf das Ersatzteillager der Städtischen Elektrizitätswerke auf und hat jetzt sogar eine eigene Wohnung in Ramat Gan. Dort soll ich ihn unbedingt besuchen. Aber bevor er die Arbeit bei den Elektrizitätswerken bekam ... »Frag nicht!« sagt Kalmyn und schickt sich an, seine *Majsse* zu erzählen. Aber er vergißt, was er hatte sagen wollen, er ist schon müde, und die Hitze macht ihm zu schaffen.

»Kennst du Moische mit dem Meter?« fragt er. »Also, Moische hatte mit noch ein paar Burschen in eigener Regie den Auftrag übernommen, für jemand in Tel Aviv ein Häuschen zu bauen. Sie hatten kein Geld, um anzufangen, und außerdem keine Ahnung, womit man anfängt. Aber eines wußten sie ganz sicher: Zuerst muß der Grund ausgemessen werden. Also reiste Moische eigens nach Jaffa, weil es dort billiger war, und kaufte zu diesem Zweck ein Metermaß. Und jetzt schau«, wir kamen gerade am mehr als zwanzig Stock hohen Neubau des Warenhauses *Shalom* vorbei, »das ist Arbeit von Moische und anderen solchen Moisches!«

3

Soll Mottel nur reden, daß ich *mit di Zizess in drojssn* gehe. Ich hatte das nicht einmal Josef erzählt, als der mich fragte, was Mottel mit mir hatte reden wollen. Wozu auch? Josef hätte sich geärgert, was glaubt denn dieser Mottel, wer er ist, daß er sich geringschätzige Bemerkungen über seinen, Josefs, Bruder erlaubt? Doch im Grunde dachte Josef sicher ähnlich, er war nur zu zartfühlend, mir das zu sagen, aber ich merkte es seinem Blick an. »Du schreibst?« hieß es. Aber nein, woher denn, ich schreibe schon lang nicht mehr, mein Buch kümmert mich auch nicht, aber warum muß ich gleich wieder alles lang und breit erklären? Um meinen Freunden die Freude zu machen, daß ich endlich vernünftig geworden bin, daß ich mich selbst wiedergefunden habe, daß sie mir alle zusammen gestohlen bleiben können; die Zeiten sind vorbei, daß ich mich auflehnte oder aufdrängte.
Ich überlegte eben, ob ich nicht ein wenig nach Tel Aviv fahren sollte. Die Mittagsstunde nahte, Josef war nicht zu sehen, er werkelte wohl irgendwo in der Pension, oder er war etwas holen gefahren. Sein Wagen stand nicht an der Gartentür. Ich freilich war zu faul aufzustehen; hier im Garten war es angenehm, in der Stadt war es sicherlich viel heißer, und eigentlich hatte ich dort gar nichts zu tun. Ein peinliches Gefühl, daß Josef und Pera hier so schwer arbeiten, und ich setze mich nur zur Essenszeit an den Tisch und sperre das Maul auf. Wenn wenigstens mehr Gäste kämen, dann gäbe es etwas zu tun und zu plaudern, und auch Josef wäre besser gelaunt. So aber kommen kaum ein paar Leute, und alle sind zugeknöpft. Ich sollte sie kennenlernen und ein wenig die Honneurs machen, aber weiß ich, ob er das gern sehen würde, wenn ich mich in seine Arbeit einmische? Worin sollte ich ihm auch helfen, ohne mich in seinen Augen lächerlich zu machen? Er hielt mich für einen Tölpel und Faulpelz. Er hat recht, ich bin ein Faulpelz. Den ganzen Tag liege ich auf der faulen Haut, wenn's nicht im Zimmer ist, dann im Garten, im Liegestuhl. Oder ich gehe zu Moischele, wenn der gerade die Stühle umstellt oder in der Küche hilft, und mache ein wenig

Spaß mit ihm. Das ist alles. Höchste Zeit, etwas anzufangen, aber was? Ich muß endlich etwas Nützliches unternehmen, schon allein wegen Bernard!

Mit Bernard wurde es nicht besser. Er quälte sich weiter in seinem Büro über seinen Büchern ab und hielt sich mit enormer Willenskraft aufrecht. Morgens, bevor er zur Arbeit ging, machte er die gymnastischen Übungen, die ihm der Arzt angeraten hatte, aß kaum ein paar Bissen und eilte zum Autobus; mittags aß Bernard nichts, er blieb im Büro und verzehrte ein paar Orangen; das reichte bis zum Abend. Das Büro war in Ejsor Gimmel, manchmal holte ich Bernard von dort ab. Ich konnte kaum mit ihm Schritt halten, so schnell lief er. Ich bat ihn, sich Zeit zu lassen, ich fürchtete, dieser Gewaltmarsch könnte ihm schaden. Da merkte ich erst, daß es Bernard schwer fiel, langsamer zu gehen, und daß er die Füße am Boden schleifte. Bernard freute sich, wie einst vor Jahren, als er mit dem kleinen Bruder ging und stolz vorführte, wie stark und geschickt er selbst war. Mir krampfte sich das Herz zusammen, als Bernard nun beim Café *Gil* mit winzigen Schrittchen zu laufen anfing, dort, wo der Weg nach links in die Felder abbog und kaum noch Leute in der Nähe waren — ein kleiner, gekrümmter, zusammengeschrumpfter Mensch.

Was aus den Menschen werden kann. Bernard war immer der gesündeste und stärkste von uns gewesen, ein Sportler. Ich glaube, es gibt keinen Sport, den Bernard nicht ausgeübt hat. Er spielte Fußball und war immer der beste Mann in der Mannschaft, er lief mit einer Droschke um die Wette bis nach Truskawiec und kam zuerst an, er ging auf den Händen und sprang den Salto mortale, er packte mich mit einer Hand an den Hosen und hob mich hoch. Jetzt sind Bernards Hände steif, und die Arme liegen wie leblos am Körper, wenn er geht.

»Mir ist es so unangenehm«, klagt er, »wenn mein Chef mir bei der Arbeit zusieht. Ich weiß dann nicht, was ich mit meinen Händen anfangen soll. Ich wage es nicht, einen Federstrich zu machen, sonst sieht mein Chef, wie mir die Hand zittert. Dabei zittert mir die Hand überhaupt nicht, schau her, kein bißchen, immer nur dann, wenn er mir über die Schulter schaut!«

Lang würde Bernard seinen Posten wohl nicht mehr behalten können. Der Bauunternehmer hatte ihn nur aus Rücksicht auf Josef, dem er verpflichtet war, noch nicht entlassen. Auch kannte Bernard das Geschäft von oben bis unten und sollte noch die Jahresbilanz machen. Wenn das erst getan war, würde ihn der

Arbeitgeber wohl ohne weiteres fallenlassen. Bernard ist sich dessen wohl bewußt, er martert sich ab, das sieht man. Und auch ich weiß, was ihn erwartet, und tue nichts, um ihm zu Hilfe zu kommen. Schöne Worte, ich muntere ihn auf, beruhige ihn, male verschiedene Pläne aus und versuche, ihn zu überzeugen, daß wir beide zusammen noch alles mögliche schaukeln können. Bernard denkt dann nicht mehr an sich, er bewundert seinen kranken Bruder und betrachtet mich fürsorglich, die Augen leuchten ihm, diese hellgrünen, traurigen Augen mit immer erweiterten Pupillen.

Und ich stehe da wie ein angemalter Türke und rühre mich nicht vom Fleck. Was gibt's denn? Was habe ich jetzt für Ausreden? Habe ich ein Buch geschrieben, das keiner lesen will? Hat mich meine Liebste verlassen? Bin ich erkrankt und habe niemand, der mich ins Spital bringt? Jetzt ist doch alles in bester Ordnung, ich habe ein wenig Geld, um anzufangen, alles hängt von mir ab, ich habe jetzt eine Möglichkeit, dem Bruder zu helfen, für sein Alter vorzusorgen, und auch selbst zu Rande zu kommen. Und ich habe sogar die Chance, viel Geld zu erhalten: Das lang erwartete sogenannte *Schlußgesetz* zur Wiedergutmachung ist endlich in Kraft getreten. Nun bin auch ich berechtigt, um die Rente anzusuchen. Die Nachzahlung für die vergangenen Jahre würde eine große Summe ausmachen: Eine Familie könnte wohl zur Not von den Zinsen allein leben, wenn man das auf ein Konto legte. Und mir selbst bliebe die laufende Monatsrente. Freilich würde ich das Geld lieber in irgendein Geschäft investieren und auch von Bernards Erspartem etwas dazu nehmen, Bernard wäre dann gleichberechtigt mitbeteiligt und könnte sich zufrieden und sicher fühlen.

Doch der Gedanke allein, ich solle um Wiedergutmachung einreichen, erregt mich und drückt mich gleichzeitig nieder, ich komme völlig aus dem Gleichgewicht. Wie viele Jahre lang habe ich mich gegen eine solche Lösung gewehrt! Ich wollte diesen Schritt nicht tun, und als ich dann endlich wollte, da wollte das Gesetz anders als ich. Nun aber könnte ich das Geld haben, ich brauche nur den Antrag zu stellen. Ich bin vor 1953 aus Polen ausgereist, also betrifft mich das neue Gesetz, ich habe Glück! Vor kurzem traf ich zufällig auf der Straße in Tel Aviv eine Frau aus meinem Städtchen, die nicht soviel Glück hat. Sie ist erst später aus Polen eingewandert, daß Schlußgesetz gilt nicht für sie. Sie kam eben von der Arbeit, setzte mühsam einen Fuß vor den anderen, keuchte. Sie war kürzlich am Herzen operiert worden. In den Arm tätowiert trug sie die Nummer des Lagers, in dem sie interniert gewesen war. Schließlich, wenn irgend jemand Hilfe verdient, dann ist es diese unglückliche Frau. Was wiegt mehr? Tausende zu beglükken oder einen zu entrechten? Unsinn, falsch gestellte Frage, das ist nicht das Wesentliche an der Wiedergutmachung! Zum Teufel damit, zum Teufel mit meinem Anspruch, das ist nichts für meine Nerven, ich mag dieses Geld nicht, ich will in Frieden leben. Mit dem Sümmchen, das ich jetzt habe, kann ich auch etwas beginnen, nur schnell umsehen muß ich mich und schnell ins Geschäft einsteigen, bevor der Betrag schmilzt.

Fast täglich fuhr ich nun nach Tel Aviv. Ich redete mir ein, ich wolle mich dort umsehen, etwas erledigen, bei den Bekannten herumhorchen, irgendwer wird schon von einem passenden Geschäft gehört haben, dann greife ich sofort zu, irgendwer wird Rat wissen, oder mir selbst wird während eines Gesprächs etwas Gescheites einfallen.

In der Stadt angekommen, bedachte ich dann alle die Auftritte mit diesen Bekannten in jener Zeit, als ich die Sache mit meinem Buch hatte erledigen wollen, und gleich verging mir die Lust, diese Leute zu treffen. Ich stieg den ganzen Tag lang ziellos und im Grunde lustlos in der Stadt umher, am liebsten in der Gegend der Allenby Road und besonders in deren Anfangsstück, das vom Meerufer ansteigt bis zum Kino *Mograbi.* Von dort hatte ich einen weiten Ausblick, ich blieb gern ein wenig stehen, stützte mich auf das eiserne Geländer, das hier die Fußgänger vom Überqueren der Straße abhielt, und betrachtete die Straße und die Abzweigung auf *Ben Yehuda* zu. Oft schaute ich auf einen Sprung ins nahe Café *Noga* hinüber, trank eine Tasse Tee und sah mich um, ob Kalmyn oder sonst ein Bekannter da war. Wo ich nur hinkam, überall war viel Jugend; ich glaube, mehr als in jeder anderen Stadt, die ich kannte. Viele junge Mädchen in Militäruniform waren zu sehen, alle zierlich, anmutig, lächelnd. Der Autoverkehr war beunruhigend dicht, auch die städtischen Autobusse kursierten massenweise, und alle waren stets überfüllt. Ich kannte kaum eine oder zwei Linien, die übrigen verwechselte ich immer: Woher kam die, wohin fuhr jene, fast jede hat eine andere Nummer.

Zu meinem Glück verkehrte ein spezieller Bus der Gesellschaft *United Tours* zwischen Tel Aviv, wo am Meerufer bei der Ecke der Allenby Road Endstation war, und dem Hotel *Sharon* in Herzliya. Auch bei Josefs Pension hielt der Bus. Sonst wäre ich wohl nicht so häufig nach Tel Aviv gefahren. Denn mit den gewöhnlichen *Eged*-Autobussen war zwar die Hinfahrt in die Stadt einfach und bequem, doch um zurückzufahren, mußte man am Autobus-Zentralbahnhof von Tel Aviv Schlange stehen, und das Warten dort ging mir auf die Nerven, das Gewühl, der Lärm, der Gestank nach Auspuffgasen, Benzin und Schweiß, ein Gedränge, in dem man steckenblieb, die verschiedensten Leute, darunter viele Orientalen, die immer laut waren, lange Schlangen bei den einzelnen Bussen, die hier hintereinander in mehreren Reihen standen. Einige Linien fuhren auch nicht vom Platz selbst weg, sondern von eigenen, auf die umliegenden Gassen verteilten Standplätzen. In alle Richtungen, ins ganze Land, fuhren Busse von dieser Station aus.

Manchmal begann ich meinen Heimweg lieber zu Fuß und stieg erst in der Dizengoff-Straße in den Bus oder noch eine Station weiter draußen. Durch die Dizengoff-Straße spazierte ich gern; besonders gegen Abend ist sie gemütlich belebt, ein kleines Café neben dem anderen, vor jedem stehen ein paar Tische auf dem Gehsteig draußen, fast immer sind alle besetzt; jedes Café hat einen anderen Kreis von Stammgästen. Eines wird von alteingesessenen Leuten aus dem Viertel bevorzugt, im nächsten Lokal geht es gemischt zu, das *Bohemia* ist als Künstlercafé bekannt, im *Casit* verkehrt die elegante Welt, auch junge Tejmaner sieht man und *Frenke* in engen Hosen und mit neumodischen Krawatten. Im Café *Frack* sitzen meist ältere Herren, die aus Deutschland stammen.

Hier spürte man nichts von der neuesten Wirtschaftskrise, dafür hörte man genug darüber. Die Gäste an den Kaffeehaustischen diskutierten laut und schimpften über die Zustände im Land.

»Immer mehr Arbeitslose . . .«

»Wenn einmal die Bauindustrie so heruntergekommen ist wie jetzt, dann kann unsere ganze Volkswirtschaft bald zusperren!«

»Was wollen Sie — die neuen Wohnungen stehen da, und keiner kauft sie. Jetzt tröpfeln ja nur vereinzelt Leute ins Land. Wann war denn die letzte große Einwanderung? Siebenundfünfzig? Das ist ja schon gar nicht mehr wahr!«

»Da heißt es, die Leute in den Fabriken sollen ruhig sein, die Arbeitsplätze sind gesetzlich garantiert, der Fabrikant darf keine Leute entlassen — was nützt das? Dann muß er eben die ganze Fabrik zusperren! Was hält sich heute noch? Die Textilfabriken — und wer sonst eine staatliche Subvention bekommt!«

»Die jungen Leute sehen keine Zukunft, besonders die Studenten und die aus den Intelligenzberufen. Wohin soll das führen? Mas-

senweise zieht es sie nach Amerika. Sie sagen zwar meist, sie wollen dort nur ein paar Jahre bleiben, ein bißchen Geld verdienen und wiederkommen. Aber das möchte ich erst gesehen haben, für nichts und wieder nichts kommen die auch nicht zurück, und wir verlieren unseren wertvollsten, qualifizierten Nachwuchs!«
»Was heißt wertvoller Nachwuchs?« ereifert sich ein kurzhalsiger Kahlkopf, er läuft dunkelrot an und fuchtelt wild mit den Händen: »Faul sind sie, das ist alles. Diese heutige Jugend hat keine Ideale, am liebsten wollen die gar nichts arbeiten und nur Geld scheffeln und den ganzen Tag im Espresso herumlungern. Kein Respekt vor den Eltern! Und wenn man bedenkt, für diese Jugend haben wir uns aufgeopfert und unser Land gebaut ...«
»Aber lieber Freund«, beruhigt den Kahlen der Sprecher von vorhin, »Sie dürfen unsere Jugend nicht in Bausch und Bogen verdammen. Wenn die Jungen gegen die Eltern unverschämt werden, so doch oft nur deshalb, weil ihnen die Eltern wenig Grund zum Respekt geben, nur ihre Autorität wahren wollen, nur an sich denken, wie sie Geld machen, Eindruck, einen großen Namen machen.«
Einem dritten Herrn dauert diese Rede schon zu lang, er fängt von wieder anderen Sorgen zu reden an: »Diese ganze Lohnerhöhung ist eine einzige Augenauswischerei! Ja, den Beamten hat unser Herr Finanzminister gleich vierzig Prozent bewilligt. Warum? Die Wahlen stehen vor der Tür!«
Zwi, den ich schließlich aufsuche, bezeichnet das alles fachmännisch als *ökonomische Talsohle.* »Demnächst kommt der Umschwung, wir erreichen wieder die Vollbeschäftigung, und alles wird ganz anders.« Dabei denkt er wohl: Sobald erst die Unsrigen wieder am Ruder sind. Ich erzähle ihm, was mich eigentlich hergeführt hat. »Leider«, sagt er, »für dich wird sich schwerlich Arbeit finden lassen. Du bist zu alt, dich stellt man nicht ein. Du warst doch Kaufmann, soviel ich mich erinnere. Fang doch wieder an, das ist das Beste für dich!«

Wirklich war dies das Beste für mich. Zu meiner eigenen Überraschung fand ich mich plötzlich als Geschäftsmann wieder. Als ich eines Tages das Café *Noga* verließ, fiel mir ein, hier in der Nähe müsse doch irgendwo Nathans Geschäft sein. Nathan kannte ich noch von daheim, seine Eltern hatten mit Mehl gehandelt, hochanständige, in der Stadt geachtete und beliebte Leute. Nun führte Nathan, wie ich gehört und im übrigen selbst vor kurzem erst in einer Zeitungsanzeige gelesen hatte, hier in

Tel Aviv einen Galanteriewarenhandel einschließlich Haushaltsabteilung, in der man alles haben konnte, von der Zahnbürste angefangen bis zu allerlei Mixern, Waschmaschinen und sonstigem. Ich beschloß, auf einen Sprung hinzugehen; ich hatte ohnedies nichts zu tun. Es erwies sich, daß Nathans Geschäft gleich im zweiten Haus neben dem Café *Noga* untergebracht war, in einem mehrstöckigen Bürogebäude, dessen Erdgeschoß eine Reihe von Läden und Magazinen beherbergte. Die meisten betrat man von der Hauptfront oder durch die Passage. Nathans Unternehmen war mir noch nicht aufgefallen, weil es an der Rückfront des Hauses untergebracht war. Am Eingang leuchtete eine kleine Lichtreklame:

Warenhaus Okkasion
Kauf — Verkauf — Tausch

Man ging eine Treppe hinunter, das Geschäftslokal war ziemlich groß, und es herrschte Hochbetrieb. Ich blieb in einem Winkel stehen und sah mich um. Auf den ersten Blick merkte man hier eine chaotische Unordnung — zu viel verschiedene Ware stopfte den Laden voll, hoch aufgetürmt, planlos verstreut —, aber vielleicht lockte gerade das die vielen Kunden an, sie wühlten in den Haufen von Schätzen, besonders die Frauen griffen alles mit den Fingern ab, wo sie nur hinreichen konnten. Die meisten drängten sich an dem großen Tisch gleich dem Eingang gegenüber, sie schaufelten sich durch ganze Gebirge von Jäckchen, Pullovern und sonstigen Strickwaren, Blusen und Westen, immer wieder zog jemand aus dem Haufen von ganz unten irgendein Beutestück hervor, das gar nicht hierhergehörte, ein Kinderstrampelhöschen oder einen Büstenhalter. Rechts vom Eingang hingen an Kleiderständern allerlei Röcke, Kleider, Kostüme, doch auch hier zwischen den Kleiderständern und wo nur sonst ein wenig Platz war, türmten sich verschiedene andere Artikel, wie alte und neue Radios, Waschmaschinen, Staubsauger, Ventilatoren, irgendwelche Klapptische. In den Wandregalen lagen zusammengerollt Regenmäntel und Arbeitsanzüge, dazwischen wieder stand Porzellangeschirr, feuerfestes Glas, im Fach darunter waren Tuch- und Leinwandballen, darüber stapelten sich in mehreren Fächern die Schachteln und Päckchen bis hinauf zur Decke. Hier mußte einer gut suchen können, um überhaupt etwas zu finden. Zum Lachen sah es aus, wenn irgendeine rundliche Hausfrau, in den engsten Winkel gezwängt, die Wühlkiste umrührte wie einen Strudelteig.

Auf der anderen Seite des Lokals sah es ein wenig besser aus, hier ließ man die Kundschaft wenigstens nicht an die Waren heran. Jenseits des langen Ladentisches glitzerten in den Regalen verschiedene kleine Andenken und Geschenkartikel, Photoapparate, Parfumfläschchen und was man sich nur vorstellen konnte. Doch auch hier schien nicht alles an seinem Platz zu liegen. Am ordentlichsten sah es noch im Mittelraum, in Maneks Hemdenabteilung, aus. Eben kam Manek mit einem Kunden zur Kassa vor, die gleich beim Eingang war, und stellte die Rechnung aus. Der kleine Chaim fiel mir ein, der in Borysław seinen Laden gleich gegenüber dem meinigen gehabt hatte. Chaim verlangte etwa für seine Nachttöpfchen zwei Złoty — aber wenn der Kunde ihm nur einen gab, nahm er auch einen. Hier freilich ließ Manek nicht gleich die Hälfte nach, höchstens zehn Prozent, vielleicht ein wenig mehr, wenn ein Kunde so hartnäckig feilschte wie der dort eben jetzt. Manek mußte sich die Lunge aus dem Leib reden, bevor er die Ware endlich verpacken konnte.
»Ja — wen sehen meine schönen Augen?« rief Manek, als er mich erblickte. Wir kannten einander noch aus dem Café *Europa* in Drohobycz, wo ich fast jeden Sonntag zum *Five o'clock* erschienen war und vergnügt beobachtet hatte, mit welch unwahrscheinlichem Mienenspiel der krausköpfige Manek auf dem Tanzparkett seine Partnerinnen zu beeindrucken suchte.
Nun erschien Nathan im Laden. Er hatte sich kaum verändert in den sieben Jahren, seit ich ihn zuletzt gesehen hatte: ewig in Eile, ewig zerstreut und zerfahren; weniger Haare hatte er nun auf dem Kopf, aber das regelmäßige Gesicht wirkte noch immer jugendlich. Kaum hatten wir ein paar Worte gewechselt, da schlug mir Nathan schon vor, ich könnte doch bei ihm die Kassa führen. Was sollte das heißen? Meinte er das ernst? Fehlte ihm ein vertrauenswürdiger Kassier? Suchte er einen Geschäftspartner? Ach, was sollte ich gleich fragen, das würde sich ohnedies alles bald herausstellen. Hier ging es zwar zu wie auf dem Tandelmarkt, aber gleichviel, wenn mich Nathan nur erst einstellte.
Als ich bereits an der Kassa thronte, konnte ich es noch immer nicht glauben: Ich hatte Arbeit, ich tat etwas — das war ja die leichteste Arbeit der Welt: Geld in Empfang nehmen und den Rest aus der Schublade herausgeben. Ein wenig stickig war es hier, es gab kein Fenster, nur die Tür, und die führte nicht direkt auf die Gasse, sondern ans Ende der gedeckten Passage. Die Tür stand immer weit offen, der große Ventilator an der Decke drehte sich unentwegt, das elektrische Licht brannte den ganzen

Tag. Und doch war es hier heimelig! Immer neue Leute, alte, junge, dunkle und solche aus unserer Gegend, aber zumeist einfache Menschen, Arbeiter, viele Provinzler. Oft kamen Nathans Bekannte und Geschäftsfreunde auf einen Sprung vorbei, die Kaufleute standen gleich an meinem Tisch, und man plauderte über das und jenes. Bald war ich mit dem Geschäftspersonal gut bekannt. Bei der Damenkleidung amtierte Frau Marta, eine gebürtige Griechin, die außer ihrer Muttersprache nur *Iwrit* verstand und etwas hilflos in dem vielsprachigen Trubel umherschlich. Aber sehr ruhig und gutmütig war sie. Neben ihr stand Lejbl, das Zentimetermaß um den Hals gehängt. Dieser schmächtige Mensch hatte für Hosen Maß zu nehmen, eventuell etwas zu ändern. Mendel wieder, mit dem Gesicht eines Hungerleiders und mit Pranken wie ein Bär, hatte den ganzen Tag über den großen mittleren Wühltisch zu ordnen und neue Stöße von Waren auf ihm zu stapeln.
Der oberste Verkäufer oder eigentlich schon Geschäftsführer war Manek; Nathan war nicht viel im Laden, er jagte seinen Okkasionen nach. Und das Personal kam nicht immer mit allem zu Rande. Manek hatte sich nicht nur um seine Hemden zu kümmern, er bediente, wenn es nottat, an allen Ecken und Enden, und setzte die Preise fest. Manek geriet ins Schwitzen, wußte kaum mehr, wo ihm der Kopf stand. Der Kunde sagte etwas, und Manek in seiner Erschöpfung bewegte nur mehr stumm die Lippen, wie um Luft zu schnappen. Doch gleich lächelte er mir wieder zu, fröhlich und aufmunternd, als wollte er sagen: Es wird schon alles gut gehen.
Es ging auch gut. Ich war voll Energie, ich fühlte mich mitten ins Leben hineingestellt.

Einige Tage später erst, als ich schon wußte, daß ich bleiben werde, erzählte ich Josef, daß ich in Nathans Geschäft eingetreten war, daß ich ihm dazu mein Geld gegeben hatte, aber die näheren Bedingungen noch nicht besprochen hatte und einstweilen bei der Kasse sitze. Josef wirkte nicht gerade begeistert. Wozu ich auf ein bloßes Wort hin Geld gegeben habe? Ja, natürlich habe auch er, Josef, gehört, daß Nathan ein durch und durch redlicher Mensch sei, aber wer könne wissen, wie Nathan im Moment finanziell stand, daß er ein großes Geschäft habe, besage noch gar nichts. Und warum ich mich überhaupt in ein so großes Unternehmen drängen wolle, ich solle doch lieber etwas Ruhigeres suchen, etwas Kleineres, weniger Riskantes — oder hätte ich plötz-

lich vor, Millionär zu werden? Die Unordnung dort, die ich erwähnt hatte, würde mir noch die Nerven ruinieren. Ich solle nur still bei meiner Kassa sitzen, bis ich etwas Besseres finde, aber ohne mich persönlich zu engagieren. Ich sah, wie Josef mit Unmut die Mundwinkel verzog, und bedauerte schon, ihm überhaupt etwas gesagt zu haben. Glaubte er, Nathan würde mich nur auf mein schönes Gesicht hin behalten? Leute zum Kassieren findet er wie Sand am Meer. Er hatte gefragt, ob ich Geld hätte, ich weiß nicht, ob nur aus privatem Interesse oder ob er es gerade dringend brauchte. Ich hatte meine paar tausend Pfund zur Verfügung gestellt, aber Nathan brauchte doch einen Teilhaber mit mindestens dreißigtausend. Theoretisch könnte ich ja ein paar Tausender von Bernard nehmen, ein bißchen was Erspartes hat er, und er würde sie mir sicher vorstrecken, wenn ich ihn bäte, aber ich will Bernard nicht in die Sache verwickeln, erst muß ich mich selbst besser orientieren. Am besten, ich warte ab und lasse zwischen mir und Nathan alles offen.
Hauptsache, ich habe eine Stellung bei ihm, und daß ich ihm ein wenig Geld gegeben habe, das stärkt nur meine Position in dem Unternehmen, mit einem Bein steh' ich schon drin, vielleicht akzeptiert er mich auch mit dem geringen Anteil, oder soll ich mich gar nicht binden? Ich habe ja Zeit zum Überlegen, ich kann jederzeit mein Geld zurückverlangen. Aber warum sollte ich das tun? Wo könnte ich es besser haben? Ich begann mich über Josef zu ärgern. Endlich hatte ich etwas Passendes für mich gefunden: Ohne Scherereien und Laufereien konnte ich ruhig bei meiner Arbeit sitzen und mich wie zu Hause fühlen in dieser Goldgrube. Aber Josef mußte natürlich alles besser wissen. War er dort? Hat er das Geschäft gesehen? Kennt er sich mit so etwas aus? Er hat leicht reden, laufen mir vielleicht die Leute mit ihren Angeboten nach? Brauche ich nur auszuwählen? Und was würde nach Josefs Meinung besser zu mir passen? Ein Stand mit Sodawasser und Zeitungen beim Eingang seiner Pension? Bitte sehr, mit Vergnügen, aber wer verschafft mir die Konzession dazu? Aber was ärgere ich mich, Josef will ja nur mein Bestes!
Am späten Abend desselben Tages fuhr ich zu Bernard. Syma und die kleine Rina schliefen schon. Bernard saß noch, ohne Hemd, in der Küche über seinen Büchern. Er strahlte, als ich ihm erzählte, was ich erreicht hatte.
»Wenn du sagst, das ist ein gutes Geschäft, dann wird es sicher stimmen. Du weißt so was immer am besten.«
Bernards Worte bestärkten mich in meiner Überzeugung, und

zugleich nahmen sie mir den Mut, weil Bernard so fest auf mich vertraute.

Jeden Morgen ging ich nun ins Geschäft, ich mußte mich nicht beeilen und unbedingt pünktlich eintreffen, ich kam, wann ich wollte, denn vormittags konnte mich an der Kassa Frau Sabina vertreten, eine gepflegte und gebildete ältere Dame, die mich immer mit freundlichem Lächeln begrüßte: »Gut, daß Sie schon da sind«, und mir den Platz an der Kassa abtrat. Es schmeichelte mir, daß mir alle mit Respekt begegneten, als hätte ich im Geschäft wirklich etwas zu reden. Nathan war um diese Zeit meist unterwegs, er tauchte nur für kurze Augenblicke auf, sprach ein paar Worte mit dem einen oder dem anderen, guckte in meine Schublade und nahm das bisher eingegangene Geld mit. Dann erschien er wieder, in Begleitung eines Trägers mit neuer Ware. Manche Waren kaufte Nathan direkt vom Erzeuger, die meisten — wo er sie eben erwischen konnte. Er hatte einige ständige Lieferanten, denen er die verbilligten Posten abnahm, am allermeisten kaufte er aber bei den Versteigerungen im Zollamt ein. Da mußte er natürlich schon im voraus herumhorchen, wann es etwas günstig zu holen gab. Gemeinsam mit anderen, die sich eigentlich ausschließlich mit diesem Geschäft befaßten, kaufte er ganze Schiffsladungen bestellter und nicht abgeholter Waren auf und ließ ganze Kisten voll in sein Geschäftslokal schaffen: Transistoren, Berge von Seife, Zigaretten der Marke *Kent,* sogar Schokolade. Wozu das Ganze?
Der Mensch investiert in eine solche Transaktion Tausende von Pfunden. Wenn Nathan wenigstens das Geld dazu selbst gehabt hätte, aber nein, er mußte es sich irgendwo ausborgen und hohe Zinsen zahlen. Oder er tat sich mit einem Partner zusammen, verkaufte einiges im Großhandel an andere Kaufleute, ein bißchen im Laden, und der Rest verkam im Magazin und wurde allmählich zum Ladenhüter. Wenn die Schokolade nicht sofort verkauft wird, beginnt sie zu schmelzen. Und bei den Zigaretten ist die Spanne so klein, daß nur jemand ein paar Päckchen auf die Seite zu bringen braucht, und schon ist der Gewinn beim Teufel. Aber Nathan ließ sich da nichts dreinreden. Ich sprach darüber mit Manek, der mir recht gab — aber Nathan nicht daraufhin anzusprechen wagte. Nach Ladenschluß ging ich mit Nathan und Manek ein wenig am Meer spazieren. Damit der Kopf ausrauchen kann, wie Manek sagte. Wie ein erstickender Fisch schnappte er nach Luft.

»Ah«, stöhnte er wohlig, »jetzt bin ich wieder ein Mensch!« und schnitt die alten Grimassen.
Auch Nathan atmete auf; zur Entspannung plauderte er über die gute alte Zeit, über den Korso von Borysław, wo wir einst miteinander nach den Mädchen geguckt hatten.
Aber ich mußte Nathan sagen, was ich von seinen Einkäufen hielt: Warum kaufte er alles, was ihm vor die Nase kam? Warum hielt er ein so riesiges Lager? Jeden Warenposten, den Ruwin ihm ins Geschäft bringt, muß er unbedingt nehmen, nichts als *Mezijes:* hundert Stück Damenhöschen — gut, gib her! Fünfhundert Rollkragenpullover — nur herein damit! Natürlich verstehe ich das, anderswo kostet so ein Pullover zwanzig Pfund, bei Nathan nur zwölf, deshalb stürzen sich die Leute nur so auf die Ware. Aber wie sieht das praktisch aus? Nathan wirft hundert, zweihundert Pullis auf den Tisch, die Leute greifen das Zeug ab, zerknittern und zerknautschen es, nach zwei Tagen sind die Pullis fleckig und unansehnlich. Keiner will mehr zwölf dafür geben, höchstens zehn. Ginge alles um zehn weg, dann würde sich das auch noch rentieren, aber wieviel bleibt liegen? Einen Teil bringt er wohl im Großhandel unter, aber der Rest kommt in die Kartons und an die Wand, das Lager ist überfüllt, und im Laden werden bald die Kunden keinen Platz haben, weil alles mit Waren angeräumt ist.
Wußte Nathan überhaupt, was er alles auf Lager hatte? Den größten Bestand hat er ja an Ladenhütern, dachte ich, aber das konnte ich ihm doch nicht sagen. Und schon gar nicht konnte ich ihn fragen, wieviel er darauf schuldete — wohl mehr, als der ganze Kram wert war. Mußte er unbedingt auch en gros verkaufen, mußte er in seinem Laden ein ganzes Warenhaus unterbringen, mit tausenderlei Kleinkram? Sollte er sich nicht lieber auf einige ausgewählte, gängige Artikel spezialisieren, in denen er wirklich konkurrenzfähig war?
Aber Nathan schien gerade das Durcheinander zu lieben, er führte sein Geschäft ohne Bücher, ohne Bestandsaufnahme, ohne die Kassa zu kontrollieren. *Leb dich aus, Mottel,* wie man bei uns sagte, vornehm geht die Welt zu Grund!
Ich hatte mich in die Hitze geredet, aber Nathan gab mir ruhig recht, nickte nachdenklich mit dem Kopf: Ja, ja, ich verstünde noch etwas vom Geschäft, sicherlich, man müsse eine Bestandsaufnahme machen und alles reorganisieren. Und ich fühlte mich geschmeichelt: Nathan hielt etwas auf meine Meinung, eben, wer kennt sich auch in seinem Geschäft so aus wie ich? Wenn er nur

weiter auf mich hörte, wäre er bald aus den Schulden heraus, die Firma würde aufblühen, und ich mit ihr.
Da unterbrach Nathan meine Wunschträume, als hätte er völlig vergessen, was ich ihm ausgedeutscht hatte und was er selbst gesagt hatte. Er schmiedete Pläne, man sollte besser mehrere Teilhaber zuziehen und nicht nur einen: Sollen die sich herumdrehen und arbeiten, das Geschäft macht alle satt! Auch sollte man die Kellerräume neben dem Warenlager vergrößern. Ich würde schon sehen, dann würde der Umsatz erst richtig losgehen.

Am lebhaftesten ging es im Geschäft zwischen fünf und sieben Uhr abends zu, ein Kunde klebte am anderen wie in einer Sardinendose. Mit großen Taschen behängte alte Frauen im Kopftuch, junge Mütter, gepflegte und auch abgerackerte, mit Kindern, mit Männern, schöne, schwarzäugige Mädchen mit mattbrauner Haut: Das ärgste Gedränge herrschte an meinem Tisch. Die Kunden legten auf, was sie gekauft hatten, und Nathan oder Manek setzte die Preise fest. Mir war es lieber, wenn Manek das tat, der machte es kürzer, während Nathan bei all seiner ruhigen Überlegenheit doch auch verschiedene Schwächen und ungeschickte Angewohnheiten hatte. Am Tisch wimmelten die Leute herum, jeder wartete, daß er drankam. Aber Nathan verhandelte seelenruhig mit irgendeinem Kunden, der eine Kleinigkeit betrachtete und sich nicht entschließen konnte; dabei redeten die beiden und redeten.
Aber auch Nathan verlor manchmal die Nerven, wenn er die Rechnung für einen größeren Einkauf zusammengestellt hatte und der Kunde auf den Preis nicht eingehen wollte. Nathan war ja gewohnt, daß man mit ihm feilschte, und das brachte ihn nicht auf. Aber der Kunde hatte die Bemerkung fallen lassen: »Um *den* Preis bekomme ich das ja auf der Allenby!« Und da warf Nathan auch schon die ausgesuchte Ware zur Seite.
Der Kunde ist beleidigt und schreit Nathan an, er solle nicht so angerührt sein. Nathan wird sofort weich, schon verpackt er die Ware, und um halbwegs ehrenvoll aus der Situation hervorzugehen, steckt er noch eine ganze Handvoll Reklamezettel ins Paket. »Einverstanden«, sagt er zu dem bereits beruhigten Kunden, »aber nur unter der Bedingung, daß Sie Ihre Bekannten zu mir schicken!«
Käufer und Nichtkäufer drängen sich einstweilen im Laden, schnüffeln überall herum, bis unter den Tisch kriechen sie hinter meinem Rücken, über mich weg zieht jemand ein maschin-

gesticktes japanisches Tischtuch aus dem Stapel, den Nathan ausgerechnet auf dem Brett über mir hat auslegen lassen, als ob es sonst keinen Platz im Laden gäbe. Und mit dem Tuch, das der Mensch hervorgezogen hat, kommt ein ganzer Schwall von Tischtüchern auf meinen Kopf herunter. Ich reiße das Zeug weg und erkläre dem Kunden barsch, er dürfe nichts selbst vom Brett nehmen, ich könne die Ware ja vorlegen. »Schon gut, schon gut«, ruft mich Nathan sofort zur Ordnung. Ich beiße die Lippen zusammen und tue, als ginge mich das nichts an. Was geht es mich auch an? Ich habe mich um meine Kassa zu kümmern. Aber ich spüre: Wenn sich die Leute da noch lang über meinem Kopf zu schaffen machen, dann könnte ich noch den Kopf verlieren und mich beim Herausgeben irren.

»Was zahlen Sie für den Knabenanzug und die Socken, gnädige Frau? Was haben Sie mit Manek vereinbart?«

»Sieben Pfund nimm von der Dame!« ruft Manek herüber.

»Ein Pfund noch, Gnädigste, das sind nur sechs!«

»Herr Nathan hat gesagt . . .«

Wie das? Hinter einem Kleiderständer hervor nickt mir Nathan zu, schon richtig. Manek schaut mich verlegen an. »Du hörst ja, was Nathan gesagt hat: ein schlaues Persönchen, was?« Es stellt sich heraus, daß die Dame mit der neckischen Stirnlocke zuerst mit Manek einen Preis vereinbart hat und dann noch zu Nathan ging und fragte, was das koste. Und woher sollte Nathan wissen, was Manek gesagt hatte? Aber was machte das schon für einen Unterschied hier, was der oder jener gesagt hatte: Ein Pfund mehr, zwei Pfund weniger, das spielt doch in dem Geschäft keine Rolle, Hauptsache, es gab genug Wirbel.

Allmählich wurde mir dieser Wirbel vertraut, oft setzte ich schon selber jemand den Preis fest. Noch immer wußte ich zwar nicht von allem, was es kostet, und ich würde mir wohl nie alles merken, aber über die gängigen Waren wußte ich schon Bescheid. Aber was ich auch tat und wie ich es auch tat, Nathan war nie damit zufrieden:

»Was treibst du da?« Schon stürzt Nathan zu mir an den Tisch. »Nein, lieber Herr«, sagt er zum Kunden. »Sie zahlen keinen Groschen weniger, als man Ihnen zuerst sagte!«

Abgesehen davon, daß ich mich verletzt fühle — was ist Nathan doch für ein Hirsch! Wenn der Kunde ein wenig mit ihm gefeilscht hätte, dann hätte er wohl mehr nachgelassen, als ich ihm nachlassen wollte. Aber daran denkt Nathan in diesem Moment nicht, vielleicht hat er sich auch absichtlich eingemischt, um mir

zu zeigen, wer sich hier etwas erlauben darf und wer nicht. Dabei ist er mir keineswegs böse, schon im nächsten Augenblick pufft er mich mit dem Ellbogen:
»Schau, was da für ein Püppchen kommt! Willst du dich nicht ihrer annehmen?«
Und was weiter? Ich versuche, bei dem einen oder dem anderen ein paar Prozent weniger zu nehmen, was ist, wenn der wirklich mit jedem Groschen rechnen muß? Nathan hält mich für allzu weich im Umgang mit den Kunden, das sagt er mir zwar nicht ins Gesicht, aber ich merke es.
Wenn Nathan nicht da ist, fühle ich mich viel gelöster, mit Manek verstehe ich mich prächtig. Er ist froh, daß er nicht jeden Moment zum Kassatisch zu eilen und die Preise zu bestimmen braucht. Wir verständigen uns auf Distanz.
»Kann ich das für soviel hergeben?«
»Jawohl«, lacht Manek von seinem Hemdenstand herüber.
Nie bringe ich es fertig, meine Ware anzupreisen; das will mir nicht über die Lippen, ich kann mich doch nicht vor mir selbst lächerlich machen. Obwohl mich manchmal förmlich der Ehrgeiz packt, es Manek zu zeigen, was ich für eine Verkaufskanone bin, lasse ich es lieber bleiben. Bei uns daheim hörte ich oft die Händler ihre Ware anpreisen. Ich kenne den Tonfall: Wenn Sie das anderswo um diesen Preis bekommen, dann gebe ich es Ihnen umsonst. Hier bei Nathan freilich läßt sich der Käufer viel leichter überzeugen. Bei uns hat alles Okkasionspreise.
»Wo noch bekommen Sie so einen Pullover um zehn Pfund? Auf der Allenby müßten Sie mindestens zwanzig zahlen!«
Was rede ich da für einen Unsinn! Das wäre gut für Sejlig, der lebte sich auf diese Art aus. Ich muß lachen, wenn ich an ihn denke. Wer kennt den *Pedler* Sejlig nicht? Dieser fünfzigjährige Mann ist nur einsfünfundvierzig groß und wiegt mitsamt seinem Hausiererkoffer sechsundvierzig Kilo. Aber im karierten Sakko, mit Fliege, sieht er heute noch aus wie ein Jüngling: wohl der letzte Spaßmacher, der einen hier an die alten Zeiten erinnert. Im Laden wird es gleich lustiger, wenn Sejlig — zumeist um die Mittagszeit — hereinkommt, plaudert, scherzt. Vielleicht gibt es auch neue Ware? Frau Marta und Frau Sabina gucken neugierig hinter den Kleiderständern hervor.
Sejlig ist wegen seines kleinen Wuchses in Rußland, wohin es ihn während des Krieges verschlagen hatte, nicht in die Armee aufgenommen worden. Barfuß und ohne Hemd stand er in einer russischen Stadt vor einem Bäckerladen und machte Tausch-

geschäfte. Jemand gab ihm Brot, er gab dafür Streichhölzer. Später verkaufte er dann Brot und kaufte Streichhölzer: »Na, von irgendwas mußte ich ja leben.« Er hatte seinen ganz eigenen Humor, eine eigene Art zu reden und aufzutreten. Er war ein Original. Es plauderte sich angenehm mit ihm, überwältigend war es aber, ihn dabei zu beobachten, wie er im Café *Noga* mit dem Köfferchen von Tisch zu Tisch ging und die Gäste weich machte.

Er legte seinen Artikel dem Gast direkt vor die Nase: »Was bieten Sie?« Dann hob er die Hand ans Ohr: »Bitte? Ich verstehe nicht.« Der Gast, nicht neugierig auf die Ware, schob das Zeug zur Seite. »Entschuldigen Sie«, sagte Sejlig, »aber Sie halten mich auf, ich bin in Eile. Wieviel geben Sie, reden Sie endlich! Bitte ein wenig lauter, ich höre nichts!« Der Gast geriet langsam in Wut, gar nichts brauche er, gar nichts, wie oft solle er das noch sagen. Was wollte dieser Wurzelzwerg, was saugte er sich fest wie ein Blutegel, zum Teufel gehen sollte er! Aber Sejlig war nicht so schnell abzuschütteln, er kannte die Gäste hier wie die eigene Tasche: »Weniger als fünf kann ich leider nicht nehmen, mich selbst kostet das zwei, Ehrenwort!« Der Gast spürte, daß er langsam verblödete: Aufspringen und dem Wurzelzwerg einen Tritt in den Hintern geben! Aber da stand der Kleine, so abwartend, so ernsthaft schaute er drein, und auf dem Tisch vor der Nase des Gastes lag ein Stückchen Seife, nett verpackt, duftend ... Er mußte lachen, er erstickte fast vor Lachen: Eben war ihm eingefallen, daß dieses Stück den Hausierer nicht mehr als zwei Pfund gekostet hat. Dann wird er doch auch vier dafür nehmen?

»Was gibt's Neues, Sejlig?« begrüßt Manek den Kleinen lächelnd. »Und was gibt es bei euch Neues? Gibt es neue Rasierklingen, aber englische, und erster Klasse? Was ihr mir da neulich gegeben habt, das war für die Katz, mit so einem *Tinnef* kann ich doch niemand hineinlegen!« Sejlig wirft einen prüfenden Blick auf den Tisch mit den Pullovern und auf Mendel, der danebensteht. »Irgendwie schaust du nicht besonders gut aus, Mendel. Ißt du gar nichts?« Mendel reckt den langen Hals, knurrt und wird noch grüner im Gesicht: »Was geht das dich an, du mieser *Baldower?*«

»Mir scheint gar, der hat mich gemeint?« zischt Sejlig. »Haltet mich, Leute, sonst ...«

Und dann beginnt Sejlig leise zu summen: »*Oj wi nemt men a bissele Masl, oj wi nemt men a bissele Glick.*« Im Laden wird es

still. Sejlig singt mit schöner, ans Herz rührender Stimme. Aber mitten im Lied unterbricht er sich und ruft zu Manek hinüber: »Du, gib mir ein paar Stück Duftseife mit! So soll's meinen Feinden ergehen, wie deine Seife riecht!«
»Singen Sie noch was, Herr Sejlig«, ermuntern ihn Sabina und Marta, »Sie singen so schön!« Sejlig läßt sich nicht lang bitten: »Für die schönen Damen — mit Vergnügen.« Und hinter der vorgehaltenen Hand flüstert er Manek zu: »Ein bißchen klein gewachsen sind die zwei für meinen Geschmack, aber lieb.« Dann postiert er sich mitten im Laden, breitet die Arme aus wie ein Opernsänger und beginnt: »*Es drejt doss Rejdl fun Lejben, ss'iss ba jejdn doss Gojrel beschtimt.*«
Und danach schleicht Sejlig zu mir herüber und flüstert mir ins Ohr: »Die haben mich ins Unglück gestürzt, meine ganze Zukunft haben sie mir ruiniert!«
Ich spiele den Entsetzten: »Aber Herr Sejlig, wieso denn? Wer denn? Was ist passiert?«
»Was heißt: Wer denn? Lesen Sie keine Zeitung? Nehmen Sie die heutige jiddische Zeitung zur Hand und lesen Sie selbst, wie diese Schmierfinken von der Redaktion mich abgeschildert haben!«
»Das ist doch nur Reklame für Sie, Sejlig, seien Sie doch froh!«
»Eine feine Reklame! Ich will mich doch verheiraten! Und meiner Braut habe ich gesagt, daß ich ein riesiges Handelsunternehmen habe! Na, und was soll jetzt aus mir werden?«

4

Eines Morgens, als ich wie gewöhnlich ins Geschäft kam, fand ich an meinem Platz hinter der Kassa den schiefen Pinkas vor, einen Menschen, der regelmäßig zu Nathan kam und mit ihm irgendwo in den Winkeln herumraschelte. Weder Manek noch Frau Sabina konnten mir mehr sagen, als daß Pinkas von Nathan dort hingesetzt worden war. Was bedeutete das, warum hatte er mir vorher nichts mitgeteilt? Pinkas wurde verlegen bei meinem Anblick, suchte nach Worten, als wollte er sich bei mir entschuldigen: Er wolle mir ja meinen Platz nicht wegnehmen, wir könnten einander ablösen, er, Pinkas, könnte bis vier dasitzen und ich dann bis sieben, oder wie ich sonst möchte, Nathan wäre sicherlich damit einverstanden ...
Ich hatte keine Lust, mit Pinkas zu diskutieren. Daß man ihm meine Stelle gegeben hatte, konnte ich doch ihm nicht zum Vorwurf machen. Aber mir ging langsam ein Licht auf.
»Sag mal, Pinkas, hast du Nathan Geld gegeben?«
Er rutschte auf dem Sitz hin und her, sah sich um, ob uns niemand belauschte, biß sich auf die Lippen und zog ein Gesicht, wie um anzudeuten: Das sollten wir lieber später besprechen. Er hat ihm Geld gegeben, dachte ich, oder wird ihm es erst geben. Was macht das bei Nathan schon für einen Unterschied? Vielleicht ist der Schiefe gar schon sein Teilhaber? Nathan sucht doch immer einen Menschen mit dicker Brieftasche. Oder sitzt Pinkas nur so zur Probe da und will sich den Betrieb erst einmal ansehen, ob es sich lohnt einzusteigen?
Also so sieht das aus! Und ich hatte gedacht, Nathan hätte mich an die Kassa gesetzt, weil er mir besonders vertraute, mir und Frau Sabina. Nun stellte es sich heraus, daß er jedem vertraut. Der Erstbeste kann sich an die Kassa setzen, jeder, der will oder den er will. Was sollte dabei herauskommen? Aber Nathan überlegte das ja nicht. Soll ich ihn etwa fragen, wieviel Pinkas ihm gegeben hat, und ihn dann überbieten? Woher sollte ich es nehmen, und selbst wenn ich's hätte, warum sollte ich es tun? Wer weiß, wie verschuldet und belastet der Laden ist? Rechtzeitig

abspringen sollte man. Aber was dann, wohin dann mit mir? Ich fühlte Beklommenheit und mußte ins Freie, um ein wenig meine Gedanken zu sammeln.
Ich muß mich zusammenreißen, es ist doch im Grunde nichts passiert, kein Grund zur Verzweiflung. Vor nicht allzu langer Zeit, als ich keine Beschäftigung hatte, war meine Lage doch unvergleichlich schlechter, fast hoffnungslos. Die paar Geschäftsleute in Wien, die ich von früher her kannte, schenkten mir keine Beachtung. Allerdings war auch ich bemüht, ihnen möglichst auszuweichen. Wenn alte Bekannte auf Besuch nach Wien kamen, fragten sie nicht einmal nach mir. Und an manchen Tagen hielt ich es in meinen vier Wänden nicht mehr aus. Dann war ich glücklich, wenn ich auf dem Graben mit Schmil oder einem anderen Bekannten ein paar Worte reden konnte. Immer war ich knapp bei Kasse, immer in Sorge, daß ich am Ersten mein Zimmer zu zahlen hätte, und dazu die Angst, ich könnte wieder krank werden und die Spitalskosten nicht aufbringen. Heute habe ich diese Sorgen nicht mehr, obwohl ich noch immer nicht aus dem Wasser bin. Verdammt, ich hätte früher daran denken müssen, mir irgendeine Existenz zu schaffen, gleich am Anfang, als der Krieg aus war! Alle machten es so, alle richteten sich ein, auch ich hätte mir etwas aufbauen sollen. Ein wenig spät denke ich daran. Heute sollte ich schon ruhig auf meinem Hintern sitzen und ab und zu in der Sonne spazierengehen . . .

Ich stand auf meinem Lieblingsplatz, am Geländer beim *Mograbi*, und starrte trübsinnig in das Gewühl der Passanten. Jeder tut etwas, jeder beeilt sich, erledigt etwas, hat etwas, ist an seinem Platz, nur ich stehe da wie ein *Schmock* und weiß nicht, was weiter werden soll. Vielleicht gehe ich wieder nach Polen? Dort gibt es keine Kaufleute, keine Geschäfte, dort jagt man nicht so hinter dem Geld her, dort bin ich einer von vielen. Aber wenn man mich nicht hineinläßt? Heute könnte sich dort niemand mehr für mich einsetzen, der Professor ist krank, Bernard ist längst fort, und was würde ich drüben tun?
Ach was, vom Anfang an hatte ich ausgespielt, vom Anfang an auf das falsche Pferd gesetzt und alles verspielt. Denn wenn ich draufgegangen wäre, als ich noch schrieb, dann hätte ich wenigstens bis zum Ende meine trügerischen Träume bewahrt. Aber ich lebte weiter, und erst jetzt dachte ich über all das nach, worum ich mich von Anfang an hätte kümmern müssen. Das hatte alles überhaupt keinen Sinn, nichts hat mehr Sinn. Plötzlich

sehnte ich mich nach meinem Bett in Wien, nach den wenigen Freunden, nach Bohrer, nach Wiesław, nach den Montagabenden bei Frau Wanda. Bei ihr traf man meist junge Polen, die nach Wien gekommen waren, um hier zu arbeiten, um sich ein Auto zu kaufen, und andere, die Musik studierten, oder auch solche, die sich einfach ein wenig im Ausland unterhalten wollten. Lustig und in gemütlicher Stimmung vergingen die Abende. Ich thronte im einzigen Lehnstuhl, eine kaputte Sprungfeder stach mich ins Sitzfleisch, aber das machte mir nichts aus.

Aber wovon sollte ich in Wien leben? Und selbst wenn ich meinen Unterhalt fände, sollte das alles sein, was ich noch zu erhoffen habe? Sollte ich immer nur auf den Montag warten, um Frau Wanda besuchen zu können, Bohrer von der Arbeit abholen und nach Hause begleiten oder warten, bis ein junges Mädchen aus Polen ankam, und glücklich sein, wenn ich den Moment ausnützen konnte, solang sie sich fremd und hilflos fühlte?

Ich lächelte vor mich hin. Vor ein paar Wochen war ein Mädchen in Nathans Laden gekommen, ein liebliches, langbeiniges Geschöpf mit kurzgeschnittenem, seitlich zurückgekämmtem schwarzem Haar und mit hellblauen Augen. Gleich als sie eintrat, war sie allen aufgefallen. Manek machte ihr schöne Augen, während sie ihm eine Kristallkaraffe zeigte, die sie zum Verkauf mitgebracht hatte. Sofort dachte ich mir, daß das Mädchen aus Polen kam. Ich wäre zu gern aufgesprungen und zu ihr hinübergegangen, aber das ging nicht gut. Ein Kerl neben meinem Tisch warf ihr einen anzüglichen Blick zu. Was glotzen alle so unverschämt, gleich würden sie die Kleine aus dem Laden verscheuchen! Wenn nur Manek das Kristallglas kaufte!

Endlich brachte er es übers Herz, den Handel abzuschließen, und sie kam zu mir an die Kassa.

»Aus Polen? Wie schön, eine Landsmännin zu treffen! Wie lang sind Sie schon hier? Jetzt erst angekommen. Woher denn, wenn ich fragen darf? Aus Lignica? So ganz allein? Die Eltern sind noch drüben? Entschuldigen Sie mich für einen Moment, ich fertige nur schnell den Kunden ab, nun, wie gefällt es Ihnen hier bei uns, Fräulein?«

Sie schaute mich so froh und vertrauensvoll an, daß mir ganz warm ums Herz wurde. Länger konnte ich sie wohl nicht mehr ausfragen und im Laden zurückhalten, aber wenn ich sie jetzt weggehen ließ, dann kam sie wohl nie wieder. Sollte ich mich gleich irgendwo in der Stadt mit ihr verabreden? Aber selbst wenn sie jetzt ja sagen sollte, ob sie dann auch käme? Bestimmt

nicht. So einem Mädchen schlägt jeder ein Rendezvous vor, auf so eine Schönheit ist jeder aus. Ich mußte es also anders angehen, ich würde mir's sonst gleich verderben mit ihr, sie war aus einem ordentlichen Milieu, das sah man doch.
»Ich würde mich sehr freuen, wenn Sie wieder einmal vorbeikämen. Wenn Sie etwas brauchen oder etwas zu verkaufen haben, kommen Sie bitte gleich her, wir werden uns schon darum bemühen, daß Sie nicht mehr von Geschäft zu Geschäft laufen brauchen ... Nichts zu danken, das ist doch selbstverständlich! Und wenn viel Trubel im Geschäft sein sollte, lassen Sie sich nicht abschrecken, kommen Sie direkt zu mir!«
Charmant, uneigennützig: in besserem Licht hätte ich mich wohl kaum noch präsentieren können. Sie wird wiederkommen, bestimmt: »Was wetten wir, Manek, sie kommt wieder!« Aber was würde ich ihr dann sagen?
Schon dachte ich, sie hätte längst darauf vergessen, als sie nach einigen Tagen erschien, überdies kurz vor sieben, so daß ich sie nach ihrem kleinen Einkauf noch so lang hinhalten konnte, bis wir schlossen und ich mit ihr zusammen den Laden verlassen konnte. Ich lud das Mädchen auf einen Mokka ein, was nicht aufdringlich wirkte, zumal sie mir eben erzählt hatte, sie wolle in Jerusalem studieren, sie habe bereits eingereicht, aber sie kenne niemand in dieser Stadt.
Sie fragte mich aus, wie man dort lebe. Wir unterhielten uns nur ganz kurz im Kaffeehaus, denn das Mädchen hatte es eilig, nach Hause zu kommen, die Tante wartete.
»Ich freue mich sehr, daß ich Sie kennengelernt habe, Fräulein. Sie sind lieb, Sie sind sehr lieb, machen Sie sich nicht zuviel Sorgen, es wird schon gut gehen!« sagte ich zum Abschied.
Das Mädchen war wirklich lieb, mehr als das, sie war bezaubernd. An den bloßen Füßen trug sie weiße Tennisschuhe, das Kleid stammte wohl noch von daheim, etwas unmodern, aber was immer sie getragen hätte, ihr stand alles gut. Sie war prachtvoll gewachsen, mit schmaler Taille, straffen, vollen Brüsten und mit einem interessanten, ausdrucksvollen Gesicht, bald aufmerksam und nachdenklich, bald kindlich heiter oder erstaunt.
Ich traf das Mädchen öfter. Abends spazierten wir zusammen am Meer. Ich legte den Arm um sie, wenn es dunkel war und uns die Leute nicht zusahen. Sie ließ es geschehen; warum auch nicht, ich dachte mir wirklich nichts dabei. Nur manchmal, wenn ich fühlte, das war doch das junge, lebendige Leben selbst, tastete ich über ihre warme, weiche Schulter.

Eines Abends hatte sie länger Zeit. Die Luft war schwül und stickig, seit zwei Tagen wehte der *Chamsin*. Ich schlug vor, wir sollten zusammen nach Herzliya fahren, da sie die Gegend noch nicht kannte. Mein Bruder habe einen wunderbaren Garten, die Hitze spüre man dort gar nicht, und gleich in der Nähe, im Hotel *Sharon,* könnten wir dann gemütlich zu Abend essen. Das Mädchen war einverstanden. Wie immer stimmte sie meinen Vorschlägen freudig zu. Ich nahm ein Taxi, man saß wie im Brutkasten, aber weich, ich lehnte den Kopf an ihre Schulter, das Mädchen sagte nichts und schien sich nichts drauszumachen, daß uns der Fahrer im Rückspiegel sehen konnte, sie strich mir sogar übers Haar, und mir wurde dabei noch heißer.

Im Nu waren wir an Ort und Stelle. Die Pension lag wie ausgestorben. Es waren keine Gäste da, und im Saal war bereits das Licht gelöscht. Also mußte Josef schon in seine Wohnung schlafen gegangen sein. Ich dachte gleich nicht mehr an den wunderbaren Garten, die gute Luft, sondern führte das Mädchen gleich in mein Zimmer, entschuldigte mich für einen Augenblick und holte ein kaltes Getränk vom Buffet.

»Wir können uns ein wenig ausrasten«, schlug ich vor, »und dann gehen wir noch wo hin.« Sie schien etwas verblüfft und setzte sich kerzengerade an den äußersten Bettrand.

»Mach dir's doch ein bißchen bequemer.«

Ich wollte diesen lieben jungen Körper ganz dicht an mir spüren, mich anschmiegen, ihn streicheln.

Mehr dachte oder wollte ich gar nicht.

»Sie sind unmöglich!« lachte sie, als ich ihre Brust berührte. »Unausstehlich sind Sie! So hören Sie endlich auf mit dem Blödsinn!« Sie schüttelt sich direkt vor Lachen: »Sie könnten doch mein Vater sein!«

Ich fühlte mich wie geohrfeigt und ließ von ihr ab. Das saß! Und nun entschuldigt sie sich auch noch: Das sei ihr nur so herausgerutscht.

Recht geschieht mir.

»Komm, gehen wir.«

Unterwegs schwieg ich. Am liebsten hätte ich das Mädchen stehengelassen und mich irgendwo verkrochen, aber ich mußte sie doch wenigstens bei einem Auto abliefern, damit sie heimkam. Es war dunkel. Aus der Richtung Haifa näherte sich ein schwerer Lastwagen. Ich hob die Hand. Er hielt an.

»Fahren Sie bis Tel Aviv? Könnten Sie die Dame mitnehmen?« Dem jungen, kräftigen Chauffeur leuchteten die Augen, als er das

Mädchen sah: »*Bywakasha*« — Bitte sehr! Und schon half er ihr, über die hohen Trittstufen ins Fahrerhäuschen hinaufzuklettern. Auf dem Heimweg durchfuhr mich plötzlich der Schreck: Wie konnte ich das Mädchen allein fahren lassen, wenn der Bursche sie nun vergewaltigte? Ach was, so schnell vergewaltigt man nicht. Und selbst wenn: Sie wird zappeln, sie wird zuschlagen, kratzen, beißen, aber sie wird nicht lachen.

Ins Geschäft kam ich nun seltener. Nathan gegenüber benahm ich mich, als hätte sich nichts geändert. Ich nahm mir zwar täglich vor, endlich reinen Tisch zu machen, aber dann sagte ich wieder nichts, wohl weil ich selbst vor dem Augenblick Angst hatte, in dem ich mich würde zu etwas entschließen müssen. Am besten, ich fragte nicht und wartete. Vielleicht würde sich alles von selbst klären. Jedenfalls durfte ich mich nicht von hier wegrühren. Es ging ja um meine Existenz — und um die Bernards und seiner Familie. Lang würde er sich auf seinem Posten nicht mehr halten können.

Aber plötzlich hatte ich alle Lust und Energie verloren. An manchen Abenden arbeitete ich zwar noch an der Kassa, ich sprach ein wenig mit den Kunden, aber das freute mich nicht mehr. Wieder verbrachte ich meine Tage zum Großteil mit Streifzügen über die Allenby Road.

Durch all die Monate hatte ich nicht an meinen alten Freund Mandały gedacht und ihn noch nicht in seiner neuen Wohnung besucht in Ramat Aviv nahe bei Tel Aviv, in einem eleganten Viertel mit schönen Neubauten, Parks und Gärten. Zu Mandały ging man durch eine Platanenallee. Er bewohnte eine Garçonniere im Parterre eines Hauses, das für die Bedürfnisse älterer, alleinstehender Personen entworfen und ausgestattet war. Das Zimmer mit Kochnische war ein Palast im Vergleich zur früheren Behausung meines Freundes, einem Kämmerchen, zu dem man über vermorschte Holztreppen hinaufklettern mußte. Wenn Mandały jemand bat, einzutreten, dann mußte er selbst herauskommen, Platz für zwei war nicht vorhanden. Ein größerer Mensch hätte das Fenster öffnen und die Beine ins Freie hinaushängen müssen, wenn er sich auf dem Bett hätte ausstrecken wollen.

Nun stolzierte Mandały wie ein König durch seinen Palast und betrachtete mich durch die dicken Brillengläser. Er trug ein schneeweißes Hemd, schwarze Hosen und schwarze Knabenschuhe, andere wären ihm zu groß gewesen. Schneeweiß leuchtete auch das dichte, gekrauste Haar über seinem Gesicht, das von tausend Lachfältchen durchzogen war und ewig jung schien. Mandały stellte Brot auf den Tisch, Semmeln, Butter, Käse, Tomaten, Keks, machte dann ein paar Schritte und hielt an, als dächte er nach, womit er mich noch bewirten könnte, schließlich sah er mich mit schelmischer Miene an — »ich hab's« — und kramte eine Schachtel mit Bonbons hervor. Dann hinkte er, das steife Bein nachschleppend, zur Kochnische, und bald war der Tisch so vollgeräumt, daß man die Platte nicht mehr sah.

»Ätsch, was ich alles habe und du nicht!« blökte er und lachte wie ein Kind, wie ein unschuldiges, fröhliches Kind. Dabei zeigte er zwei ihm noch verbliebene Zähne.

»Vielleicht noch Tee? Wasser ist da und kostet nichts!«

»Nein, danke! Nichts mehr!«

Da stand er einen Moment lang hilflos, als hätte ich ihm sein Spielzeug weggenommen. Dann zeigte er mir aus seiner Küche eine Dose mit Erbsen — *Marak Afuna.*

»Wenn ich das esse, bin ich satt und kann Optimist sein! Heute ist das Leben ein einziges Vergnügen, *a mechaje!*« Er lachte: »Du mußt nicht in der Küche herumschmuddeln, nichts brauchst du von Hand aus zu machen, alles liegt da schon fix und fertig drin. Bitte!« er zeigte mir ein neues Päckchen. »Und das ist *Marak Of,* das wirfst du in den Topf, schüttest Wasser darauf, und die Suppe ist fertig. Na, wenn das kein Wunder des zwanzigsten Jahrhunderts ist! Früher, da hast du die *Lokschen* müssen verkneten, und dann walken und schneiden. Vielleicht«, sprang er vom Sessel auf, »vielleicht soll ich uns gleich irgendeine Gemüsesuppe machen?«

Ich lehnte lachend ab. Mandały tupfte mich mit zwei Fingern an, wie es seine Gewohnheit war:

»Du weißt doch — ein weiser Rabbi soll gesagt haben: Daß der Friseur mit der Schere klimpert und daß der Kutscher mit der Peitsche schnalzt und daß der Mensch den Tee mit Zucker trinkt, das geschieht alles nur aus Stolz!«

Ich merkte, daß Mandały sich darüber freute, daß ich zu ihm gekommen war. Auch ich freute mich. Bei ihm ruhte ich aus, das war ein Mensch mit großem Herzen, der beste unter der Sonne. Und dabei faul wie ein Maulesel, am liebsten würde er den ganzen Tag irgendwo im Schatten liegen, mit einem Buch. An der Wand sah ich eine ganze Reihe von Büchern, die Mandały alle ins Hebräische übersetzt hatte. Wann hatte er das alles fertiggebracht?

In einer anderen Zimmerecke stand Mandały Sofa: ein gemütlicher Winkel, von so einem hatte ich immer geträumt. Ich begann Mandały richtig darum zu beneiden, im Spital war ich immer glücklich gewesen, wenn ich ein Bett an der Wand bekam. Und während der Okkupation hatte ich auch davon geträumt. Ach, wozu nun diese Erinnerungen, ich wäre glücklich, wenn ich hier irgendwo in der Nähe von Mandały einziehen könnte. Jeden Tag würde ich bei ihm vorbeischauen.

Wir saßen an diesem Abend noch lang beisammen. Mandały las mir jüdische Poesie vor, mit so viel Hingabe, daß sogar ihm die Augen feucht wurden. Und als wir uns dann an seiner Haustür verabschiedeten, rief er: »Ätsch, du mußt jetzt bis zum Autobus marschieren, und dann vom Autobus heim — und ich hab' nur zwei Schritte bis ins Bett!«

Ich lag in Josefs Garten im Liegestuhl. Die Sonnenstrahlen kringelten durch die Kronen der Bäume, das Gras glitzerte. Der Sommer neigte sich dem Ende zu. Der hellblaue Abendhimmel wurde silbern. Mir ging eine Melodie durch den Kopf, schon seit Tagen summte ich sie immer wieder vor mich hin. Ich stand auf und ging in mein Zimmer, um sie zu spielen. Jetzt ließ sie mich ja nicht los, und später würde ich sie vielleicht vergessen haben und danach suchen. Sie war schön, das merkte ich erst deutlich, als ich zum erstenmal seit langer Zeit die Geige in die Hand nahm und hörte, wie das klang. Ich legte den Bogen weg und schrieb die Melodie auf, Ton für Ton zuerst auf der Geige zupfend. Das Notenschreiben machte mir einige Mühe, aber diese paar Takte brachte ich immerhin fertig. In den nächsten Tagen spielte ich mir oft meine Melodie vor, und dann entstand eine zweite, dritte und eine vierte, jede anders, aber alle paßten sie zusammen. Ich nannte sie *Gestern und heute,* aber den Text dazu wollte ich nicht schreiben.

Im Café *Noga* traf ich den bekannten Komponisten Rubinstein. Glücklich, einen Fachmann fragen zu können, zeigte ihm gleich meinen Schatz. Rubinstein spielte die Melodien auf dem Klavier und meinte dann, sie seien gut, besonders die erste gefalle ihm sehr, er würde gern das Arrangement übernehmen.

Der Texter Sachar schrieb die Worte, und ich war plötzlich von meiner Musik entzückt, vergaß Nathan, Haus und Bruder, dachte nur noch an meine Komposition. Im Laden erzählte ich gleich Hirschfeld davon, einem Mann mit Boxernase, der so dunkel ist, daß ihn alle für einen Orientalen halten. Nach dem Bo-

xen hatte er verschiedene Tätigkeiten ausgeübt, zur Zeit war er *Pedler* und nahm uns täglich ein paar Hemden ab, mit denen er dann hausieren ging. Hirschfeld war gleich Feuer und Flamme: Ich solle unbedingt eine Schallplatte herausbringen, meinte er, ein Bombengeschäft, er werde die Platten in Deutschland vertreiben, er könne doch perfekt Deutsch und überhaupt, ich kenne ihn doch, keiner von den Juden dort würde nein sagen, dort sehnte sich doch jeder danach, *a jidische melodje* zu hören, und ich sei doch überhaupt zu schade dafür, hier im Laden zu verfaulen.
»Zwanzig bis dreißig im Tag verkaufe ich auf jeden Fall. Und du kannst einstweilen faul herumliegen und in die Luft schauen. Oder schreiben. Und dein Geld zählen.«
Wenn er zwanzig sagt, rechnete ich, dann wird er vielleicht nur zehn verkaufen. Aber das wäre auch genug für mich und für Bernard, und ich brauche nicht mehr im Laden zu hocken. In Wien hatte ich manchmal zum Spaß ein paar Tanzmelodien gemacht, und alle hatten mir zugeredet, etwas herauszubringen, eine Firma zu suchen. Der ganze polnische Klub war ehrlich entzückt, und dort wimmelte es damals nur so von Musikern und Musikstudenten. Ich hatte das natürlich nicht ernst genommen, jetzt aber — jetzt wollte ich eine Platte meiner jüdischen Lieder machen.
Hirschfeld hatte ich noch nicht gesagt, daß mir sein Plan gefiel. Aber ich sah mich schon nach einer Plattenfirma für *Gestern und heute* um, vereinbarte das Nötige mit Rubinstein, der das Arrangement besorgte und Orchester und Sänger beschaffte, und dann begannen die Aufnahmen bei der Firma *Hed-Arzi* in Ramat Gan. Ich ließ mir von Nathan einen Teil meines Geldes zurückzahlen und sagte Hirschfeld, er solle sich reisefertig machen. Tausend Platten hatte ich nun zur Verfügung. Fünfhundert nahm Hirschfeld nach Deutschland mit; ich sollte dorthin nachkommen, sobald das Geschäft richtig im Gang war.
Aber irgendwie ging das Geschäft gar nicht. Anfangs schrieb Hirschfeld, ich solle sofort kommen, dann drängte er weniger energisch, und zuletzt begann er sich über die hohen Hotelrechnungen und das viele Reisen zu beklagen, aller Gewinn ginge da drauf. Die Juden hätten keine Lust, die Platte zu kaufen, und irgend so ein Unterweltler hätte gar gesagt: *Du, breng mir besser a gite Schickse!*
Auch bei mir blieb die Platte liegen, hundert Stück, vielleicht zweihundert. Ein großer Held bin ich ja immer gewesen: Wenn's kein Buch war, dann war es eben eine Platte. Und das Geld war

auch weg. Ich dachte an die Zeit, als ich mein Buch hatte beenden wollen, aber nicht mehr Geld genug hatte, um bis zu Ende durchzuhalten. Damals gab es plötzlich einen Hoffnungsschimmer: Dr. van Dam, an den ich mich um Hilfe wegen der Wiedergutmachung gewandt hatte, antwortete darauf zwar nicht, aber nach einigen Monaten schrieb er mir plötzlich, er rate mir, bei der amerikanischen *Memorial Foundation for Jewish Culture* um ein Arbeitsstipendium als Schriftsteller anzusuchen. Von dort kam zunächst ein vier Seiten langer Fragebogen: Was ich schreibe, geschrieben habe, wer von den Größen der Literatur meine Arbeit kenne und mich empfehlen könne und so weiter. Ich nährte meine Hoffnung. Fast ein Jahr verging, bevor die Antwort aus Amerika kam, leider gebe es wichtigere Schriftsteller als mich.

Wahrscheinlich gibt es sogar unter den Schriftstellern größere Musiker als mich und unter den Musikern größere Schriftsteller, von Geschäftsleuten gar nicht zu reden. Schon gut, aber warum machen alle einen Narren aus mir, und am meisten ich selbst? Meine Lieder können doch nicht gar so schlecht sein, man singt sie sogar im Theater. Auf dem Zettel steht zwar: Musik von Goldfaden, aber die Lieder *Maminju* und *Sog mir nischt* sind von mir.

Keiner hatte mich gefragt. Ich lief ins Café *Noga,* und dort saß, wie immer um die Mittagszeit, der Direktor, der Goldfadens Stück aufführen ließ. Da saß er, dunkelbraun gebrannt, mit Schnurrbärtchen, ich kannte ihn sehr gut, er war erst in letzter Zeit zum großen Impresario geworden. Als es hier schlecht aussah, war er nach Amerika gefahren und dort als Rabbiner aufgetreten — aber nicht im Theater. Ein pfiffiger Kerl, das mußte man ihm lassen. Alle Konkurrenten hat er verdrängt, ihm war kein amerikanischer Künstler zu teuer, und immer, wenn man etwas mit ihm reden wollte, war er schrecklich beschäftigt. Nun zog er, in durchschwitztem Hemd und gleichfalls durchschwitztem Halstuch, ein neues Plakat aus der Tasche und legte es vor sich auf den Tisch. Gleich würde der Mensch zu reden anfangen, zu verhandeln, zu kombinieren, was sich als nächstes Zugstück bringen ließe. Künstler und Kiebitze umringten ihn untertänig. Plötzlich verging mir die Lust, ihn zur Rede zu stellen, was hätte ich davon? Sie würden aufhören, auf der Bühne meine Lieder zu singen. Würde ich davon glücklich? Sollte er sie doch spielen, bis er schwarz wurde. Auf der Kaffeehausterrasse marschierte, wie üblich, der kleine Sejlig von Gast zu Gast.

»Ich höre nichts, bitte sprechen Sie lauter, wieviel geben Sie?«

Seit einigen Tagen verspürte ich Schmerzen in der Herzgegend. Schwere Mangeldurchblutung des Herzmuskels im Sinne einer Coronarinsuffizienz, lautete die Diagnose. Ich solle gut auf mich aufpassen, das Rauchen einschränken, nicht laufen, mich nicht aufregen und irgendwelche Tabletten einnehmen, die man mir verschrieb. Immer, wenn ich mich nicht so recht wohlfühlte, sollte ich gleich so ein Pillchen unter die Zunge legen.

»Na, beruhigen Sie sich, Herzthrombosen sind heute etwas Alltägliches, nachher verheilt das Herz sogar besser.«

Eine schöne Geschichte. Und ich hatte immer geglaubt, ich würde an einer Magenblutung sterben. Nun stellt sich also heraus, daß mich jeden Moment der Schlag treffen kann.

Ich erwartete Bernard vor seinem Büro. Als er herauskam, merkte ich sofort, daß irgend etwas passiert war. Mit geschwollener Stirnader, die Hände ein wenig vorgestreckt, hastete er geradeaus, als wolle er vor etwas davonlaufen.

»Bernard!« rief ich ihm nach »Was ist los?«

»Er hat mich angebrüllt. Warum? Ich tu doch alles, was er nur will, und die Bücher sind in Ordnung.«

Eine Stunde vor Ablauf des Termins telegraphierte ich an das zuständige Amt in Neustadt und ersuchte unter Berufung auf den entsprechenden Paragraphen des Schlußgesetzes um Aufnahme in die Liste der Antragsteller auf Wiedergutmachung.

5

Schließlich war ich wieder in Wien gelandet, in demselben Untermietzimmer in der Landesgerichtsstraße, das ich vor zwei Jahren verlassen hatte. Die Wiedergutmachungsangelegenheit füllte einen Großteil meiner Zeit aus. Der Frankfurter Anwalt, den mir Bekannte empfohlen hatten, beantwortete meine Anfrage mit einem Brief, der Vertrauen und Hoffnung erweckte. Eifrig suchte ich meine Unterlagen zusammen, die ich dem zuständigen Amt in Neustadt vorzulegen hatte. Die von Zeugen bestätigten, notariell beglaubigten Belege über mein Vorkriegsvermögen mußten ins Deutsche übersetzt und neuerlich gerichtlich bestätigt werden. Ich hatte meine Krankengeschichte zu schreiben, legte den Spitalsbefund und das letzte EKG aus Israel bei, erbat ein ärztliches Zeugnis von meinem Warschauer Professor, ein weiteres von Frau Dr. Leodolter, die mich in Wien behandelte. Verschiedene Formulare und Fragebogen waren auszufüllen, und nach all diesen Prozeduren wurde ich auf eine lange Warteliste gesetzt.

Immerhin konnte ich den sogenannten *Katastrophenfall* nachweisen, und ich wurde verständigt, daß mein Fall in Arbeit genommen worden sei. Nach einiger Zeit wurde ich in der deutschen Botschaft von einem Referenten ausgefragt, ob ich Deutsch spreche, daheim Deutsch gesprochen hätte, ob meine Eltern Deutsch gesprochen hätten. Und wieder vergingen etliche Wochen, bis mich dann die deutsche Botschaft zu ihrem Vertrauensarzt einlud. Nun eilte ich von einem Laboratorium zum anderen, hier war ein Magenröntgen zu machen, dort das Blutbild, eine Harn- und Stuhlanalyse, dann weitere Röntgenaufnahmen von Niere und Lunge. Schließlich mußte ich mich bei einem bekannten Professor gründlich psychosomatisch untersuchen lassen.

Ich wurde langsam ungeduldig, aber die Hauptsache war doch, daß etwas geschah, daß ich die ganze Angelegenheit bald hinter mich gebracht haben würde. Endlich erfuhr ich, daß man mir 78 Prozent Arbeitsunfähigkeit zubilligte. 68 Prozent gälten als durch die Naziverfolgung verursacht. Ich wußte nicht, ob ich darüber entsetzt oder damit zufrieden sein sollte. Ein Wrack bin ich. Da konnte ich es schwarz auf weiß lesen, reif für den Misthaufen! Aber gerade deshalb würde die Rente beträchtlich sein. Die letzten Nachrichten aus Israel konnten einem obendrein die Lust am Leben nehmen. Von Tag zu Tag verschärfte sich die Lage bis zu jenem Morgen, an dem der Rundfunk den Ausbruch des Krieges zwischen Israel und den arabischen Nachbarstaaten meldete. Einige Stunden danach war bekannt geworden, daß Israel einen Großteil der feindlichen Luftstreitkräfte vernichtet hatte. Stündlich sendete der Österreichische Rundfunk Sondermeldungen über die Kriegslage. Ein telefonischer Spezialdienst war eingerichtet worden, über den man laufend die neuesten *APA*-Meldungen aus dem Kampfgebiet hören konnte. Auf der Straße diskutierte die Bevölkerung lebhaft die Situation, die Zeitungen waren sofort ausverkauft, in den Wohnungen, in den Kaffeehäusern, auf der Straße, vor den Fernsehgeräten in den Schaufenstern der Elektrohändler, überall warteten Menschen gespannt auf die neuesten Nachrichten, zum erstenmal in dieser Stadt erlebte ich solch eine Anteilnahme am Weltgeschehen. Nach dem Sechstagekrieg, nach dem ersten Überschwall von Begeisterung und Zuversicht, wurde man auf das aufmerksam, was nun in Polen vor sich ging.

Von neuem begann die Verfolgung der polnischen Juden, die ihre Existenz verloren; die letzten paar Tausend, die von dereinst drei Millionen übrig geblieben waren, begannen das Land zu verlassen, ohne Paß, ein Reisedokument mit dem Vermerk: *Es wird bestätigt, daß N. N. nicht polnischer Staatsbürger ist.*

»Wie lange noch?« schrieb mir Josef aus Herzliya. »Dalia und Harry sind, Gott sei Dank, gesund zurückgekehrt, aber in anderen Familien ist Trauer. Mehr als ein Dutzend junger Leute ist nicht nach Herzliya zurückgekehrt. Und etliche kommen als Krüppel zurück.«

»Mir ist schwer ums Herz, ich kann kaum beschreiben, was man hier in den letzten Wochen erlebt und gefühlt hat«, schrieb Bernard. Die zittrigen, schiefen Buchstaben verrieten, wie schwer es ihm fiel, die Feder zu halten, »und kein Ende ist abzusehen! Jeden Augenblick kann wieder eine Situation entstehen, die den Kriegsausbruch unvermeidlich macht, auch wenn ihn hier keiner will!«

Wien, Südbahnhof, am Morgen, der Expreßzug aus Polen fährt ein: der letzte Akt in der Geschichte des polnischen Judentums.

Die letzte Szene. Ratlose, übernächtige Menschen drängen sich aus dem Zug, junge Menschen, die als Polen aufgewachsen sind, die jetzt Heim, Schule, Eltern und Freunde verlassen mußten und auf der Suche nach einem Ort in der Welt sind, wo es Arbeit und Gleichberechtigung gibt. Viele wollen nach Skandinavien, wo Einbürgerung und Ausbildung sie erwarten. Wer nach Israel möchte, erledigt die Formalitäten bei der *Sochnut*. Die Mehrzahl der Ankömmlinge belagert das Büro der Organisation *HIAS*, welche die Auswanderer in verschiedene Länder weiterleitet und für die Zwischenzeit die zum Leben nötigsten Mittel vorstreckt. Ganze Familien haben Polen verlassen, sogar viele ältere Leute, die nicht mehr die Kraft haben, neu anzufangen. Viele Ankömmlinge haben Tragödien hinter sich, Mischehen sind zerbrochen, Gatte oder Gattin sind allein in der Fremde, für geraume Zeit oder für immer. Familien trennen sich hier in Wien: Die Mutter fährt nach Israel, die Tochter nach Schweden, der Sohn nach Australien. Ein junges Mädchen sitzt erschöpft abseits auf einem großen Koffer und hat Tränen in den Augen. Zusammen mit dem Vater hat sie die Ausreisegenehmigung erhalten. Auf dem Bahnhof in Warschau erlitt der Vater einen Herzanfall und mußte ins Spital geschafft werden. Und nun muß die Tochter hier warten. Ein anderes Mädchen möchte in Wien bleiben: Vielleicht ändern sich die Zeiten, vielleicht kann sie bald nach Polen zurück, zu ihrem Verlobten, den sie verlassen mußte.
»Gescheit waren nur die Juden, die gleich nach dem Krieg aus Polen fort sind«, klagt mir ein alter Jude, »wir waren dumm, wir wollten den Sozialismus aufbauen, wir wollten die Ordnung der Welt ändern, wir wollten die alte verfaulte Ordnung niederreißen. Was für ein Irrsinn! Die Ungerechtigkeit und die Ausbeutung existieren seit Jahrtausenden, und wir wollten das binnen zwanzig Jahren abschaffen. Unsere eigene Partei hat uns fertiggemacht!«

Plötzlich kam eine Vorladung von der Bremer Staatsanwaltschaft: Ich solle als Zeuge zum Prozeß gegen den SS-Obersturmführer Hildebrand nach Bremen fahren, die Fahrtspesen würden ersetzt. Dies beunruhigte mich. Wozu brauchte man mich dort? Ich hatte geglaubt, man werde mich damit verschonen, zumal Hunderte von Zeugen aus aller Welt zu diesem Prozeß kamen. Man hatte mich schließlich in Israel zur Polizei bestellt und nach Hildebrand ausgefragt. Neue Anschuldigungen gegen ihn waren erhoben worden, Morde, über die im ersten Prozeß nicht verhandelt worden war. Ich bezeugte, daß ich die Ermordung von Hoffmann und Burg mit angesehen hatte, für die Hildebrand bereits 1953 verurteilt worden war, und daß ich über die späteren Morde nichts weiß, da ich damals das Lager bereits verlassen hatte. Ich sagte auch aus, daß ich nicht beim ersten Prozeß gewesen war und nicht die Absicht habe, zum zweiten zu fahren. Der Polizeibeamte erklärte, man werde mich nicht benötigen, da sich aus meinen Aussagen keine neuen Tatsachen ergeben hätten. Und nun lud man mich dennoch vor.

Ich habe eine Abneigung gegen Prozesse, mir genügte allein mein Auftritt vor dem Staatsanwalt in Wałbrzych, gleich nach dem Krieg. In der Stadt hieß es, man werde den ukrainischen Milizoffizier wohl zum Tod verurteilen. Und dann lief mir doch noch ein unguter Wichtigtuer über den Weg und behauptete, er habe in Borysław mit eigenen Augen gesehen, wie dieser Milizmann Kindern die Köpfe eingeschlagen hätte. Meine Aussage war hingegen nicht besonders belastend. Was die Aufgabe der ukrainischen Miliz anbetraf, wußte man ja Bescheid: Juden ausheben und erschießen. Darüber hinaus hat dieser Milizmann auf eigene Faust keine weiteren Grausamkeiten begangen. Das hätte sich wohl im Städtchen herumgesprochen, und ich hätte davon gehört. Darauf sagte der Staatsanwalt, ich würde bei der Verhandlung nicht als Zeuge benötigt. Danach war ich immer allen Prozessen ausgewichen.

Nun drängte es mich, einmal öffentlich auszusprechen, wie ich das alles sehe. Ich fühlte mich befangen, ich war zum erstenmal in einem Gerichtssaal. Vor mir nahm der Richtertisch die ganze Breite des Saales ein: mit drei Richtern in Roben, sechs Schöffen und zwei Staatsanwälten. Näher zu mir, dicht an der Barriere, saß eine Dolmetscherin, daneben die beiden Verteidiger. Links saß Hildebrand. Ich erkannte ihn sofort. Von seiner früheren kraftstrotzenden Selbstsicherheit war nichts übriggeblieben. Er sah alt und gebrochen aus, mit schlaffen faltigen Säcken unter den Augen. Er schaute mich verängstigt an. Es muß unerträglich sein, zuzuhören, wie einer nach dem anderen vortritt und dich beschuldigt. Er kannte doch all diese Leute gar nicht, er hatte sie damals nur als Masse gekannt.

Während ich aussagte, schaute ich kein einziges Mal zu ihm hin. Die Zuschauerbänke jenseits der Barriere waren fast leer: ein paar Reporter und eine jüngere Dame, die sehr ernsthaft alles beobachtete und notierte. Ich lernte sie später kennen, sie hat ein Buch über den Prozeß geschrieben.

Nach meinem Zeugeneid verlangte der Vorsitzende in beruhigendem, Vertrauen einflößendem Ton, ich solle die Lage der Borysławer Juden vom Kriegsausbruch an schildern. Darauf war ich nicht gefaßt gewesen. Ich hatte erwartet, man werde mich nur über Hildebrand und über die Zeit im Lager fragen, ich hatte mir ungefähr zurechtgelegt, was ich darüber aussagen wollte. Nun verlor ich den Faden. Wie sollte ich das alles auch in ein paar Worte fassen?

Ich begann also mit dem Pogrom: Gleich nach dem Einmarsch erlaubten die Deutschen der Stadtbevölkerung, über die Juden herzufallen. Zweihundert Juden wurden getötet. Dann folgte ein Erlaß, ab nun herrsche Ruhe und Ordnung, weitere eigenmächtige Übergriffe auf Juden würden schwer bestraft.

Die Juden verloren ihre Arbeitsplätze. Wer nichts erspart hatte, geriet sofort in Not. Juden stand die halbe Lebensmittelration zu, oft reichte es nicht einmal dazu. Juden mußten Armbinden tragen. Immer öfter wurden sie zur Zwangsarbeit eingefangen, oft zu völlig sinnlosen Arbeiten, einfach zur Demütigung. Täglich sprengte ein *Reiterzug* durch die Stadt und hetzte die Juden. Kam einer mit Pejes vorbei, so wurde er zwischen den Pferden mitgeschleift. Abends nach der Polizeistunde plünderten die Reiter die jüdischen Häuser.

Ein Judenrat wurde ernannt. Anfangs tat er ja, was er konnte: Ausspeisung, Einteilung zu den verschiedenen Zwangsarbeiten, Sammeln von Geld und Kostbarkeiten bei den Reicheren, um die Besatzer zu bestechen und bei Laune zu halten. Später, als die Judenräte bestimmen sollten, wer zuerst sterben sollte, dachten sie daran, wie gern sie selber lebten.

Nach zwei, drei Monaten hungerte fast die ganze jüdische Gemeinde. Bauern kamen zum Tauschhandel in die Stadt. Wer noch etwas zu verkaufen oder einzutauschen hatte, erwarb ein wenig Gerste und mahlte sie daheim. Bald breitete sich in den Judenvierteln der Typhus aus. Täglich starben dreißig bis fünfzig Menschen. Aber was sagen schon Zahlen? Sie sind verreckt, einzeln und haufenweise, von Läusen zerfressen. Oft fand man erst nach Tagen in irgendeinem entlegenen Häuschen die verwesenden Leichen einer ganzen Familie. Vor dem Büro des Judenrates, im Hof und in der Einfahrt, lagen aufgequollen sterbende Menschen, zu zwanzig, zu fünfzig. Sie wimmerten um Hilfe, um ein Stück Brot. Kinder hungerten, stahlen und wußten genau, daß sie bald sterben müßten. Die Leute aßen, was sie fanden: Baumrinde, Ratten. Hunde und Katzen waren längst ausgerottet.

Das waren noch die ruhigen, die guten Zeiten, in denen äußerlich nichts passierte, weil es keine Aktionen gab. *Aktion* — das Wort allein ließ das Blut gefrieren, man meinte vor Angst zu sterben, und lebte man weiter, dann bis zur nächsten Aktion. In seinem Versteck, wenn die Lastautos draußen vorüberrollten, starb man Tausende Tode vor Angst. Schließlich wurde man aufgegriffen und auch auf ein Auto verladen.
Ich bitte um Verzeihung, ich rede wohl ungeordnet: Die erste Aktion fand im November statt, drei Monate nach dem deutschen Einmarsch. Sie begann mitten in der Nacht, überfallsartig, niemand war darauf gefaßt, trotz allen Gerüchten über Umsiedlungen in anderen Städten. Wir erfuhren später, daß der Judenrat und die Deutschen miteinander ausgehandelt hatten, man werde die Kranken und destruktive Elemente, die Kommunisten, einfangen. Aber man nahm es nicht so genau. Die Aktion dauerte drei Tage. Die Juden wurden auf Lastautos in den Wald gefahren, mußten sich nackt ausziehen und wurden erschossen. Ein junges Mädchen sprang aus dem Auto und blieb mit einem gebrochenen Bein liegen. Ein ukrainischer Milizmann trat ihr auf den Hals: einmal, zweimal. Wie eine Nuß war ihr Kehlkopf unter dem Stiefel geplatzt. Ich weiß nicht, all das läßt sich kaum erzählen. Soll ich weitersprechen?
Das deutsche Arbeitsamt entstand. Juden, die sich dort registrieren ließen, bekamen die Armbinde *A* und galten damit als Arbeitskräfte. In kleineren Gruppen wurden sie zur Arbeit in die Umgebung geschafft. Damals stand die deutsche Ostfront bereits unter Druck. Mit der Todesstrafe bedroht, mußten wir alle Pelze für die Wehrmacht abliefern. Durften wir hoffen, daß den Deutschen nicht mehr viel Zeit blieb, oder mußten wir fürchten, sie würden um so eiliger die Juden liquidieren?
Im August 42 folgte die dritte Aktion, eigentlich die zweite, wenn man den Pogrom nicht mitzählte. Fünftausend Juden wurden in Viehwaggons verladen und nach Bełżec gebracht. Etwa sechs Wochen danach fand die vierte Aktion statt. Man pferchte die Juden im Eisenbahnlagerhaus zusammen. Etliche wurden dort wahnsinnig. Zwölfhundert gingen nach Bełżec ab.
Die fünfte Aktion verlief anders als die vorherigen. Der *Jüdische Ordnungsdienst* war diesmal mit der Ausführung betraut: Alle Leute ohne *A*, alle Kranken und Armen waren nun dran. Vier Wochen lang wurden Juden eingefangen und ins Kolosseum-Kino gepfercht, bis das Kontingent erfüllt war und der Abtransport begann. Man lag im eigenen Kot und erstickte im Gestank. Müt-

ter, die ihre Kinder erwürgt hatten, lagen neben den Leichen. Söhne versuchten, für ihre Eltern Gift zu beschaffen und ins Kino zu schmuggeln. Manchmal, mitten in der Menge hatten junge Paare Verkehr, im Dreck, inmitten der Sterbenden und all der Qual: Das war nicht einmal ein letztes Aufflackern des Lebenswillens, sondern einfach Angst.

Ich rede und rede. Wie soll ich das alles begreiflich machen? Hier sagt wohl jeder dasselbe aus, aber könnte heute noch irgend jemand auch nur einen Tag von damals verstehbar machen, selbst einer, der alles miterlebt hat? Die Einzelheiten verschwimmen, die zeitliche Abfolge verrinnt. Alles auf einmal bestürmt die Erinnerung in Hunderten Bildern.

Hohes Gericht, was soll ich herausgreifen? Was ist charakteristisch? Und was ist maßgeblich für die Rechtsfindung?

Ich weiß nur: Alles war grausam. Eine Aktion folgte auf die andere. Und wenn keine Aktion war, so wüteten der Reiterzug, ukrainische Miliz und die Schutzpolizisten, am ärgsten Pell und Mitas. Die Gestapo saß in Drohobycz; wir hatten erst im Lager mit ihr zu tun. Es wurde in der ehemaligen Kaserne am Stadtrand eingerichtet, Ende 1942, bald nach der fünften Aktion. Anfangs zogen nur die Ärmsten hin, sie fanden dort doch wenigstens eine Pritsche und ein wenig Essen. Die anderen fürchteten eine neue Falle. Aber im Februar folgte die sechste Aktion, vielleicht die schrecklichste. Vor dem städtischen Schlachthof wurden sechshundert Juden erschossen. Nach zwei weiteren Aktionen war Borysław *judenfrei.* Die Überlebenden drängten ins Lager, etwa zweitausend Menschen. Alle hofften, das *R*-Abzeichen als *Rüstungsjuden* zu ergattern. Die deutsche Ölgesellschaft wollte tausend Lagerinsassen bei der Erdölförderung beschäftigen.

Kaum hatte sich das Lager gefüllt, hielt der Obersturmführer Hildebrand eine Ansprache: Wir müßten fleißig arbeiten, dann würden wir gut verpflegt werden und könnten als wichtige Arbeitskräfte bis zum Kriegsende hierbleiben. Die Juden beruhigten diese Worte. Man mußte hoffen, um durchzuhalten.

Ich weiß nicht, warum die Ölgesellschaft auf ihr Arbeitslager mit den tausend *Rüstungsjuden* bestand. Manche waren immerhin erfahrene Fachleute und konnten der kriegswichtigen Erdölindustrie nützen. Auch privat war es für die Ölmanager bequem, ein paar Hausjuden zu halten. Sie beschafften alles, sie erledigten alles, sie halfen bei verschiedenen Nebengeschäften. Wollten die Manager Menschenleben retten? Heute preist sich ja manch einer als Wohltäter der Juden. Manche dachten vielleicht an die Nachkriegszeit: Ein geretteter Jude würde kommen und bezeugen, daß man anständig gewesen war. Vielleicht aber waren alle diese Wohltaten nur scheinbare Wohltaten, vielleicht bestand einfach der wohldurchdachte Plan, die Juden vor ihrem Ende bestmöglich auszunützen?

Wie Obersturmführer Hildebrand in all dem seine Rolle gespielt hat, ist nicht leicht zu beschreiben. Er fiel nicht auf. Anfangs war er nicht so gefürchtet wie andere SS- und Gestapoleute. Er galt nicht als *Todesengel*. Er mißhandelte niemand, er wirkte nicht wie jemand, der unter Zwang handelte, aber auch nicht fanatisch oder übereifrig, eher wie ein Mensch, der nur seine Arbeit tut.

Im zweiten Halbjahr 1943 gab es keine Massendeportationen, obwohl ringsum ganz Galizien bald *judenrein* war. Vielleicht hat Hildebrand seine Vorgesetzten hingehalten und sich auf die Industrie ausgeredet, sei es aus Mitleid mit uns, sei es, damit er länger Lagerinspekteur bleiben konnte und nicht an die Front mußte. Für uns war damals jeder überlebte Tag ein Sieg. Wir warteten auf das Wunder, auf das Ende des Krieges. Anfangs hatten die Juden im Lager noch ein wenig Bewegungsfreiheit, wodurch sich einige retten konnten. Sie fanden Verstecke bei Bauern oder gruben sich im Wald Bunker.

Freilich holte die Schutzpolizei fortwährend Juden aus den Verstecken, und viele wurden getötet. Immer, wenn die Kellergefängnisse überfüllt waren, wurden die gefangenen Juden vor dem Schlachthof erschossen. Aber das tat die ukrainische Miliz. Ihr Vorgesetzter war Nemec. Ob Hildebrand irgend etwas damit zu tun hatte, weiß ich nicht.

Im Frühling 1944 kam die Front immer näher. Damals sagte uns Hildebrand, er wolle uns demnächst, für kurze Zeit, weiter im Westen, in Jasło, bei der Ölgewinnung beschäftigen. Er zwinge niemanden; wer wolle, der könne gehen. Das Lagertor wurde geöffnet. Fast alle liefen weg, meist in die Wälder. Dann blieb die Front stehen, und nach einigen Tagen begannen die hungrigen, durchfrorenen Juden ins Lager zurückzukehren. Sie hatten keine andere Wahl. Am 13. April wurden alle abtransportiert: achthundertdreißig Menschen.

Das Lager füllte sich bald wieder. Die Gestapo stöberte viele in den Waldverstecken auf, erschöpft und resigniert kehrten manche von selbst zurück. Auch aus Drohobycz, Stryj, Sambor und anderen Orten wurden die Überlebenden ins Lager gebracht. Eisenstein und Kapelner, die Leiter des *Jüdischen Ordnungsdienstes*, waren mit abtransportiert worden. Nun kamen sie zurück und erzählten uns, daß der Transport nicht in Jasło, sondern im KZ Płaszów gelandet war, dort ließe es sich aber recht gut leben. Damit sollte wohl Fluchtversuchen beim nächsten Transport vorgebeugt werden. Hildebrand kam nun immer öfter ins Lager. Er benahm sich nicht anders als früher, aber wenn er kam, zitterte alles vor einer neuen Deportation. Man konnte sich nicht mehr frei bewegen. Das Tor bewachten nun nicht mehr Werkschutzleute, sondern Deutsche. Zur Arbeit und zurück ging man in bewachten Kolonnen.

Immer wieder kämmte Gestapo die Wälder durch. Manche Suchaktionen führte Hildebrand selbst, ich habe das einmal miterlebt. Die Juden entwischten, wurden eingefangen, entwischten wieder, das Katz-und-Maus-Spiel ging weiter. Man hätte vermuten können, daß Hildebrand ein wenig durch die Finger schaute und den Juden die Flucht nicht allzu schwer machte. Aber dann ließ er beim Appell zwei Burschen erschießen, die man außerhalb des Lagers aufgegriffen hatte, Hoffmann und Burg. Zur Abschreckung, hieß es. Das war ein gewaltiger Irrtum.

Oft sagt jemand: Die Juden ließen sich damals wie die Schafe zur Schlachtbank führen. War das wirklich so? Was blieb Menschen, die in unausgesetzter Todesangst lebten, denen man alles genommen hatte: ihr Heim, ihre Lieben, jedes Recht, jeden Rest menschlicher Würde, was blieb ihnen übrig? Verzweiflung, Abstumpfung, Erschöpfung. Wie sollten sie an Widerstand auch nur denken? Bei der fünften Aktion kam dann ein Leutnant Wippert ins Kino und versprach den Gefangenen gutes Essen und ärztliche Betreuung. Den Juden ging ein Licht auf: Diese Starken, für die wir nur Hunde sind, die drehen herum, die lügen uns etwas vor, uns. Sie sind auch nur Menschen!

Und dann hatten sie Hoffmann und Burg erschossen. Kein Massenmord, eine einzelne Mordtat, man konnte zusehen. Und alle mußten es mitansehen. Wir standen dabei und taten nichts. Nichts. Das war schlimmer als der Tod. Und da erst begriffen wir: Wir konnten uns wehren! Wenn so etwas geschehen konnte, was nicht geschehen darf — dann sollten wir kämpfen, dann konnten wir kämpfen. Der Bann war gebrochen. Wir waren jenseits der Angst. Jetzt liefen die Juden erst recht in den Wald, jetzt bereiteten sie den Widerstand vor. Noch eine solche Abschrekkung, und alle hätten sich mit bloßen Fäusten auf die Bewacher gestürzt. Aber die Juden hatten nicht genug Zeit, sich gut zu organisieren. Bald hatte die SS die Waldbunker ausgeräumt.

Ich war aus dem Lager einen Tag vor der zweiten Deportation geflohen, Ende Juni, als man vierhundert Juden wegschaffte. Ich weiß also nichts darüber, wie Derfler und die beiden Habermann umgekommen sind und ob Hildebrand die Erschießung befohlen hat. Wir glaubten, wenigstens die letzten Lagerinsassen würden davonkommen. Die Russen waren ganz nah, man hörte den Geschützdonner, die deutsche Zivilbevölkerung floh überstürzt aus der Stadt, die ukrainische Miliz war bereits geflohen. Es herrschten chaotische Zustände, es fehlte an Waggons für die Evakuierung der Volksdeutschen. Jeder Deutsche mußte sich um den eigenen Kopf kümmern, wer sollte da an die Juden denken? Aber man dachte an sie. Für sie gab es Waggons. Fünfhundert Juden wurden aus dem Lager in die Waggons getrieben. Wer zu fliehen versuchte, wurde erschossen. Kaum war der Transport abgefertigt, setzten sich Gestapo und Polizei aus der Stadt ab. Die Volksdeutschen ließ man zurück. Ich weiß nicht, was Hildebrand vorher entscheiden konnte; aber diese letzte Deportation hätte er gewiß verhindern können.
Dieser letzte Judentransport blieb im Chaos immer wieder stekken. Es hatte den Anschein, als werde er nicht mehr bis nach Auschwitz kommen. Nach wochenlanger Reise kam er dort an. Von den 15.000 Juden Borysławs haben dreihundert überlebt, wenn man von einer kleinen Gruppe absieht, die bei Kriegsausbruch nach Rußland flüchten konnte.

Hohes Gericht, ich möchte noch etwas Persönliches hinzufügen. Vielleicht ist das nicht wesentlich für den Fall, aber ich muß es sagen: Irgend etwas stimmt da nicht. Formell hat alles seine Ordnung, und doch fühlt man eine Zweideutigkeit.
Außer Hildebrand, den wir eigentlich erst im Lager kennenlernten, haben sich in Borysław noch andere Herren um uns gekümmert. Zwei möchte ich herausgreifen: Einer war Gestapokommandant, der andere war Direktor der Ölgesellschaft. Beide dienten ihrem Vaterland, wenn auch in sehr unterschiedlichen Aufgaben. Die Aufgabe des Gestapokommandanten kennt man, obwohl auch er manchmal Juden gerettet hat. Der Herr Direktor hingegen erschien bei jeder Deportation höchstpersönlich am Bahnhof und fischte aus jedem Transport etliche Juden wieder heraus, weil sie unentbehrlich für die Rüstungsindustrie seien. War das nur ein Vorwand? Wer hätte darüber damals lang nachgedacht. Die Judenaktionen wurden immer häufiger, die Juden immer weniger. Die Stimmen der Abtransportierten hörte man

nicht. Für die Geretteten war der Direktor ein Erlöser, vom Himmel gesandt. Diese Vorletzten dachten, sie verdankten dem Direktor ihr Leben. Vielleicht war es wirklich so. Seit er in der Stadt war, drehten sich einige Juden um ihn herum, und er kümmerte sich darum, daß sie blieben. Wie ein junger Gott fuhr er in seiner Karosse durch die Stadt, lässig, die Beine übereinandergeschlagen. Die Juden bewunderten ihn aus der Ferne und beteten für ihn.

Nach dem Krieg wurde der Gestapokommandant zu lebenslangem Zuchthaus verurteilt. Der Herr Direktor wurde im größten deutschen Stahlkonzern Generaldirektor. Die Juden, die sich während des Krieges um ihn herumgedreht hatten, fuhren zu ihm, um ihm ihre Aufwartung zu machen. Aber sie mußten lang warten, ehe man sie vorließ. Sie dachten nach, wie sie es anstellen sollten, daß der Herr Generaldirektor als Wohltäter der Juden von der Kommission zur Ehrung der Gerechten der Welt ausgezeichnet werde.

Er hat, wie ich hörte, im Prozeß Hildebrand als Zeuge ausgesagt. Er kam mit seiner Suite, mit Sekretärin, vornehm und elegant wie immer, bemüht, Hildebrand möglichst zu entlasten. Man kannte einander ja von damals her, manchmal machte man gemeinsam Jagdausflüge. Ich möchte wissen, was Hildebrand so dachte, als er dieses Gesicht sah. Das interessiert mich am meisten. Hildebrand bestreitet die meisten der Taten, die ihm vorgeworfen werden. Nein, das hätte er nicht getan, er erinnere sich nicht, er wüßte von nichts. Erklärlich: er fürchtet sich, er verteidigt sich, so gut er es vermag. Alle wissen, daß ein Reuebekenntnis die Strafe nicht mildert. Aber vielleicht glaubt Hildebrand wirklich noch immer, daß er nur seine Pflicht getan hat, daß ihm Unrecht geschieht? Eines ist offenbar: Wenn Hildebrand überhaupt und irgendwann irgendwelche Bedenken gehabt hat und Bedauern fühlte über das, was er getan hat, dann nicht, als ihn die Zeugen nachdrücklichst anklagten, sondern dann, als dieser eine ihn verteidigte, als der Herr Generaldirektor gnädig ein gutes Wort für ihn einlegte. Da erst mag es Hildebrand klargeworden sein, daß er falsch gehandelt hat, daß er dumm war.

Die dritte Aktion hat ein gewisser Gschwendtner geleitet, er kam dazu eigens aus Lemberg. Heute noch, wenn ich an ihn und seinen Adjutanten denke, packt mich die Wut. Zerreißen möchte ich die zwei menschlichen Bestien. Während auf dem Bahnhof die eingefangenen Juden verladen wurden, betätigte sich Gschwendtner auf dem Platz vor dem Judenratsbüro. Mit brandrotem Schopf,

weißem Schal und Reitpeitsche verprügelte er die in einer Reihe aufgestellten Herren vom Judenrat. Daraus machte er seine große Szene. Mit dumpfer Stimme beklagte er die Juden: »O du armes jüdisches Volk, ihr armen Juden!« Er rang die Hände, die Stimme schien zu brechen, dem Weinen nahe. Und wieder begann er zu toben, zu treten, die Peitsche zu schwingen und zu brüllen: »Nieder! Auf! Nieder!«
Der Adjutant, groß, dunkel, hübsch, wie ein Filmstar, achtete mit gezogener Pistole auf jede Bewegung seines Chefs, wartete nur auf dessen Wink. Ich hatte einen Kollegen, Schimek hieß er und spielte Harmonika. Ihn fing Junge — so hieß der Adjutant — ein und stellte ihn an die Wand. Der Arme wollte sich die Augen zuhalten, aber Junge erlaubte das nicht. Hände herunter! Herunter damit!
Aber Hildebrand war kein Sadist. Da war nur dieser Fall mit Burg und Hoffmann.
Wir alle hatten die tapferen Burschen aus dem Wald bewundert, vor allem Hoffmann. Wenn es so etwas wie Heldentum überhaupt gibt, dann war er ein Held. Das Hohe Gericht weiß, daß er vom Gestapomann Menzinger gefangen wurde, er war ja bewaffnet, hatte aber Ladehemmung. Aber ich weiß nicht, ob dem Gericht bekannt ist, wie ihn die ukrainische Miliz geschlagen hat, bevor man ihn zur Erschießung brachte. Man wollte, daß er vorher das Versteck im Wald verriet, seine Kameraden. Aber er verriet sie nicht. Sie hatten ihn furchtbar geschlagen, Nemec schlug ihm ein Auge aus, aber er schwieg. Nachher wurden Hoffmann und Burg ins Lager zurückgebracht und auf den Kasernenhof geschleppt. Alle Juden mußten antreten und die Exekution mit ansehen. Hoffmann war so zerschlagen, daß sein Gesicht nicht zu erkennen war. Auch Burg blutete stark, aber ihn hatte man nicht so geschlagen wie Hoffmann, der mit der Waffe in der Hand gefangen worden war, ein Partisan, der ein Versteck von Partisanen kannte.
Hinter den beiden stellten sich Menzinger und Sommer auf, legten an, warteten auf das Kommando. Hildebrand stand auf dem Podium beim Hoftor, die Arme verschränkt und sprach zu uns, ohne daß ihn wohl jemand von uns verstanden hätte. Uns schlug das Herz bis zum Hals, nicht mehr aus Angst, sondern im entsetzlichen Gefühl der Ohnmacht und Verlassenheit.
Hohes Gericht, heute nach dreiundzwanzig Jahren sehe ich Hildebrand wieder. Soll ich mich freuen, weil er zittert, wie wir damals gezittert haben? Damals hätte ich ihn mit eigenen Händen erschießen mögen, ich plante sogar einmal mit Hoffmann einen

Handstreich gegen die Gestapo im Lager. Und nun sitzt er vor mir: nicht der Herr über Leben und Tod, sondern ein alter kranker Mensch. Hohes Gericht, Hildebrand ist schon einmal verurteilt worden und ist gesessen, und was mag er durchgemacht haben, bis man ihn erwischte? Er sollte nicht bis zum Lebensende hinter Gitter. Soll er doch irgendwo ein überhebliches Gesicht sehen und sich erinnern, wie er selbst einmal war, soll er einen jungen Burschen lächeln sehen und vielleicht begreifen, was er selbst getan hat. Sonst nichts.

So redete ich vor mich hin, während ich vom Gericht zu meinem Hotel zurückging, ohne zu wissen, ob ich dorthin ging oder in die verkehrte Richtung. Ich hätte ja jemand nach dem Weg fragen können, aber im Moment war es mir völlig gleichgültig, wohin die Straße führte, mich bewegte, was ich bei Gericht gesagt hatte, und noch mehr, was ich nicht gesagt hatte. Man hatte wohl irgendwelche neue Einzelheiten erwartet, einen wichtigen Beitrag zum Prozeß, schließlich bin ich der Autor eines Buches über den Untergang der Borysławer Juden. Sicherlich war man enttäuscht, daß ich nichts Neues sagte, wohl auch nichts Gescheites. Aber schließlich, was geht mich das an. Mich verdroß, daß ich nicht den Mut aufgebracht hatte, weiterzusprechen, nachdem ich berichtet hatte, was ich über Hildebrand weiß, auszusprechen, was ich über all das denke. Aber vielleicht hätte man mir das Wort entzogen. Schließlich hatte man mich nicht vorgeladen, damit ich sage, was ich über Hildebrand denke, sondern — was ich über ihn weiß. Das war kein Philosophenkongreß, kein *Teach-in,* sondern eine Gerichtsverhandlung, ein Prozeß, der der Welt zeigen sollte, daß man die Mörder von einst heute samt und sonders richtet, daß man sie im Namen der Gerechtigkeit straft. Und dann kommt einer daher und sagt, sie sollten damit aufhören.

Vielleicht haben sie recht, vielleicht muß wirklich der Mörder bestraft werden, Mord darf nicht ungesühnt bleiben, auch wenn das alles lang her ist. Aber die Leute, die damals die Macht hatten, die haben heute keine mehr, sie haben ausgespielt, sie können heute nicht mehr schaden — sie nicht! Aber bitte, ich will nicht streiten, gut, man muß sie richten. Aber wer soll sie dann richten? Wer hat das Recht, die Strafe zu bemessen? Hohes Gericht, ich weiß nicht, wie viele Jahre Hildebrand bekommen wird, wofür er schwerer bestraft wird, wofür leichter — fünf Jahre, zehn, fünfzig; wenn man alles zusammenzählt, vielleicht hundert Jahre. Hohes Gericht, ich bitte, mich nicht mißzuverstehen, ich spreche allgemein, ich spreche über die Menschen, die damals zur Zeit der täglichen

Morde schon erwachsen genug waren, um zu begreifen, aber nicht begreifen wollten, nichts taten und heimlich zustimmten, oder einfach gleichgültig waren und zu bequem zum Nachdenken, oder nicht einmal gleichgültig, sondern abgekapselt, um der eigenen Seelenruhe willen allen fremden Tragödien ausweichend — wenn schon gerichtet wird, müßten sie sich nicht alle selbst wenigstens zu einer ganz kleinen Strafe verurteilen, dafür, daß sie heute Stellung nehmen und richten?

Über neue Probleme und neue Grausamkeiten hat die Welt schnell die Verbrechen an den Juden vergessen. Wir Juden haben selbst vergessen. Vielleicht ist es anders gar nicht möglich. Und nun dieser Prozeß. Wen geht das etwas an, wen interessiert das? Kommt jemand in den Saal, außer den unmittelbar Beteiligten und denen, die beruflich hier zu tun haben? Der Saal ist leer.

Manchmal führt man Schulklassen her. Wozu? Um die Kinder von den Menschen abzuschrecken, von den Eltern? Der Lehrer kann den Kindern doch in der Schule sagen, wie das alles war. Dann nehmen sie das auf wie alles andere im Geschichtsunterricht. Tag für Tag berichtet die Presse, was die Zeugen in der Verhandlung gesagt haben. Aber wer soll das lesen? Die Jugend hat andere Probleme. Und auf die Älteren wirkt das wie stickige Luft.

Wenn man gerecht richten wollte, dann müßte man diese Tage wieder heraufbeschwören, diese Hölle, und in sie eintreten, und dort Gericht abhalten. Und die damals verbrannt wurden, lebendig begraben, erschossen — die müßten als Zeugen aussagen.

Hohes Gericht, noch eines: Die damals umgekommen sind, das waren meist einfache Leute, kleine, schwache, die immer zu leiden hatten, auch vor dem Krieg. Und jetzt? Heute ist schließlich alles wieder in Ordnung. Die Schuldigen sind gefunden und bestraft. Die Opfer sind entschädigt. Der Tüchtige hat Erfolg. Und der Schwache hat ein Recht, zu leben und schwach zu sein. Wo? Auf dem Papier? Seien wir doch aufrichtig, lassen wir das Gerede vom Schutz für die Unterdrückten oder von der Freiheit des einzelnen, vernichten wir die Schwachen sofort ...

Kalt ist es geworden, der Himmel hat sich getrübt. Am Ende der Straße blieb ich stehen, weiter ging sie nicht. Vor mir lag freies Feld oder eher Sumpfland mit sauren Wiesen, ein paar Straßendämme zogen sich darüber hin, und jenseits der Ebene waren die Hochhäuser eines anderen, dicht geballten Stadtteiles am Horizont zu sehen.

Ich kehrte um. Ich dachte an eine Nacht aus der Okkupationszeit. Als ob es gestern gewesen wäre.

Die Juden rannten verwirrt durch die Gäßchen und wußten nicht, wo sie sich verstecken sollten. Für den nächsten Tag erwarteten wir eine Aktion.
Irmas Familie hatte die Wohnung schon verlassen. Ich wartete mit Irma, Emma und Mania auf das erste Morgengrauen: da wollten wir aus dem Judenbezirk fortschleichen und bei Taczyńskis unterkommen. Wir legten uns nicht schlafen.
»Soldaten umstellen das Viertel!« rief plötzlich jemand aus dem Hof zum Fenster herein.
Ich lief ins Freie. Die Nacht war dunkel und nebelig. Mit Bündeln beladene Juden schlüpften aus ihren schiefen Häuschen, undeutliche Schatten. Jemand beugte sich aus seinem Fenster: »Was ist los?«
»Ich weiß nicht«, rief ich und erschrak vor den eigenen Worten, »Aktion!«
Ich lief in die Wohnung zurück. »Zieht die Mäntel an! Kommt!« Und schon waren wir unterwegs zum Flüßchen. Unser Weg war glitschig und schlammig, das als Ghetto eingerichtete Stadtviertel war von Sümpfen umgeben. Wir achteten nicht auf den Weg, wir platschten mitten durch ölige Pfützen, nur schnell fort aus dem Viertel, bevor die Polizei es von allen Seiten umstellt, nur ans *arische* Ufer! Als wir auf freies Feld gelangten, sahen wir Leute vor uns. Die Gesichter konnte ich nicht erkennen, aber aus den hastigen Bewegungen schloß ich, daß es Juden waren. Wir eilten ihnen nach, in der Hoffnung, daß sie sich im Gelände besser auskannten. Am schwersten plagte sich die herzkranke Emma. Mania stützte die Schwester. Irma ging mit mir voran. Emma blieb immer wieder stehen, schnappte nach Luft.
Endlich erreichten wir den Fluß. Eine ganze Gruppe Juden rutschte den Damm hinunter. Dann mußte man über schmale Bretter ans andere Ufer gehen. Wir durften keine Zeit verlieren. Ich schob mich den sandigen Steilhang hinunter, mit einer Hand stützte ich Irma, sie wiederum zog Emma, Mania stützte die Schwester von hinten. Endlich schafften wir dieses Hindernis. Aber nun kam das Schwerste. Nur hintereinander, im Gänsemarsch, konnten wir über die Bretter gehen. Einige Mutige liefen schnell hinüber, auch Irma. Dann gab es eine Stockung. Kinder quietschten, alte Frauen bekamen Schwindelanfälle und fielen ins Wasser. Gleich würde dieses Gekreisch die Milizmänner heranlocken, gleich würden sie drüben aus dem Gebüsch auftauchen und auf uns schießen! Emma verlor nach ein paar Schritten das Gleichgewicht, rutschte ab, aber von hinten umfaßte Mania im letzten Augenblick die Fallende

und hielt sie fest. Das Brett schwankte heftig, einer hielt sich am anderen fest, schließlich blieben alle stehen. Da half nichts, ich mußte Emma tragen. »Geh nur hinüber, Mania!« — ich sprang und zog Emma mit. Wir plumpsten in einen Trichter mit ölverschmiertem Schlamm. Emma schrie auf und rührte sich nicht mehr, ich rappelte mich hoch, aus Leibeskräften hob und zerrte ich sie. Die ersten paar Schritte ging alles gut, dann knickte ich unter der Last ein, aber an dieser Stelle reichte das Wasser nur bis zum Knie. »Halt dicht fest!« Emma stöhnte nur. Irma und Mania warteten drüben. Als ich ankam, halfen sie mir die Last absetzen. Wir schleppten die ohnmächtige Emma ins Gebüsch. Ringsum keine Menschenseele. Die übrigen hatten sich schon irgendwo zerstreut.

Und wieder eine Nacht. Aber nach der Aktion. Drei Tage hat sie gedauert, drei Tage lang standen wir dicht aneinandergepreßt hinter der Tarnwand und wagten kaum zu atmen. Die Hausleute hatten selbst Ängste ausgestanden, trotzdem erlaubten sie Emma und Mania, noch bis zum Morgen zu bleiben.

Auf Umwegen, abseits von den Hauptstraßen, wanderte ich mit Irma zum Ghetto zurück. Wolken jagten über den Himmel und verdeckten zuweilen die Mondscheibe, dann benützten wir schnell die Dunkelheit und hasteten über die ungeschützten Wegabschnitte, wo man uns von weitem hätte sehen können. Ringsum war freies Feld. Der Wind hatte die aufgeweichte Erde noch nicht trocknen können. Wir tappten durch Schlamm und Pfützen. Du lieber Gott, sagte ich mir im Geist, dunkel ist es, gefährlich, und wohin gehen wir? Wenn wir jetzt in die Freiheit gingen, über irgendeine Grenze, dann wüßten wir wenigstens, wozu wir uns gefährden. So aber? Sollen wir beten, daß wir glücklich ins Ghetto kommen? Was wartet dort auf uns? Dort ist es noch ärger, und wir sind umzingelt. Und doch wünschen wir jetzt nichts als glücklich hineinzukommen, irgendeine geöffnete Tür zu finden, Licht, noch irgendeine lebendige Menschenseele.

Mühsam dringen wir voran. Noch bis zu diesem Baum. Noch der Hügel dort. Schon der Bohrturm, der Anfang der Chełpiński-Straße. Und jetzt in die Stadt. Wir weichen dem ukrainischen Wachposten aus. Bei der Badeanstalt kommen wir ans Flußufer. Unsere Sinne sind angespannt. Sieht uns kein Polizist, sieht uns kein Deutscher?

Woran denkt Irma jetzt? Wohl nicht daran, daß sie ihre Eltern vielleicht nicht in der Wohnung vorfinden wird. Daran darf sie nicht denken, sie würde nicht weiterkönnen, sie würde umfallen. Nun der Brettersteg, nun aufs Feld, auf den Feldweg, nun das erste Haus im Ghetto. Noch zweihundert Meter bis zu Irmas Wohnung. Schon sehen wir durch die geschlossenen Fensterläden eines Häuschens einen Lichtstreifen schimmern. Und dort bewegen sich Schatten, Menschen! Irma reißt sich aus meinen Armen los, »Karol«, ruft sie heiser, dann versagt ihr die Stimme. Sie bleibt starr stehen und späht durch das dunkle Gäßchen nach der Wand ihres Hauses hin, als könnte sie durch Ziegel und Verputz hindurchsehen.

Weiter. Noch hundert Meter. Irma klammert sich an mir fest. Und dann läuft sie voraus, wirft sich mit aller Kraft gegen die Tür, rüttelt an der Klinke. Ja! Dort ist jemand! Drinnen rührt sich etwas ...

»Karol! Hörst du? Mein Vater! Und Anka! Sie leben! Sie leben!«

Ich war glücklich, daß ich wieder zu Hause war. Aber die Gerichtsverhandlung konnte ich nicht vergessen. Ich wußte selbst nicht, was mich quälte, der Gesichtsausdruck von Hildebrand, oder daß ich vor Gericht nicht das gesagt hatte, worauf es mir ankam. Vielleicht war es besser, daß ich nichts gesagt hatte. Wen kümmert es, was mir so durch den Kopf geht? Im übrigen kann ich gar keine Reden halten, ich wäre sicher gleich steckengeblieben vor Verlegenheit. Ja, nachher bin ich gescheit.

Allmählich wurde ich ruhiger und fand wieder in mein eigenes Leben, ohne daß etwas Nennenswertes geschehen wäre, ein Tag war dem anderen ähnlich, der Magen schmerzte ein wenig, aber das bin ich gewohnt. Es freute mich nichts, aber es bekümmerte mich auch nichts. Ich hatte keine Verpflichtungen, mußte nichts unternehmen, mich um nichts kümmern, niemand rechnete mit mir, niemand erwartete mich. Und so war es wohl gut. Meine Wiedergutmachungsangelegenheit kam voran, mit jedem Tag schien sie der Erledigung näher. Und das war wohl die Hauptsache. Alles andere hatte nichts mehr zu bedeuten.

Das bißchen Geld, das ich aus Israel mitgebracht hatte, war verbraucht. Ich mußte mich an Bernard wenden. Vorher freilich versuchte ich, von meinem Anwalt ein Darlehen zu erhalten oder einen Vorschuß auf die Wiedergutmachung. Der Anwalt antwortete, er dürfe einem Mandanten nichts leihen, während die Angelegenheit laufe, das Gesetz verbiete es ihm. Was meinen Fall betreffe, so mache die Bearbeitung ohnedies gute Fortschritte. Er habe vor kurzem auch selbst bei dem Leiter der zuständigen Behörde persönlich interveniert und auch ein paar Worte darüber eingeflochten, wer ich sei, und daß ich ein interessantes Buch geschrieben hätte. So ein Umstand sei nicht ohne Bedeutung. Ich fühlte mich geschmeichelt. Ich und mein Buch hatten noch ein wenig Wert. Und selbst wenn mir Bernard jetzt etwas leihen müßte, so würden wir beide bald reichlich Geld haben.

Einstweilen aber verlangten die Behörden noch immer weitere Papiere und Auskünfte, diese Bescheinigung, jene Erklärung, wo ich zuletzt gewohnt hatte ...

Die Sommerferien begannen, die Wartezeit kam mir schon wie eine Ewigkeit vor. Ich ging viel auf den Bahnhof und sprach mit Juden, die aus Polen ankamen, oder ich trieb mich in der Nähe der *HIAS* herum, zumeist aber lag ich daheim auf dem Sofa und malte mir meine künftigen Einkünfte aus: wie ich das Geld einteilen wollte. Sicherlich würde man mich bei meinem Vorkriegsvermögen und meinem Gesundheitszustand in die erste Kategorie einstufen. An die 1000 Mark monatlich würde ich erhalten und als Nachzahlung für alle die Jahre wohl mindestens 80.000. Dann könnte ich eine Wohnung kaufen, nein: zuallererst eine größere Wohnung für Bernard und seine Familie, die ersticken doch sonst in ihren zwei Kämmerchen. Ich selbst wollte am liebsten ein Zimmer mit Kochnische, in der Nähe von Mandały! Wieviel brauche ich schon monatlich zum Leben? Selbst wenn ich drüben täglich ins Gasthaus essen ginge, wohl nicht mehr als 500 Mark. Ich 500 und Bernard 500. Nur keine Geschäfte mehr, keine Platten, kein Laden, danke, mir reicht's. Einen Teil der Nachzahlung lege ich einstweilen auf die Bank, für alle Fälle.

Endlich war der Sommer um, Behörden und Gerichte nahmen wieder die volle Tätigkeit auf. Doch lange Zeit hörte ich nichts von meinem Anwalt. Hatte der deutsche Amtsarzt endlich das hiesige ärztliche Gutachten bestätigt? Ich verlor alle Lust an Gesprächen und Spaziergängen, ich rauchte zuviel. Warum dauerte das alles so unendlich lang? Einen Tag wartete ich und noch einen, eine Woche lang, dann ertrug ich die Ungewißheit nicht mehr und telephonierte nach Frankfurt.

»Ja, das Gutachten des hiesigen Arztes ist soeben eingetroffen, es wurde positiv erledigt, leider sind nur fünfundzwanzig Prozent anerkannt worden.«

»Was? Fünfundzwanzig? Entschuldigen Sie, Herr Doktor, das muß ein Irrtum sein!«

Der Anwalt erklärte irgend etwas, aber ich verstand kein Wort, es rauschte und surrte im Telephon oder vielleicht in meinem Kopf, ich schleppte mich mühsam zum Sofa und plumpste hin wie ein Klotz. Ich konnte es nicht glauben, wieso fünfundzwanzig, wenn man mir hier achtundsechzig gegeben hatte? Vielleicht wird morgen schon ein Brief kommen, und alles stellt sich als Irrtum heraus. Warum hatte ich nur in meiner Krankengeschichte angegeben, daß man mich bereits vor dem Krieg operiert hatte, daß ich von Geburt an kränklich gewesen war? Die Behörden wollten nur Krankheiten anerkennen, die man während der Okkupation erworben hatte, das hatte ich ja gewußt, jeder hatte mich darauf hingewiesen. Aber damals vor dem Krieg war ich doch völlig genesen, erst durch die Verfolgungen hatte sich alles verschlimmert, das mußte man doch anerkennen! Was sollte ich tun: warten und dann Berufung einlegen, wenn ich den endgültigen Bescheid erhalten haben würde?
Auf meinem Tisch lag Bernards Brief, in dem er schrieb, er habe das Geld für mich sofort abgeschickt. Mein Gott! Aber warum verlor ich den Kopf, das war ja alles nicht so tragisch, ich würde eben nur die Hälfte von dem Betrag erhalten, den ich mir vorgestellt hatte, damit würden wir auch nicht verhungern, Bernard und ich, wenn wir nur sparsam lebten. Anderen ging es weit schlechter. Eine widerliche Kreatur bin ich geworden, zuerst ertrage ich nicht den Gedanken, die Deutschen um Geld anzugehen, und nun platze ich fast, weil es mir zu wenig ist, was sie geben wollen.
Und dann kam die nächste Nachricht, ein Brief vom Anwalt. Das Amt in Neustadt habe Zweifel bezüglich meiner Zugehörigkeit zum deutschen Sprach- und Kulturkreis. Das Landesamt in Mainz werde den Fall klären und die Entscheidung treffen müssen. Der Anwalt legte zu meiner Orientierung die auszugsweise Kopie eines Bescheides zu einem anderen Fall bei, damit ich die Voraussetzungen kennenlernen könne, unter welchen das Amt die Zugehörigkeit anerkannte. Sprachkenntnisse allein genügten nicht. Ich las in jenem Bescheid:

»... ist es entscheidend, ob sich der Verfolgte diesem Kulturkreis so weit verbunden fühlte, daß er sich den Traditionen, Wertvorstellungen und Gebräuchen des deutschen Volkes so angeglichen hatte, daß er sich ihnen mehr verbunden fühlte als den Wertvorstellungen, Gebräuchen und Traditionen der jüdischen oder einer anderen Volksgruppe seines früheren Heimatlandes.«

Ich konnte nicht weiterlesen. Die Knie knickten mir ein. Ich hatte ein Gefühl, als sei das Dach über mir eingestürzt. Aber ich setzte mich dennoch an den Tisch, suchte nach Briefpapier und Kugelschreiber. Ich durfte nicht aufgeben, ich hatte Bernard die letzten Groschen aus der Tasche gezogen, ich mußte weitersuchen, was hatte da mein Ehrgefühl noch zu besagen oder meine Eitelkeit? Ich mußte an den Ministerialdirigenten in Düsseldorf schreiben, der für Wiedergutmachungsfragen zuständig war. Ich kannte den Mann, er war in Israel gewesen, in Herzliya, und er war mir freundlich gesinnt. Er könnte doch in Mainz für mich sprechen. Setz dich, schreib, reg dich nicht auf, du mußt es tun. Schreib über die Eltern. Schließlich hat der Vater in der alten österreichischen Armee gedient. In den ersten Jahren nach dem Ersten Weltkrieg war die ganze Familie in Wien, Bernard und Josef haben in Wien die Volksschule besucht. Und auch ich habe doch Deutsch gelernt, meine Eltern haben mich eigens in Deutschkurse geschickt. Und auf der Geige habe ich Mendelssohn gespielt, Haydn, Brahms. Damals habe ich die deutsche Kultur ehrlich bewundert. Ich muß das aufschreiben. Was noch? Ich habe mich viel in deutschsprachigen Kreisen bewegt, in den Tabakladen waren immer Volksdeutsche gekommen. Alle Namen aufschreiben, alle, die ich kenne, und wenn mich der Schlag trifft bei der Erinnerung an manche dieser Leute: Namen her, und noch mehr Namen. Und selbst wenn mir ein Deutscher einfällt, der im Krieg Gemeinheiten begangen hat — dann schreibe ich ihn auch noch dazu.
Mein Anwalt war entzückt, als ich ihm eine Abschrift meines Briefes schickte: »Warum haben Sie das alles nicht früher angegeben in Ihrem Lebenslauf?« fragte er. Außerdem schrieb er, daß er in Mainz das Ministerium aufgesucht hatte. Alle seien dort mir und meiner Angelegenheit außergewöhnlich gewogen. Der Ministerialrat habe mein Buch gelesen. Die Rente sei mir sicher, für die vergangenen Jahre schlage man mir einen Ausgleich vor. Er, der Anwalt, rate mir, diese Lösung anzunehmen und nicht weiter zu prozessieren, schade um meine Gesundheit und um meine Nerven. Ich schnitte wahrscheinlich noch gut ab.
Und dann kam der Bescheid zum Ausgleichantrag.

... Die Zugehörigkeit zum deutschen Sprach- und Kulturkreis ist zweifelhaft. Wir sind jedoch zu einer vergleichsweisen Regelung bereit ... eine Rente von 158 DM monatlich und eine einmalige Auszahlung von 5000 DM ...

Plötzlich fühlte ich rasende Magenschmerzen, das Herz hämmerte wild. Ich suchte mir einen Zigarettenstummel aus dem Aschenbecher. Daneben lagen die Pillen. Ein Stück unter die Zunge legen, hatte der Arzt gesagt. Nur eine Pille? Warum nicht gleich alle? Ich bemerkte, daß ich noch einen zweiten Brief in der Hand hielt: Legen wir Berufung ein, riet mein Anwalt, solche Härte, noch vor zwei Jahren hätte niemand Schwierigkeiten gemacht, ich hätte das Recht darauf, daß mir die deutsche Kulturzugehörigkeit anerkannt werde.
Nein. Keine Berufung. Es ist schon richtig so, Herr Doktor. Ich habe gelogen. Als man meine Mutter holen kam, da hat sie mir zugerufen:
»*Kindyniu, awu schlept men uns?*«
Auf jiddisch.
Ich habe mich verschachert.

NACHWORT

Hat Koppel Holzman sich einen Namen gemacht als brillanter Erzähler, unerbittlicher Zeitkritiker und Künder wahrer Humanität? Zeichnen sich seine Romane durch Realistik und psychologische Treffsicherheit aus? An ein Buch wie dieses, dessen wichtigste Eigenschaften Schlichtheit und Redlichkeit sind, kann man mit diesen Begriffen nicht herangehen; nicht, wenn man ihnen und ähnlichen immer wieder in den verschiedenen Verlagskatalogen begegnet, als Talmiglanz einer Verpackung aus 24karätigem Rauschgold. Das marktgerechte falsche Pathos der Reklame verbietet es einem, mit ähnlichen Worten über Koppel Holzman zu sprechen; Worten, die man auf sehr beliebte und sehr geschickte Erfolgsautoren gemünzt hat (und dabei weit übers Ziel schießt), haben die Unschuld und Würde verloren und sind auf die Bücher Koppel Holzmans nicht anwendbar. Am besten daher, wir sprechen von diesen Büchern mit seinen eigenen Sätzen, mit seinen eigenen Worten; er selbst ist der beste und ehrlichste Zeuge in eigener Sache und weiß selbst weitaus besser als jeder andere auszudrücken, worum es ihm geht. Sprechen wir eher von den Schwächen und den Mängeln seiner Bücher, wenn wir ihm gerecht werden wollen, als ihm Vorzüge anzudichten, die er nicht hat; und verweisen wir vor allem den Leser mit Nachdruck zurück auf das Buch.

Man muß es ohnehin mehr als nur einmal lesen, wenn man es richtig verstehen will; muß jeden Abschnitt im Zusammenhang mit dem, der ihm vorausgeht, und mit dem folgenden sehen. Holzman bietet keine Meinungen, sondern Situationen, die vor allem in der Gegenüberstellung den Leser zum Fragen veranlassen wollen; Holzman läßt alle (fast alle) Antworten offen — wie Fenster, aus denen man sich hinausstürzen kann ins Bodenlose, weil Antwortlose. Der Sturz tut nicht weh, denn es gibt keinen Grund, auf welchem man aufprallen könnte; nur der Kopf dreht sich einem; der eingefrorene Horizont löst sich auf. Dieser Schwindel angesichts der bodenlosen Offenheit der Fragen ist der einzige, den Holzman zuläßt; niemals den anderen Schwindel, den Rausch der Worte, der schönen Phrasen, der »Unerbittlichkeitkeit« und der salbungsvollen Verkündung der Humanität. Er sucht nach dem Menschen, mit oder ohne Laterne, doch er hat nur wenig Humanes im Menschen erfahren. Was ihm begegnet ist, ist reichlich trüb und hat nie in ihm das Bedürfnis aufkommen lassen, mit Erzähltalent, Stil, psychologischer Einfühlungsgabe zu glänzen oder zu blenden. Er braucht keine »packende Realistik«, weil ihn das Reale wieder und wieder allzu hart angepackt hat; er kritisiert nicht bloß diese Zeit und eine Vergangenheit, die man zu bewältigen vorgibt, sondern die Schwäche des Menschen, seine Anfälligkeit für die Verführung der Macht, der Eitelkeit und des Bequemen, dargestellt in fast ungeschichtlicher Gleichförmigkeit und zeitloser Schwere.

Holzman gestattet seinen Lesern nicht (in diesem Buch noch weniger als in den vorhergehenden) eine bequeme Parteinahme, auf seiten der Juden etwa und gegen ihre Verfolger. So billig kommt keiner weg, daß er sich abreagieren dürfte in der Empörung über die Leiden schon lange begrabener Opfer und dabei die Augen abwenden von heutigen, täglichen Leiden, Verfolgungen, Qualen; keiner lernt hier zu übersehen, daß vielleicht auch er selbst, vorbereitet durch die entsprechende Situation der Geschichte und eine bestimmte Erziehung, einen Mordbefehl ausgeführt hätte. Und wenn er nicht Hand anlegt, einem Menschen das Leben zu nehmen, so vergißt er doch ständig, einem Menschen wie Karol die helfende Hand zu reichen zu einem menschenwürdigen Leben. Die Scham des Bettlers angesichts der Armut haben Holzman und sein Karol lang schon abgelegt; sie sehen heute bettlerstolz ihren Reichtum gerade im Armbleiben, und sie nehmen keine Almosen. Nicht weil man sie ihnen nur äußerst spärlich hat zukommen lassen, sondern weil immer eine Bedingung daran geknüpft war — zuzugeben, daß man ein Versager war, daß es verrückt war, nicht dem Erfolg nachzurennen, nicht tüchtig zu sein; die Bedingung, endlich zu vergessen, was das Auskommen mit dieser Welt von heute hindern könnte. Die Bedingung, endlich einzusehen, daß der Wunsch, ein Buch zu schreiben (und dann ein zweites, ein drittes), unsinnig und wahnsinnig war, daß man ans Geschäft zu denken habe, an den Reingewinn und an den Umsatz. Ans augenblickliche Prestige, das ruhig gefälscht sein durfte oder erkauft mit alltäglichen kleinen Gemeinheiten, die man geschickt zu verhehlen verstand. Das Prestige vor sich selbst, aufpoliert durch Spiegelfechterei und Lebenslüge.

Aber auf einmal steht dieser Karol vor einem, demgegenüber man nicht renommieren kann mit einem Eisschrank, einem Auto

mehr; und er bittet um nichts, weist die an solche Bedingung geknüpften Almosen mit Undank zurück. Er ist überhaupt nicht demütig, wie es seiner fast franziskanischen Armut anstehen würde; hochmütig, selbstgerecht ist er, als der Gerechte, der weiß, daß sein rares Gerechtsein ein ständiges Ärgernis ist für die vielen, die ihre Moral zu besonderen Anlässen tragen, während er sein Ethos starrköpfig in die Wirklichkeit umsetzt. Man muß sich seiner so sehr erbarmen, daß man im eigenen Wohlbehagen empfindlich gestört wird; sicher wäre es vielen bequemer, der Ärmste würde doch endlich verkommen, verhungern, zugrunde gehen, sich umbringen oder einfach verschwinden, damit man ihn endlich vom Hals hat, den unausgesprochenen Vorwurf. Es ist ihm ja gar nicht zu helfen; wie oft haben's andere, hat man es selber versucht, mit einer Einladung, einer Wurstsemmel oder viel guten Worten; mit Ratschlägen, wie er es anpacken müßte, um weiterzukommen, erfolgreich zu werden, tüchtig und stark, um auf eigenen Beinen zu stehen. Aber dieser meschuggene Karol behauptet, es ginge nicht so sehr ums Essen, ums schönere Wohnen, das man nicht hat, als ums Vergessen, das feig und bequem sei; und darum, daß viele in Not und Gefahr gut und hilfsbereit waren, und fast alle Überlebenden es heute nicht mehr sind. Er vergißt die Toten von damals nicht deshalb nicht, um den Arm der Rache nicht erlahmen zu lassen (diese Rache interessiert ihn nicht oder sie ist ihm peinlich); er vergißt sie nicht, weil er in ihrem Namen an der Verpflichtung festhält zur »tätigen Nächstenliebe«, zur Gemeinschaft in schlechten und guten Tagen. Damals, als es jedem Juden an Besitz und Leben ging, da hatte jeder Freunde; heute, wo es den vielen besser geht, sind sie den wenigen, denen es heute noch schlecht geht, nur scheinbar freundlich gesinnt. Und sind selber auch einsam, allein im Käfig ihres Egoismus, vergeßlich und faul und vor allem sehr eitel.
Ist alles *eitel* (in anderem Sinne)? Ist das Leben einfach so, und einfach so der Mensch? Holzman packt seine Leser nicht, weder beim Kragen noch bei ihrer Sentimentalität, er fängt sie ein in einem Netz von ungestellten, unbeantwortbaren Fragen. Sein Karol findet nicht mehr zurück in die menschliche Wärme, wie sie im Ghetto bestanden hat und dann noch, bedroht und gefährdet, in den Verstecken und Lagern. Die galizisch-jüdischen Kleinstädte gibt es nicht mehr; für diese Welt von gestern gibt es auch in Israel keine Reservation; nur ihre Lieder, ihre Kochrezepte und ihre Witze leben noch in einer spärlichen Tradition — und im jiddischen Kitsch. Fast alle Menschen, denen sich Karol

in diesem Roman zu nähern versucht, stoßen ihn wieder zurück oder stoßen ihn ab; oder er stößt sie ab und stößt sie zurück, weil er nur reine Aufrichtigkeit aushält, weil ihn jede Verlogenheit einfrieren läßt. Und die falsche, betäubende Betriebsamkeit, in welche die Leute sich flüchten, um sich nicht erinnern und selbst nicht erkennen zu können. Asyl kann er finden bei einigen Freunden in Polen, im Krankenhaus und für Minuten vielleicht im Gespräch mit »Versagern« — Fron- und Götzendienstverweigerern — gleich ihm. Die Heimat ist verloren, ihre Menschen ausgelöscht, ermordet, vertrieben, die wenigen Überlebenden gründlich verwandelt. Und das Gelobte Land, das Himmlische Jerusalem? Das Israel von heute löst nicht ein, was einmal die Träume versprochen haben. Es ist vielleicht ein jüdischer, aber sicher kein jiddischer Staat, und für Karol-Holzman so fremd und kalt wie irgendein andrer. Hier wie dort eine Handvoll »Freunde« oder Bekannte, kopfschüttelnde Besserwisser und Menschen, die bei aller ehrlichen Anteilnahme die ständige Konfrontation mit solch einem Schicksal nicht aushalten können (oder ist wollen das richtige Wort). Einmal verspricht man, von Herzen gerne zu helfen, und läßt sich nächstens verleugnen.
Mit der Kälte und Gleichgültigkeit in der heutigen Welt kann Holzman-Karol sich nicht arrangieren, nicht nur weil er dafür zu alt ist. Er ist nicht aufgewachsen in einer solchen Welt, ist nicht hineingewachsen in sie, die allmählich so wurde. Unvermittelt hat eine Welt, deren Brutalität noch viel unverhohlener war, in seine kleine Welt hineingegriffen, hat ihn herausgerissen und diese Ghetto-Enklave, diese nestwarme »Heimat« unwiderruflich zerstört. Karol hat dann nicht noch einmal anfangen können, denn jeder mögliche neue Anfang stand unter einem ganz anderen Stern als jener, zu dem er aus seinem Brunnenloch aufgeblickt hat. Die Erschütterung, von der er sich eine Besinnung, Besserung, Umkehr erhofft hatte, war rasch wieder zugeschüttet, wurde erstickt in Kleinigkeiten und Kleinlichkeiten; mit Erfolg hat man versucht, den Überlebenden ihre Erinnerungen abzukaufen; und Holzman, der in der Hölle den Strohhalm gefunden hatte, an dem er sich halten konnte — die Aufgabe eines Chronisten des Leidens, der Greuel, der heimlichen Güte und menschlichen Größe, und ebenso der Erbärmlichkeit, Feigheit, Profitgier, der Hilflosigkeit und der Rettung auf Kosten noch Hilfloserer —, er stand da mit seinen Heften, seinem ersten Buch (den zwei Bänden »Erde ohne Gott«) — und niemand wollte es so genau wissen.

Den Werdegang des Autors Koppel Holzman, illustriert mit Zitaten aus seinen Büchern, könnte ich seitenlang schildern. Er spricht in diesem Buch davon und auch in seinem zweiten (»Die Höhlen der Hölle«); aber das interessiert vielleicht ohnehin höchstens andere Schriftsteller und Literatur-Professionisten; die Leser des Buches »Die Höhlen der Hölle«, die sicher auch dieses Buch lesen werden, wissen darüber Bescheid. Vor allem aber: Es geht nicht um Literatur; es zählen in diesem Fall nicht die Mühen des Schreibens, das Ringen um Ausdruck, der Triumph des Gelingens und die Verzweiflung, wenn's nicht geht. Als Dokument, wie unbeholfen die literarische Technik vielleicht auch sein mag, ist »Erde ohne Gott« ein wichtiges Buch (und »Dokument« will hier mehr als »Geschichtsquelle« sagen); und auch für »Die Höhlen der Hölle«, wo Holzman vor allem sein eigenes Leben, auch das private, in jener Zeit schildert und die Enttäuschung nach der Befreiung, nach dem erhofften und eingetretenen Ende der Nacht, läßt sich ähnliches sagen. Gerade in den letzten Jahren, wo die vielgelesene Literatur immer flacher und die anspruchsvolle immer schwieriger und ungelesener geworden ist, besteht Interesse an Sachbüchern, auch an solchen über das Thema »Mensch«, an Schicksalen, exemplarischen und dukumentarischen Lebensgeschichten; nicht in Romanform, nicht von »begnadeten Dichtern« geformt, in die Sphäre der Sprachkunst gehoben und damit der direkten menschlichen Wirkung entzogen, oder von geschickten Schriftstellern beschönigt, geglättet, geschminkt und verfälscht. Zwei echte Lebensbeichten jugendlicher Außenseiter hat Martin Walser herausgegeben; dann möchte ich noch den »Cimarrón« nennen (die Lebensgeschichte eines entflohenen Negersklaven aus Kuba), nach Tonbandaufnahmen herausgegeben, und »Rosalka oder Wie es eben so ist«, gleichfalls nach Tonbandaufnahmen. Gerade Rosalkas Lebensgeschichte weist Parallelen zu jener Karols auf, v. a. das Nicht-noch-einmal-beginnen-Wollen, die Verweigerung »jeden Wohlstands und jeder Chance auf ein besseres Leben, das den Konsumeifrigen vergönnt sein soll« (Verlagstext).

Wenn man Karol zuredet wie einem kranken Roß, sich doch auf die eigenen Beine zu stellen, erinnert er sich, wie viele Leute er schon erlebt hat, die diese Stellung dazu ausnützen, andere zu treten — und bleibt lieber am Boden liegen. (Es gelingt mir nicht, auf den Schriftsteller Holzman zu sprechen zu kommen, wie ich anfänglich vorgehabt habe ...) Wie Rosalka (»Rosalka weiß nicht genau, ob sie Deutsche oder Polin ist. Wenn sie im

Kloster Deutsch sprach, erhielt sie Prügel, sprach sie in Berlin Polnisch, drohte mindestens das Arbeitslager ...«) hat Holzman keine ihm eigene Sprache, keine, in der er ganz natürlich schreiben kann. In seiner Muttersprache, dem Jiddischen, kann er wohl denken, aber nicht schreiben; das Deutsche spricht er ziemlich fließend, wenn auch etwas fehlerhaft und mit leichtem jiddischen Einschlag; Hebräisch kommt schon deshalb nicht in Frage, weil in Israel kaum Interesse an seinen Büchern besteht. (»Erde ohne Gott« war 1947 in Polen in polnischer Sprache erschienen, 1955 hebräisch in Israel; »Die Höhlen der Hölle« erschienen zum erstenmal 1961 deutsch — in Österreich —, ein Jahr darauf in Polen im polnischen Original.) Holzman schreibt heute also polnisch; »Erde ohne Gott« hat er zunächst einmal deutsch zu schreiben versucht. Hätte er das erwähnt, vielleicht wäre ihm die »deutsche Kultur« doch anerkannt worden. Als ob nicht jeder Jude, welcher den nationalsozialistischen Terror durchgemacht hat, eine überreichliche Beziehung zur »deutschen Kultur« (und Unkultur) hätte. Solche Ungleichheiten, Ungerechtigkeiten — Klassen- und Sprachunterschiede noch zwischen den Opfern, deutschen und anderen Juden, KZ-Toten und den Toten der Wälder — empören Holzman vor allem. Und doch wird diese Empörung kaum ausgesprochen; er polemisiert nicht und räsoniert nicht; er klagt auch nicht an. Er lebt noch (»Ich lebe noch« war ein vom Autor erwogener Titel für dieses Buch), er schreibt seine Bücher. Das ist seine Rache, wenn man so will, seine Notwehr, seine Selbstbewahrung und seine Antwort an jene, denen er lästig und unbequem ist, ein Ärgernis, eine Mahnung, ein unaufhörlicher Vorwurf. Seine Antwort an jene, die ihm nicht ins Gesicht sehen können. Ist das verrückt? »Wer schreibt, ist verrückt«, sagt der Berner Schriftsteller und Psychiater Walter Vogt. Er muß es ja wissen.

Karol — oder Holzman — hat seine Erfahrungen auch mit der Psychiatrie, ihren schematischen Vorurteilen und ihrer letztlichen Ohnmacht. Ohnmächtig fühlt er sich — fühlen sich seine Figuren — ausgeliefert wie die Figuren in einem Spiel, ausgeliefert den Großen und Mächtigen, die in den Augen der Kleinen und Schwachen so fern und unbegreiflich sind wie Gott — und auf ihren eigenen Vorteil bedacht wie der Teufel. Karol hat es immer abgelehnt, seinen Vorteil zu wahren, auf Kosten anderer oder auf Kosten der Selbstachtung. Dann kommt der Moment, wo er sich fragen muß, ob er nicht für andere, für seinen kranken Bruder, Verantwortung trägt, ob er auch diesen seiner Selbstachtung

zum Opfer bringen darf. Und er entschließt sich, doch um die Wiedergutmachung anzusuchen, um jene Wiedergutmachung, die ihm von Grund auf zuwider ist, als ein Blutgeld und Schweigegeld, und weil Unbeteiligte sich rund ein Fünftel von diesem Kuchen abschneiden können. Alle haben groß geredet, daß sie dieses Geld nicht nehmen würden, dann haben nach und nach alle genommen. Und nennen nun Karol verrückt. Erst recht verrückt, weil er dann, wenn er schon seine Ehre verkauft, wie er das sieht, und den verhaßten Kompromiß schließen will, ehrlich ist, seine Krankheiten, Operationen nicht als Okkupationsfolgen hinstellt. Und dann bekommt er für den Preis seiner Selbstachtung gnadenhalber eine lächerliche Rente. Karol hat sich verschachert. Aber man hat ihm wieder so wenig gegeben, daß man ihm seinen Stolz nicht abgekauft hat. Darf er noch schreiben, nachdem er zum erstenmal mit seinem Tun sein Denken und Schreiben Lügen gestraft hat? Muß er nicht jetzt seinem Leben ein Ende machen? Er lebt noch, lebt weiter als Unbequemer, als Mahner; zwei Tage nach dem Ereignis, mit dem dieses Buch seinen Abschluß findet, beginnt Koppel Holzman die Arbeit an diesem Buch.
Ohne höhere Bildung, ohne groß etwas gelesen zu haben, hat er es geschafft, einen Roman zustande zu bringen, der trotz mancher Unbeholfenheit, trotz vor allem stilistischer, sprachlicher Mängel mit literarischen Maßstäben beurteilt werden kann. (Die Übersetzung folgt behutsam dem Original; das Glätten und Schminken der Schwächen wurde bewußt vermieden. Sie sind ein fixer Bestandteil der Aufrichtigkeit und der Authentizität dieses Buches). Das Buch ist *auch* Literatur, vor allem aber menschliches Dokument; und das erste niemals auf Kosten des zweiten. »Die Fleischmaschine« war auch ein vom Autor erwogener Titel (Fleischmaschine wie *Fleisch*wolf und Mensch*maschine)*. Und wie bei einer Maschine greifen die Abschnitte ineinander, jeder verändert den Gesichtspunkt, von dem aus der Leser die anderen sieht. Ein Perpetuum mobile, ein Teufelskreis? Ja und nein. Holzman hat wenig Positives erlebt und zu sagen. Was bleibt, ist ein unerbittlicher Mut, ein noch immer nicht vergällter Appetit am Leben und den Menschen, eine unbelehrbare Hoffnung bei aller Enttäuschung, Verzweiflung und Sinnlosigkeit. Ein weiterer vergeblicher Appell zur Besserung des Menschen aus sich selbst; und darin, in der Vergeblichkeit und dem Trotzdem, liegt die Bedeutung, liegt der Wert dieses Buches.

Hannes Schneider